Claire Vallières

Ce toit fragile où veillent les vautours - 2

L'arbre à pluie

Éditions J'ai lu

À Philippe

Il n'aurait pas fallu qu'il y eût pareille guerre.
Il n'aurait pas fallu que nous nous rencontrions et que nous nous aimions. Il n'aurait pas fallu que je connaisse ton existence ni seulement que je vienne au monde.
Il n'aurait pas fallu... rien. Et il ne faudrait pas qu'il y ait des hommes et des femmes puisque nous sommes tous capables de concevoir et d'adorer le bonheur et assez insensés pour partir vers lui.

Paul RAYNAL

PREMIÈRE PARTIE

– La barbe !

Elle vient d'apercevoir un nouvel obstacle devant elle, le vingtième au moins depuis le départ. Elle freine. Ali a déjà sauté du véhicule et court vers l'enchevêtrement de branchages qui barre la route. Habituellement, après les tornades de la mousson, la saison humide installe une pluie opiniâtre sans commune mesure avec les cataractes qui crépitent sur le toit de la camionnette. Quelques heures plus tôt, alors qu'elle avait depuis longtemps quitté le dernier village, des vents fous se sont brusquement déchaînés, s'affrontant dans un tumulte de fin du monde, tordant les arbres, bousculant comme feuilles mortes d'énormes branches cassées et secouant la voiture comme si quelque bélier monstrueux la bourrait de coups de corne. La rage céleste enfin apaisée, des cumulo-nimbus au ventre d'anthracite n'en finissent plus d'accoucher d'un déluge qui inonde les bas-côtés de la route et remplit les ornières que les descentes transforment en mini-torrents. Elle se demande si elle ne s'est pas trouvée dans l'œil d'un cyclone. Jamais, depuis trois ans qu'elle vit en brousse africaine, Françoise n'a eu à subir pareille tourmente. Après un arrêt prolongé dans l'espoir d'une accalmie qui n'est pas venue, elle est repartie pour tenter d'arriver à Facounda avant la nuit.

Avec des essuie-glaces surmenés qui refusent de reprendre leur service et un pare-brise comme du verre brouillé, elle se sent prisonnière d'une sorte d'aquarium sur roues et doit conduire la tête et les épaules hors de la portière. La chevelure ruisselante, giflée par les rafales, elle surveille la chaussée camouflée sous un fleuve boueux, inquiète pour sa vieille camionnette à gazogène qui cahote et tangue entre deux panaches de boue jaunâtre.

Au départ de cette longue tournée de vaccinations qui s'est terminée le matin même, Diallo, le médecin noir qu'elle assiste, avait jugé plus pratique d'utiliser chacun son propre véhicule : il a pris la fourgonnette sanitaire et Françoise sa camionnette personnelle qui sert d'ordinaire au transport des malades entre le village près du fleuve et le nouveau dispensaire en haut de la colline. Pendant toute une semaine, ils ont circulé ensemble mais, sur le chemin du retour, Diallo, qui ramenait des malades gravement atteints, a pris les devants, lui laissant le soin de transporter le matériel médical, la caisse-popote, les lits Picot et trois indigènes dont le sort lui semblait moins préoccupant. Chaque fois qu'elle est descendue pour déblayer la route avec le boy, elle en a profité pour jeter un coup d'œil sur sa cargaison de malheureux assis à l'arrière. Il y a une femme atteinte d'éléphantiasis, dont les jambes sont si monstrueuses que ses orteils disparaissent sous des bourrelets de peau. Trois personnes ont dû la hisser dans la voiture et la soutenir jusqu'à la banquette où elle s'est laissée tomber en gémissant. À ses côtés, faisant contraste, un vieil homme incroyablement maigre –

un spectre ! – se tient très droit, le dos collé à la paroi, ses mains desséchées croisées sur ses cuisses. Depuis le départ, ses yeux aspirés au fond des orbites sont restés fixes, comme fascinés par la ridelle qui lui fait face, indifférents, déjà hors du monde. En l'aidant à monter en voiture, Françoise s'est demandé comment ce faible assemblage d'os qu'un boubou blanc recouvre tel un suaire pouvait encore faire partie des vivants et, surtout, pourquoi le médecin ne le laissait pas s'éteindre en paix chez lui.

En vis-à-vis, une jeune femme surveille son fils, un garçon d'une douzaine d'années qui dort allongé sur la banquette, la tête posée sur ses genoux. En traversant un village, Diallo avait vu le gamin gisant sur le sol, le corps agité de convulsions. « Épilepsie », avait-il annoncé après examen. Puis plus tard : « Sa mère veut que je l'emmène. Elle prétend que ses crises effraient les voisins; ils le croient possédé par le démon et, un jour, risquent de l'assommer à coups de bâton comme une bête enragée. Même en leur expliquant qu'il ne s'agit que d'une maladie et qu'il n'est pas dangereux, ils continuent à avoir une frayeur terrible de ce qu'ils ne comprennent pas. Au dispensaire, j'essaierai de le soigner. Même si je ne peux pas grand-chose, il sera au moins protégé des autres. »

Nouvel arrêt. Cette fois, c'est un tronc d'arbre à demi couché, retenu au sol par ses puissantes racines. Il faut l'entourer avec des chaînes et le tirer sur le côté. En remontant en voiture, elle fusille du regard son compagnon de voyage : un notable noir, un chef de village hautain et arrogant qui se trémousse continuellement sur la banquette. Après le départ du médecin, alors qu'elle s'apprêtait à démarrer à son tour, ce grand gaillard, abritant son vaste boubou bleu sous un parapluie, s'est précipité à la portière. Il entendait profiter de la camionnette pour rendre visite à son frère à Facounda. D'autorité, il a expédié Ali, le boy, à l'arrière et dans un froissement d'étoffes s'est installé à sa place, disposant autour de lui son parapluie, deux balluchons boursouflés et la bouilloire d'émail indispensable à ses ablutions d'avant-prières. Puis il a troqué son calot brodé contre un bonnet de laine qu'il s'est enfoncé jusqu'aux sourcils. Depuis, il s'agite, grogne, se gratte, suçote le bâtonnet de bois qui lui sert de brosse à dents, salive et crache par la fenêtre tout en se balançant d'avant en arrière comme s'il voulait forcer l'allure de la voiture, le pire étant l'odeur écœurante répandue par son boubou fraîchement teint à l'indigo. Chaque fois qu'elle va guerroyer avec un obstacle, il ronchonne, se penche à l'extérieur pour la regarder s'affairer dans la boue. Pas question de descendre pour un coup de main. Lui, c'est un grand chef ! En tout cas, il l'a affirmé à plusieurs reprises. Grand chef ou pas, il a été tellement exaspérant tout au long de la route que, lorsqu'il est descendu pour satisfaire un besoin pressant, elle a dû résister à l'envie diabolique de le planter là dans les fourrés, accroupi sous son parapluie, le boubou retroussé jusqu'aux épaules.

Souvent elle se reproche son manque d'indulgence et son impatience. Depuis qu'elle fait ces tournées pénibles, elle est devenue irritable. Jamais elle ne s'habituera à la misère qu'elle découvre à chaque fois. Malgré son dévouement, le médecin est impuissant à soulager tous les malheureux qu'il visite. Ici, la malnutrition n'est pas vraiment responsable; la terre est assez généreuse et peut assurer la nourriture des hommes..., s'ils la travaillent. Le climat humide, le manque d'hygiène, moustiques et parasites, l'eau des marigots font plus de ravages. Il faudra encore de nombreuses années d'efforts, des crédits et des générations de bonne volonté pour assainir, protéger, immuniser. Un travail énorme. Inlassablement, il faut répéter les mêmes recommandations : ne pas boire n'importe quelle eau, la faire bouillir, éviter de se baigner dans les marigots malsains, détruire les gîtes à larves, prendre régulièrement la quinine qui a été distribuée.

En dehors des fièvres, des dysenteries, il y a aussi les maladies qui s'attaquent à l'aspect physique : plaies, lésions de la peau, chancres, autant d'horreurs. Le matin même, Françoise a aperçu une jeune femme dont la moitié du nez et la lèvre supérieure avaient disparu, rongés par une nécrose qui laissait les dents à nu. Une cruauté irréversible. Devant de telles images, Françoise perd pied, s'indigne, et chaque retour de tournée engendre le même découragement. Souvent, pour cacher son impuissance, le médecin s'emporte aussi. Quels miracles peut-il réaliser avec les maigres caisses de pharmacie qu'on lui expédie au compte-gouttes ? Depuis la guerre, le contingent de produits dont il a besoin a diminué de moitié. Il ne peut fournir qu'un travail de lilliputien alors qu'il doit soigner un géant.

À côté d'elle, le chef de village se tortille, montre du doigt le ciel qui s'est encore obscurci. Il ôte son bonnet, le brosse rageusement, le remet et tape du pied en marmonnant. Monsieur s'impatiente : elle ne roule pas assez vite à son gré. Elle aussi aimerait bien être arrivée à destination, avoir installé les malades au dispensaire et retrouvé sa maison. Ensuite – et l'idée la fait sourire car depuis le matin elle est trempée de la tête aux pieds –, elle prendra une longue douche tiède. Un moment de bonheur. Puis elle mangera quelques mangues ou des goyaves accompagnées d'une tasse de citronnelle et se couchera, autre délice après des nuits d'inconfort passées sur un lit Picot, mal à l'aise sous une moustiquaire imprégnée d'humidité.

Tous ces pauvres plaisirs auxquels elle se raccroche en pensée la laissent songeuse. À vingt-six ans, n'est-elle pas en train de se transformer en vieille fille à manies ? Elle se jette un coup d'œil dans le rétroviseur, déplisse son front que l'attention a creusé de fins sillons, se rassure. Malgré les cernes de fatigue sous les yeux, elle est encore très présentable, le regard est resté clair. Elle glisse ses doigts dans sa chevelure devenue trop longue. Elle s'est juré de ne la raccourcir que le jour où la guerre sera terminée. Une idée stupide. Maintes fois, gênée pour se coiffer et rêvant d'une coupe pratique « à la Jeanne d'Arc », elle s'est contentée de nouer un peu plus haut sur le crâne la queue de cheval qui maintenant lui balaie les épaules.

Elle redresse son dos douloureux, soupire de soulagement en reconnaissant au loin la masse sombre de la forêt qui se dresse à quelques kilomètres de Facounda. Avant d'y pénétrer, s'amorce une longue descente aboutissant à un pont de bois qu'elle connaît bien pour l'avoir souvent franchi. Il enjambe un grand marigot que les indigènes ont baptisé « le Lélé ». Avant d'aborder la pente, elle rétrograde prudemment, soucieuse du moindre freinage sur cette route liquide.

Au milieu du pont, simple alignement de traverses de bois où deux gros madriers parallèles servent de bandes de roulement, une silhouette floue, à peine discernable dans le brouillard d'eau, gesticule en brandissant un objet qui doit être un parapluie.

Alors qu'elle engage la camionnette sur le chemin gonflé d'eau et gluant, l'homme avance droit sur elle, bras écartés, pour barrer le passage. « Il est fou, ce type ! » pense Françoise. À cet instant, elle aperçoit derrière lui un trou béant dans le pont : plusieurs traverses manquent mais, beaucoup plus grave, la poutre destinée aux roues de droite s'est effondrée. Elle freine à petits coups prudents, et aussitôt le pont donne l'impression de se gondoler pour se débarrasser de cette chose qui lui gratte le dos. Presque arrêtée, mais entraînée par son propre poids, la voiture continue d'avancer lentement comme sur un tapis roulant, et soudain les roues de gauche quittent le droit chemin et vont frôler l'extrême bord dépourvu de parapet. Léger coup de volant pour s'arrêter avant la fracture. À quelques mètres devant le véhicule, l'inconnu se déplace à reculons, fasciné par ce gros crabe blanc qui vagabonde sur le tablier, et paraît attiré par la brèche qu'il s'évertue à signaler.

Enfin Françoise sent qu'elle a dompté cet animal grisé de liberté qu'est devenu son gazogène. C'est à ce moment que son voisin, jusque-là impavide, juge qu'en sa qualité de chef il doit prendre la situation en main. Il agrippe le volant et le tourne brutalement vers la gauche. Elle a juste le temps d'entrevoir l'homme-signal qui s'enfuit à toutes jambes en se bouchant les oreilles. L'horizon chavire, le pont disparaît. Quelques fractions de seconde dans l'espace : une éternité ! Un plouf de trois mètres de haut. Un grand choc, une douleur fulgurante au-dessus de l'œil gauche et amerrissage sur deux roues suivi d'un mouvement de bascule qui remet le tout à plat dans le Lélé clapotant innocemment sous le déluge, tandis que le foyer du gazogène expire dans un chuintement vaporeux.

Après un silence stupéfait, des cris s'élevèrent de l'arrière.

Assommée de stupeur, bras et jambes en chiffon, Françoise ne savait pas ce qui de la terreur ou de la fureur l'emportait. Si, elle le savait ! Elle rêvait de taper à bras raccourcis sur le grand chef qui, avec des piaillements frénétiques, secouait la poignée de la portière en braillant :

– Ouvre ! Il faut tu ouvres !

Après avoir jugé d'un coup d'œil que l'eau du marigot affleurait à peine le haut des roues, elle ignora ses vociférations.

Comme chaque fois qu'il fallait franchir un pont, Ali avait sauté du véhicule pour guider Françoise, mais aujourd'hui tout s'était détraqué avant qu'il pût intervenir et, horrifié, il avait assisté au slalom final suivi du plongeon de la camionnette. Dévalant le talus, il s'était précipité à la portière qu'il avait tenté d'ouvrir sans y parvenir. Penché à la fenêtre, se tenant les joues, il s'égosillait maintenant, les yeux agrandis de frayeur :

– Ti coupé la tête !

La phrase, suraiguë, vrilla les oreilles de Françoise. La main à son front, elle sentit qu'elle saignait abondamment de l'arcade sourcilière.

– Ce n'est rien, aide-moi, dit-elle en refoulant une nausée.

Les dents serrées, le garçon s'acharnait sans

succès sur la poignée faussée. Françoise décida alors de sortir par la fenêtre. À genoux sur la banquette, elle se glissa, buste en premier, plongea les bras dans l'eau jusqu'aux épaules, faufila ses hanches et se retrouva le ventre raclant les cailloux recouverts d'algues poisseuses. Au-dessus d'elle, le visage crispé du chef de village apparut à la portière.

– Allez, passe par là, toi aussi ! lui cria-t-elle.

Puis, le cœur cognant jusque dans sa gorge, elle fila à l'arrière, redoutant ce qu'elle risquait d'y découvrir. Là aussi, le choc avait faussé l'armature de la voiture et bloqué les loquets de fermeture. Elle escalada le hayon pour se retrouver devant un empilage de corps qui se débattaient en geignant. Projeté le premier sur le sol, le vieil homme luttait pour échapper à la grosse femme affalée sur lui. Aidée par le boy, Françoise réussit à repousser le corps pesant en le faisant rouler sur un côté.

– Woï, woï, woï, woï, gémit la malheureuse, tandis que l'homme, titubant sur ses jambes, se redressait péniblement.

« Il est encore solide, le pauvre vieux, pensait Françoise en le voyant se frotter le dos à deux mains. Il devrait être complètement démantibulé. »

L'air hébété, le jeune épileptique s'accrochait en tremblant aux bras de sa mère agenouillée près de lui. À première vue, personne ne semblait sérieusement touché. Avec des paroles rassurantes, Françoise allait de l'un à l'autre, cherchant des contusions légères qu'elle soignait au fur et à mesure. Un miracle ! Si elle en avait eu le temps, elle aurait pleuré un bon coup pour se purger de sa peur. Elle se rendait compte qu'il lui serait impossible de faire remonter tout son monde sur le pont le long du talus abrupt. Comme, par chance, le fond de la camionnette haute sur pattes était toujours hors d'eau, elle décida qu'ils resteraient sur place en attendant que l'administrateur Drunet et le médecin viennent les sortir de là. Elle chargea Ali et ses jambes de quinze ans de courir jusqu'à Facounda pour les prévenir. Suivi de Makou, le chien de Françoise qui l'accompagnait partout, il escalada la pente, glissant plusieurs fois sur la terre détrempée, et galopa jusqu'au pont. Après un grand bond au-dessus des traverses effondrées, il lança à Françoise qui l'avait suivi des yeux :

– C'est trop foutu ici, mon vieux !

Derrière lui, elle aperçut l'homme qui s'était enfui en prévoyant le sombre destin de la camionnette. Accroupi sur le bord du pont, il contemplait, au-dessous de lui, le spectacle encore jamais vu d'une voiture macérant dans le Lélé.

Elle l'interpella :

– Hep ! toi là-haut, tu peux venir ici s'il te plaît ?

Pas rassuré, il prit les devants :

– C'est pas bon tomber là. Pourquoi tu fais ça ?

Bonne question...

La réponse ne venant pas, il enleva son boubou, le replia bien serré avant de le poser sur sa tête. Prudent, balançant son parapluie comme le funambule sur un fil, il descendit le long de la pente transformée en toboggan, tomba, dérapa sur les fesses sans pouvoir se retenir aux buissons et réussit à se remettre sur pied juste avant d'entrer dans l'eau où, sur sa lancée, il rinça ses mains boueuses. Contrôlant avec satisfaction que son boubou était toujours sur sa tête, il expliqua à Françoise que c'est en voulant l'empêcher de tomber qu'il avait lâché son parapluie, lequel se dandinait mollement sur les flots, manche en l'air.

Il alla échanger quelques mots avec les malades, puis, après avoir découvert le chef du village dans la cabine attendant bras croisés, l'œil terrible, qu'on vînt le libérer, il se précipita vers Françoise pour lui chuchoter, éperdu de respect :

– C'est Abdulaye Dia ! C'est un chef !

– Oui, et alors ?

Elle avait très envie de lui raconter que c'était grâce à sa brillante initiative de chef qu'ils campaient tous là. Elle n'en fit rien. Le prestige du notable admiré et respecté en aurait pâti, et cela, Laurent, son père, lui avait souvent dit qu'il fallait toujours l'éviter. Néanmoins, elle décida de le laisser mariner encore quelques minutes sur sa banquette, histoire de lui apprendre à ne pas prendre les rênes du pouvoir hors de sa zone d'influence.

Aidée par l'homme du pont – il s'appelait Keïta –, elle organisa la vie dans la camionnette. Comme la nuit allait tomber, elle alluma les trois lampes-tempête qu'elle avait, outre celle confiée à Ali. Aussitôt les lueurs sculptèrent les visages noirs : la face de la grosse femme qui continuait à saigner du nez luisait de sueur, et celle de l'homme-squelette, dont les coudes et les genoux écorchés étaient bandés, prenait de plus en plus l'aspect d'une momie. Agité de tics, Alpha, le jeune garçon, ne quittait pas des yeux les mains de sa mère fouillant dans son balluchon. Françoise eut un élan de pitié pour ces pauvres gens qui, sans un mot pour se plaindre, continuaient malgré tout à lui faire confiance. Elle leur expliqua que, grâce à Ali, on allait bientôt venir les chercher. Ils seraient ensuite soignés, nourris et installés confortablement au dispensaire. Ce dernier mot déclencha une violente réaction chez le garçon. Après une phrase indignée à sa mère, il se mit à tambouriner des deux poings sur la banquette, de l'écume blanche aux coins des lèvres. Pour faire diversion, Françoise prépara du café avec les moyens du bord. Une caisse en bois fut vidée de son contenu et, à coups de machette, Keïta la débita en petits morceaux qu'il jeta au fond d'une vieille bassine d'aluminium sur des boulettes de papier arrosées d'alcool à 90°. Sur la grille servant habituellement à cuire la viande, une casserole d'eau puisée au marigot fut mise à bouillir. Réconfortés par le liquide qu'ils avalaient en grimaçant avec une double ration de quinine, les malades commencèrent à converser à mi-voix. Le nez dans son gobelet, Alpha regardait Françoise par en dessous en se lissant le sourcil avec un rictus douloureux. Pour elle, cette allusion à sa blessure était superflue car les battements de son cœur s'étaient concentrés là, au fond de la coupure. Après avoir beaucoup saigné et souillé son corsage, la plaie s'obstruait maintenant d'un caillot flasque qu'elle effleura du doigt avec dégoût.

Quand elle lui porta du café, Abdulaye était en train d'uriner par la fenêtre. Feignant de n'avoir rien vu, elle insista à nouveau pour qu'il vînt avec les autres. Pour se sortir de là, il devait prendre le même chemin qu'elle. Il rechigna, la lippe dégoûtée, rétorquant que ses puissantes épaules de chef ne passeraient pas par une si petite ouverture. Il exigeait un outil pour casser les poignées des portes ou le pare-brise, toujours intact malgré le choc. En chuchotant pour ne pas être entendue des autres, elle se vida de sa rancœur, grondant qu'elle ne le laisserait pas toucher à une voiture qui les avait tous protégés, malgré une cabriole dont il était seul responsable.

À quoi bon lui expliquer que cette camionnette avait aussi pour elle une valeur sentimentale ? Robert Charlier, le planteur, vieil ami de son père et son seul soutien désormais, la lui avait offerte après l'avoir remise en état à l'époque où elle bataillait pour transformer en dispensaire un vieux fortin en ruine.

Soutenant le regard glacé du Noir, elle affirma, se mentant à elle-même :

– Elle me servira encore. Je ne veux pas qu'on l'esquinte davantage.

Pendant quelques secondes, elle se fabriqua un mirage : elle imaginait sa camionnette sauvée des eaux, pendue à un palan qui la déposait sur la terre ferme. Une utopie ! Ici il n'y avait pas d'appareil de levage. Sa voiture terminerait sa carrière dans le Lélé, rongée de rouille. Une épave livrée à des légions de bestioles visqueuses.

Un grognement irrité la ramena au moment présent. Elle s'énerva :

– Allez, sors par la fenêtre et viens avec les autres ! Ils ont eu peur, il faut leur parler. C'est ton travail de chef, ça !

Il baissa le nez, souleva le bas de son boubou pour y gratter une tache de boue et finit par marmonner que ces gens-là n'étaient pas de son village... Exaspérée, elle mordit l'insulte qui lui chatouillait la langue et tourna les talons.

Revenue à l'intérieur de la camionnette, mal à l'aise dans ses vêtements détrempés par les allées et venues dans l'eau, elle sortit de sa cantine de quoi se changer et, enveloppée de son drap de lit, effectua un strip-tease discret. Plus tard, le temps de tordre le cou à son orgueil et surtout de se dégager de la fenêtre où il avait failli rester coincé, Abdulaye surgit tout nu, hormis une étroite bande de tissu rayé qui lui passait entre les cuisses. D'un geste désinvolte, il lança son boubou à Françoise et, faisant démonstration de souplesse, d'un rétablissement impeccable se hissa dans la voiture où il fut accueilli avec déférence. Une conversation s'engagea alors, ponctuée d'exclamations désolées.

Françoise constata que, depuis l'arrivée du chef parmi eux, les malades la regardaient de travers. Sans doute leur avait-il donné sa version personnelle de l'accident. Il se tenait debout, jambes écartées, mains aux hanches, bosselé de muscles, impressionnant, avec un masque dur aux mâchoires carrées et un regard lourd qu'il escamotait sous des paupières très bombées. Au médius, à l'annulaire, au pouce de chaque main, brillaient des anneaux d'or et d'argent assortis à la pesante chaîne d'huissier étalée sur ses pectoraux.

Un beau chef. Un très beau chef ! Opinion partagée par la mère du jeune Alpha. Lèvres entrouvertes, les yeux brillants, tortillant un pan de son mouchoir de tête, elle buvait ses paroles, tellement attentive qu'elle acquiesça distraitement à ce que son fils lui murmurait à l'oreille. Voyant que le gamin se laissait glisser dans l'eau, Françoise se pencha pour regarder où il allait.

– Laisse, i va pisser, la renseigna Keïta, toujours à la pointe de l'information.

Elle le trouvait sympathique, cet homme grisonnant au bon sourire qui, après les résultats désastreux faisant suite à son initiative et s'en croyant responsable, tenait à se disculper. Il précisa qu'il venait juste de découvrir la brèche du pont quand il avait entendu un bruit de moteur.

– Dans ma tête, je pense : « Mon vieux, si

tu dis rien, lui, là, y cassé tout de suite la gueule. » Alors j'ai montré le trou !

– Tu as très bien fait. Avec la pluie, la voiture a glissé et je n'ai pas pu l'arrêter.

Sa conscience soulagée, il lui confia ses états d'âme d'homme simple et optimiste :

– Moi, trois jours je marché mon pied la route. Je fatigué trop, mais je content. Ma tête i pense : la nuit, tu trouvé ta case, le bon bouffement, la femme, tout le qu'est-ce qui faut. Et voilà, c'est foutu ! dit-il en frappant dans ses mains.

Puis, d'un geste circulaire, il se lissa plusieurs fois le crâne comme s'il voulait le libérer d'un lien invisible.

– Tout à l'heure, on te ramènera chez toi. Est-ce que tu as vu passer la camionnette du dispensaire ?

– Oui, j'ai fait le bonjour même. Docteur i répond pas. Lui, i toujours pressé.

– C'est lui qui a cassé le pont, tu crois ?

– Non ! lui, c'est trop petit, c'est l'autre après, le Salotépé !

– Qui c'est celui-là ?

Il la regarda avec stupeur :

– Tu connais pas Salotépé ?

– Non. Qu'est-ce qu'il fait ?

Le front soucieux de celui qui dialogue avec une arriérée mentale, il répéta :

– Je t'ai dit : Salotépé, i cassé les ponts...

En tamponnant délicatement sa blessure avec une compresse, elle pensa qu'elle était beaucoup plus abrutie par le choc qu'elle ne le croyait.

– Bon, admit-elle, tandis que l'autre continuait de fulminer.

– Salotépé, c'est trop gros son camion.

– Il n'a pas vu ce qu'il avait fait ?

– Si, Salotépé, i s'en fout, i cassé, c'est tout.

Surprise de n'avoir jamais entendu parler de cette spécialité destructrice, ce n'est qu'après avoir affiné son questionnaire qu'elle finit par comprendre qu'il fustigeait en bloc les chauffeurs noirs des Travaux publics (T.P.) que tout le monde traitait ensuite de salauds car, bien que connaissant la vétusté de certains ponts, ils n'hésitaient pas à les franchir en surcharge, indifférents aux dégâts qu'ils causaient, répugnant même à les réparer ou à les signaler. De vrais Salotépé, quoi !

Pour distraire son attente, elle discuta un long moment avec Keïta qui, en sa qualité de marchand ambulant, connaissait routes et ponts comme sa poche. En observant la jeune mère d'Alpha, toujours sous le charme du chef, Françoise s'aperçut alors que son fils n'était pas encore remonté dans la camionnette.

– Il ne faut pas que ton garçon traîne dans l'eau comme ça. Fais-le revenir !

Scrutant l'obscurité, les deux femmes se relayèrent pour l'appeler. En vain. Le gamin semblait avoir été happé et digéré par la nuit.

« Il ne manquait plus que ça ! » se dit Françoise. Elle saisit une lampe et demanda à Keïta de l'accompagner dans le marigot. Se tordant les chevilles sur des cailloux glissants, elle imaginait avec répulsion la faune aquatique attirée par la lampe qui allait s'engouffrer dans ses bottes de caoutchouc en même temps que l'eau où ses pieds nus barbotaient.

Penchée hors de la camionnette, la voix de plus en plus angoissée, la mère continuait d'appeler son fils. À son tour, Keïta tonitrua sans réveiller le moindre écho :

– Alpha ! dis donc, tu fais trop le con, mon vieux ! i faut tu viens tout de suite !

Et, pour être sûr que son message soit bien compris, il le répéta plusieurs fois en langue mandingue. Quand Françoise lui apprit que, malgré son apparence robuste, le garçon était atteint d'une grave maladie et qu'on ne pouvait pas le laisser errer seul, Keïta jura, cracha dans l'eau et entreprit de grimper sur le talus, expliquant que, d'après lui, le gamin était remonté sur le chemin avec l'intention de retourner chez lui, une hypothèse qui déclencha des lamentations hystériques de sa mère. À mesure que l'homme s'éloignait sur la route en appelant, sa voix se diluait sous l'averse. L'absence de ce Noir qui avait essayé de l'aider depuis le début de cette aventure pesa brusquement sur les épaules de Françoise. Elle n'avait plus aucune notion de l'heure, sa montre n'ayant pas supporté le bain dans le Lélé. À nouveau trempée, elle sentait que ses nerfs allaient lui jouer un sale tour. Alors elle s'emplit profondément les poumons, retint son souffle quelques secondes, puis l'expulsa d'un coup dans un cri sauvage capable d'étendre raide un spécialiste des arts martiaux. Une technique efficace qui la soulageait toujours quand elle bouillonnait comme une chaudière sur le point d'exploser. Personne ne s'en émut, sauf un oiseau de nuit qui s'envola avec des battements d'ailes épouvantés. Son calme retrouvé, elle fit demi-tour et buta sur une image qu'elle n'oublierait jamais : à une vingtaine de mètres devant elle, émergeant des ténèbres, sa camionnette semblait flotter sur l'eau comme un spectre laiteux, la pailletant de ses lumières intérieures, et enveloppée d'une vapeur légère parfumée au café.

Cette impression surréaliste fut vite chassée par l'indignation quand elle retrouva le chef de village vautré de tout son long sur une banquette. Il en avait refoulé les autres qui maintenant se serraient en rang d'oignons face à lui. Très détendu, il sirotait le fond de la casserole de café. Elle s'écria, hors d'elle :

– Toi, le grand chef, tu pourrais quand même venir aider, bon sang ! Il faut qu'on le retrouve, ce garçon !

Vexé par le ton agressif, il se redressa sur un coude :

– Sa mère l'appelle, i répond rien. Toi, tu cries partout, i s'en fout. Tout le monde gueule, i vient pas. Si sa tête est pourrie, c'est pas ma faute !

Et, satisfait de sa démonstration, il reprit sa position de roi fainéant.

À la lueur sautillante de sa lampe-tempête, Ali trotte dans la nuit. L'importance de sa mission le pousse aux épaules : il doit vite prévenir ceux qui peuvent sortir Françoise du Lélé. L'image de la camionnette tombant dans l'eau comme une pierre continue à l'obséder. Il n'a pas compris ce qui est arrivé. Depuis que, par tous les temps, il l'accompagne en tournée, ils n'ont eu que des ennuis mécaniques. Elle conduit comme un homme, Françoise, et surtout elle fait très attention pour passer sur les ponts. D'ailleurs, c'est toujours lui qui descend devant pour guider les roues.

Les épaules voûtées, il se concentre sur le rond de lumière qui accompagne ses pieds. Derrière lui, le chien Makou vient de s'arrêter. Il grogne, le museau pointé vers les fourrés. Ali revient sur ses pas, flatte le dos du chien qui continue à gronder, la queue entre les pattes. Malgré ses quinze ans, il n'est pas rassuré, le boy. C'est la première fois qu'il se retrouve, la nuit, seul dans une forêt. Jusque-là, ses plus grandes courses nocturnes n'ont jamais dépassé le trajet entre le village de Facounda et la maison de Françoise. Il n'ose pas lever les yeux vers les frondaisons noires, qui s'agitent très haut, bruissantes de vent et de pluie. Françoise a parlé de cinq kilomètres. Il se demande combien de milliers de pas cela fait pour ses jambes maigres qu'il allonge pourtant au maximum.

Pour se donner du courage, il imagine son arrivée chez le commandant de cercle qui, à cette heure-là, sera rentré à la résidence. Il ne l'aime pas, ce Blanc qui, tous les jours après son bureau, vient chez Françoise faire du tam-tam sur son piano.

En arrivant, il va lui dire tout de suite que Françoise est tombée dans le Lélé avec la camionnette. L'autre va sauter comme la biche. Sur sa figure, il sera plus blanc qu'un Blanc. Après, il lui dira que tout le monde va bien quand même, mais lui, le commandant, il va crier, engueuler le boy et le cuisinier, appeler Zacharie le chauffeur, faire bouger toute la maison. Il aura peur dans son ventre parce que Françoise, il veut sûrement la marier. Elle, elle s'en fout. Quand elle vient du dispensaire, elle ne s'occupe pas de lui. Elle le laisse faire son tam-tam. Ensuite ils boivent le jus d'orange et puis il retourne chez lui. Tous les jours, la même chose : le tam-tam et le jus d'orange.

Agacé, il donne un coup de pied dans une flaque d'eau. Même si c'est normal que les Blancs aiment faire la palabre ensemble, celui-là, il exagère. Un jour, il a voulu dire bonsoir à Françoise sur la bouche. Elle lui a botté la figure. C'était bien. Lui, il rigolait mais ses yeux à elle, c'était même chose la panthère. Elle a dit : « Si vous commencez encore, vos pieds ici c'est fini. » Elle a raison. Faut pas se laisser emmerder par les Blancs.

Françoise, c'est sa mère depuis que le commandant Schmidtt est mort. Brusquement, il revoit la voiture glissant vers l'eau et une grosse main lui tord l'estomac. Et si Françoise était morte, comme son père ? Ça, c'est trop ! Il ne peut pas l'imaginer étendue immobile. C'est comme lorsqu'on lui a dit que le commandant ne reviendrait plus de sa tournée. Il ne l'a pas vu allongé, raide et froid, comme les morts dans le village. Alors, pendant longtemps, il a attendu qu'il revienne. Un jour, Françoise a rangé tous ses uniformes dans une cantine et il a compris. C'était la première fois qu'il était aussi malheureux. Il avait douze ans.

Il frissonne, remonte la mèche de la lampe qui charbonne. Françoise aussi était malheureuse. Après, elle est restée toute seule à Facounda à cause d'Éric Chazelles, le grand type qui faisait des ponts en dur. Celui-là, c'est pas comme Drunet, elle l'aimait. Des fois, il venait dormir à la maison. Ils faisaient zig-zig-zig, c'est sûr. Quand il n'est plus venu, elle a pleuré longtemps. Elle a dit qu'il était parti faire la bagarre avec les Blancs qui ne parlent pas français dans la boîte de la radio. Maintenant, elle ne rigole plus comme avant. La grande bagarre des Blancs, lui, Ali, ne voudrait pas qu'elle finisse. Autrement Françoise retournera dans son pays, et il restera tout seul. Qu'est-ce qu'il fera ? Il ne veut pas être comme Kabaké, le grand boy du commandant. Lui, il veut être chauffeur. Chauffeur de Françoise. Chauffeur en France…

La mèche de la lampe-tempête qui vacillait depuis quelques minutes s'éteint d'un coup. Il fouille dans ses poches trempées et jure. Pressé de filer chercher du secours, il a oublié ses allumettes. D'une seconde à l'autre, l'obscurité est devenue totale. Seul repère pour se diriger, une bande de ciel, tout en haut des arbres, à peine moins noire que les branches qui grincent sous les rafales. Loin derrière, Makou aboie. Il siffle le chien qui arrive à toutes pattes et lui saute le long des mollets en tortillant l'arrière-train sous la main qui caresse son pelage imprégné de pluie.

Avec le morceau de ficelle qui ne le quitte jamais, Ali bricole un collier et une laisse pour l'animal qui, ne goûtant pas la brimade, essaie d'abord de se dégager, puis se résigne. Dans les ténèbres où le garçon avance en aveugle, cette vie au bout de la corde le réconforte. Après avoir trotté sagement quelques instants, Makou détale, entraînant Ali dans son sillage, puis stoppe net devant un obstacle invisible, grondant sourdement comme lorsqu'il montre les crocs pour impressionner l'adversaire. Venant des fourrés, il y a un bruit de galopade, un choc, une mêlée furieuse et un cri de douleur de Makou, qui, sans doute attaqué par une bête, se bat en tirant violemment sur sa ficelle. Ali pense que, s'il le libère, il va s'enfuir. Il ne le retrouvera plus. En se baissant pour le prendre dans ses bras, il heurte au passage un bloc de poils rêches qui crache sauvagement. Affolé, il lance des coups de pied au hasard, puis, se servant de sa lampe-tempête comme d'une masse d'arme, il la fait tourner autour de lui. Quand il réussit enfin à toucher l'agresseur, celui-ci, après un dernier grognement, bat en retraite.

Serrant contre lui le chien qui tremble et gémit, Ali sent sous ses doigts le contact gluant d'une plaie au cou. Il sursaute comme s'il se brûlait, et détale, galopant sans reprendre son souffle. Aiguillonné par la peur, il trouve d'instinct son chemin dans le noir. Quand il sent couler sur son poignet le sang de l'animal, il s'affole, hoquette à chaque pas, lançant des injures vers le ciel, honteux de sa terreur et de ses larmes. Pendant les deux derniers kilomètres, il court à se décrocher le cœur, gêné par le poids du chien qui ne bouge plus.

L'administrateur Drunet posa le livre qu'il lisait et regarda sa montre : neuf heures. Il était agacé de ne pas savoir si Françoise était revenue de sa tournée comme prévu. Il n'avait pas entendu sa camionnette s'essouffler dans la côte. Elle avait dû passer pendant qu'il était sous la douche. Un instant, l'envie lui vint de monter jusqu'à l'entrée du fortin pour vérifier si la voiture était là. Mais, si Françoise l'apercevait en train de rôder, elle allait encore dire qu'elle détestait être surveillée. Il décida d'aller se coucher et monta dans sa chambre.

Une fois dévêtu, il jeta un œil anxieux vers la haute glace qu'il avait fait fixer sur un mur. Malgré ses larges épaules, ce corps bicolore qui s'y reflétait le chagrinait. Dans un ensemble de peau blanche, ses avant-bras, l'échancrure en V de la chemise et l'espace hors short, de la mi-cuisse aux genoux, y découpaient des zones brunes recuites de soleil, très inesthétiques. Un instant, il songea à faire quelques séances de bronzage intégral dans un coin discret du jardin de la résidence : une idée stupide, avec risque d'insolation. Dommage... Tout en massant ses pectoraux un peu plats, camouflés sous un foisonnement de poils noirs, il s'observa de profil, cambra les reins, rentra le ventre, faisant saillir les côtes sur son torse trop mince. Conclusion : il avait besoin de se remuscler, de faire plus que les quelques minutes de culture physique auxquelles il s'astreignait chaque matin, mais dans ce pays chaque effort exigeait un impôt-sueur qui le rebutait par avance. Son autre souci était sa chevelure qui se dégarnissait en pointes profondes partant du front. Pourtant, il en avait essayé, des lotions ! Certains rendaient le port du casque responsable des dégâts. En revanche, il pouvait compter sur ses yeux : « bleu acier, superbes, avec de longs cils recourbés comme ceux d'une femme », prétendait sa mère, admirative. Penché vers la glace, il passa sa langue sur ses dents très blanches, bien rangées, impeccables. Il recula et se lança un dernier regard dans le miroir. Il n'était quand même pas mal…

Il sortit un pyjama propre, enfila le pantalon. Après tout, pourquoi se créer tant de problèmes ? Pour plaire à qui dans ce trou ? Le regard vert de Françoise flotta dans l'air. Il haussa les épaules. À moins d'un miracle auquel il ne croyait plus, jamais il ne viendrait à bout de la résistance de cette fille, implacable dans sa rigidité, s'échappant au moindre attouchement, cuirassée contre le désir, repliée sur des souvenirs vieux de deux ans. L'administrateur Piaud, toujours au fait du dernier racontar, prétendait qu'après la mort de son père elle avait été la maîtresse d'un ingénieur qui l'avait abandonnée pour aller se battre chez de Gaulle en Angleterre. Piaud laissait même entendre qu'elle avait un jour abusé des somnifères. Heureusement, disait-il, il veillait à tout, et grâce à lui elle s'en était tirée. Depuis, Françoise ne semblait capable de tendresse que pour cette grande carcasse de Charlier, le planteur ami de son père qui, malgré ses airs d'oncle-gâteau-ami-de-la-famille, devait rêver de la mettre dans son lit, lui aussi.

Drunet enrageait. S'il avait pu se faire aimer

d'elle, il aurait été comblé : un cercle agréable à commander, des projets intéressants et plusieurs réalisations à son actif, utiles pour son avancement. Une belle carrière toute tracée. Ne manquait que l'amour, celui de cette fille mince et blonde, aux grands yeux clairs et au tempérament artiste. Avec sa vivacité, son efficacité, elle était faite pour lui. Il y avait tout de suite pensé en la voyant, deux ans plus tôt, lors du premier séjour qu'il avait fait à Facounda, comme adjoint de Piaud, lui-même venu remplacer le père de Françoise mort subitement. Très vite, la malchance avait voulu qu'Anna, la fille de l'administrateur, une gamine nymphomane, jetât son dévolu sur lui. Afin d'éviter les complications, il s'était fait muter à Conakry. Après un chassé-croisé dont l'administration était coutumière, Piaud avait été rappelé à de plus hautes fonctions au chef-lieu; lui-même, grâce au hasard et à pas mal de piston, avait été nommé commandant de cercle à Facounda. Il y avait retrouvé Françoise, toujours seule, sereine, mystérieuse et têtue comme une mule.

Durant le séjour de Piaud, elle n'avait pas perdu son temps. Sous prétexte de lui installer des bureaux dont il n'avait nul besoin, elle l'avait convaincu de remettre en état un fortin délabré avoisinant la prison, une énorme bâtisse qu'elle voyait beaucoup plus dans le rôle de dispensaire pour Diallo. Le commandant de cercle avait fermé les yeux sur l'emploi illégal qu'elle faisait de ses corvées de prisonniers. Par la même occasion, elle avait retapé pour elle la vieille maison du planton. Après le départ de Piaud, profitant d'une absence prolongée de commandement, elle avait pris des initiatives incroyables d'audace, pressuré les commerçants pour qu'ils participent à l'entreprise, si bien qu'en quelques semaines le dispensaire était né, pas encore très équipé, mais vrai palace en comparaison de l'infecte baraque où, depuis des décennies, des médecins indigènes s'échinaient à prodiguer leurs soins.

Lorsque Drunet était revenu prendre son poste, l'installation du fortin se terminait. L'âme en paix, sûre du bien-fondé de son action, Françoise avait devancé ses objections : s'il n'était pas d'accord sur la nouvelle destinée du fortin et s'il annulait ses efforts, elle partirait. Tout simplement. Mais il la sentait, au fond d'elle-même, satisfaite qu'il eût été nommé là, car avec un autre administrateur la situation aurait probablement été très différente. Il avait essayé de l'apprivoiser, s'était fait tendre, pressant. Aussitôt elle l'avait rembarré, secouant sa queue de cheval et le renvoyant à ses dossiers. La seule chose qui les rapprochait était le piano, cadeau d'un Syrien, un instrument en piteux état qu'elle avait elle-même réparé tant bien que mal.

À défaut de se faire aimer d'elle, il était humilié de ne pas la troubler sensuellement et confusément jaloux de l'amour physique qu'elle avait connu avec un autre. Parfois ses nuits s'embellissaient de fantasmes érotiques où, délivrée de ses pudeurs, elle se transformait en bacchante perverse, avide de satisfaire tous ses caprices. Lorsque, le lendemain, au hasard d'une rencontre, elle posait sur lui deux yeux indifférents aussi clairs qu'innocents, il détournait le regard, gêné comme si elle risquait d'y lire ses turpitudes nocturnes.

Il soupira, boxa son oreiller et reprit son livre.

– Oui ? lança-t-il en direction de la porte où quelqu'un venait de frapper.

Un garde entra, précédant Ali époumoné,

mouillé, ensanglanté, et portant inerte dans ses bras le chien de Françoise.

– Qu'est-ce que c'est que ça ? Qu'est-ce qui se passe ?

Épuisé par sa course, les jambes tremblantes d'émotion, Ali trouva la pire des réponses :

– C'est miselle Françoise, mon commandant.

– Quoi, Mlle Françoise ? Qu'est-ce qu'elle a ?

– C'est l'accident, mon commandant.

Après une courte bataille avec sa moustiquaire, Drunet jaillit du lit, « plus blanc qu'une douzaine de Blancs », pensa Ali.

Un peu sadique, le boy prit le temps d'aller poser délicatement Makou sur le sol de la véranda avant de répondre :

– La camionnette i tombé dans le marigot.

– Hein ? Quoi ? Elle est blessée ? Parle, bon Dieu !

Il s'étranglait, imaginant l'état de Françoise à en juger par celui de son chien.

Devant l'affolement de Drunet qui, après avoir arraché fébrilement son pantalon de pyjama, sautait dans un short dont il ne parvenait pas à fermer la braguette, Ali eut pitié de ce Blanc qui avait la même idole que lui.

– I coupé là un peu, un peu, dit-il en montrant son sourcil gauche. I dit c'est rien. Y a pas le mal pour personne non plus.

– Et le chien ?

– C'est la bête dans la forêt.

En ceinturant sa saharienne, Drunet alla jeter un regard distrait sur Makou.

– Il est en train de crever...

– Non ! Si Diallo y soigné vite, i crevé pas, mon commandant.

– C'est ça ! On a tout notre temps ! Allez, ouste, dégage !

Raide comme un justicier, l'index levé, le gamin prophétisa :

– Si je dis miselle Françoise ti veux pas soigner son chien, i fâché complet avec toi, mon commandant.

– Ça va, merdeux, mêle-toi de tes affaires !

Quand Drunet bondit dans sa camionnette pour aller prévenir Diallo, il ne vit pas le garçon qui se faufilait à l'arrière avec Makou serré contre lui.

Réveillé, mis au courant de l'affaire, copieusement blâmé pour être revenu sans se préoccuper de Françoise, Diallo fut prêt en cinq minutes et, malgré les protestations de Drunet, en consacra cinq de plus pour soigner le cou déchiré du chien auquel il fit deux piqûres, sachant que, s'il ne le faisait pas, Françoise ne le lui pardonnerait jamais.

Au passage, ils récupérèrent un brancard, quelques gardes à la prison, et les voitures prirent la direction du Lélé.

Il était plus de minuit quand le marigot retrouva enfin sa sérénité. Silencieux tant qu'avait duré l'invasion d'intrus braillards, les crapauds-buffles reprirent possession des lieux, commentant l'événement à s'en faire éclater le goitre. Mille coassements qui, en cadence ou à contretemps, râpaient la nuit.

Assise dans le salon de la résidence, après que son arcade sourcilière eut été suturée, Françoise buvait un grog brûlant qui achevait de l'assommer. Les voix de Diallo et de Drunet l'emmitouflaient d'un brouhaha cotonneux d'où émergeait par moments la basse de Keïta racontant pour la quatrième fois comment il avait retrouvé dans un fourré, à cinq cents mètres du marigot, le jeune Alpha se débattant en pleine crise de nerfs. Il l'avait jeté en travers de ses épaules comme la dépouille d'un fauve et ramené dans la camionnette.

Diallo redescendit au village en emmenant Keïta.

Restée seule avec Drunet, et bien qu'endolorie, Françoise lui parla du chef Abdulaye qui, après que les gardes eurent remonté les malades sur le brancard, avait fait un nouveau caprice en exigeant lui aussi d'être évacué, allongé et à bras d'hommes.

Drunet le connaissait :

– Une tête de cochon qui hait les Blancs. Si un jour il y a des troubles dans ce pays, il y sera sûrement pour quelque chose...

En raccompagnant Françoise chez elle, il l'informa du passage prochain de Piaud.

– J'espère que d'ici là vous aurez repris visage humain, sinon gare aux commentaires au vinaigre sur vos activités illicites !

Elle haussa les épaules et lui souhaita bonsoir, pressée de retrouver Makou que le boy avait installé sur une serviette au pied du lit. Le cou entouré d'un pansement, les oreilles brûlantes, le chien tremblait de fièvre. Quand elle le caressa, il souleva une babine hargneuse. Renonçant à la longue douche dont elle avait rêvé, elle alla s'asseoir, exténuée, devant le miroir de sa table de toilette, se pencha pour voir les dégâts de plus près. Sous les points de suture, une enflure se propageait, tuméfiant la paupière qui, ayant doublé de volume, lui fermait à demi l'œil et lui élargissait la racine du nez : « Un vrai pif de Malinké », aurait dit Charlier. Peu de chose en comparaison de ce qui aurait pu se passer. « Vous avez failli tuer tout le monde », lui avait reproché Drunet qui détestait ces tournées. « Désormais, je ne veux pas... Vous ne devez plus... Je suis responsable, moi ! » Ainsi camouflait-il son angoisse rétrospective sous une litanie d'interdictions. Elle l'avait écouté distraitement. Lorsque tout allait bien, songeait-elle, on l'estimait, on la félicitait, on louait sa ténacité et son courage; victime de la malchance comme aujourd'hui, elle devenait un danger public.

En enfilant sa chemise de nuit, elle découvrit deux énormes hématomes sur son épaule et sa hanche gauches. Quand elle fut dans son lit, elle entendit se refermer la porte de la petite case qu'elle avait fait construire pour Ali. La présence proche du gamin la réconforta. Elle revoyait son regard fou lorsqu'il s'était précipité à la portière. Des flashes de l'accident revinrent brûler ses paupières. Interminablement, elle tombait dans le Lélé. Toujours la même séquence, au ralenti, avec l'affreuse sensation du vide qui creuse le ventre. À la centième chute, elle se leva pour prendre deux comprimés. En passant près de son chien, elle s'agenouilla pour le caresser. Il tourna vers elle deux prunelles dorées à la pupille dilatée, un regard triste qui posait une question.

Dehors, la pluie avait enfin cessé, mais un bruit régulier, insistant, découpait la nuit. Elle se releva et sortit pour voir d'où il provenait. C'était une touque en fer qu'Ali avait laissée sous un arbre. Gorgées d'eau, ses branches y rejetaient leur humidité en lourdes gouttes.

Dégustant enfin le silence après la tension des dernières heures, elle essaya de penser aux jours à venir. Elle avait beau se dire qu'elle pouvait continuer à travailler au dispensaire sans sa camionnette, son abandon dans le marigot devenait un symbole qui lui ôtait tout courage. Tous les résultats obtenus s'effaçaient. Ne subsistait qu'un constat d'échec. À cet instant, elle avait le sentiment que tout ce qu'elle avait tenté depuis trois ans avait été négatif. Elle n'avait pas su comprendre son père lorsqu'il était vivant et, trop orgueilleuse sans doute pour plaider la cause de son amour, elle n'avait pas réussi à retenir Éric. Revenus brutalement s'imposer à son esprit, les deux visages se superposèrent, la forçant à fouiller dans ses souvenirs et à exhumer, d'image en image, d'autres meurtrissures plus cruelles à ajouter à sa détresse présente.

À l'aube, l'oiseau au cri de crécelle rouillée vint, comme d'habitude, s'installer sur un arbre et serina à tous les échos que le soleil allait se lever. Son existence ne semblait justifiée que par ce piaillement d'alarme qui faisait bondir Françoise dans son lit. En dehors de ces quelques secondes grinçantes, il boudait, invisible. Plusieurs fois, réveillée avant lui, elle avait guetté, postée derrière une fenêtre, curieuse de voir quel plumage avait ce gêneur. Elle n'avait jamais réussi. Tout en donnant l'impression qu'il était à portée de main, il n'était nulle part. Alors elle l'imaginait d'après son cri : une boule couleur muraille, un gros cou, un gros bec, de grosses pattes et des yeux comme des phares. Antipathique. Un peu plus tard, l'écho affaibli du clairon saluant les couleurs dans la cour de la résidence arriva, porté par des bouffées de vent. Il était sept heures. Puis l'appel à la prière musulmane survola les murs de la prison toute proche. Un chien qui aboyait sur la route replongea Françoise dans ses soucis. Grimaçant comme une vieille femme rhumatisante, douloureuse comme si elle avait été rouée de coups, elle se leva en gémissant. En l'entendant, Makou se remit sur ses pattes, vint lui passer une langue fiévreuse sur les chevilles, puis retourna se coucher, le museau entre les pattes, la truffe humant l'odeur de café et de pain grillé venue de la cuisine.

– On est bien mal en point, tous les deux, lui dit-elle.

Ali, qui passait devant la porte, donna son avis :

– Attends un peu un peu. Bientôt lui i couri comme avant.

Puis, observant le visage de Françoise d'un œil critique :

– Mon vieux, toi, ti pas belle maintenant...

Pas belle ? Pire ! Le genre boxeur outsider catégorie poids plume, après massacre par K.-O.

D'un tiroir, elle sortit une paire de grosses lunettes noires qu'elle n'utilisait jamais parce que les verres trop importants lui cachaient la moitié du front et des joues. Pour l'occasion, elles seraient parfaites.

– Pour missié Charlier on fait quoi, à midi ? demanda Ali en posant la cafetière sur la table.

Elle souffla sans entrain. Elle l'avait oublié, le vieux copain. Comme souvent, il allait venir passer le week-end auprès d'elle. Un rite affectueux qu'ils appréciaient l'un et l'autre. Il n'avait pas fini de fulminer quand il la verrait dans cet état et qu'elle lui annoncerait l'agonie de sa camionnette. Il allait encore lui chauffer les oreilles à blanc avec ses théories définitives sur les femmes surexcitées qui ne savent pas vivre tranquillement à la maison.

Elle sortit faire quelques pas jusque sur la route. Après le déluge de la veille, le soleil qui ne parvenait pas à percer la couche de vapeur venue du sol maintenait le village et ses alentours comme sous une plaque de verre dépoli, le figeant dans une léthargie silencieuse.

Charlier arriva peu après midi, chargé comme d'habitude de régimes de bananes et de cageots d'ananas. Son large sourire disparut lorsqu'il vit Françoise et ses grosses lunettes en équilibre sur la racine gonflée de son nez. Aussitôt il masqua son inquiétude sous une remarque bourrue :

– Je ne sais pas quelle nouvelle bêtise vous avez faite, mais d'après le peu que j'en vois elle doit être de taille...

– Disons énorme ! Je suppose que vous êtes venu par Nanda ?

– Oui. Pourquoi ? Quel rapport ?

– Si vous aviez pris le chemin habituel, vous auriez vu ma... votre... notre camionnette dans le Lélé.

– Qu'est-ce qu'elle fait là ?

– Je l'y ai jetée exprès, tiens ! Avec plein de gens dedans, dit-elle au bord des larmes et en soulevant ses lunettes.

– Oh la la, la la ! ce travail ! gémit-il en se laissant choir sur un fauteuil.

En quelques phrases désabusées, elle lui expliqua l'accident. Elle n'était pas à la moitié de son récit qu'il vitupérait déjà, gonflé de hargne :

– Ça devait arriver ! Depuis que votre père n'est plus là, tout part en quenouille dans ce bled ! En dehors de vous courir après, qu'est-ce qu'il fabrique, Drunet ? Ça se répare, les ponts !

Elle répliqua que ce pont-là ne devait pas être plus mauvais que les autres. C'était le poids excessif des camions qui les détériorait.

– Alors, qu'il réglemente le trafic ! Qu'il oblige les chauffeurs à décharger leurs excédents avant de passer ! S'il leur flanque quelques amendes carabinées, ils comprendront vite ! C'est mou ! C'est pas du commandement ! Laurent, lui... Enfin, soupira-t-il en allant reprendre son chapeau qu'il s'enfonça sur le crâne d'un coup de poing.

– Où allez-vous ?

– On ne va pas la laisser croupir, cette voiture ! Je vais voir si votre bon à rien peut me prêter une corvée de prisonniers costauds. Avec le Berliet et des câbles, on doit pouvoir la remonter.

D'une voix lasse, elle lui suggéra de ne plus tourner comme un lion en cage et de prendre le temps de déjeuner avant d'entreprendre son sauvetage. Il s'arrêta d'arpenter le salon et envoya voltiger son chapeau à l'autre bout de la pièce :

– Tiens, à propos de sauvetage, j'en ai un pour vous, moi aussi.

Il raconta qu'en doublant un car en panne dans une côte il avait aperçu, parmi les passagers indigènes descendus sur la route, une jeune femme blanche qu'il avait prise à bord de son camion. Elle se rendait dans un village à une trentaine de kilomètres de Facounda.

– Qu'est-ce qu'elle va y faire ?

– Elle prétend qu'elle vient se marier avec un gars qu'elle a connu à Conakry.

– Je ne vois pas d'Européen dans le secteur...

– Ben oui..., c'est un négro. Je n'ai pas voulu me mêler de ça, mais, entre femmes, vous devriez lui expliquer que ce ne sera pas drôle tous les jours de vivre dans un village indigène.

– Elle ne nous a pas attendus pour y réfléchir, tout de même.

– Pas sûr. Elle a l'air d'une brave fille assez paumée. Je pense que vous pourriez...

Françoise se passa une main sur le front et soupira :

– Je suis complètement abrutie aujourd'hui. Je ne serai pas une avocate bien brillante. Si elle tient à son amoureux, ce que je peux lui dire ne la fera pas changer d'avis. Elle a sûrement une bonne raison pour venir le retrouver ici. Et, en plus, je trouve que ça ne nous regarde pas.

– Quand même, Françoise, voyez-la. C'est une pauvre gosse...

Lucette Pastori avait tout juste vingt et un ans : un visage pâlot sous des cheveux bouclés, décolorés jusqu'au blond platine, des sourcils très foncés et des yeux noisette aux cils encrassés de mascara. De petite taille, perchée sur des chaussures à talons hauts, elle se tenait très droite, serrée dans une robe de cotonnade rose à pois blancs dont le décolleté profond révélait la naissance de seins particulièrement généreux pour leur jeune âge.

Pendant le déjeuner, apparemment plus en confiance avec Charlier, elle jetait des regards méfiants vers Françoise cachée derrière ses lunettes d'espionne. Se disant « sans appétit en ce moment », elle délaissa le poulet grillé et les frites de patates douces, mais avala trois grosses parts de gâteau de riz et autant de pots de crème au chocolat. Chaque fois qu'elle saisissait les couverts posés près de son assiette, ses ongles recourbés en longues griffes laquées rouge sang raclaient la nappe.

Comme s'il ne se souvenait plus du problème que posait la jeune fille, Charlier s'arrangea pour que la conversation tournât uniquement autour de la manière dont il allait récupérer la camionnette. Son café avalé, il se leva, rassurant sa protégée préoccupée par la fin de son voyage : qu'elle patiente jusqu'au lendemain, il la conduirait lui-même à destination.

– Si elle est attendue aujourd'hui, on va s'inquiéter, objecta Françoise.

Vivement, l'autre répliqua qu'ignorant la durée du trajet, elle n'avait pas prévenu de son arrivée. Elle s'en félicitait : « C'est vraiment au diable, cette brousse... » L'œil rêveur, elle regarda Charlier qui traversait la cour à grandes enjambées et demanda de sa voix lente et un peu enrouée :

– Qu'est-ce qu'il est sympa, votre ami ! Il fait quoi dans la vie ?

Elle fut intéressée d'apprendre qu'il était planteur et s'étonna de la solitude de Françoise, tout en détaillant l'installation de la maison :

– J'adore les intérieurs bien arrangés comme ça, moi. Je prends des idées, vous savez...

Françoise se demanda si le « futur » lui avait bien précisé qu'elle allait habiter une paillote.

Lucette venait de Conakry où elle vivait avec son père, veuf depuis dix ans. Employé dans une société d'import-export, il avait été muté en Afrique quelques mois avant le début de la guerre.

– Moi, je suis apprentie coiffeuse : « Boucles d'Or », boulevard de Boulbinet, vous connaissez ?

Françoise n'avait jamais mis les pieds chez « Boucles d'Or », ni chez aucun autre coiffeur lors de ses passages au chef-lieu.

– Vous parlez d'un apprentissage ! reprit Lucette avec amertume, on me faisait balayer par terre et passer les épingles.

Puis, sans transition :

– Si le monsieur ne peut m'emmener que demain, je coucherai où, moi, cette nuit ? Déjà, hier, j'ai dormi dans le car avec les indigènes et des paniers de poules. Ça sentait mauvais !

Quand elle sut qu'elle aurait le lit pliant du salon réservé à Charlier quand il séjournait chez Françoise, elle remarqua :

– Ah bon ! il couche là ? Alors, qu'est-ce qu'il va faire cette nuit ?

– Il demandera à l'administrateur de l'héberger. Où sont vos bagages ?

Charlier avait déposé devant la porte deux valises consolidées par des croisillons de ficelle. Lucette alla chercher la plus petite des deux qui lui posa aussitôt un problème :

– Ça m'embête de l'ouvrir. Avec tous ces nœuds que j'ai faits, je vais me casser les ongles et, si je coupe la corde, je ne saurai plus l'entortiller aussi bien.

Françoise lui proposa alors de lui prêter la chemise de nuit dont elle avait besoin. Pour la beauté, Lucette avait un « nécessaire » dans une sacoche de toile bourrée à craquer, d'où elle sortit un invraisemblable assortiment de flacons, boîtes, pots, tubes, crayons, limes, pinces, peignes, brosses et pinceaux qu'elle aligna sur la table en commentant à mesure :

– J'ai amené plein de trucs parce qu'en brousse ça ne doit pas être facile d'en trouver. Déjà, à Conakry, y a pas grand-chose. Comment vous faites, vous ?

– Je me débrouille avec des fruits et des huiles. À part un peu de rouge sur les lèvres, je ne mets plus rien.

En connaisseuse, Lucette affirma :

– C'est dommage, vous ne seriez pas mal si vous vous arrangiez un peu. Faut dire qu'avec vos lunettes on ne se rend pas bien compte !

L'autre poussa un cri quand Françoise les souleva en plaisantant :

– Pour les yeux, vous voyez, c'est déjà fait :

du bleu, du violet et, dans quelques jours, du vert et du jaune.

Puis, s'excusant tout à coup d'être indiscrète, elle lui demanda ce qu'elle venait faire en brousse.

– Je l'ai dit au monsieur. Je viens retrouver mon fiancé. C'est un fils de chef. Il habite à... attendez, je ne me rappelle jamais, dit-elle en sortant un papier de son sac.

Elle lut, détachant les syllabes :

– Ba-sa-la-wo-ro. C'est loin ?

– Pas très. Qu'est-ce qu'il fait, votre fiancé ?

– Il est très instruit, vous savez. C'est pour ça qu'il était secrétaire-vendeur chez Papadopoulos, à Conakry. C'est là que je l'ai connu, en allant faire des courses pour ma patronne. Il y a deux mois, il s'est disputé avec le Grec et il n'a plus voulu y rester. Il préférait repartir chez lui à Basala... chose pour parler de moi à son père. Je vous ai dit que son père était un grand chef ?

– Oui.

Une association de nom et de lieu tracassait Françoise. « Basalaworo »..., un grand chef..., Abdulaye ?... « Pitié ! Pitié pour cette pauvre fille », pensa-t-elle, en souhaitant se tromper. Elle fila à la cuisine, où Ali repassait des draps en moulinant son habituelle petite chanson, pour lui demander s'il se souvenait du nom du village où le chef Abdulaye était monté dans la camionnette. Le boy réfléchit quelques secondes, souleva le couvercle de son gros fer en fonte et cracha sur les braises qui grésillèrent.

– Y a un copain pour moi, là-bas, dit-il... Attends...

– Ce n'est pas Basalaworo ?

Quand elle vit le visage du gamin s'épanouir,

elle se serait volontiers recouchée. D'abord parce qu'elle n'était que courbatures, ensuite pour réfléchir au machiavélisme du destin capable de concocter de telles rencontres : Lucette, belle-fille en puissance d'Abdulaye, ce personnage odieux et autoritaire qui détestait en bloc tous les Blancs !

Spontanément, la jeune fille raconta qu'après être reparti dans son village, Sitafa, son fiancé, était resté un certain temps sans donner signe de vie. Alors, elle l'avait relancé. Il avait fini par lui répondre qu'étant très occupé avec son père il n'envisageait pas pour le moment de retourner à Conakry. Il fallait qu'elle soit patiente. Les semaines continuant à filer sans autres nouvelles, elle avait eu un coup de cafard et, un soir, avait confié à son père, qui s'étonnait de la voir sans appétit, son désir d'épouser un garçon très gentil, sérieux, gagnant bien sa vie, d'une bonne famille...

... noire...

Fou furieux, le père avait menacé de la jeter immédiatement à la rue, hurlant que, lui vivant, jamais un nègre ne toucherait sa fille et que, s'il le rencontrait, il lui casserait les reins.

– Heureusement que je ne lui ai dit ni son nom ni où il travaillait, dit Lucette, le visage crispé.

Puis, avalant difficilement sa salive, elle ajouta qu'il l'avait traitée de « traînée » qui le déshonorait et que c'était une chance que sa pauvre mère soit morte avant d'avoir entendu parler d'une chose pareille. Elle devait choisir : son père ou son nègre. Et vite !

– Dès le lendemain, il n'a plus voulu que je remette les pieds au salon. En partant travailler, il m'enfermait à clé dans l'appartement. Au bout de quinze jours, c'était plus possible. J'en ai eu assez. Comme il m'avait dit de choisir, j'ai choisi. Mes valises étaient prêtes, cachées sous mon lit. Avant-hier, pendant qu'il faisait la sieste, j'ai filé. Qu'est-ce que j'avais peur dans la rue ! Mais moi, je voulais retrouver Sitafa. Nous allons nous marier. On s'aime tous les deux. Je n'ai jamais connu quelqu'un d'aussi gentil. Il est beau ! Si vous saviez ! Il est fort, chic. Il me fait toujours rire, surtout quand il danse !

Puis, secouant une tête décidée :

– Que ça plaise ou non à mon père, je n'ai pas besoin de sa permission pour faire ce que je veux. Je suis majeure. Et voilà ! conclut-elle, en triturant son mouchoir.

« Et voilà !... » pensa Françoise, perplexe devant le problème de Lucette qui reprit :

– Maintenant, j'ai peur de ce qu'il va faire. Quand quelque chose ne lui plaît pas, il devient terrible. Une fois, j'ai ramené un chaton tout gris qu'une cliente du salon m'avait donné. Tout mignon, adorable, avec des yeux bleus. C'est rare les chats ici, je ne sais pas pourquoi. Lui, il les a en horreur. Le pauvre petit matou avait à peine fait un minuscule pipi sur le carrelage de la douchière qu'il l'a assommé d'un coup de pied dans la tête. C'est une vraie brute par moments. Vous croyez qu'il va me faire rechercher ?

– Je ne pense pas. Tel que vous le décrivez, je ne le vois pas en train de raconter à la police que sa fille est partie avec un Noir. Je crois plutôt qu'il va attendre que vous reveniez de vous-même.

– Ça, jamais ! cria-t-elle, en secouant ses poings serrés.

Elle regarda Françoise avec anxiété.

– Et vous ? Vous ne direz à personne où je suis, n'est-ce pas ?

– Vous me mettez dans l'embarras. Normalement, le commandant de cercle devrait être prévenu.

– Qu'est-ce que ça peut lui faire à celui-là ?

– Il doit être informé de la présence des Blancs qui circulent sur son territoire.

– Si on lui dit, c'est fichu ! Supposez que mon père signale ma disparition, ça se saura partout. Votre commandant, pour se faire mousser, sera trop content de dire qu'il sait où je suis. Si vous, vous ne lui dites rien, il l'ignorera. Votre copain du camion est très gentil. Il ne parlera pas de moi. Et puis, en venant, je n'ai vu que des indigènes.

Devant son air malheureux, Françoise renonça à lui expliquer que là, justement, résidait le danger, les yeux des Noirs ayant l'acuité d'un radar; et surtout que la transmission de leurs informations égalait en rapidité les reportages radiodiffusés de l'arrivée d'une course sur l'hippodrome de Longchamp.

Brusquement, Lucette se mit à pleurer. Françoise pensait que, quoi qu'elle lui conseillât, la malheureuse n'aurait qu'une idée : s'accrocher à son amour noir comme à une bouée. Aucun raisonnement ne pourrait l'atteindre. Charlier lui avait fait un cadeau empoisonné en la chargeant de plaider la sagesse. Ouvrir les yeux de Lucette sur les déceptions qu'elle risquait d'avoir en allant s'enterrer dans la brousse, en milieu indigène, était une cruauté supplémentaire qui la désespérait définitivement. Que faire ? Lui recommander de retourner vers le monde blanc où l'attendait un père intraitable ou la laisser subir l'autorité d'Abdulaye, au cas où Sitafa lui ferait admettre une femme blanche ?

Plusieurs réflexions de Lucette prouvaient qu'elle n'avait pas la moindre idée de ce que pouvait être l'existence d'une Blanche dans un monde strictement noir, isolé en forêt. Elle ignorait tout de ses lois, de ses rites et, en particulier, l'importance des relations filiales tellement imprégnées de respect et d'obéissance. Sous la férule de son père, Sitafa ne devait pas échapper à la règle.

Comme elle devait faire quelques courses, Françoise proposa à Lucette de l'accompagner au village. Celle-ci refusa d'abord, sous prétexte de ses talons pointus. Françoise lui prêta une paire de sandalettes et, une fois chaussée, la jeune fille se précipita vers le miroir pour essuyer les larmes de rimmel qui sillonnaient ses joues.

Elle s'intéressa surtout aux boutiques libanaises ou syriennes, y entra pour voir ce qu'on y vendait, puis suivit Françoise qui, de case en case, visitait les femmes qu'elle connaissait. Malgré son visage un peu rasséréné, Lucette restait préoccupée.

– C'est toujours comme ça, la brousse ? Il n'y a rien d'autre ? Pas de bistrots, pas de petits bals ?

Françoise lui dit que, là où elle voulait se rendre, il n'y aurait même pas une boutique; quant aux « petits bals », qui se tenaient sur la place centrale dans chaque village, ils étaient uniquement consacrés aux danses rituelles. Le fox-trot ou le tango n'y étaient pas chose courante...

– Quand Sitafa vous a parlé mariage, il n'a pas précisé où vous iriez vous installer ?

– Non. Je sais seulement qu'il veut succéder à son père comme chef.

En évoquant la quarantaine musclée d'Abdulaye, Françoise songeait qu'il ne donnait pas l'impression d'être atteint par la limite d'âge, surtout dans ce pays où les vieux chefs étaient les plus vénérés.

– En somme, ça vous serait égal de vivre dans une paillote comme celles que nous venons de voir, au milieu de femmes qui ne vous accepteront peut-être pas très bien. Le racisme, ça existe aussi dans ce sens-là...

– Puisque j'aime un homme noir, pourquoi je ne serais pas copine avec les femmes aussi ? Vous vivez bien avec eux, vous...

– Ça n'a rien à voir. Je suis seule, je suis aidée par Ali, je ne suis pas obligée d'aller chercher du bois en forêt, de puiser l'eau au marigot, de repiquer le riz ni de cuisiner sur trois pierres. Je vis à l'européenne dans un cadre privilégié parce que mon père a longtemps commandé cette région.

– Si je lui demande, je suis sûre que Sitafa me fera construire une maison comme la vôtre et qu'il me donnera des boys pour le travail. Forcément, puisqu'il sera chef...

Elles remontèrent lentement chez Françoise, en empruntant un chemin détourné pour ne pas avoir à passer devant la résidence ou les bureaux. Devant elles, ayant pris aussi le raccourci, Ali marchait, balançant à bout de bras une petite glacière dont il venait de faire le plein de glaçons au réfrigérateur de l'administrateur.

Soudain, Lucette s'immobilisa, le visage décomposé et, une main sur la bouche, se précipita sur le côté du sentier pour vomir. Le front emperlé de sueur, les yeux larmoyants, elle justifia son malaise :

– C'est la chaleur. À Conakry, il faisait plus frais.

Puis, d'un ton résigné, lamentable :

– Il faudra bien que je m'y fasse, à la vie que

vous dites, avec les femmes noires, les cases et tout...

Avec soulagement, elles retrouvèrent la pénombre du salon et une citronnade fraîche qu'elles burent avidement. Avec un glaçon pêché au fond de son verre, Lucette mouilla son front resté pâle.

Françoise pensa qu'il était temps d'utiliser un style direct :

– Lucette, est-ce que vous ne seriez pas enceinte ?

Battements de cils précipités de la malheureuse qui, les yeux baissés sur ses mains, faisait tourner une bague dorée ornée d'une pierre bleue autour de son annulaire gauche.

– Ben... peut-être. Ça peut arriver, vous savez.

– Vous dites « peut-être ». Vous avez vu un médecin ?

Non. Elle n'avait vu personne ni confié à qui que ce fût ce qui la tourmentait depuis deux mois. Après la scène avec son père, elle n'avait pensé qu'à fuir, avec un seul objectif : rejoindre Sitafa.

– Qu'est-ce que je pouvais faire d'autre ? Me jeter dans le port ?

– Supposez que le père de Sitafa ne veuille pas de ce mariage, comment et où comptez-vous vivre ?

– J'en sais rien. Ce qui est sûr, c'est que je ne retournerai pas à la maison !

Puis, soudain révoltée comme si Françoise était décidément bornée :

– Enfin quoi, je vous ai dit que je l'aimais, Sitafa. Je veux être avec lui. N'importe où. Le reste, je m'en fiche !

Restait une dernière carte, la plus délicate, qu'il fallait bien abattre :

– Vous m'avez dit qu'il était musulman. S'il veut avoir plusieurs femmes, vous serez d'accord pour accepter ça aussi ?

Elle s'étrangla d'indignation :

– On voit bien que vous ne le connaissez pas ! Il ne me ferait jamais une chose pareille !

Françoise, qui se détestait particulièrement dans ce rôle de démolisseuse au cœur de pierre, ajouta :

– Chez les musulmans, ça fait partie de leurs coutumes.

Ulcérée, les pommettes enflammées, Lucette protesta :

– Vous n'êtes pas chic de me dire des trucs pour me faire peur !

– Mais ça ne m'amuse pas du tout ! Seulement, comme vous allez vers une vie inconnue, je crois bien faire en vous prévenant de ce qui pourrait se produire.

La confusion qui régnait dans l'esprit de la jeune fille se reflétait sur son visage chiffonné. Elle demanda, radoucie :

– À ma place, qu'est-ce que vous feriez, vous ?

– Je demanderais à Sitafa d'aller vivre ailleurs qu'en plein village noir et avec sa famille. Si vous craignez de retourner à Conakry à cause de votre père, vous pouvez très bien aller travailler tous les deux dans une autre ville d'Afrique. D'après ce que vous m'avez dit, Sitafa parle et écrit bien le français...

– Et l'anglais !

– Raison de plus pour trouver un emploi. Plus tard, quand la guerre sera finie, vous pourriez même aller en France.

Lucette repoussa en bloc l'exposé de Françoise :

– Il ne voudra pas en entendre parler. Je vous

l'ai déjà dit : son idée, c'est d'être chef, comme son père. S'il n'est pas revenu à Conakry, comme il me l'avait promis, c'est bien parce qu'il tient à rester près de lui. D'ailleurs, il m'a dit qu'il n'aimait pas la ville et que les Blancs qui y vivaient le dégoûtaient. Surtout les Français !

– Ah ! bravo ! Ça ne l'a pas dégoûté de s'approprier une de leurs femmes !

– C'est vrai ! constata la jeune fille, extasiée.

– Est-ce qu'il sait que vous attendez un enfant ?

– Non, je veux lui faire la surprise...

De plus en plus affligée, Françoise lui proposa de l'emmener au dispensaire où elle pourrait profiter ce jour-là du passage mensuel d'une sage-femme indigène. L'autre refusa, bêtement choquée, et pour bien faire comprendre que le débat était clos elle s'informa de l'heure à laquelle Charlier comptait l'emmener le lendemain matin.

Incroyable statue de boue, ronchonnant par principe et dissimulant sous une humeur massacrante sa satisfaction d'avoir réussi, Charlier fut de retour un peu avant l'heure du dîner.

– Quel sale boulot ! Faudra pas compter sur moi la prochaine fois. Et vous pourrez distribuer des bons bakchichs aux prisonniers. Quand ils ont reconnu votre camionnette, ils se sont défoncés comme s'il s'agissait d'un trésor qu'ils allaient se partager !

En tirant sur ses bottes qui avaient déjà souillé tout le sol du salon, il s'inquiéta :

– Elle est partie, la blondinette ?

– Non, elle prend une douche.

Profitant de ce que Lucette s'attardait dans le cabinet de toilette, Françoise lui dépeignit la pitoyable histoire et les personnages du mélo : le Don Juan noir, fils d'un chef francophobe, le père outragé, tout ce monde-là bien raciste, et le petit métis qui poussait doucement dans le ventre de sa mère...

– Aïe, aïe, aïe, quelle misère ! soupira le planteur en cherchant du regard un siège où poser sans dommage son postérieur crotté de poto-poto. Alors, demain, faudra que je l'emmène dans son bled ? Moi qui comptais passer un dimanche pépère dans un bon fauteuil, en mangeant avec vous la grosse tarte à l'ananas que mon cook nous a préparée... Ça m'apprendra à jouer les saint-bernard.

Ensuite, il raconta en détail les manœuvres acrobatiques qu'il avait dû faire pour remonter la camionnette.

– Le pont était déjà réparé ?

– Pensez-vous ! C'est la première chose qu'on a faite en arrivant avec les quatre petites poutrelles que je trimbale toujours dans le camion, mais il faudra que Drunet se débrouille autrement, parce que je les ai récupérées. Bon sang, je suis complètement crevé, dit-il en bâillant.

– Je suis ennuyée pour cette nuit. Vous serez privé de votre lit. Pour une fois, vous demanderez l'hospitalité à Drunet.

– Pourquoi pas l'inverse : moi ici et la mignonne chez le bel administrateur ? Qui sait, ça serait peut-être la solution à son problème, à cette pauvre gamine, et en plus ça calmerait les ardeurs de l'autre excité. Moi, avec les coussins du divan, je peux dormir là, dit-il en désignant le tapis de corde sur le sol de la salle à manger. Je ne veux rien demander à Drunet. Il s'est déjà fait tirer l'oreille pour me fournir des prisonniers. Pourtant, c'était pour ramener votre voiture !

– Hier soir, une fois qu'il a été rassuré sur le sort de tout le monde, on aurait dit qu'il était content que ma camionnette soit fichue.

– On ne peut pas dire qu'elle soit fichue. Tordue et cabossée..., ça oui. Plus tard, quand elle sera sèche, je reviendrai avec un bon mécano. Il me dira si on peut la retaper. Pour le moment, elle égoutte dans un coin derrière la résidence.

– Pourquoi ne pas l'avoir tirée jusqu'ici ?

– Drunet a exigé qu'on la laisse là. Je n'ai pas eu envie de discuter encore.

Françoise, que le sujet préoccupait, demanda à Charlier si, à son avis, elle devait parler de Lucette à l'administrateur et, surtout, l'informer de ses relations avec le fils du chef de village. Il y fut tout de suite hostile : Ce faiseur d'embarras allait en faire une montagne, grimper sur ses grands chevaux et câbler illico au chef-lieu pour se couvrir, comme chaque fois que se produisait un événement non prévu par les réglements de l'administration. Il conclut :

– Ce serait le meilleur moyen de mettre le père aux trousses de sa fille et de son amoureux. Elle est libre et majeure. Jusqu'à nouvel ordre, et tant que les nazis ne débouleront pas jusqu'ici, chacun peut encore vivre à sa guise dans ce pays, et sans la bénédiction de Drunet.

Peu convaincue, Françoise hocha la tête :

– D'accord, elle est majeure, mais d'une fragilité incroyable. Pas du tout adulte. Je n'aime pas cette histoire-là.

Dès huit heures, le lendemain matin, Lucette était sur le pied de guerre, fardée, apprêtée, laissant un sillage de bouffées capiteuses. Elle piaffait d'impatience, prétendant que, morte de peur à cause des cris d'animaux venus rôder sous ses fenêtres, elle n'avait pas fermé l'œil de la nuit. Comment Françoise pouvait-elle supporter ça, toute seule, à longueur d'année ?

Au cours du petit déjeuner, elle supplia la jeune femme, qui avait été « si gentille », de les accompagner jusqu'à Basalaworo. Peu enthousiasmée à la perspective de refaire cette route après son équipée de l'avant-veille, Françoise accepta néanmoins pour faire plaisir à Charlier qui trouvait l'idée géniale puisqu'elle leur permettait de rester ensemble. En franchissant le pont provisoirement réparé, elle constata que le niveau du marigot avait beaucoup monté depuis l'accident. Témoignant des efforts déployés, le talus sur lequel on avait tiré la camionnette était labouré, creusé d'entailles profondes, mâchuré de piétinements et de glissades. Elle tourna vers Charlier un regard reconnaissant. Son chapeau rejeté sur la nuque, une fine résille de rides autour des yeux, il souriait, devinant ce qu'elle pensait à cette seconde.

Si Lucette n'avait pas été assise entre eux, Françoise aurait posé son front sur l'épaule de son ami, pour qu'il sache à quel point sa bonté et son dévouement lui étaient toujours précieux. Elle regardait ses fortes mains griffées d'estafilades qui tenaient le volant et le profil de vieux lion dont la crinière blond fauve s'argentait de plus en plus sur les tempes. Dans tout ce qu'elle pensait ou faisait, il y avait une référence à l'opinion de Charlier : « Charlier n'aimerait pas ça... », « Charlier serait furieux... », « Il faudrait que j'en parle à Robert ». Elle appréciait cette oreille toujours attentive. Son affection pour lui était neuve, sans passé, née de leur première rencontre à l'aérodrome quand elle était arrivée de France. Pour lui, cette amitié avait très vite évolué vers des sentiments plus tendres qu'il lui avait avoués. Elle l'avait gentiment repoussé et il avait paru se résigner. Lorsque Éric était entré en scène, il l'avait accepté avec élégance, ne voyant que le bonheur de Françoise. Depuis la mort de Laurent et le départ d'Éric, il jouait les pères nobles, la protégeait, toujours vigilant; mais, devinant que ses sentiments n'avaient pas changé, elle s'efforçait de ne jamais avoir un geste prêtant à équivoque. Quelquefois, si en discutant elle soutenait un peu trop longtemps le regard clair de son ami, elle voyait une ombre y passer. Il détournait la tête, faisait craquer ses phalanges et s'étirait comme si une courbature soudaine le faisait souffrir.

Quand elle analysait ses relations avec les hommes qui avaient traversé sa vie, elle ne trouvait que des résultats négatifs ou mitigés :

Auprès de son père elle avait tout d'abord vécu quelques mois pénibles. À peine leurs échanges étaient-ils devenus plus chaleureux que le sort frappait un grand coup, la laissant à jamais insatisfaite et bourrelée de remords.

Éric ? Elle avait connu avec lui l'amour total et partagé, mais, là encore, il y avait eu l'arrachement et la souffrance.

Avec Drunet, c'était la lutte, la cohabitation forcée dans le microcosme où ils vivaient tous les deux, la sensation à la fois flatteuse et lassante d'être poursuivie par un homme qui ne pensait qu'à la séduire alors qu'elle rêvait d'une amitié sans problèmes.

En conclusion, Charlier représentait le père, l'oreille, le cœur qu'elle aurait voulu pouvoir chérir sans arrière-pensée, mais maintenant les données étaient faussées, et dans ce bilan tout le monde était perdant.

Redoutant le malentendu, elle refrénait ses élans à son égard. De son côté, il détestait la vie solitaire qu'elle avait choisie, accaparée par des malades, isolée entre le dispensaire et la prison, sans autre distraction que la peinture ou le piano. Les visites qu'il lui faisait souvent l'obligeaient à parcourir un nombre impressionnant de kilomètres pour ne passer que deux ou trois jours auprès d'elle. Il était évident que leurs relations, pourtant platoniques, avaient alimenté les commérages, mais Françoise n'y avait jamais attaché d'importance, trop heureuse de retrouver la présence de Charlier, toujours bourru et critique, mais attentif à ses joies ou à ses soucis.

En repensant à l'accident de la veille, elle se contracta. Une peur rétrospective lui fit une fois de plus prendre conscience de la fragilité de la vie. À cette seconde, elle décida qu'elle devait sortir de la coquille sécrétée autour d'elle au fil des jours. Avant même d'y avoir réfléchi plus longtemps, elle s'entendit déclarer :

– Vous savez, Robert, j'ai envie d'aller passer quelques jours chez vous, à la plantation. Ça chassera mes idées noires.

Sans répondre, il se mit à siffloter.

À l'entrée de Basalaworo, se dressaient deux magnifiques flamboyants que Françoise reconnut.

Le front soucieux, Lucette tendait le cou vers les premières cases disposées en couronne autour d'une place où des enfants se chamaillaient parmi les poules et les chèvres. À mesure qu'il avait pris de l'importance, le village s'était étiré jusqu'à l'orée d'une petite forêt clairsemée.

Charlier préféra rester à l'écart avec son camion qu'il rangea hors du village pendant que les deux femmes avançaient vers une poignée de Noires rassemblées par la curiosité, louchant sur la chevelure presque blanche de Lucette et son visage trop fardé. Des gamines vinrent se planter devant elle en se frottant vigoureusement les joues, caressant leur bouche avec l'index et imitant par des moulinets de leurs doigts les grosses boucles tirebouchonnées de sa coiffure. Dressée sur ses orteils, une fillette effrontée se tailla un fameux succès en singeant la démarche sur hauts talons de Lucette qui ne semblait rien voir. Les mères étouffaient des rires derrière leurs mains tout en feignant de houspiller les petites insolentes.

Bon début...

Un adolescent à l'air déluré les renseigna sur l'endroit où elles pourraient trouver Sitafa : tout au bout du village, dans la concession du chef Abdulaye.

– Allons-y, dit Françoise en entraînant Lucette qui se tamponnait le visage avec son mouchoir fleurant l'eau de Cologne.

Hésitantes, elles s'arrêtèrent devant l'une des quatre grandes cases clôturées de bambou. Une vieille femme sortit de l'ombre de la véranda et s'approcha, tout en malaxant de la pulpe de manioc dans une cuvette. Au nom de Sitafa, elle tendit un bras flétri vers la forêt d'où venaient des coups sourds.

Leur jeune guide proposa :

– Si tu veux, je peux chercher.

Puis, le regard fixé sur une silhouette encore lointaine :

– Voilà. Il vient !

Il venait. Grand, mince, sombre, torse nu. Un pantalon bleu s'arrêtant au-dessus du mollet moulait ses hanches étroites et ses longues cuisses. Il tenait une hache à la main. Une plastique impressionnante. Un marbre noir en marche.

– C'est lui, dit Lucette. J'y vais !

Françoise la retint par le bras :

– Attendez...

– Mais je vous dis que c'est lui !

– Très bien, mais il ne faut pas vous donner en spectacle devant tout le village. Attendez d'être seuls.

À une vingtaine de mètres, Sitafa s'immobilisa, indécis, puis reprit sa marche. Le bandeau de tissu orange qui lui cernait le front et dont les deux pans noués lui battaient la nuque lui donnait un style particulier rappelant celui des danseurs de ballets nègres d'avant-guerre. Quand il fut plus proche, Lucette n'y tint plus et fila se planter devant lui.

– Tu vois, je suis venue !

Le masque impassible, lançant des regards obliques vers l'attroupement de villageois passionnés par la scène, il lui tendit une main molle. À Françoise qui se présentait, il fit un bref signe de tête :

– Mon père connaissait le commandant Schmidtt.

Isolée dans son bonheur, le cou renversé en arrière, Lucette dévorait des yeux le garçon qui la dominait de deux têtes. Il était compréhensible qu'elle se fût éprise de ce Noir à l'allure exceptionnelle dans ce pays où les mâles, s'ils sont assez bien bâtis en général, ont souvent des faciès lourds. Un lointain mélange de races lui avait donné un visage fin aux traits bien sculptés, éclairés par des prunelles marron clair particulièrement larges. Son air satisfait, une nonchalance mêlée d'arrogance faisaient penser à un grand félin qui, tout en clignant calmement des yeux, n'en bande pas moins ses muscles pour bondir.

Lucette voulait savoir s'il était content de la revoir. Il ne répondit pas et, pressé d'échapper aux spectateurs, il invita les deux femmes à le suivre dans l'une des cases. Au passage, il jeta sa hache sur le sol et une phrase rapide à la vieille qui triturait toujours sa purée de manioc.

La case de Sitafa, au sol recouvert de nattes, ressemblait à toutes celles où Françoise avait eu l'occasion d'entrer, avec toutefois un confort supplémentaire : un divan en rotin recouvert d'une peau d'antilope, un beau coffre en bois, une table et trois tabourets. Sur le mur, pendus à des clous, un miroir à trois faces et plusieurs cintres portant des vêtements soigneusement protégés par des housses de cellophane : des boubous richement brodés et deux complets blancs dont les vestons aux larges revers s'ornaient de pochettes de couleurs pastel. Au sol, bien alignées, des babouches en cuir tressé et d'étonnantes chaussures de mafioso blanches, très pointues, avec bouts et talons en vernis noir perforé. Sans doute était-ce dans cette tenue ad hoc pour petits bals que la pauvre Lucette s'était laissé fasciner.

Tout en s'excusant d'être en sueur, car il venait de débiter un tronc d'arbre, Sitafa se sécha soigneusement en jetant un regard sévère à la jeune fille béate d'admiration.

– Pourquoi tu n'as pas dit que tu venais ?

– J'ai voulu te faire la surprise.

La silhouette de la mère se découpa dans l'embrasure de la porte. Elle apportait trois gobelets d'aluminium sur une planche. À l'intérieur, une boisson fumante. Après un moment de silence, Sitafa demanda à Lucette pourquoi elle avait maintenant des cheveux blancs. Elle s'esclaffa :

– C'est pas blanc ! Ça s'appelle platine.

– C'est pas beau.

– Pourtant, au salon, tout le monde m'a dit que je ressemblais à Jean Harlow ! C'est chez toi ici ?

En silence, ils sirotèrent leur kinkiliba brûlant, un puissant diurétique qui fit grimacer Lucette. Venus de l'extérieur, et tout proches, des rires accompagnant un martèlement de pilon s'engouffrèrent dans la case. Sitafa se leva d'un bond pour aller jeter une phrase cinglante. Toujours curieuse, Lucette le suivit pour demander ensuite :

– C'est qui, les filles qui travaillent dehors ?

– Les femmes de mon père.

– Ses femmes ? Mais c'est des gamines ! Elles sont plus jeunes que toi, dit-elle avec un regard effaré.

Pour meubler la conversation, Sitafa s'intéressa à ses anciens copains de Conakry, à leurs petites histoires depuis son départ. Lucette jouait le jeu comme si elle n'était venue de si loin que pour avaler de la tisane en parlant du bon vieux temps. Puisque aucun des deux n'abordait le sujet à l'ordre du jour, Françoise pensa que le moment était venu de prendre congé mais, quand elle se leva, Lucette se précipita vers elle pour lui chuchoter quelques mots à l'oreille avant de sortir elle-même.

– Qu'est-ce qu'elle veut ? demanda Sitafa sur la défensive.

– Que je vous parle d'elle... et de vous.

– Pour quoi faire ?

– Il paraît que vous aviez fait des projets tous les deux. Elle vient pour les réaliser.

– Ce qui veut dire ?

– Elle pense que vous pourriez vous marier, comme il en avait été question à Conakry.

– Quoi ? Mais il n'y a rien de prévu encore ! On en avait discuté un peu, c'est tout. Il n'y a rien de décidé, répéta-t-il, les sourcils froncés.

– Ce n'est pas tout à fait ce qu'elle m'a dit.

Il attrapa une brosse métallique et la passa furieusement dans ses cheveux crépus comme s'il voulait les carder.

– De toute façon, ce n'est pas possible. Mon père ne voudra jamais d'une Blanche dans la famille. Il déteste les métis et tous les mélanges de races. Il dit qu'on n'a jamais vu une Blanche devenir femme de chef et que ce n'est pas son fils qui lancera la mode.

– Puisque vous saviez qu'il avait ces idées-là, pourquoi avez-vous parlé mariage à cette fille ?

– C'est elle qui en a parlé, pas moi.

– En tout cas, c'est bien vous qui lui avez fait un enfant ?

Il bondit sur ses pieds, bafouillant :

– Un enfant ? Quel enfant ? Quand je suis parti, elle ne m'a rien dit.

– Elle ne devait pas le savoir. Mais n'ayez pas peur, elle n'a pas fait tout ce voyage pour vous mettre un petit Blanc dans les bras !

Pourchassé à coups de balai par une jeune Noire aux seins nus, un coq rouquin, égosillé d'indignation, jaillit dans la case dont il fit trois fois le tour en battant des ailes. Sitafa lui jeta une babouche, et la bestiole ressortit, la crête arrogante, accompagnant sa démarche compassée de caquètements réprobateurs. Comme la jeune fille s'attardait, curieuse, le garçon lui lança un tel regard qu'elle déguerpit aussi vite que le coq pour laisser la place à la vieille qui venait rechercher ses gobelets.

– Je ne peux rien faire pour Lucette, dit-il. Il faut qu'elle comprenne.

– Elle ne comprendra rien du tout. Elle vous aime et, pour elle, il n'y a pas d'autre solution que vous. Vous êtes le père de son enfant, c'est clair, je crois.

– C'est un piège. Pourquoi elle n'a pas écrit qu'elle venait ?

– Je ne sais pas mais, maintenant qu'elle est là, ce n'est pas un paquet-poste que vous pouvez accepter ou refuser. Il faut que vous vous décidiez, et vite. Si votre père n'est pas d'accord, vous pouvez toujours partir ensemble travailler ailleurs.

– Je ne veux pas quitter le village. Ma place est ici.

De plus en plus nerveux, il tournait dans sa case en marmonnant des mots incompréhensibles, puis alla jeter un coup d'œil à l'extérieur où, à une vingtaine de mètres, Lucette discutait avec Charlier. Il s'inquiéta :

– Qui c'est le Blanc, là-bas ?

– C'est un ami de mon père. Il a bien voulu nous amener ici.

Son hochement de tête laissait entendre que l'ami de son père aurait mieux fait de s'abstenir. Françoise reprit :

– Et vous, vous y tenez à cette fille ?

– Elle est gentille.

– C'est vague. Oui ou non, voulez-vous la garder avec votre enfant, organiser votre vie en conséquence ou préférez-vous lui dire tout de suite que vous avez changé d'avis et qu'elle doit repartir ?

– C'est pressé ?

– Oui. Nous allons reprendre la route, avec ou sans elle.

Mal à l'aise, elle se rendait compte qu'après avoir dissuadé Lucette de son projet elle était maintenant en train d'inciter Sitafa à le réaliser.

– Il faut encore que je réfléchisse. Elle n'a qu'à repartir à Conakry. Après, je lui écrirai.

– Elle ne peut pas retourner à Conakry. Elle n'a plus de travail et son père l'a chassée de chez lui à cause de vous. Que voulez-vous qu'elle fasse ? Elle vous aime, elle attend un enfant de vous. Il faut que vous preniez vos responsabilités. Qu'est-ce qui vous passionne tant ici ?

– Bon sang ! Je vous l'ai dit : je veux remplacer mon père.

– Vous avez le temps, il est encore jeune !

– Écoutez, même fille d'administrateur, vous n'avez pas besoin de vous mêler de ça. Ça ne vous regarde pas !

– Si. Lucette s'est arrêtée à Facounda et elle m'a confié ce qui lui arrivait. Elle a voulu que je l'accompagne. C'est une femme de ma race, c'est normal que j'essaie de l'aider.

– En la poussant à épouser un nègre ? Ça, c'est marrant !

– Un homme qui parle mariage à une fille uniquement pour coucher avec elle, je ne trouve pas ça marrant, mais très moche !

Les lèvres méprisantes, il railla :

– Les hommes blancs ne font jamais de choses moches, n'est-ce pas ?

– Oh si ! Mais personne ne vous oblige à les imiter !

Apercevant Lucette et Charlier qui venaient vers eux avec les valises, il lâcha précipitamment, l'air excédé :

– Vous m'avez pris en traître. Bon. Elle peut rester un peu ici si elle y tient, mais je ne peux rien promettre pour après, quand mon père sera revenu de voyage et qu'il la trouvera chez moi.

– Ça, pour le coup, c'est la pire lâcheté ! Je vais aller lui expliquer que vous n'êtes pas encore décidé et qu'il vaut mieux qu'elle reparte avec nous. Vous lui avez assez raconté d'histoires, ça suffit !

Il cria :

– Non ! Ne lui dites rien. Elle va pleurer et crier devant tout le monde.

– Vous croyez qu'en la renvoyant la semaine

prochaine elle criera moins fort ? Vous n'êtes pas très courageux pour un futur chef...

Elle sortit et alla vers Lucette qu'elle entraîna un peu plus loin pour lui dire que, son « fiancé » ayant encore des problèmes avec son père actuellement, il était préférable qu'elle revînt avec elle à Facounda en attendant qu'il pût arranger les choses.

– Je ne veux pas repartir. Il veut arranger quoi ?

En quelques enjambées, elle bondit dans la case et se jeta contre Sitafa, éperdue, hoquetante, suppliant, sanglotant, le nez enfoui dans sa poitrine :

– Garde-moi, dis. Je veux rester avec toi. Je suis si malheureuse, si tu savais. Si tu ne veux pas qu'on se marie, ça ne fait rien, je veux seulement qu'on soit tous les deux.

Elle rejeta la tête en arrière pour le regarder bien en face :

– Même si tu veux avoir d'autres femmes, tant pis, je m'habituerai. Je ferai tout ce que tu voudras.

Sitafa baissait les yeux, un vague sourire flottant sur ses lèvres. Dans le fond, il n'était pas mécontent de cette démonstration passionnée dont il était l'objet. Il la repoussa doucement et, voulant prouver son infinie miséricorde doublée d'une grande mansuétude, il concéda :

– Bon, reste puisque tu en as tellement envie. Je verrai après ce que je peux faire.

Demeuré à l'écart, Charlier avait raté une partie de l'épisode. En arrivant, il découvrit en même temps le regard courroucé de Françoise, les larmes de Lucette et le sourire condescendant de Sitafa.

– Alors, je vois que tout va bien... Au revoir,

Lucette, soignez-vous, donnez de vos nouvelles, et toi, mon gars, dit-il en posant sa grosse patte sur l'épaule de Sitafa, sois gentil avec elle. Tu as voulu t'offrir du blanc pur, mais attention, c'est fragile ! (Et il ajouta entre ses dents en se détournant :) Et qu'Allah qui s'est amusé à vous jouer ce sale tour ne vous laisse pas tomber...

En l'embrassant, Françoise murmura à l'oreille de Lucette que, si elle avait la moindre difficulté, besoin d'aide ou si elle était malade, elle devait la faire prévenir. Et l'autre de demander naïvement :

– Comment je fais pour vous écrire ?

– Tu prends du papier et un crayon, ironisa Sitafa, méprisant.

Remontée dans le camion, Françoise se retourna pour apercevoir encore Lucette, minuscule à côté de son grand Noir. Au moment où Charlier démarrait, elle se pencha une dernière fois. Devant la case, la jeune femme agitait le bras, mais Sitafa avait disparu.

– Allez, ne vous tracassez pas, vous n'y pouvez plus rien, dit Charlier. Elle le voulait son gars, elle l'a. Faut dire que c'est une belle bête...

Les villageois, qui avaient suivi l'événement avec passion, quittèrent des yeux la case de Sitafa dont le rideau de nattes venait de se rabattre.

– S'il est aussi gentil que beau, elle ne sera pas malheureuse.

Elle protesta :

– Il est tout le contraire de gentil, ce type, et il a un entourage très hostile. Pendant que nous discutions, une jeune fille et une vieille femme sont entrées. Elles ont lancé de ces regards à Lucette !

– Il faut dire qu'elle tire l'œil ! Elle est rudement voyante. Vous ne lui aviez pas dit de mettre toutes ses couleurs en veilleuse ?

– Mais si. Elle ne veut rien changer à son allure, elle prétend s'aimer comme ça et tient à ressembler à je ne sais plus quelle actrice américaine. Ah ! je ne suis pas contente de moi. J'aurais dû mieux la défendre contre elle-même, attendre un peu avant de la conduire chez Sitafa. Après avoir constaté que cet homme est un vrai salopard, j'aurais dû insister. Je n'en ai pas eu le courage, elle semblait si heureuse... Elle est complètement folle de lui.

– Laissez donc les choses s'arranger. Ne vous faites pas tant de souci. Ils ne vont pas la faire bouillir dans un chaudron ! Tenez, je suis même sûr qu'à la minute présente ils sont très heureux tous les deux, affirma-t-il avec une mimique égrillarde qu'elle lui voyait pour la première fois.

– Dès que je retrouverai un moyen de locomotion indépendant, j'irai la voir, dit-elle, toujours en bagarre avec sa conscience.

Au bout de trois semaines, Françoise retrouva un visage normal. Ne subsistaient que de légères traces roses dans le sourcil et au-dessus de la paupière qui ne tarderaient pas à s'effacer. Plus graves étaient les séquelles de l'accident pour la camionnette. Charlier avait passé deux jours à l'examiner avec un mécanicien qu'il avait amené, mais le diagnostic restait réservé. Même réparée, allait-elle pouvoir reprendre les tournées lointaines ou resterait-elle confinée dans le rôle de navette village-dispensaire ?

– De toute façon, concluait Charlier, vous n'avez pas besoin d'aller vadrouiller au fin fond de la brousse. Vous avez bien assez à bricoler ici.

Du travail sur place, il est vrai qu'elle en avait chaque jour davantage.

Un matin, en arrivant au dispensaire, elle trouva un Diallo préoccupé qui, ses dernières consultations terminées, l'entraîna dans le bureau qu'il s'était aménagé. Sans préambule, il lui annonça qu'au vu des bons résultats obtenus à Facounda on l'avait nommé à la tête du centre sanitaire d'un très gros poste dans le Nord. Il était tiraillé entre la satisfaction d'une promotion flatteuse et le regret d'abandonner cet endroit où il avait tant donné de lui-même. Pour le remplacer, un couple « médecin-infirmière » devait arriver prochainement. Comme pour s'en débarrasser plus vite, il avait déversé la nouvelle d'un trait.

Elle ne chercha pas à masquer sa déception. Après deux années, c'était la fin brutale d'une collaboration chaleureuse de tous les instants. Une aide qui lui avait permis de lutter contre la solitude en se jetant à corps perdu dans des travaux ingrats. De son côté, Diallo avait apprécié ce bénévolat, content de voir son action profiter d'initiatives hardies qu'il n'aurait jamais osé tenter lui-même.

Il fit quelques pas dans la pièce, suivant du regard le va-et-vient des malades dans la cour.

– J'espère que vous aurez les mêmes bons rapports avec mes remplaçants...

Brusquement, elle se sentit découragée :

– Je ne sais pas si je continuerai maintenant.

– Pourquoi ? il n'y a pas de raison.

– Ce ne sera plus pareil.

Il devinait ce qu'elle ressentait. C'en était fini de la connivence, de l'entente à demi-mot qui avaient rendu leur travail en commun si efficace. Il avait eu le temps de connaître cette Blanche dont l'enthousiasme pour les causes impossibles l'avait épouvanté au début. Après les coups du sort qu'elle avait reçus, beaucoup à sa place se seraient réfugiés dans la vie plus distrayante du chef-lieu. Elle, bizarrement, s'était accrochée là, trouvant dans la lutte qu'elle menait à ses côtés une sorte d'exorcisme à ses chagrins.

Un long silence s'était installé qu'elle finit par rompre :

– Votre femme doit être ravie... Elle m'a souvent dit qu'elle s'ennuyait au village.

– Oui, elle est contente. Elle a de la famille par là-bas.

Il se leva pesamment et se dirigea vers la porte.

Elle le regarda partir, consternée par la nouvelle. Elle estimait cet homme, un peu secret mais solide et consciencieux, qui ne pensait qu'à son métier. Avec Salomé son épouse, il formait un couple avec lequel elle aimait discuter.

Ils quittèrent Facounda dès que leurs successeurs arrivèrent. Le matin de leur départ, Françoise descendit au village à bicyclette pour leur dire au revoir. La camionnette où ils avaient chargé leurs bagages était entourée d'indigènes venus les saluer une dernière fois et leur apporter les rituels cadeaux d'amitié : poulets, fruits, galettes. Quand la voiture démarra, Diallo posa sur Françoise un regard si triste derrière ses lunettes qu'elle dut se détourner pour cacher sa propre peine. Un épisode de sa vie se terminait ce matin-là. Ce Noir toujours un peu renfrogné et peu bavard, d'une qualité morale exceptionnelle, allait lui manquer.

Après quelques emplettes chez le Libanais, elle remonta la côte. En sens inverse arrivait la camionnette de Drunet qui freina en arrivant à sa hauteur. Il se pencha à la portière :

– Déjà dehors si tôt ?

– J'ai été dire au revoir à Diallo et à Salomé.

– Les adieux de Fontainebleau ? Allons, venez, je vous ramène, vous avez l'air flapi.

– J'ai surtout le cafard. Je les aimais beaucoup tous les deux, dit-elle en se remettant en selle.

– Attendez ! Je vous remonte à la résidence. Après un bon café, ça ira mieux, vous verrez.

Il descendit, se saisit de la bicyclette et la hissa à l'arrière de sa voiture. Elle grimpa à côté de lui, songeant qu'il était difficile d'échapper à celui-là, toujours sur son chemin quand elle se sentait en état d'infériorité.

En exécutant son demi-tour, il commenta :

– Personnellement, ce départ ne me déplaît pas. Vous allez enfin rester un peu tranquille, là, dit-il en posant une main possessive sur son genou, comme s'il voulait la clouer sur la banquette.

Elle la repoussa d'une chiquenaude :

– Ça ne changera rien du tout !

– Mais si, vous le savez bien... En tout cas, il y a quelque chose qui va déjà vous distraire un peu. Vous vous souvenez que je vous avais annoncé la visite de Piaud ? Eh bien, il vient de confirmer son passage pour après-demain. Il accompagne un inspecteur en tournée. Intéressant, non ?

Elle ne répondit pas, agacée par l'habitude horripilante qu'il avait prise de saisir tous les prétextes pour la toucher ou la frôler, balayant une poussière invisible sur son corsage, une peluche de coton sur sa jupe, ou lissant une mèche de cheveux sur sa tempe, autant d'attouchements qu'elle supportait de plus en plus mal, avec une intransigeance têtue proche du dégoût.

Comme s'il n'avait pas remarqué son geste impatienté, il ajouta qu'il comptait sur sa présence à ce déjeuner où, par déférence pour son prédécesseur, il allait convier les fonctionnaires blancs du cercle. Si elle pouvait lui « prêter » Ali pour aider son boy Kabaké, ce serait parfait.

En arrivant chez elle, elle trouva une lettre glissée sous sa porte : deux feuillets de papier écolier pliés en quatre, transpercés d'une aiguille de bois qui en assurait une fermeture toute morale. Encore une de ces requêtes amphigouriques comme elle en recevait fréquemment.

Celle-ci était écrite recto verso au crayon à encre et calligraphiée avec soin. Hérissée de longues majuscules entortillées de volutes gracieuses, elle était signée « Thimothée Victor dit Petit Larousse », un nom qui lui rappela la silhouette frêle, les lunettes de fer et la barbiche en pointe d'un employé de bureau africain qui travaillait autrefois avec Laurent. Son surnom venait de sa passion pour les adverbes les plus sonores du dictionnaire et de sa boulimie pour le jargon juridique qu'il avait eu autrefois l'occasion de transcrire sur les minutes du greffe en qualité de stagiaire au tribunal de Conakry.

« Pour Mademoiselle Françoise, fille de notre vénéré et feu Commandant Schmidtt.

« Présentement je viens sautez humblement sur vos genoux avec la disgrâce qui me caractère, et de portez à votre bienveillance haute et admirable pour savoir ce qui suit :

« Thérèse, mon épouse catholique, comme moi de race malinké, s'est vu depuis quelque temps fricotez mystérieusement par Sékou Binda, commis-peseur dans la boutique Aziz. Ce sinistre individu qui lui impose le coït quasi conjugal possède en outre la turpitude d'être Soussou, c'est-à-dire fils de chien. Un soir après mon labeur quo-tidien comme greffier auxiliaire, m'étant réuni avec quelques soi-disant compagnons pour boire au minimum 10 bouteilles, mes camarades me font grossièrement quelques illusions délicates se rapportant à la conduite extra-conjugale de la sus-dite épouse.

« Quand, ensuite, je rentre dans ma demeure subrepticement pour y voir ladite épouse, celle-ci ne m'accorde même pas le regard plus ou moins bienveillant.

« Dans la nuit, couchez à ses côtés et presque à la lueur des ténèbres, comme je fais une tentative de rapprochement qui n'a rien de caractère ambigu, Thérèse dans un sursaut de mauvaise humeur aussi incompréhensible qu'inextinguible tourne brutalement le dos à mon ventre et m'abandonne, prosternez dans une perplexité autant abusive.

« Avec le manque d'intelligence qui caractère toutes les femmes et la mienne en particulier, elle me fait un palabre sur l'exploitation colonialiste de la Guinée. Je ne suis nullement adversaire d'une future et désirable indépendance de mon pays, mais on peut se demandez à savoir si l'opportunité est délicate pour parler de l'avenir du pays quand le moment approche dangereusement pour la relation sexuelle. C'est alors que je lui lance dans le brûle-pourpoint la question de Sékou. Elle nie quasiment mais sous ma pression plus que virile, elle tombe ridiculement dans l'aveu le plus éphémère dont il résulte que ce Soussou fils de chien s'est introduit incidemment dans sa chair virginale par le truchement de l'escalade et de l'effraction, fait prévu et sanctionné par le Code Pénal Français. Il s'est projetez sur elle avec la fureur morbide et peut-on dire lubrique du taureau sauvage qui enfile une modeste colombe.

« N'est-ce pas là le fait dégradant par excellence qui est la négation proprement dite de toute Civilisation Chrétienne ? Que dirait Monsieur l'Administrateur Drunet, quand il aura convolez derechef si un quidam monte sur sa si tendre épouse fidèle et obéissante comme le taureau aveuglez par le rut ? Et si ce quidam n'est même pas de sa race ? Si c'est un Corse par exemple ? Il en serait au paroxysme de la colère la plus infecte et la plus primitive comme Moïse ou un quelconque prophète descendu du mont Sinaï pour cassez les Tables de la Loi sur la gueule du Veau d'or.

« C'est pourquoi le lendemain, j'ai plus ou moins cassez la gueule du Sékou qui a couru déposez la plainte pour coups et blessures chez Monsieur l'Administrateur Drunet. Sans même entrouvrir l'enquête éliminatoire ce haut et zélé fonctionnaire m'a aussitôt évacuez dans la prison où je croupie présentement.

« Considérant que ce châtiment est injuste. Parce que je suis cocu, le malheur n'est-il pas assez grand pour qu'on me foute en plus au séquestre pour six mois, sans comptez que le Sékou va profitez illico et ponctuellement de l'occasion pour troublez intempestivement ma femme, jadis fidèle et maintenant aldultérine ?

« C'est pourquoi j'exige ma relaxation immédiate en me prosternant à vos pieds, Mademoiselle Françoise, si vous pouvez vous exprimez de ma part à Monsieur l'Administrateur.

« Pour votre surestimez Thimothée Victor dit "Petit Larousse". »

Françoise replia la lettre en souriant et se promit d'en parler à Drunet à la première occasion. À plusieurs reprises, elle lui avait déjà reproché de punir trop sévèrement les coupables de délits peu graves, l'accusant même d'en profiter pour se fournir en main-d'œuvre corvéable...

Bien qu'elle n'eût pas gardé un très bon souvenir de ses relations avec l'administrateur Piaud, Françoise le revit sans déplaisir et lui-même parut content de la retrouver. Si la vie plus mondaine du chef-lieu n'avait pas calmé sa turbulence ni supprimé de son vocabulaire les formules vulgaires qu'il affectionnait, elle avait, en apparence du moins, gommé son côté rustique. En revanche, les longues marches en tournées devaient lui manquer, comme en témoignaient son souffle devenu plus court et un nouvel embonpoint.

Malgré ses dix-huit ans, son fils Charles avait toujours la même démarche gauche et son allure effacée.

– Vous avez vu l'escogriffe que c'est maintenant ? dit son père. Vous savez qu'il passe sa vie à barbouiller ? Moi je n'y connais rien en peinture, mais il paraît que ce n'est pas mal du tout, ce qu'il fait. Dans un sens comme dans l'autre, ce n'est pas avec ses croûtes qu'il gagnera la sienne, ajouta-t-il, incapable de résister à une boutade facile.

Dès que son père avait attiré l'attention sur lui, Charles, mal à l'aise, s'était tassé sur lui-même, cachant précipitamment ses grands pieds sous son siège.

Piaud s'adressa à Françoise :

– Et vous, vous peignez toujours ?

Sans attendre sa réponse, il lui annonça que, le mois précédent, il avait marié sa fille Anna au fils d'un magistrat.

– Un fameux mariage ! Tout Conakry ! Lui, c'est un grand beau gars sportif qui va commencer son droit pour devenir avocat. Il est un peu jeune à mon goût, mais elle était pressée... Je suis content pour elle. C'est une si brave gosse..., toute fraîche...

Pour des raisons qu'ils étaient seuls à bien connaître, Françoise et Drunet échangèrent un regard amusé où brillait un grand point d'exclamation. Depuis longtemps ils étaient tous les deux édifiés sur l'angélisme de « la brave gosse toute fraîche ».

Piaud interrompit l'exposé de ses satisfactions paternelles en apercevant le boy Kabaké qui venait annoncer que son « commandant » était servi. Il s'étonna de voir le Noir en service alors que, de son temps, il avait prétendu ne plus vouloir travailler à la résidence.

– Il a changé d'avis, dit Drunet, assez satisfait. J'ai aussi récupéré Samuel le cuisinier. Un as, celui-là !

Quelques instants plus tard, profitant du brouhaha général et des raclements de fauteuils qu'on repoussait pour passer à la salle à manger, Charles s'approcha de Françoise pour lui chuchoter qu'après le déjeuner il désirait lui parler en tête à tête.

Laissant souvent son regard se poser sur la jeune femme, Drunet parlait de sa dernière réalisation : le marché couvert. Réaction immédiate de l'administrateur Piaud :

– Ça, mon vieux, c'est ce que j'appelle du bel argent foutu en l'air ! Dans un sens comme dans l'autre, c'est le genre de truc qui ne sert à rien. Depuis toujours, vos marchandes de cacahuètes attendent le client sous le soleil ou la pluie et elles ne s'en portent pas plus mal... Votre avis, monsieur l'inspecteur ?

Observateur muet jusque-là, cet homme discret, dont la moustache était si fine qu'elle semblait avoir été dessinée poil par poil à l'encre de Chine, se préoccupait en priorité du contenu de son assiette. À tout hasard, il déclara que c'était plutôt une bonne initiative, puis reporta son attention sur le plat que le boy lui présentait et demanda à Drunet en se servant généreusement :

– Vous faites venir vos légumes du Fouta Djalon ?

– Non, c'est une production locale. L'année dernière, Mlle Schmidtt a créé un jardin avec les gosses des écoles française et coranique. Ça marche très bien. Ils ont semé des graines et ont déjà récolté des choux, des haricots, des courgettes et des aubergines. Bientôt, quand ça donnera plus, on pourra en distribuer aux villageois.

Piaud secoua deux joues pleines et effarées :

– Alors, maintenant, ils ne vont plus vouloir bouffer leur foutou ? À quand le foie gras et le saumon fumé ? Faut pas tout européaniser comme ça, voyons, mademoiselle Françoise ! Ils sont très heureux avec leur riz et leur manioc.

Mme Masson, la femme du trésorier-payeur, sa grosse poitrine en présentoir pour lourds bijoux d'or, affirma :

– Puisque ces gens-là ne demandent rien, c'est vraiment inutile de leur donner des goûts de luxe !

On attaquait le dessert – un nouveau chef-d'œuvre de Samuel le cuisinier : « l'ananas voilé à l'orientale » – lorsqu'un planton du bureau pénétra dans la salle à manger. En claquant des talons, il tendit un papier à Drunet qui, après l'avoir parcouru rapidement, se dressa d'un bond, le visage bouleversé :

– Vous tous..., écoutez ça !

Il se gratta la gorge et lut, un peu essoufflé :

– « Le 6 juin 1944... »

Il réfléchit en regardant l'assistance :

– C'était hier... « Le 6 juin 1944, les armées alliées ont débarqué sur les plages normandes... » Ça y est ! Ils sont là !

Le silence qui s'était abattu sur la table dès les premiers mots explosa en cris et applaudissements. Des phrases volaient au-dessus des assiettes : « Depuis le temps qu'on attendait ça !... » « Ben, c'est pas trop tôt ! », grinçait Mme Masson en tripotant son gros collier doré.

– Attention ! Ça ne veut pas dire pour autant que la guerre est finie ! essaya de préciser l'inspecteur, toujours circonspect.

– Je n'aurais pas pensé que ça se passerait en Normandie, bredouilla Le Guirrec, un jeune lieutenant au visage poupin.

Il était arrivé depuis peu dans le cercle et chacun se posait des questions sur la nature de ses activités dans un secteur de brousse qui n'avait rien de stratégique.

La face congestionnée, Piaud se leva à son tour et toqua du couteau contre son verre pour réclamer l'attention :

– Mesdames et messieurs, je crois exprimer ici l'émotion de tous...

Bombant le torse pour prendre une profonde inspiration, il entonna un « Allons-z-enfants de la patri-i-ie » enflammé que tous reprirent en chœur, debout.

Pour l'avoir entendu massacrer au clairon par les gardes, Kabaké reconnut l'air qu'on jouait aux grandes fêtes des Blancs. Sans lâcher l'ananas voilé à l'orientale qu'il allait présenter de la main gauche, il se figea dans un garde-à-vous de soldat de plomb, main droite collée à la tempe, tandis que ses yeux balayant la nappe notaient qu'il y avait des bouteilles vides à remplacer et qu'une cuillère manquait près de l'assiette de l'inspecteur.

Pendant le temps que dura le chant, Françoise s'était réfugiée dans sa propre émotion, refusant de se laisser entamer par le côté un peu grotesque de la démonstration patriotique de Piaud. Deux ans auparavant, débarquant à Facounda, il avait devant elle raillé sans pudeur son pays vaincu et glorifié « la vaillance et la discipline des armées du grand peuple allemand »...

Quelques instants plus tard, gonflé d'importance, Kabaké se tailla un triomphe en apparaissant avec plusieurs bouteilles de champagne bien poussiéreuses serrées contre sa poitrine. La face hilare, il expliqua à Françoise que son père les avait achetées au début de la guerre et interdit de les servir jusqu'à ce qu'elle soit terminée. Puisque tout le monde était si content aujourd'hui, il pensait que le grand moment était venu.

– Dites donc, Drunet, elles devaient être rudement bien cachées, ces bouteilles ! Je ne les ai jamais vues ! s'esclaffa Piaud.

– Moi non plus, reconnut Françoise. Pourtant, quand j'ai fait rénover la résidence, j'ai mis le nez dans tous les coins.

Le Moët-et-Chandon brut, cuvée 1938, était tiède, mais d'excellente qualité. Un premier toast fut porté à la mémoire du commandant Schmidtt. Après la cinquième bouteille, les convives, joues enflammées et prunelle vague, allèrent s'écrouler dans les grands fauteuils de la véranda, repus de bonne chère, de boisson et d'émotions. Ils commençaient à rêver. Sujet : le retour au pays.

– Nous, dès qu'on peut, on file. On mijote ici depuis mai 1939 ! Ça suffit ! On a une belle maison du côté de Nevers, expliquait Mme Masson dont l'éternelle robe de satin noir à fleurs avait définitivement craqué aux entournures, laissant échapper des boursouflures de chair pâle.

– On avait, rectifia son mari. Après le passage des Boches, on ne sait pas ce qu'on va retrouver. P't'être bien un gros tas de briques !

De son côté, Piaud informa l'assistance, qui

ne l'écoutait pas, que dès son retour au chef-lieu il allait inscrire sa famille sur les listes de passagers avion ou bateau.

D'une voix douce et en s'excusant de jouer les rabat-joie, l'inspecteur fit remarquer à nouveau que « débarquement allié » ne signifiait pas « fin des hostilités » et qu'il serait donc prudent de ne pas s'exciter en faisant des projets trop rapides. On le regarda de travers. Pour un peu on l'aurait sifflé !

Peu habituée aux repas copieux et encore moins aux vins, Françoise luttait contre un engourdissement nébuleux. Elle se demandait si Éric avait participé au débarquement, mais se refusait à approfondir cette idée, repoussant de son imagination la vision affreuse d'une multitude de garçons en kaki étendus sur une plage, blessés ou morts. Parmi eux, peut-être, Éric ?

Depuis un instant, les aboiements rauques du chien Makou et des piaillements de volaille venus de la cour se superposaient aux conversations. Ali déboucha en coup de vent et se planta devant Drunet, l'index pointé vers le baobab qui se dressait à l'entrée de la résidence.

– Y a un charpent là-bas, mon commandant ! Un costaud ! Même chose ça, dit-il en empoignant le biceps de Kabaké qui apportait le plateau chargé de tasses à café.

– Excusez-moi, mais ce coup-ci il faut que je l'aie, dit Drunet que l'actualité rendait d'humeur guerrière. Depuis un mois, il décime ma basse-cour et je n'ai jamais pu l'apercevoir.

Immédiatement Piaud intervint :

– Attendez ! J'ai un fusil dans la voiture. Je vous garantis qu'il a gobé son dernier poulet, celui-là !

Comme si ce genre de spectacle n'avait pas

de prix, tous s'arrachèrent à leur béatitude pour se ruer à l'extérieur.

Françoise, qui de la fenêtre observait l'attroupement, aperçut serrés l'un contre l'autre à la cime de l'arbre « ses » deux vautours. Récemment baptisés Crao et Croa à cause d'une variante personnelle dans leurs cris, ils tendaient un cou intrigué vers le groupe d'excités gesticulant au pied de leur domaine.

Elle courut rejoindre Piaud. La nuque cassée en arrière, clignant de l'œil et se plaignant de ne pas voir l'ennemi, il pointait son arme, la jointure de l'index blanchissant déjà sur la détente.

– Attention ! lui cria Françoise. Il y a deux oiseaux là-haut. Si vous ne voyez pas le serpent, ne tirez pas. D'ailleurs, avec tout ce bruit, il a dû filer depuis longtemps.

– Puisque je suis là, y a pas à tortiller, je vais l'avoir.

Éventant sa face rougie avec son casque, Mme Masson affirma :

– S'il est aussi gros que le bras du boy, c'est sûrement un boa.

– Voyons, madame, tous les ophidiens, même de gros calibre, ne sont pas forcément des boas ! pontifia le haut fonctionnaire, les sourcils hérissés par tant d'ignorance.

– Vous le voyez, oui ou non ? s'énerva Françoise qui surveillait Piaud de près. Faites attention aux oiseaux.

Goguenard, il se retourna vers elle :

– Quels oiseaux ? Vous parlez des charognards ?

Puis, à l'intention des spectateurs, il gouailla :

– Ma belle enfant, malgré le bon déjeuner de l'ami Drunet et l'excellente nouvelle du jour, je me sens encore capable de faire la différence entre un reptile et un volatile !

Une détonation déchira l'air, suivie d'une seconde, reprises en écho jusqu'au fond de la vallée et déclenchant mille envols alentour.

– Et voilà ! clama Piaud.

Lentement, trouant le feuillage, une masse rebondit, hésitant de branche en branche, et finit par s'écraser sur le sol. Un paquet de plumes noires aux longues ailes, un grand cou déplumé : Crao (ou Croa) ouvrait sur sa mort un œil étonné.

– Oh non ! gémit Françoise. Zut à la fin ! Je vous avais pourtant prévenu ! Ça c'est glorieux !

– Ben, j'avais vu bouger quelque chose, j'ai cru... Vous n'allez tout de même pas en faire un drame ? Ce n'est qu'une saleté de charognard. Et puis le serpent..., je me demande si ce crétin de petit boy ne nous a pas raconté des histoires.

– Alors, c'est encore plus stupide d'avoir tiré.

– Françoise ! voyons !... coupa Drunet en lui pressant le bras.

Elle se dégagea d'un geste brusque :

– Oh ! vous, la barbe !

Accroupie près du vautour, elle déployait les ailes mortes tandis que dans son dos Piaud pouffait, quêtant les rires :

– Dites donc ! j'ai bousillé l'aigle allemand ! Quelle journée !

Furieuse, Françoise haussa les épaules tandis que Drunet se penchait pour lui souffler à l'oreille :

– Vous avez quand même eu de la chance. Il a raté votre chien !

Parmi les commentaires moqueurs, la voix de Mme Masson grinçait :

– Y a pas de quoi faire tant d'histoires ! On

devrait même toutes les tuer, ces bestioles-là. Regardez-moi ça si c'est affreux !

Françoise releva vers elle un regard venimeux :

– J'en connais d'aussi laides, madame.

Faisant assaut de plaisanteries, les convives se hâtèrent vers la fraîcheur du salon où les attendaient café et liqueurs. Fermant la marche, Ali essayait de soustraire à l'excitation de Makou la dépouille de l'oiseau qu'il tenait par les pattes et dont les ailes ouvertes raclaient le sol.

Assise sur la clôture qui ceinturait l'esplanade, Françoise attendait que sa colère s'apaisât. À l'échelle des événements, elle savait bien que l'incident n'était rien. Pas même une infime poussière. Mais ces oiseaux avaient fait partie de son décor. Ils étaient devenus une sorte de symbole. Dans ses déplacements entre sa maison, la résidence et le village, ils l'escortaient, et enhardis, la survolaient, décrivant au-dessus d'elle de grandes arabesques silencieuses, si proches, si attentifs qu'elle s'était souvent demandé si, en leur tendant le poing comme un fauconnier, l'un d'eux n'allait pas venir s'y poser. À cause de leurs griffes redoutables, elle n'avait pas osé tenter l'expérience. Ce 7 juin 1944, alors que la face du monde commençait à changer et que les hommes se battaient et mouraient, à qui aurait-elle pu confier sans honte, et sans qu'on l'accusât d'inconscience, que la fin d'un humble vautour lui volait une partie de sa joie ?

Charles, que le commando « mort au serpent » n'avait pas passionné, attendait près de la camionnette de son père. Il tendit à Françoise le paquet enveloppé de papier kraft qu'il tenait sous le bras.

– C'est pour vous. On va aller plus loin, je voudrais vous parler.

Ils quittèrent la cour de la résidence, firent quelques pas sur la route et s'engagèrent dans un sentier pour aller s'asseoir sous un grand banian à demi calciné par la foudre.

Le paquet contenait un tableau. Le garçon, auquel elle avait appris les premiers rudiments de dessin et de peinture lorsqu'il vivait là avec ses parents, avait exécuté son portrait de mémoire. Un style très personnel : un visage aux lignes légèrement décalées où des tons délicats se superposaient en dégradés avec des transparences subtiles. Une composition surprenante. Sans chercher une ressemblance, on ne pouvait que dire en considérant l'ensemble : « C'est Françoise ! »

Émue devant un talent difficile à soupçonner quand on avait connu le Charles avachi et sans goût qui cernait tous ses dessins de lourds traits noirs, elle ne lui ménagea pas ses compliments. Heureux, frottant ses mains moites l'une contre l'autre, il se leva, fit quelques pas indécis et revint lui tendre une enveloppe qu'il avait sortie de la poche de son short. Il baissa les yeux.

– Ça... ça m'ennuie...

L'enveloppe contenait un télégramme sur papier jaune. Visiblement il avait été ouvert, car le rabat était mal recollé. Il était adressé à « Mademoiselle Françoise Schmidtt. Cercle de Facounda. Guinée ».

Le texte, de quelques lignes, était daté de l'année précédente :

« Possibilité unique partir ensemble pour L... Attendrai Fort-Lamy, hôtel Tropic, jusqu'au 20 dernière limite. Éric. »

Le cerveau vide, elle retournait le papier dans ses mains, comme si le sens du message lui échappait. Dans la seule lettre qu'il lui avait envoyée de Londres, Éric n'avait donc pas menti en faisant allusion à un télégramme dans lequel il lui demandait de venir le rejoindre afin de partir pour l'Angleterre avec lui. Et elle n'avait pas cru à cette histoire de télégramme-fantôme.

– D'où sortez-vous ça ? demanda-t-elle à Charles qui l'observait en se rongeant les ongles.

– C'était dans un livre de ma sœur. Il y a un mois, quand elle a quitté la maison après son mariage, j'ai récupéré ses bouquins. En en feuilletant un, j'ai trouvé ce..., votre... Ça m'a épaté. Je me suis demandé pourquoi Anna avait gardé un truc qui vous était adressé. J'ai d'abord eu l'idée de vous le poster, et puis, comme mon père parlait d'une tournée par ici, je lui ai demandé de m'emmener. J'ai pensé que, si je vous l'apportais moi-même, ça vous ferait plaisir...

Plaisir !... Pour l'instant, elle avalait sa fureur à grosses gorgées. Elle lui agita le câble sous le nez :

– Vous voyez ce bout de papier ? Le fait de ne pas l'avoir reçu a fait basculer ma vie. Je suis restée ici, toute seule, persuadée que l'homme qui prétendait m'aimer m'avait définitivement abandonnée.

Gêné par la confidence, Charles baissait les yeux. La voix étranglée par les larmes, elle poursuivit :

– Je l'ai détesté, je l'ai maudit, alors qu'en réalité il s'était débrouillé pour m'emmener avec lui. C'était une chance exceptionnelle pour nous.

– Mais comment Anna a-t-elle pu avoir ce télégramme ? Et pourquoi elle ne vous l'a pas donné ? répéta-t-il, le front buté.

Pourquoi ?... Pourquoi ?... Elle haussa les

épaules sans répondre. À moins qu'il ne le sût depuis longtemps, à quoi bon révéler maintenant à ce garçon torturé que sa sœur était une petite garce sans scrupules ? Sa prétendue amitié pour Françoise n'avait pas résisté à l'entrée en scène de Pierre Drunet. Aussitôt, avec ses dix-huit ans qui s'impatientaient, elle avait jeté son dévolu sur ce séduisant célibataire qui, s'il aimait exercer son charme sur les femmes en général, s'enfuyait à toutes jambes lorsqu'il s'agissait de filles à marier. Furieuse de se sentir ignorée, Anna avait supplié Françoise d'ouvrir les yeux bleus de l'adjoint. À contrecœur, mais pour lui faire plaisir, elle était allée expliquer à Drunet que cette jeune personne dont il ne faisait aucun cas se consumait de passion pour lui. Résultat ? Des ricanements, des sarcasmes et, pour ne pas se brouiller avec le père, une demande pressante de mutation au chef-lieu exaucée par les autorités quelques semaines plus tard.

Exit Drunet. Dès cet instant, Anna avait probablement conçu une rancune tenace contre Françoise qui ne s'était pas montrée assez convaincante. Par la suite, une fois Éric évaporé également (à chacune son tour d'être délaissée...), elle avait dû par hasard – et c'était là tout le mystère – entrer en possession du fameux télégramme. Jalouse de sa chance, elle s'était arrangée pour que son « amie » ne le reçût pas.

La voix de Charles tira Françoise du cheminement tortueux de ses suppositions :

– Maintenant que vous savez qu'Éric voulait vraiment vous emmener, vous devez être moins triste ?

– Oui, dit-elle en forçant un sourire.

C'était vrai. L'existence de ce message adoucissait sa peine et changeait son optique.

– Remarquez, poursuivit Charles, en pleine cogitation logique, quand il a vu que vous ne répondiez pas et que vous ne veniez pas non plus, il aurait pu vous envoyer un deuxième câble... Anna n'aurait pas pu en faucher deux de suite, quand même !

Pas mal, ce Charles. Mais, comme s'il avait pu lire dans les pensées de Françoise, et sans trop d'illusions sur la probité de sa sœur, il ajouta, la prunelle fixe :

– Enfin..., je ne sais pas...

Lasse soudain, elle eut envie de se retrouver seule, loin des éclats de voix qui s'échappaient des fenêtres de la résidence.

– Je vais aller installer mon tableau, dit-elle. Vous voulez venir ?

– Non. Papa va se demander où je suis.

Il prit congé, empêtré et malheureux.

Jusqu'à la tombée de la nuit elle traîna dans la maison, l'estomac barbouillé et la tête lourde, pianota quelques instants sans y prendre plaisir. Au fil des jours, les cordes de l'instrument rafistolé ne tenaient plus l'accord; il fallait les retendre constamment. Bientôt elles lâcheraient définitivement, comme son poste de radio qui avait rendu l'âme deux mois plus tôt, la privant de nouvelles et de musique. Plus grave était le manque de lecture. Depuis son arrivée en brousse, c'était sa plus grande faim. En trois ans elle avait dévoré les maigres bibliothèques des cercles environnants. Un ami de Charlier résidant à Conakry, ému par le dénuement intellectuel des broussards, avait essayé de créer pour eux un système de prêts tournants qui fonctionnait tant bien que mal. Malheureusement, à force de tourner, la force centrifuge avait expédié les meilleurs ouvrages entre des mains peu scrupuleuses qui les avaient conservés. Ne restaient en circuit que des rebuts illisibles. De temps en temps, Françoise recevait par le courrier un paquet de trois ou quatre livres qu'elle s'efforçait de déguster à petites doses pour ne pas en venir à bout trop vite, mais la sélection des ouvrages était plus que discutable. Ouvrir le paquet était un véritable instant de suspense car certains lots réservaient des surprises. C'est ainsi qu'elle avait reçu le même jour un traité d'astronomie en allemand, deux numéros du *Chasseur français* datant de 1925, un manuel pour menuisier amateur, qui lui avait livré tous les secrets des tenons et des mortaises, et le Coran (non traduit). D'autres fois, plus chanceuse, elle avait eu droit à un ou deux romans à bout de souffle, au brochage écartelé par les mauvais traitements. Au fil des prêts, certains lecteurs grincheux ou passionnés y avaient noté leurs critiques flatteuses ou acerbes, transformant les marges en champ de bataille. Des inconnus d'opinions divergentes y avaient échangé des réflexions scandalisées, avec paragraphes cochés, phrases soulignées, triples points d'exclamation ou interjections ordurières. Une communication de pensée comme une autre. Françoise pensait que, si les auteurs des livres jugés avaient pu prendre connaissance de ces graffiti, la plupart n'auraient plus osé écrire, tant le style, la forme, le sujet ou les personnages étaient décortiqués et plus souvent écrasés de mépris que sublimés. Certaines fois, arrivaient des romans policiers, mais quelque sadique en avait arraché les pages livrant le nom du coupable. Parfois aussi s'égaraient des ouvrages licencieux abondamment illustrés par les lecteurs successifs de dessins aussi obscènes que maladroits.

Son désenchantement devant ces échantillonnages indigents réveillait en elle la nostalgie de la bibliothèque de sa mère. Dans le salon de son enfance, trois murs étaient tapissés d'ouvrages sur le théâtre, l'histoire du costume, l'architecture, les arts, la musique, la philosophie, de plusieurs encyclopédies, d'une profusion de romans et de tous les classiques réunis pieusement par deux générations. Avant de venir rejoindre son père, elle avait couché tous ces trésors dans des cartons afin qu'ils ne souffrent pas de l'humidité pendant son absence dont elle ne pouvait prévoir la durée. Quand pourrait-elle enfin les ranger à nouveau sur les rayonnages, les toucher, caresser certaines reliures finement patinées par le temps ? Un moment qu'elle imaginait à l'avance comme un festin.

Elle regarda autour d'elle, rêvant d'un bon livre ouvert sur une table et prisonnier du halo doré d'une lampe à abat-jour. Ici, la « Coleman » à incandescence crachait une lumière aveuglante qui ne faisait qu'éclairer froidement.

Plongée dans ses réflexions, elle sursauta en entendant frapper à la porte d'entrée. C'était Drunet, la mine réjouie, une bouteille de champagne à la main. Ses visiteurs étaient repartis très satisfaits de leur étape et de l'événement qui l'avait marquée.

– Cette dernière bouteille était au frigo. J'ai pensé qu'on pourrait la boire ensemble. Nous n'avons pas eu une seconde pour parler tranquillement aujourd'hui… Ça n'a pas l'air d'aller, vous ?

– Je suis fatiguée. J'ai perdu l'habitude des joies fortes et des libations.

Il décacheta la bouteille, fit sauter le bouchon et remplit deux verres de bulles crépitantes, avant de s'installer dans un fauteuil en allongeant confortablement les jambes.

– Vous vous rendez compte qu'on va bientôt pouvoir rentrer... Moi, après une petite pause à Casa chez mes parents, je filerai en France pour la fin de l'année.

Il souriait, béat, en levant son verre :

– À Paris ! Nous y serons peut-être pour Noël ou le jour de l'an. Allons, quittez cet air crispé. Imaginez... Noël à Paris !

Le champagne était resté frais et, malgré ses premières réticences, elle vida son verre sans déplaisir.

– Noël à Paris ? Vous rêvez ! Même en admettant que les Alliés arrivent à chasser rapidement les Allemands, il s'écoulera probablement de longs mois avant que la guerre soit complètement finie et que les relations maritimes ou aériennes soient rétablies. Tout le monde va vouloir rentrer en même temps. Il y aura des listes d'attente avec des familles prioritaires. Les célibataires comme vous et moi devront patienter.

– Je ne vous trouve pas très optimiste. C'est pourtant un grand jour ! Qu'est-ce que je peux faire pour vous arracher un sourire ?

« Vous en aller », pensait-elle, tout en se jugeant injuste et ronchon. Puis elle lui demanda s'il avait quelque nouveau livre à lui prêter. Aussitôt il fila chez lui et revint quelques minutes plus tard avec deux vieux Agatha Christie. Elle songeait que, malgré ses défauts et ses manœuvres envahissantes, il était toujours prêt à lui faire plaisir. En posant les livres sur un meuble, elle aperçut la lettre de « Petit Larousse » glissée sous un vase. Comme Drunet semblait d'humeur conciliante, elle décida d'en profiter pour lui parler du prisonnier.

Il fut tout de suite réticent. Jamais il ne revenait sur une affaire jugée. Elle lui reprocha de l'avoir trop sévèrement puni et il éclata de rire : Si elle avait pu voir dans quel état son protégé avait mis les parties nobles du séducteur de son épouse, elle aurait eu moins d'indulgence à son égard.

– Il lui avait pris sa femme... Il lui a donné une leçon !

– Eh bien, moi aussi, je lui ai donné une leçon.

– Six mois de prison, c'est quand même cher.

– Ce type est un idiot prétentieux. Bon sang ! Quand cesserez-vous de plaindre la racaille ? Occupez-vous plutôt de moi qui suis si gentil !

Il s'approcha d'elle et la prit par les épaules.

– Soyez donc un peu douce et tendre pour une fois !

Lassitude ou tout simplement parce que ce soir-là elle avait inconsciemment besoin de se laisser aller, elle fut incapable de retrouver son agressivité habituelle et de le repousser comme chaque fois qu'il osait un geste de ce genre.

Brusquement, il l'attira contre lui, l'étreignant si fougueusement qu'elle percevait la chaleur de son corps à travers le tissu léger de sa saharienne. Elle se sentait molle, passive, comme dédoublée, spectatrice d'une autre femme. « C'est le champagne », songeait-elle sans réagir pour autant.

Surpris par cette attitude inaccoutumée, il pensait qu'il avait fallu un débarquement américain pour qu'il serrât enfin cette fille dans ses bras : un avantage qu'il voulut pousser plus loin. Glissant ses mains sous le peignoir léger dont la ceinture s'était dénouée, il lui caressa lentement le dos, lissant la peau tiède sous ses doigts. Peu sûr quand même de ses réactions, il procédait par approches timides, se contentant de poser des baisers légers sur son cou.

Elle fermait les yeux, troublée par le contact retrouvé d'une bouche et d'un corps d'homme.

Une sensation oubliée depuis qu'Éric était parti.

Soudain, les lèvres de Drunet happèrent les siennes, brutales, étrangères, avec une haleine chargée d'alcool et de tabac qui la fit frissonner de dégoût. Elle se ressaisit d'un coup quand ses yeux rencontrèrent le regard de Drunet qui épiait son visage tout près. Il souriait de l'air satisfait de celui qui pense avoir gagné la première manche. D'une bourrade, elle le repoussa.

– Maintenant ça suffit ! N'essayez pas de profiter de la situation. Je ne suis pas dans mon état normal aujourd'hui.

– Françoise, écoutez-moi…

Il suppliait, cherchant à l'enlacer de nouveau.

En voyant sa maîtresse se débattre, Makou la crut en danger. Il sauta aux mollets de Drunet qui relâcha aussitôt son étreinte en menaçant le chien de l'étriper.

Vexée, elle se demandait quel mécanisme diabolique avait fonctionné en elle pour que sa réserve à l'égard de Drunet flanchât tout à coup.

Le bas de son pantalon retroussé pour chercher une trace de crocs sur sa jambe, il expliqua :

– Je ne voulais qu'un peu de tendresse. Comment pouvez-vous être aussi froide, aussi insensible ? Nous sommes jeunes et seuls tous les deux. Nous pourrions nous aimer au lieu de dépérir chacun dans notre coin. Vous en vous cramponnant à une histoire passée et moi en espérant toujours que j'arriverai à vous tenter.

– Me tenter ? s'exclama-t-elle, les yeux ronds.

– Allons, vous ne me ferez pas croire qu'à votre âge, telle que vous êtes, vous n'avez aucun désir alors que vous avez connu l'amour d'un homme…

– Ça, c'est mon affaire. Ça ne vous regarde pas et je ne vois pas pourquoi je devrais me jeter dans votre lit uniquement parce qu'il n'y a que vous et moi de jeunes dans ce trou !

À nouveau préoccupé par la morsure insignifiante sur son mollet, il insista :

– Vous étiez bien seuls tous les deux quand Éric Chazelles est entré dans votre vie, n'est-ce pas ?

– Non, mon père était encore là. De toute façon, ce n'est pas une raison pour qu'on entre dans ma vie à tout bout de champ. En voilà une idée ! Éric, je l'ai aimé tout de suite. L'isolement n'y était pour rien. J'aurais pu le rencontrer au milieu d'une foule d'hommes seuls, je l'aurais reconnu, parce qu'il correspondait à quelque chose de bien précis pour moi. Nous ne nous sommes pas aimés pour cause de pénurie, comme vous semblez le croire. C'était une chose inévitable...

– ... à laquelle vous tenez à rester fidèle, romantiquement, même si vous devez vous dessécher sur pied... Et tout ça pour un homme qui vous a plantée là, toute seule, sans vous donner signe de vie !

– Je vous répète que ça me regarde.

– Et si, une fois la guerre terminée, vous ne le retrouvez pas, ce grand amour, que ferez-vous ? Vous aurez vingt-six ans, vingt-sept ou même plus quand vous rentrerez en France...

– D'accord. Je serai un vieux débris. Écoutez, le jour où un autre homme pourra me faire oublier Éric, je le saurai immédiatement. Là encore, ce sera un choix absolu, et non pas un divertissement pour désœuvrée, ou un pis-aller.

– Qui vous parle de pis-aller ? Vous savez bien que vous me plaisez. J'ai envie de vous depuis le premier jour, mais vous faites celle qui ne voit rien, vous me regardez me morfondre comme un idiot. Qu'est-ce que je dois faire pour vous plaire ?

– Rien ! Rien du tout. Vous êtes parfait ! Vous êtes un compagnon agréable. Je suis très heureuse comme ça, je n'ai besoin de rien d'autre.

– Allons, Françoise, vous savez bien que vous n'êtes pas en bois. Rappelez-vous tout à l'heure…

Elle secoua une tête farouche :

– Tout à l'heure, c'était la faute des Américains, des vins fins et du champagne de mon père.

– Évidemment, ce sont des conditions d'euphorie sur lesquelles je ne peux pas compter tous les jours, dit-il d'un ton si lamentable qu'elle éclata de rire.

– Pierre, essayons de rester simplement bons amis. Pour votre solitude, je vous rappelle qu'il y a au village de fort jolies filles qui seraient très flattées d'être distinguées par leur jeune et beau commandant de cercle.

Il haussa les épaules et prit congé avec la mine boudeuse d'un gamin puni.

Lorsque Drunet avait fait irruption avec son champagne, Ali, qui venait d'entrer dans la cuisine pour y calmer une petite fringale nocturne, n'en avait plus bougé pour ne pas révéler sa présence. Rien de la scène qui venait de se dérouler ne lui avait échappé. Quand le commandant fut parti et Françoise couchée, il sortit sans bruit et regagna sa case, en appelant sur ce Blanc-là toute la foudre du ciel.

Drunet redescendit vers la résidence en sifflotant. Ce soir, il avait tout de même marqué un point. Malgré son apparente rigidité et ses discours scandalisés, Françoise était comme les autres. Elle avait ses moments de faiblesse. Il suffisait de l'observer patiemment. Et quel progrès depuis sa première tentative deux mois plus tôt : un essai qui s'était soldé par une gifle lancée à toute volée !

L'air saturé d'humidité l'oppressait. Il fit halte un instant pour contempler l'eau sombre du fleuve que les lampes des pêcheurs de nuit piquetaient de loin en loin de points dorés, puis leva les yeux vers la lune voilée par intermittence sous des mousselines de nuages noirs. À cette minute, il se jura qu'un jour Françoise serait à lui de gré ou de force. Question de patience..., d'ambiance surtout. Elle était simplement plus coriace que toutes celles qu'il avait voulues.

Devant la porte de la résidence, il s'arrêta net, comme visité par une idée.

Il fit demi-tour, remonta la côte au pas de course. Dans la cour du fortin, il dut attendre un instant pour calmer son cœur affolé. Il contourna la maison de Françoise, s'immobilisa devant la fenêtre de sa chambre protégée par deux volets en grillage moustiquaire. Aucune lumière ne filtrait de l'intérieur. Il frappa plusieurs fois sur le cadre de bois sans obtenir d'autre réponse qu'un grognement sourd de Makou enfermé quelque part. Elle ne dormait sûrement pas déjà, il venait de la quitter. Persuadé qu'elle l'entendait sans vouloir répondre, il approcha sa bouche tout près du grillage, pour chuchoter :

– Françoise, écoutez-moi... J'ai réfléchi. Je veux que vous le sachiez tout de suite...

Un silence comme pour prendre son élan :

– Oubliez tout ce que je vous ai dit tout à l'heure. Il faut... Je crois... Enfin..., je veux vous épouser. Pensez-y... Bonne nuit. À demain.

Il insista :

– Françoise ? Vous m'entendez ? Hé, Françoise ?

Dépité, il pensa : « Elle dort déjà... ou elle fait semblant. »

Baignée de sueur sur son lit, les yeux ouverts sur l'obscurité moite, elle pensait avec amertume qu'un homme qu'elle n'aimait pas et qu'elle n'aimerait jamais venait de lui murmurer dans la nuit une phrase qu'elle avait attendue en vain de la bouche d'Éric. Elle décida que, lorsqu'elle rencontrerait Drunet, elle jouerait les sourdes amnésiques, deux infirmités opportunes qui, en la dégageant de son offre désespérée, auraient l'avantage de simplifier leurs relations futures. Elle eut presque pitié de ce célibataire convaincu qui, pour l'avoir à lui, n'avait trouvé d'autre solution que de se jeter à l'eau en parlant mariage. Elle savait que demain matin, dégrisé et ses ardeurs refroidies, il allait se juger imprudent, voire fou, et qu'il ne renouvellerait pas de sitôt sa proposition.

Elle passa une nuit agitée. Dans ses cauchemars, défilaient des hordes de combattants dont l'un d'eux lui remettait un télégramme jaune annonçant la mort de Drunet, tandis que dans le ciel en feu tournoyaient de grands oiseaux qu'on abattait à coups de mitrailleuse et qui, en s'écrasant au sol, se transformaient en petits avions de la taille d'un vautour.

Au matin, un Ali aux allures de zombie, traînant les pieds et de mauvais poil, lui servit un petit déjeuner froid, puis avec une lippe dégoûtée alla vider le cendrier où, la veille, Drunet avait écrasé ses mégots.

Depuis le départ de Diallo, les rapports de Françoise avec ses remplaçants s'étaient révélés pénibles. Très nettement, les métis lui avaient laissé entendre que, puisqu'ils étaient là, elle pouvait dorénavant rester chez elle. Venus tous deux du chef-lieu, ils se déclaraient seuls compétents et refusaient son aide, même pour les besognes les plus humbles. Joseph Renard, le médecin, un grand mulâtre nonchalant et sûr de lui, dénonçait les installations, insuffisantes à son goût, et le manque de moyens mis à sa disposition. Françoise lui avait expliqué dans quelles conditions précaires le dispensaire était né, mais il répétait les mêmes évidences sans faire aucun effort d'imagination pour améliorer la situation. Fleurette, sa femme, petite, nerveuse, style intellectuelle myope à grosses lunettes, avertie de tout, ambitieuse et la dent dure, détestait à parts égales Blancs et Noirs et ne supportait pas la présence de Françoise. Rembarrant ceux qui réclamaient les soins de Mlle Schmidtt, elle s'étonnait surtout que Diallo l'eût autorisée à s'occuper des malades alors qu'elle ne possédait pas de diplômes médicaux.

– J'ai travaillé deux ans bénévolement avec lui. J'ai appris sur le tas.

– Vous avez eu de la chance de ne pas avoir de pépins. Avec nous, il n'est pas question de continuer. On est responsables.

– Je n'ai jamais rien fait qui puisse mettre la vie des gens en danger et Diallo était toujours à mes côtés. Par ailleurs, je pense que ce qui s'est passé avant votre arrivée ne vous concerne pas.

Rencontrant un jour Mme Masson, la Fleurette lui avait demandé les raisons de la présence de Françoise à Facounda, et la langue de vipère, toujours prête à cancaner, avait été trop heureuse de les lui donner avec force détails, lui signalant au passage que la maison de cette fille d'un ex-administrateur conviendrait beaucoup mieux à un jeune couple de soignants travaillant juste en face. La logique même !... D'autant plus qu'on la disait très bien aménagée, cette belle case, bien mieux que le logement de fonction réservé depuis toujours au médecin et que Diallo avait occupé durant plusieurs années.

Un soir, revenant du village, Françoise trouva Fleurette Renard installée dans le salon où Ali l'avait fait attendre. Elle venait se renseigner, disait-elle, à propos d'une camionnette blanche dont les malades lui avaient parlé.

– Il paraît qu'avant nous le docteur Diallo disposait d'une deuxième voiture. On voudrait la récupérer. Où est-elle ?

– Elle a été accidentée. On attend des pièces pour la réparer. Actuellement elle est dans la cour de la résidence.

– Débrouillez-vous pour la faire remettre en état, on va en avoir besoin.

– Je vous signale que cette camionnette m'appartient, dit Françoise qui sentait la moutarde lui monter au nez.

– Comment ça ? À vous personnellement ?

– Oui. C'est un ami qui me l'a offerte, et je l'utilisais pour le transport des malades entre le village et le dispensaire, je m'en servais aussi pour les tournées.

– Ah ! parce que vous faisiez même des tournées ? Quel genre de tournées ?

– Classiques. Celles que vous allez devoir faire aussi.

– Donc, d'après vous, cette camionnette ne fait pas partie du matériel sanitaire ?

– Non. D'ailleurs, les papiers sont toujours au nom de la personne qui me l'a donnée.

– Quelle pagaille ! On se prélasse en pleine illégalité, dit Fleurette. Vous vous êtes mêlée de soigner les gens sans rien connaître en médecine et vous me racontez que la deuxième camionnette du dispensaire est à vous...

– C'est exact. Il était grand temps que vous veniez mettre de l'ordre dans tout ça ! ironisa Françoise.

Furibonde, la métisse s'en alla en promettant de signaler ces anomalies à ses supérieurs hiérarchiques afin de dégager sa responsabilité et celle de son mari pour toutes les catastrophes qui pourraient leur fondre dessus désormais.

Dès le surlendemain, Drunet relata à Françoise la visite du Dr Renard venu lui demander l'attribution de la maison de Mlle Schmidtt, une case bien trop spacieuse pour une personne seule qui, d'après ce qu'on disait, n'avait aucun titre pour l'occuper. Un endroit idéal, pour sa femme et lui, à un jet de pierre du dispensaire...

– Je l'ai envoyé promener, en lui faisant remarquer qu'il n'avait pas à exiger quoi que ce soit puisqu'il était déjà très bien installé dans l'ancienne case de Diallo. Il est certain que sa femme ne restera pas sur un échec et qu'elle reviendra se pendre à mes basques...

Il lui avait également précisé que, si le dispensaire existait, suffisamment important pour justifier l'emploi d'un couple, c'était parce que Mlle Schmidtt avait pris l'initiative de restaurer un vieux fortin et que la maison qu'elle habitait avait été réparée et aménagée avec ses propres deniers, de même qu'elle avait financé certaines installations du dispensaire. Par ailleurs, il lui avait confirmé que la camionnette lui appartenait; elle la mettait à la disposition des malades par gentillesse.

Il rassura Françoise :

– Vous n'avez pas à vous tourmenter. Le service sanitaire où ils veulent aller pleurer misère sera obligé d'en passer par moi. Il n'est donc pas question de vous déloger.

Inquiète malgré tout, elle se demandait sous quelle présentation partiale la requête du couple Renard serait adressée au chef-lieu et quels commentaires assortis de racontars l'accompagneraient. Certes, depuis toujours, sa maison avait fait l'objet de convoitises. À force d'imagination, elle en avait fait un coin accueillant et frais grâce à l'épaisseur de ses murs anciens. Décorée avec des moyens réduits et pas mal d'astuce, l'ex-case de gardien était le sujet de conversations envieuses parmi les Européens du cercle : Cette fille qui n'aurait pas dû être là, puisque son père avait disparu, avait finalement la meilleure maison de l'endroit. Jusqu'à présent, il ne s'était agi que de bavardages. Cette fois, quoi qu'en dît Drunet, la menace se précisait.

D'autre part, Françoise acceptait mal que l'accès du dispensaire lui fût désormais interdit par ces métis exigeants et revendicatifs. Qu'allait-elle faire de ses journées ? Bien sûr, elle pouvait se remettre à peindre, à coudre, mais elle serait frustrée de la sensation d'être utile et d'aider. Elle sortit faire quelques pas sur la route, où elle rencontra une femme venue apporter le repas de son mari, gardien à la prison. Celle-ci lui confia ses inquiétudes à propos d'un prisonnier qui le menaçait chaque jour de lui tordre le cou, pour se venger d'être puni injustement. Un instant, Françoise pensa à « Petit Larousse » mais repoussa l'idée : la prison regorgeait de gens mécontents...

Quand elle fut revenue devant sa maison, le charognard rescapé qui vivait son veuvage sur le toit lança un cri aigu et hostile. Elle siffla en direction de l'oiseau noir dont la silhouette solitaire se détachait sur le ciel, mais il s'enfuit, comme si dorénavant tout était fini entre eux.

Sur le seuil, elle croisa un lézard qui la regarda d'un œil sévère avant de disparaître sous les marches.

– Ça va pas, hein ? affirma Ali, occupé à débiter des oranges en tranches pour en faire de la confiture.

– Non, ça ne va pas.

Elle se sentait alourdie de pensées désagréables. Elle aurait aimé parler, discuter avec quelqu'un, mais il n'était pas question d'aller voir Pierre Drunet, et Charlier qui n'était pas venu ces derniers temps lui manquait.

Dans une valise étaient rangés des blocs de papier quadrillé où, durant toute une période de déprime, elle avait noté les événements de sa vie auprès de son père. Après sa mort, elle avait continué quelque temps, y consignant son existence avec Éric. L'ensemble s'étalait sur une dizaine de blocs mais, par crainte de réveiller de vieilles douleurs, elle renonça à les feuilleter. Sur le dernier cahier, les souvenirs s'arrêtaient après le départ d'Éric. Pour ne pas être tentée de relire ce qui l'avait précédé, elle prit un bloc vierge.

En considérant la couverture cartonnée, elle eut envie d'y mettre un titre. Elle se leva, cherchant une idée. Par la fenêtre, elle aperçut « son » vautour, en compagnie d'un autre plus petit, tous deux perchés sur une branche basse. Une femelle ? Déjà ! Ils se toisaient, se menaçaient, bec entrouvert, premières escarmouches avant la cohabitation. Brusquement ils s'envolèrent, effrayés par une présence que Françoise ne voyait pas, et se posèrent sur le faîte de la maison.

Elle hocha la tête avec une moue ironique à cause du mauvais plagiat d'un vers de Valéry qui lui revenait en mémoire. Elle retourna s'asseoir pour l'écrire en grosses majuscules :

CE TOIT FRAGILE OÙ VEILLENT LES VAUTOURS

puis, sur la première page blanche, elle nota la date : « 30 juillet 1944. »

À peine commencée, sa page d'écriture fut interrompue par un léger bruit venu de la porte. Elle se retourna et n'osa plus bouger; sur le seuil, se tenait une biche. C'était la « 41 ». Bien qu'un peu apprivoisée, c'était la première fois qu'elle poussait l'audace jusqu'à s'aventurer dans la maison. Après un temps d'hésitation, elle avança prudemment, ponctuant sa marche de coups de queue guillerets.

Depuis l'année précédente, Françoise était à la tête d'un trio d'antilopes. Tout avait commencé à l'époque des feux de brousse qui provoquaient la panique parmi les animaux. Des enfants du village étaient parvenus à attraper des faons dont les mères avaient fui l'incendie. Un soir, un gamin s'était présenté chez elle, tenant dans ses bras une antilope minuscule qu'il disait avoir trouvée dans la forêt, paralysée de terreur. Il proposait de la lui vendre... Devant son refus, il avait sorti un couteau de sa poche et menacé d'égorger la bête sous ses yeux. Elle avait payé la rançon.

Sa réputation de Blanche au cœur tendre s'était vite répandue dans le village. À deux autres reprises elle avait été victime du même chantage, exercé cette fois par des adultes décidés, et s'était retrouvée avec trois faons affamés qu'il avait fallu nourrir au biberon ou à la petite cuillère. La quatrième fois, elle avait tenu bon et refusé de céder quand un adolescent à tête de brute avait exigé de l'argent, des noix de kola et du rhum en échange de la vie de la biche. Consciente désormais de la part de bluff contenue dans le chantage, elle avait appelé un garde et fait chasser l'intrus.

Le lendemain matin, elle découvrait devant sa porte la bête proposée la veille, le cou tranché, vidée de son sang. Hors d'elle, elle avait filé chez Drunet pour lui demander d'intervenir. Le dernier maître chanteur sévèrement houspillé, plus personne ne s'était aventuré chez Françoise.

Une fois passée la période difficile de l'allaitement artificiel, les bêtes étaient devenues magnifiques. Rousses, tachetées de blanc, un caprice de la nature avait voulu que l'une d'elles portât sur ses flancs le nombre « 41 » nettement dessiné en poils laiteux. Habituées à vivre aux alentours de la maison, elles ne dépassaient jamais l'orée de la forêt où, dressées sur leurs pattes arrière, elles broutaient les feuillages bas qu'elles aimaient. Elles avaient aussi découvert la sécurité en partageant avec la volaille le poulailler qu'Ali fermait chaque soir.

Le stylo en l'air, Françoise observait la visiteuse qui, attirée par la table, s'en approcha, le cou tendu, pour cueillir délicatement dans la corbeille une tranche de pain qu'elle commença à mâcher, l'oreille pointée en direction de la cuisine où Ali s'affairait. Alertée par la chute d'un couvert sur le carrelage, en trois bonds elle fut dehors.

Chacun avait donné son opinion à propos des « biches de la fille Schmidtt » : « Vous avez eu tort », « C'est idiot de les garder », « Quand elles retourneront à la vie sauvage, les autres les rejetteront », « Le premier indigène qui passera les tuera puisqu'elles n'auront plus peur de l'homme », « En refusant de les laisser égorger, vous les avez sauvées momentanément, c'est tout. C'est reculer pour mieux sauter »... Autant d'avis dont elle n'avait que faire, trop heureuse de la présence des bêtes autour d'elle.

Après les avoir agressées au début, le chien Makou les supportait, surtout depuis que les cornes qui bourgeonnaient sur leurs têtes étaient devenues de plus en plus dissuasives. La « 41 », en particulier, n'appréciait pas cette chose basse sur pattes et braillarde qui blessait ses fines oreilles. Un jour, prenant son élan, comme un taureau qui veut en finir avec un torero maladroit, elle s'était jetée tête baissée sur le chien et l'avait envoyé culbuter quelques mètres plus loin. Depuis, il passait au large, surveillé par les trois belles qui épiaient ses déplacements avec des battements de queue impatientés.

– Vous pliez votre papier en deux, comme ça, et encore une fois dans l'autre sens. Regardez bien : quand vous mettez votre feuille bien à plat, vous avez une croix. Maintenant, prenez vos crayons et dessinez en partant du pli du milieu.

Vingt mains extirpèrent de vingt tignasses crépues le crayon qui y était enfilé.

Françoise donnait son premier cours de dessin aux enfants des deux écoles. L'instituteur indigène et le vieux maître de l'école coranique avaient admis ces leçons, cette discipline n'étant pas encore entrée dans les mœurs.

– Les lignes vont vous guider pour dessiner ce canari, dit-elle en désignant la poterie noire aux flancs rebondis posée sur la table. Vous faites les deux côtés bien pareils, bien ronds, à droite et à gauche de la ligne du milieu.

Elle surveillait du coin de l'œil un gamin au front buté et à la mine roublarde qui, dès la première minute, avait découvert les vertus de la symétrie et du décalquage grâce au pliage. Avec le bâtonnet qui lui servait de cure-dent, il traçait d'une main sûre, et en appuyant fortement, une ligne courbe qui s'imprimait en creux sur les deux épaisseurs de papier. Il ne lui restait plus qu'à remettre sa feuille à plat et à repasser au crayon les sillons parfaitement identiques.

Déjà le garçon frottait la mine sur le papier et estompait régulièrement le graphite avec l'index pour reproduire le noir de la poterie. Il termina largement avant les autres et brandit son dessin :

– C'est fini ! dit-il.

Même si elle avait admiré l'astuce du gosse, elle ne pouvait fermer les yeux sur le système « D » employé. Elle le fit remarquer au gamin qui se rebiffa :

– C'est toi qui dis faut plier pour faire même chose pareil.

– C'est seulement pour marquer le milieu, mais tu dois dessiner chaque côté du canari sans tricher.

Vexé, il chiffonna le papier en une boulette qu'il jeta rageusement au sol, déclenchant une rumeur stupéfaite parmi les autres, puis il prit une nouvelle feuille et refit prestement les pliures. Son cure-dent ostensiblement coincé entre ses dents, il traça à main levée deux courbes parfaites qu'il noircit avec le même procédé d'estompe, se payant même le luxe de laisser des zones plus claires pour reproduire le bombé du vase. À coup sûr, le garçon était doué. Quand il eut terminé, il se leva et posa son travail sur la table de l'instituteur auquel il demanda la permission de sortir. Pour lui, le cours était terminé, il en savait bien suffisamment.

Françoise le regarda se précipiter dans la cour en gesticulant et demanda au maître de l'école coranique le nom de cet écolier si pressé.

– C'est Sory, un des fils d'Abdulaye Dia, un chef de village.

– Celui de Basalaworo ?

– Oui. Il vit chez le frère de son père. Il est malin. Mais son caractère..., dit-il en levant les yeux au ciel.

« Il a de qui tenir », pensa Françoise. Décidément, elle se cognait à toutes les générations de la famille Dia.

Elle était en train de consoler une fillette qui pleurnichait sur un dessin tremblotant et souillé de traînées noires lorsque le planton de Drunet entra dans la classe :

– Commandant, i dit faut tu viens avec moi tout de suite.

« Aux pieds ! » se dit-elle. Agacée par le fin sourire de l'instituteur, ravi de constater que cette Blanche si pleine d'assurance avait elle aussi un supérieur, elle traîna par principe encore quelques minutes à travers la classe parmi les enfants qui peaufinaient leur œuvre. Enfin elle alla enfourcher sa bicyclette et suivit le planton.

Drunet l'attendait sur la terrasse de la résidence. Sans un mot, le visage impassible, il la regarda ranger son vélo contre le mur. Elle bougonna :

– Il y a le feu ?

Lorsqu'elle fut en haut des marches, il lui décocha son sourire le plus meurtrier en agitant un papier qu'il tenait à la main :

– Paris est libéré, Françoise ! La nouvelle vient d'arriver. Lisez...

Gonflée d'émotion, elle lut que, le 25 août, la 2e D.B. était entrée dans la capitale.

– Ça valait quand même la peine de vous arracher à vos négrillons, non ?

Incapable de dire un mot, elle secouait la tête, serrant les deux mains qu'il lui tendait. Il ne put s'empêcher de l'attirer vers lui, mais se montra soucieux d'éviter tout contact qui lui aurait valu une nouvelle rebuffade et gâché l'instant de joie qu'ils vivaient ensemble. Il se contenta de poser ses lèvres sur le bout de ses doigts..., d'autant plus que Kabaké rôdait dans les parages. Lorsqu'ils furent assis dans le salon, Drunet sortit un second papier de sa poche :

– Écoutez ça : Pour fêter l'événement, le gouverneur offre une grande soirée le 30. Il invite les administrateurs avec leurs épouses. Nous partirons demain matin à trois heures pour faire la route d'une traite. Ça nous donnera ensuite une journée de repos avant les réjouissances.

– Vous avez décidé ça tout seul ? Je ne suis pas une épouse, moi...

– À qui la faute ? Vous êtes fille d'administrateur, c'est pareil, et il n'est pas question de vous laisser ici toute seule à un tel moment.

– D'accord, je vous remercie, mais, si vous étiez gentil, vous feriez câbler à Charlier que nous descendons à Conakry et qu'il faut qu'il se débrouille pour venir aussi.

Le visage chiffonné, Drunet grommela :

– Vous ne pouvez décidément pas vous passer de votre chaperon, hein ?

Pour le soir même, ils convinrent d'un dîner avec les membres de la minuscule colonie blanche non conviés par le gouverneur.

Après avoir aidé le personnel de la résidence à organiser la réception impromptue, Françoise fila préparer la longue robe de soie vert pâle qui dormait depuis deux ans dans une valise. Elle la déplia avec émotion, se souvenant qu'elle en terminait la confection au moment où on lui avait appris l'hospitalisation de son père qui devait mourir quelques heures plus tard. La toilette glissa sur elle comme une deuxième peau fraîche et lisse. À son poignet elle fixa le lourd bracelet en mailles d'or, unique et ultime présent de Laurent avant la tournée dont il n'était pas revenu. Pas plus que la robe, elle n'avait eu l'occasion de le porter. Devant le miroir, elle se trouva trop pâle (« Il faudrait vous farder », aurait dit Lucette). Pour la coiffure, elle ne devait pas compter sur les salons genre « Boucles d'Or » qui allaient être pris d'assaut. Elle fit quelques essais. Non, pas de chignon bas qui la vieillirait... Une queue de cheval très bouclée ? Non plus. La partie haute de son cou, toujours cachée par la chevelure, était plus claire que son dos hâlé. Elle opta pour le style « à l'américaine », les cheveux libres, légèrement ondés, séparés en deux parties asymétriques qui retombaient un peu plus bas que les épaules.

La robe du soir couchée dans sa valise, elle se rendit à la résidence où régnait déjà une bruyante euphorie que les apéritifs apportés par les uns et les autres avaient amenée à la limite de l'ébriété. Surexcitée elle-même, Françoise entraîna Drunet à l'écart pour lui demander de satisfaire un caprice qui lui était venu en descendant la côte qui surplombait le village.

– Les tam-tams, Pierre ! Ce soir, je voudrais les entendre. Dites qu'on les fasse battre !

– Mais voyons, les indigènes s'en moquent complètement, de la libération de Paris ! Ça ne représente rien pour eux.

– Qu'est-ce que vous en savez ? Il n'y a qu'à leur expliquer, et puis il y a sûrement des familles qui ont un gars qui se bat ou se battra encore. Quand eux-mêmes tapent sur leurs gros tambours pendant des nuits entières, nous ne savons pas pourquoi. Cette fois, ce sera pour nous. Je vous en prie. Faites-moi plaisir...

Il haussa les épaules, agacé de ne pas en avoir

eu l'idée le premier, mais dépêcha quelqu'un au village pour qu'il en ramenât le chef. Le vieil homme arriva quelques instants plus tard, essoufflé et inquiet d'être convoqué par le commandant à une heure aussi tardive. Quand il sut ce qu'on désirait de lui et pourquoi, il eut un large sourire :

– C'est bon ça, mon commandant ! Je dis tout de suite aux griots et au sorcier. Tout le monde fait grand tam-tam pour les Blancs toute la nuit, et demain je fais sacrifice avec les gros moutons.

Il redescendit, très pressé, son vieux corps penché en avant, le boubou gonflé par le vent.

C'est en plein milieu du dîner que les premiers roulements montèrent du village, faisant dresser toutes les oreilles.

Le trésorier-payeur remarqua d'un ton aigre :

– Tiens, ils vont encore se trémousser toute la nuit et nous empêcher de dormir. Il doit y avoir un vieux matabélé qui a été convoqué chez Allah... Ceux-là, dès qu'ils ont un macchabée dans le secteur, il faut que tout le monde en profite !

– Moi je trouve ça formidable, cette façon de communiquer, dit le jeune lieutenant Le Guirrec, l'œil rêveur.

Profitant de la discussion, Françoise quitta la table et sortit sur la terrasse. Dans la nuit tiède, sous le ciel sans étoiles, le bourdonnement montait, s'enflait, s'amplifiait, résonnant à travers la vallée, rebondissant de loin en loin. Un écho, une grosse voix qui racontait, racontait..., relayée à l'infini par d'autres résonances.

– Alors, ça vous suffit comme ça ? ironisa Drunet, venu la rejoindre. Vous ne voulez pas en plus un petit feu d'artifice ?

Bien qu'essayant de jouer les âmes fortes, il

vibrait autant qu'elle, mais ne voulait pas le laisser paraître. Intrigués, les dîneurs sortirent à leur tour en commentant :

– Ça, c'est les méga-tam-tams ! C'est rare de les entendre tambouriner aussi fort. Qu'est-ce que ça peut bien vouloir dire ?

Voix de Masson :

– Pendant qu'on pense à autre chose, ils sont peut-être en train de nous bricoler une petite révolte ?

Voix de Drunet qui suggérait :

– À moins qu'ils sachent aussi que Paris est libéré ?

– Ça se pourrait. Ils sont toujours en train d'écouter aux portes et de nous surveiller. Ils savent tout ! De vrais espions qui manigancent sous notre nez, et tout le monde n'y voit que du feu, conclut Mme Masson, indécrottable.

Une fois de plus, Françoise fut indignée par la mentalité d'une certaine catégorie de Français, dits « petits Blancs », plus près de la haine que de la tolérance. Envoyés en Afrique où ils disposaient d'une autorité et d'une domesticité qu'ils n'avaient pas en métropole, ils en tiraient une suffisance odieuse. Bien que ne constituant qu'une minorité, leur comportement ternissait l'image des coloniaux dont le plus grand nombre se conduisait très correctement, en tout cas plutôt mieux que certains colons d'autres pays.

Durant cette nuit écourtée en attendant le départ prévu à trois heures, Françoise ne fit que penser au retour en France qui allait devenir possible. Curieusement, la première émotion passée, elle se retrouvait sans joie. Au cours de ces derniers mois, des ressorts s'étaient détendus en elle, et, de même que Drunet s'étonnait souvent de sa mélancolie, Charlier, en maintes occasions, lui avait reproché son manque de gaieté, l'accusant même d'avoir perdu son humour d'autrefois :

– Qu'est-ce qui vous arrive ? Vous ne savez plus rire maintenant ? Vous savez que vous n'êtes pas très marrante en ce moment.

Il avait raison. Elle se rendait compte qu'elle ne portait plus le même regard sur les gens et les choses, et se rappelait avec nostalgie ses fous rires devant les cocasseries des boys ou les plaisanteries du planteur.

Au début, elle avait éprouvé l'enthousiasme de la découverte; ensuite, la passion avait accompagné son travail. Après avoir croqué le temps à pleines dents, désormais elle le laissait couler, tuait les journées plutôt qu'elle ne les vivait. Ne restait plus qu'une morosité qui l'exaspérait et dans laquelle elle ne se reconnaissait plus. Un soir, assise sur les marches tièdes devant sa maison, elle avait cherché à comprendre pourquoi l'ennui, ce vieil ennemi dont elle avait toujours triomphé, était venu contre-attaquer en force sans qu'elle sût se défendre. Après avoir aligné tous les reproches qu'elle se faisait à elle-même : manque d'entrain, de tonus, de patience, elle s'était résignée à regarder la vérité dans les yeux. Elle en avait assez d'être cette mécanique qui se contentait de bricoler, d'avoir trop chaud, de manquer d'appétit, de dormir seule. Elle avait besoin de dialogues autres que ceux qu'elle soutenait avec son petit boy. En voulant se protéger de Drunet, elle avait renforcé sa solitude, et Charlier lui-même, lassé sans doute de ses allées et venues pour la voir, s'était fait plus rare.

Ce constat établi, la sagesse aurait voulu qu'elle se contentât d'attendre calmement de retourner dans son pays où elle démarrerait une autre existence, mais, exigeante jusqu'au bout, cette perspective ne lui apportait pas d'apaisement; l'idée qu'elle devrait alors quitter cette terre noire et ses gens lui brisait le moral. Conclusion, elle ne savait plus ce qu'elle voulait, et cette Françoise tristounette, déséquilibrée et chaussée de lunettes grises lui était très antipathique.

Pour les deux nuits qu'ils devaient passer à Conakry, Drunet avait retenu des chambres dans un hôtel de la cinquième avenue. Rien de commun avec New York ! Un découpage à angles droits de la ville expliquait la numérotation à l'américaine.

Françoise était logée au deuxième étage, au bout d'un long couloir carrelé et sonore, tandis que Drunet, jouant de malchance, avait échoué au premier dans une petite pièce donnant au-dessus d'une cour où s'entassaient bidons vides, casiers à bouteilles et poubelles malodorantes.

Sa valise défaite, Françoise avait pendu sa robe après l'avoir enveloppée avec le dessus-de-lit pour la protéger des cancrelats qui avaient fui en débandade sur le sol de la chambre dès qu'elle y avait mis un pied. Elle était tout juste prête quand Drunet vint la chercher pour descendre dîner. Fringant, rasé de près, le cheveu encore humide, impeccable dans son uniforme blanc, il exhalait une suave odeur de fougère. Ils débouchèrent dans le brouhaha d'une salle à manger dont presque toutes les tables étaient occupées par des groupes surexcités. Comme des rats affamés, ils avaient quitté leurs trous de brousse pour affluer en bandes vers la ville en fête.

Peu habituée au tumulte des conversations et s'hypnotisant sur les reflets électriques renvoyés par des miroirs, Françoise évoluait comme une somnambule que Drunet guidait par un coude à travers les tables. Il plastronnait, flatté des regards qui s'attardaient sur leur couple. Si les hommes détaillaient sans discrétion la silhouette mince de Françoise, les femmes glissaient des œillades intéressées sur le grand ténébreux au sourire absent qui ne semblait voir que la grande blonde qu'il escortait. Elle choisit une table dans un coin et, une fois installés, Drunet offrit à tous l'image de l'amant comblé.

Pendant le dîner, plusieurs personnes vinrent le saluer. Il présentait Françoise : « la fille du commandant Laurent Schmidtt » et chacune de ces courtes visites se terminait par un : « Alors, on se revoit demain chez le gouverneur, hein ? » Une question presque anxieuse, comme si, après des mois et même des années d'oubli, il n'était plus possible désormais de vivre les uns sans les autres. Parmi eux, se présenta un homme étrange, grand et mince, au visage tanné par le soleil, la peau cuivrée, des yeux d'encre et un profil d'aigle. « Un Indien ! » pensa Françoise. Malgré sa tenue désinvolte, sans veste, pantalon noir et chemise blanche aux manches négligemment retournées jusque sous le coude, il avait un chic très personnel qui tranchait avec l'allure guindée des dîneurs cravatés. Dans l'échancrure de sa chemise largement déboutonnée luisait une croix d'or. Tout en parlant, il la faisait glisser sur la chaîne à laquelle elle pendait, un geste machinal plein de coquetterie qui n'allait pas avec la virilité du personnage. Il s'inclina devant Françoise, planta un regard incisif dans les yeux levés vers lui.

– Gilles Marchal, dit-il.

Elle mit sa main dans la paume dure qu'il lui tendait.

Inexplicablement, bien qu'il n'y eût aucune ressemblance entre eux, cet homme qui lui rappelait Éric la mettait mal à l'aise.

Après un échange de banalités avec Drunet, il prit congé.

– À demain, dit-il à Françoise en s'éloignant.

– À demain ? C'est vite dit. Il a du culot, ce type ! râla Drunet.

À quelques mètres d'eux, Gilles Marchal se retourna vers elle, l'œil amusé, comme s'il avait entendu, et lui décocha un sourire carnassier : un éclat blanc qui illumina son visage sombre et acheva de la troubler. « Qu'est-ce qui m'arrive ? pensa-t-elle. J'ai tout de l'oie blanche à sa première sortie dans le monde !... » Et, l'air innocent, elle s'informa de ce que faisait ce Gilles Marchal.

– Bof ! je n'en sais trop rien, répondit Drunet, soudain ombrageux de l'intérêt qu'elle portait à l'inconnu. Je crois qu'il dirige une société d'exploitation de bauxite. On se connaît à peine, je ne l'ai vu qu'une ou deux fois. Je me demande pourquoi il a traversé toute la salle à manger pour venir me saluer.

Puis il ajouta, l'air navré, comme si cet homme séduisant traînait une tare :

– C'est un Suisse...

Brusquement il plongea vers le sol, feignant d'y ramasser sa serviette, en chuchotant :

– C'est la tuile ! Cachez-vous derrière le menu. Voilà les Piaud !

Trop tard ! L'œil de vautour du commandant Piaud les avait déjà débusqués. Il piquait droit sur eux, poussant son ventre replet entre les tables, suivi de sa femme Raïssa et de Charles qui rêvassait quelques pas en arrière.

– Oh ! merde ! gémit Drunet entre ses dents.

– J'aurais parié que vous étiez descendus au chef-lieu tous les deux ! jubilait Piaud en tirant une chaise vacante pour sa femme.

– Mets-toi là, Raïssa. Ça ne vous ennuie pas, au moins, qu'on se mette à votre table ? On va se serrer un peu, dit-il après avoir expédié son fils à la recherche de sièges supplémentaires. Comment ça va depuis le débarquement ? Bien, d'après ce que je vois...

Frustré de son tête-à-tête avec Françoise, Drunet avait la babine crispée du bouledogue qui vient de se faire chiper son os. Raïssa s'installa à ses côtés, disposant autour d'elle sa robe rose bonbon dont le plissé soleil, en se gonflant, prit l'allure d'un abat-jour. Avec son accent russe de moins en moins rodé, elle minauda :

– Hier, je dis : « Jules, si on dîne restaurant demain, tu retiens table. » Et lui, il répond : « Table il y a toujours pour commandant Piaud ! Et c'est vrrrrai ! Tu as toujours table, chérrri ! »

Puis elle reporta son attention sur Françoise. L'air faussement apitoyé, elle lui reprocha d'être vraiment trop maigre, trop pâle, trop triste. En parlant, ses paupières bistrées allaient du visage de Drunet à celui de Françoise, comme pour y déceler quelque mystérieuse relation de cause à effet. Quand le reste de la famille fut attablé, Drunet fut à son tour sur la sellette. Elle lui fit grief (grand égoïste il était !) de garder pour lui seul une jeune personne qui aurait eu tant de succès auprès des célibataires du chef-lieu... parmi lesquels, d'ailleurs, leur fille Anna n'avait eu qu'à choisir « mari merveilleux ». Piaud approuvait de la tête en se bourrant de tranches de pain tartinées de moutarde. Charles, qui ouvrait la bouche pour la première fois, railla, la lèvre rigolarde :

– Tu parles ! Dès qu'elle entrait quelque part, les types, ils grimpaient aux murs !

– Pour se sauver ? demanda Drunet qui ne digérait pas l'intrusion de la famille dans l'intimité de son dîner.

La remarque grossière passa inaperçue, Piaud et sa femme interpellant des dîneurs venus s'installer à une table voisine.

Françoise et Drunet avaient terminé leur repas quand le serveur, débordé par l'afflux inhabituel de clientèle, apporta les hors-d'œuvre aux nouveaux venus. Prétextant la soirée de la veille et la fatigue du départ très matinal de Facounda, Françoise se leva. Les yeux mi-clos, Raïssa détaillait la tenue de la jeune femme qui tirait sur sa jupe de toile blanche un peu froissée par l'exiguïté de la banquette. Apitoyée, comme si Françoise risquait d'être la clocharde égarée dans une réception élégante, elle lui dit d'un ton désolé :

– Vous savez, pour soirée demain, toilette très chic il faut avoir...

Vexée, Françoise riposta sèchement :

– Toilette très chic j'ai !

En traversant la salle à manger, suivie de Drunet, elle aperçut, dans un miroir qui jouait les rétroviseurs, les têtes rapprochées du couple Piaud qui, sans les quitter des yeux, devait faire un concours de pronostics sur leur degré d'intimité.

Devant la chambre de Françoise, Drunet ronchonna :

– Comme dîner tranquille, c'était assez raté... Et, demain, à nous la grande foire ! Enfin...

Quel est l'imbécile qui a prétendu que les amoureux étaient toujours seuls au monde ?

La clé qu'elle allait introduire dans la serrure resta en suspens, et Françoise demanda, agressive :

– Quels amoureux ?

Venu de l'extrémité du couloir, un jeune boy arrivait en chantonnant. Sur sa tête, un grand plateau où étaient disposés un souper pour deux et une bouteille de vin blanc dans un seau de glace. Il s'arrêta devant la porte de la chambre voisine de celle de Françoise et y frappa. Drunet hocha une tête envieuse :

– En voilà au moins qui ne vont pas s'embêter...

En prenant congé, il annonça que par politesse et surtout pour calmer l'imagination sûrement débridée des Piaud il allait redescendre prendre un verre en leur compagnie.

La fenêtre de la chambre de Françoise s'ouvrait sur une avenue où une population noire et blanche circulait, créant une animation si bruyante qu'habituée au silence de la brousse elle pensa qu'elle trouverait difficilement le sommeil. Dans la chambre voisine, un couple se chamaillait en riant, accompagné par un cliquetis de couverts.

Même rafraîchie par une longue douche, il faisait chaud et moite dans la pièce qui sentait le renfermé. Elle mit en marche le ventilateur fixé au plafond et, allongée sur le lit, se laissa engourdir par le ronronnement des pales.

Dans le calme qui s'installait peu à peu, elle se sentait bien et essaya d'imaginer la soirée du lendemain. Devenue de plus en plus sauvage, elle était préoccupée à l'idée d'affronter une foule. Elle aurait à supporter la présence assidue de Drunet mais, exceptionnellement, il faisait figure de bouée de sauvetage. Charlier avait-il eu le courage de quitter sa plantation ? Au restaurant, elle l'avait cherché des yeux, mais il existait bien d'autres endroits où il avait pu dîner. Puis, son esprit vagabondant vers Facounda, elle revit la mine désabusée d'Ali au moment où il déposait sa valise dans la camionnette de Drunet. Dégingandé, la voix en pleine mue, il se transformait, semblait mal dans sa peau et son caractère autrefois si conciliant s'aigrissait : il discutait certaines décisions et, si Françoise tenait bon, il boudait. Un adolescent résolu prenait la place du petit gosse épanoui qui l'avait accueillie à la résidence de son père un certain soir de 1941.

Elle commençait à glisser dans une torpeur proche du sommeil quand un gémissement venu de la chambre contiguë traversa la mince cloison. Pendant quelques secondes – et par habitude –, son cerveau enregistra : douleur... malade..., mais très vite elle comprit que, bien au contraire, une femme en pleine forme chantait haut et clair son plaisir, accompagnée par une basse au souffle rauque qui débitait des phrases hachées. Tous deux si proches que Françoise eut l'impression de partager la même pièce. Pour la première fois elle surprenait les échos d'un acte d'amour. Son cœur se mit à cogner à grands coups dans sa poitrine, à l'écoute d'une inconnue qui se donnait sans aucune retenue, hoquetait, sanglotait presque, exigeait encore plus de joie sur un ton suppliant, tandis que la voix grave de son amant semblait, par des paroles apaisantes, vouloir la consoler de la souffrance délicieuse qu'il lui infligeait. Le corps et l'imagination enfiévrés, Françoise revivait les nuits passées avec Éric avec une précision qui lui fit mal. Bizarrement, elle ne pouvait s'empêcher d'associer la voix profonde de son voisin au regard sombre et dur du Gilles Marchal venu saluer Drunet.

Sentant qu'elle ne pourrait pas supporter les derniers soubresauts de cette agonie bienheureuse, elle saisit son oreiller et s'en boucha les oreilles…

Sur le plateau du petit déjeuner, une enveloppe était posée contre le pot de café. Drunet l'informait du programme de la journée : pendant qu'elle ferait ses courses, il devait se rendre à une audience chez le chef de cabinet du gouverneur. Il proposait de la retrouver ensuite vers treize heures au restaurant « Les Palétuviers », à l'extrémité de la corniche.

Protégé par de grands arbres, le cimetière où elle se rendit tout d'abord était ceint d'un mur bas et d'une grille. Sur la tombe de Laurent, l'arbuste qu'elle avait fait planter pour ombrager la dalle de ciment était devenu une pauvre chose chlorotique mouchetée de taches jaunes. Les quelques fleurs qu'elle avait apportées mourraient avant la nuit. Ici, dès que le visiteur avait tourné les talons, les vases les plus humbles disparaissaient, crochetés par des mains rapides. Dernier recours pour assurer une courte survie aux bouquets posés à la tête ou au pied des sépultures : une prolifération de boîtes de conserve qui, à l'époque des pluies, devenaient autant de gîtes à larves.

Dans les magasins où elle se rendit ensuite, des grappes de femmes fébriles s'arrachaient les rares articles de parfumerie conservés comme des antiquités dans les arrière-boutiques des commerçants grecs. Tout comme elles, Françoise se bagarra pour un tube de rouge « Baiser » qui ne sentait pas trop le rance, un pot de fond de teint d'une marque anglaise inconnue et une boîte de poudre Houbigant « pêche ». Un trésor enlevé au forcing et convoité par une vingtaine d'yeux concupiscents.

Le visage souriant, le geste empressé, bien corseté dans son uniforme toujours immaculé, Drunet l'attendait debout sur la terrasse du restaurant. « Il n'est pas mal aujourd'hui », songeait-elle en prenant place sur la chaise qu'il lui avait avancée.

Par politesse, il lui tendit la carte, mais il avait déjà commandé le repas à son idée : avocat vinaigrette, poulet haïtien (?) et sorbet à la noix de coco. Quand le serveur se fut éloigné, il tendit ses deux mains en travers de la table, paumes ouvertes, un geste qu'elle ignora, feignant d'être passionnée par le spectacle de quatre Noirs musculeux embarqués en voltige dans une pirogue soulevée par de gros rouleaux, et qui pagayaient avec un bel ensemble pour s'arracher au ressac.

– On est bien ici, remarqua Drunet, montrant les nattes de paille qui abritaient la table.

Il se pencha vers elle, l'air attendri :

– Aujourd'hui je voudrais que vous soyez heureuse comme moi. Des gens que j'ai rencontrés ce matin m'ont dit des choses flatteuses à votre sujet. Je suis fier, vous savez !

Elle pensa aussitôt : « Qu'est-ce qu'il a bien pu laisser entendre de nos relations ? »

– Dommage que vous ne sachiez pas profiter du moment présent, décontractez-vous, que diable !

– Mais je suis décontractée ! Je suis très bien... Qu'est-ce que vous voulez que je fasse ? Que je danse sur la table ?

Il l'observait intensément, tout en lui servant un verre d'eau glacée.

– Avez-vous bien dormi, au moins ?

– Très bien, malgré le bruit et la chaleur.

Au souvenir de son voisinage tumultueux, une bouffée lui chauffa le visage. Elle détourna le regard vers la mer grise frangée d'écume sale où flottaient noix de coco vides, planches d'épaves, varechs gluants et longues palmes. Le flux les charriait brutalement, puis les abandonnait sur le sable parmi d'autres immondices. Drunet lui parla de la mangrove qui commençait à l'extrémité de la corniche, un monde végétal surprenant où les racines aériennes des palétuviers baignaient dans une eau mouvante. Un univers sombre de lianes enchevêtrées, qu'il l'emmena voir après le déjeuner.

– Regardez !

Il lui montrait un animal de cauchemar qui sortait de l'eau : un poisson à quatre pattes et grosse tête, une sorte d'énorme têtard qui se mit à marcher en direction d'un arbre. Il s'accrocha aux racines recouvertes de petits coquillages et, après une légère hésitation, se mit à grimper calmement le long du tronc avant de disparaître dans le feuillage des hautes branches.

– C'est une bête préhistorique ! dit Françoise, médusée. Je ne savais pas que ça existait, un poisson qui niche dans les arbres !

– J'en ai entendu parler, mais c'est la première fois que j'en vois un ! Ça ne doit pas pulluler, ce genre de bestioles !

Ils se souriaient, amusés. Françoise goûtait ce moment de paix. Elle songeait : « Quand il ne cherche pas à faire à tout prix son numéro de séduction, il ne manque pas de charme. » Ils longèrent la corniche pour revenir vers le centre de la ville. Soudain les yeux de Drunet se plissèrent, son visage prit une expression contrariée. Comme lui, Françoise avait vu le camion à gazogène de Charlier, qui tournait le coin d'une avenue.

Elle s'exclama, ravie :

– C'est Robert ! Il est venu ! J'ai reconnu le Berliet !

– Un Berliet... Il n'y a pas que Charlier qui en a...

– Si, c'est lui. J'en suis sûre. Sur chaque portière, il y a une grande vignette orangée qui représente un régime de bananes. C'est moi qui l'ai dessinée et il en a fait fabriquer des centaines. Il les colle sur chacune de ses expéditions.

– Eh bien, si c'est lui, vous le verrez ce soir. Pour le moment, dites-moi ce que vous comptez faire cet après-midi.

Elle voulait se préparer, trouver un fer pour repasser sa robe, se reposer, se coiffer, se faire les mains...

– Et, surtout, réapprendre à marcher avec les chaussures à talons hauts que je n'ai pas portées depuis plusieurs années. Je vais souffrir !

– Je veux que vous soyez très très très belle ! murmura-t-il, la narine palpitante, tandis qu'elle pensait : « Allons bon, ça le reprend... »

Il expliqua :

– Moi, je vous ai toujours vue en tenue de brousse avec des shorts ou des pantalons. Ça vous va divinement bien, mais je suis très curieux de voir comment vous êtes en robe du soir.

Il eut un geste élégant, comme s'il dessinait une silhouette de rêve dans l'espace, avant d'ajouter :

– Vous non plus, vous ne m'avez jamais vu en grande tenue : spencer blanc et pantalon bleu marine à bande de satin. Ça a beaucoup d'allure, croyez-moi.

Agacée par ce souci de coquetterie presque féminin, elle remarqua :

– Vous êtes comme Mme Piaud, vous craignez que je vous fasse honte ?

– Mais non, vous m'avez dit que vous aviez une jolie robe...

Sur le chemin de l'hôtel, elle insista pour faire un détour par le port, la douane et les grandes artères où elle serait susceptible d'apercevoir à nouveau Charlier ou son camion.

Revenue dans sa chambre, elle fit une courte sieste. Le rendez-vous chez le gouverneur n'était qu'à huit heures, mais elle avait un programme de remise en beauté très chargé.

En fin d'après-midi, quand Drunet vint tambouriner à sa porte, elle avait la tête hérissée d'énormes bigoudis et le visage enduit d'une épaisse couche d'un magma verdâtre (une recette miraculeuse de sa composition, à base de plantes cueillies en brousse...). Elle refusa de lui ouvrir, le prévenant de la vision d'horreur qui l'attendait. Il insista, elle refusa, il s'énerva, elle céda. C'était peut-être le meilleur moyen de décourager ses avances une fois pour toutes.

Comme il s'impatientait, elle entrebâilla légèrement la porte (juste une simple fente) pour le préparer au choc :

– Attention, Pierre, vous l'aurez voulu !...

Elle repoussa le battant en agitant sous son nez dix ongles roses qui empestaient le vernis. Les yeux de Drunet papillotèrent plusieurs fois, puis sa bouche s'arrondit sur un « Rooooh ! » consterné. Il lui tendit un petit paquet joliment emballé qu'elle saisit entre deux doigts.

– J'étais venu vous offrir ça... C'est du parfum..., un extrait rarissime. Il doit bien vous aller.

Évitant de la regarder, il précisa :

– Je viendrai vous enlever à sept heures et demie.

Puis, vivement, il rabattit la porte sur la face d'extraterrestre.

Si vraiment il continuait à rêver d'elle, on ne pourrait pas accuser Françoise d'être une allumeuse... Elle alla se planter devant la glace du cabinet de toilette et souffla à son tour un « Rooooh ! » amusé.

Les salons de la maison du gouverneur étant insuffisants pour contenir les invités venus de tous les coins du territoire, de grands auvents en toile blanche festonnés de guirlandes d'ampoules tricolores avaient été dressés dans les jardins. Ils protégeaient d'une averse éventuelle les longs buffets sur tréteaux devant lesquels s'agglutinait déjà une foule compacte, une muraille humaine qui engouffrait bouchées salées, canapés, sandwiches variés et autres « niamas-niamas[1] ». D'autres grands comptoirs offraient poulets rôtis, poissons froids, salades variées. Ailleurs, de belles coupes en bois creusées dans des troncs d'okoumé supportaient des pyramides de fruits africains. Plus loin encore, des pâtisseries, tartes, friandises locales. Rien ne manquait. Tout provenait du pays même et avait été soigneusement préparé par des mains noires particulièrement habiles. Au milieu des grands plats qui commençaient à se vider comme si des colonies de fourmis géantes les avaient

(1) Niamas-niamas : expression indigène désignant un grand nombre de petites choses disparates.

traversés, étaient plantés de minuscules drapeaux bleu, blanc, rouge. Une fête comme on n'en avait plus donné depuis longtemps... Afin de modérer les appétits, un maître d'hôtel qui avait du mal à se faire entendre vint annoncer que, vers vingt-trois heures, des méchouis seraient servis. On lui fit une ovation.

Après plusieurs essais infructueux pour s'approcher du comptoir aux canapés, Françoise y renonça, tellement serrée, bousculée qu'elle craignait qu'un morceau de sa robe ne fût arraché. Elle se contenta de boire deux verres de jus d'orange. Une grande femme coulée dans un fourreau noir à longues manches collantes qui lui donnait l'air d'un rat d'hôtel, et si décharnée que les os de son bassin pointaient sous sa jupe, s'approcha de Françoise avec ses prises de guerre : deux assiettes en carton où était empilé un échantillonnage de sandwiches, pilons de poulet et beignets de poisson. Elle venait lui confier ses états d'âme.

– Vous ne trouvez pas ça indécent, toute cette nourriture ? Quand on pense à tous ces malheureux en France..., dit-elle en engloutissant pour se consoler trois canapés tout suintants de mayonnaise. Vous ne mangez pas, vous ? Va y avoir du méchoui !

Puis, sans transition :

– Vous avez une robe rudement bien coupée. On voit que vous l'avez apportée de France...

Pour l'occasion, il était visible que beaucoup de femmes avaient voulu retrouver l'époque heureuse d'avant-guerre en exhumant des toilettes longtemps reléguées au fond des malles par manque d'occasions de les porter. Ces robes-là avaient conservé leur cachet d'origine grâce à la qualité de leur tissu. Mais d'autres avaient manifestement été confectionnées avec les moyens du bord : pagnes soyeux et voyants, ou rayonne clinquante dénichée chez les boutiquiers syriens. Bien qu'il y eût un côté puéril dans le fait d'y attacher de l'importance, mettre une robe de soirée était une sorte de concrétisation de l'espoir, le signe que la vie coloniale, même si elle avait été un havre de paix, allait se terminer. On avait envie de se retrouver « comme avant ».

Certains, oubliant les années protégées vécues dans ce pays, alliaient déjà l'ingratitude au dénigrement, surenchérissant sur la lassitude due au climat malsain, avec les routes défoncées en saison des pluies, les boys insupportables et fainéants, le « manque de tout »... Ah ! cette terre nourricière qui leur collait un peu trop à la peau, ils rêvaient de la quitter au plus vite. D'autres, plus réalistes ou nostalgiques par avance de cette Afrique envoûtante, en parlaient en amoureux inconditionnels, projetant d'y revenir avant même d'en être partis.

Le discours du gouverneur fut parfait. Sobre, émouvant. Il vanta l'endurance des Français occupés, leur sagesse, exalta la vaillance des résistants et l'immense reconnaissance que tous devaient aux troupes alliées. Il exhorta tout le monde à la patience. Bientôt beaucoup allaient pouvoir retrouver leur pays. Ils devraient avoir la plus grande gratitude envers cette Afrique noire qui les avait abrités, nourris, protégés. À la mémoire de ceux qui, un peu partout, avaient laissé leur vie et pour tous ceux qui allaient encore devoir batailler pour qu'un monde libre renaisse, il demanda à l'assistance de se recueillir pendant une minute. Ce court silence à peine terminé, on eût dit qu'on libérait le contenu d'un millier de ruches bourrées d'ouvrières enfumées.

Quelques minutes après leur arrivée, Drunet avait été happé par un personnage au visage rébarbatif dont la veste d'uniforme servait d'étal à de grosses médailles pendues à des rubans multicolores. En le reconnaissant, le visage béat de Drunet avait perdu son sourire.

– Dites donc, mon ami, venez par ici. Il faut que je vous parle..., avait dit le médaillé, l'air revêche.

Elle avait regardé les deux hommes s'éloigner vers le palais. En se retournant furtivement vers elle, Drunet avait levé vers le ciel un regard de martyr. Depuis, elle n'avait plus qu'une idée : sortir de cette foule qui la cernait. Des gens, un verre à la main et bousculés par d'autres, avaient répandu son contenu sur leur pantalon ou sur la robe de leur compagne. Craignant pour sa toilette, Françoise chercha à fuir. Un plateau de verres pleins porté à bout de bras par un serveur passant à proximité, elle en saisit un, le vida et le reposa sur le même plateau, en se demandant pourquoi le jus d'orange du gouverneur était meilleur que celui que préparait Ali. Il avait un petit goût légèrement alcoolisé. Pour sortir, elle joua des coudes, trouva une sorte de chenal délaissé parce qu'il longeait la table des produits typiques du pays et respira à pleins poumons en se retrouvant dans le jardin puis sur le boulevard éclairé. Elle circula le long du trottoir où s'alignaient voitures, camionnettes et camions avec l'espoir de découvrir celui de Charlier. Pas de Berliet en vue. Elle continua jusqu'au coin d'une rue et, alors qu'elle allait faire demi-tour, elle l'aperçut, garé dans l'avenue perpendiculaire, à une vingtaine de mètres. Elle fila jusque-là, le bas de sa robe retroussé. Personne à bord du camion. Elle klaxonna à plusieurs reprises, indifférente aux lazzi des Noirs hilares à la vue de cette Blanche en longue robe, juchée sur le marchepied d'un énorme camion crotté de boue depuis les pneus jusqu'au pare-brise. Elle allait abandonner quand le planteur arriva en soufflant, les bras levés au ciel.

Elle lui reprocha illico :

– Vous n'assistez pas à la soirée ?

Il bougonna qu'il n'avait pas de temps à perdre..., lui.

– Mais je vous ai vu passer vers deux heures au bout de la corniche.

– Qu'est-ce que ça a d'extraordinaire ?

– Puisque vous êtes descendu jusqu'ici, vous pourriez au moins assister à la réception. Vous êtes bien invité ?

– Il n'aurait plus manqué que ça ! Pas invité ? Après vingt ans passés dans ce foutu pays !

– Enfin, qu'est-ce que vous faites dehors ? Je vous ai cherché partout, moi !

– J'ai été jeter un œil sur la fiesta et j'ai vu tout le monde en tralala. Je ne vais pas aller me fourrer là-dedans. Je n'ai pas la tenue adéquate et, d'autre part, je ne vois pas pourquoi je devrais m'habiller en garçon de café sous prétexte que Paris est libéré !... Non..., j'ai été boire une bière dans un bistrot par là-bas...

– Alors pourquoi ce voyage ? Vous deviez bien vous douter...

– Je suis venu parce que vous m'avez envoyé un câble et que je pensais vous voir. Maintenant, ça va, je vous ai vue. Et le Drunet ? Il ne vous a pas lâchée d'un pouce depuis hier, je parie.

– Forcément, c'est lui qui m'a amenée.

Il se frottait le menton, le regard perdu au loin.

– Ce matin, j'ai rencontré Piaud sur le port. Il paraît que vous êtes descendue avec Drunet à l'hôtel Hibiscus ?

– Est-ce une nouvelle sensationnelle ?

L'air accablé, il hocha la tête.

– Vous êtes rudement belle, ce soir... Vos cheveux... c'est bien. La robe aussi...

– Ce tissu-là, dit-elle en soulevant un peu sa jupe, c'est vous qui me l'aviez offert. Vous vous en souvenez ?

– Euh..., peut-être, oui. C'est possible. Allez, retournez vers la fête. On doit vous chercher.

– Venez avec moi. Vous êtes très correct avec cette tenue toute blanche. Je vous en prie, faites-moi plaisir, Robert, dit-elle en glissant son bras sous le sien.

Il se dégagea, le visage crispé.

– Non, vous savez bien que ce genre de raout, ce n'est pas mon truc. Je vous accompagne seulement jusqu'à l'entrée.

Devant les grilles du jardin, il s'arrêta.

– Allez, mon petit, amusez-vous bien.

Il tourna les talons, marchant à grands pas. Elle courut derrière lui, tordant ses talons sur le sol inégal, et le rattrapa. Tout en trottant à ses côtés, elle insista :

– Et demain, on pourrait se voir ?

– Non. Je repars. J'ai du boulot. Ne vous faites pas de souci pour moi. Passez une bonne soirée.

Il hésita et son visage se craquela de rides :

– Ce soir, faites bien attention à vous...

– Pourquoi me dites-vous cela ?

– Parce que...

– Alors restez avec moi !

Après l'avoir observée d'un air pensif, il hocha la tête et grimpa dans son camion, qui disparut quelques secondes plus tard. À la fois furieuse et désolée, elle revint vers les jardins illuminés du palais, hésitant à replonger dans la fournaise piaillante.

Soudain, une main entoura son bras nu, l'obligeant à pivoter sur elle-même, un geste si autoritaire qu'elle se cogna presque dans la poitrine de Gilles Marchal, superbe, mais toujours aussi indien.

– Abandonnée ou perdue ?

– Ni l'un ni l'autre. Je me promène.

– Je vous emmène boire quelque chose ?

– Non. J'attends Pierre Drunet.

– Il vous retrouvera bien. Vous savez, j'étais sûr de vous revoir...

L'éclairage cru d'un lampadaire creusait le visage du garçon et en accentuait le côté dur. Elle fit l'inventaire de ce qu'elle n'aimait pas : les sourcils droits qui soulignaient les yeux profonds, l'épaisseur de la lèvre inférieure, le nez aristocratique mais trop busqué et la prunelle luisante qui connaissait son pouvoir. Il fit entrer en scène sa voix grave.

– Je vous ai aperçue tout à l'heure..., quand vous sortiez de votre chambre. Une algue verte qui ondulait dans le couloir de l'hôtel !

Elle bafouilla :

– Quand je sortais de ma chambre ?

– Oui, nous sommes proches voisins. Juste à côté.

Tout à coup fragile et vulnérable, elle sentit une suée lui emperler le front. Elle regardait droit devant elle, soucieuse de ne rien laisser paraître de son trouble, souhaitant ardemment voir arriver Drunet. Avec celui-là, au moins, elle avait l'habitude de l'autodéfense. Elle crut trouver le salut en apercevant Piaud qui discourait au centre d'un petit cercle d'hommes et de femmes.

– Excusez-moi, il faut que je parle au commandant Piaud, peut-être sait-il où est Pierre Drunet, dit-elle à voix haute, sans parvenir à échapper à la poigne dure qui la maintenait.

Le ventre en avant, les pouces accrochés aux revers de son spencer, Piaud se retourna en entendant son nom. Son regard de fouine enveloppa le couple, notant le geste possessif de l'inconnu qui se tenait très près d'elle. Avec la mine papelarde de celui qui pourrait jurer n'avoir rien vu, même si on le passait à la question, il ricana :

– Drunet ? Je le cherche moi aussi depuis un moment. Il vous a laissée, ce jeune fou ! s'exclama-t-il en se haussant sur la pointe des pieds, comme s'il avait une chance de le débusquer parmi plusieurs centaines de personnes. Si je le vois, je lui dirai de ne pas se faire de souci. Vous êtes en de bonnes mains !

Avec un sourire horripilant, il ajouta :

– Moi aussi je cherche ma bien-aimée. Tiens, la voilà !

Raïssa venait vers eux, les volants de sa robe en mousseline violine flottant au vent, rengorgée, importante, toute frisottée et les lèvres fuchsia. Elle détailla la toilette de Françoise de haut en bas, et le verdict tomba :

– Alors, vous avez trouvé petite robe ? Couleur verte, c'est terrible pour visage. Mine triste ça donne... Chérrri, tu cherches boisson pour moi ?

– Qui est cette vieille chouette jalouse ? demanda Marchal quand ils replongèrent dans la foule.

Avec un mouvement de mauvaise humeur,

Françoise parvint à libérer son bras. Lorsqu'ils furent près du bar, l'arrivée des méchouis empalés sur de longues broches déclencha des cris de cannibale, mais ne ramena pas Drunet.

Comme s'il avait reçu la mission sacrée de la nourrir, l'Indien alla arracher de haute lutte quelques lambeaux de mouton qu'il rapporta sur une assiette. Pendant son absence, elle avait essayé de s'éclipser, mais elle était à nouveau coincée dans un étau d'épaules tractant des estomacs toujours affamés. Le morceau de mouton croustillant fut le bienvenu car les cocktails de fruits fortement alcoolisés qu'elle avait avalés par désœuvrement lui tournaient la tête. Maintenant elle se sentait à la fois gavée, joyeuse et agacée par l'absence prolongée de Drunet. Elle l'obligeait à supporter la compagnie de Gilles Marchal qui la servait, l'entourait, l'enveloppait d'une cape de regards caressants.

Plus tard, quand Drunet surgit brusquement devant eux, elle lui aurait volontiers sauté au cou.

– Rien de grave ?

– Oui et non, je vous expliquerai plus tard... C'est gentil d'avoir tenu compagnie à Mlle Schmidtt, dit-il à Marchal, d'un ton qui sous-entendait : « Maintenant, ça va comme ça. Vous pouvez dégager... »

– Je vous laisse. À plus tard, promit l'autre avec dans son regard sombre un dernier message codé pour Françoise.

Il se faufila dans la foule, sa haute stature dépassant le moutonnement des têtes.

Des musiciens apparurent et commencèrent à installer leurs instruments sur une petite estrade.

– Qui va pouvoir danser dans ce pressoir ? s'inquiéta Françoise.

– Tout le monde sauf nous. On va filer, décida

Drunet en vidant le fond de son verre. Nous sommes invités chez des amis polonais que j'ai connus autrefois en Côte-d'Ivoire, les Mieilczenski. Ils ont une grosse exploitation forestière à quelques kilomètres. Ils y réunissent quelques amis pour y finir la nuit.

Elle s'exclama :

– Pour finir la nuit ? Mais je suis morte, moi ! Déposez-moi à l'hôtel et allez-y tout seul.

– Vous n'allez pas vous coucher comme les poules un jour comme ça ! Il n'est que minuit.

Pour se dégager de l'invitation, elle joua la campagnarde descendue en ville, un rôle qui ne lui demanda aucun effort :

– À Facounda, il y a longtemps que je dors. En vous attendant, j'ai avalé un tas de mélanges. J'ai mal au cœur et j'ai sommeil.

Il affirma que, justement, l'air frais de la nuit allait la remettre en forme. Dans la voiture, elle quitta ses chaussures avec volupté et s'assoupit au bout de deux minutes. Avec les cahots, son front cognait contre le montant de la portière. Doucement, il l'attira vers lui pour la caler contre son épaule, ému par l'abandon de la jeune femme, si forte d'habitude, et tout attendri sur lui-même dans ce rôle de bon Samaritain. Arrivée au but, la camionnette suivit une allée d'arbres majestueux, éclairée par des torches de résine. Précédée d'une vaste terrasse illuminée, la maison longue et basse était d'une architecture très moderne. À l'intérieur, comme dans un théâtre d'ombres, des couples dansant au son d'un tourne-disque passaient et repassaient devant les fenêtres dorées de lumière.

Françoise se réveilla ahurie et migraineuse, remit précipitamment ses chaussures et se tapota les cheveux. Drunet la rassura :

– Je vais demander à Zbigniew de vous montrer la salle de bains…

– Zbigniew ?

– Zbigniew Mieilczenski, celui qui nous invite.

La langue pâteuse, elle essaya de répéter : « Zbigniew Mieilczenski… » et y renonça.

– Tout le monde l'appelle Polak, et sa femme Polka.

– Tant mieux, dit-elle, prête à retomber endormie sur la banquette.

Polka, une petite boule blonde au nez retroussé, devait avoir la quarantaine. Vêtue d'un pyjama de satin blanc à larges manches qui lui donnait l'air d'un joli Pierrot, elle accueillit les nouveaux venus avec des cris de joie, embrassa fougueusement Drunet sur la bouche, tutoya aussitôt Françoise qu'elle guida jusqu'à une salle de bains ultramoderne, entièrement tapissée de miroirs qui se renvoyaient à l'infini des centaines de filles en soie vert pâle. Sur une coiffeuse s'alignaient une magnifique brosserie à manches d'ivoire finement sculptés et une collection de flacons en cristal de Bohême.

Le peu qu'elle avait vu du salon en le traversant était particulièrement élégant. Sans doute vouée au blanc, Polka s'était entourée d'un décor laiteux, avec canapés, fauteuils et doubles rideaux immaculés. Seule note un peu colorée : quatre peaux de panthère jetées sur le dallage aussi virginal que le reste. Apparemment, l'entreprise forestière était très prospère. On sentait que ce cadre avait été soigneusement conçu pour y vivre de longues années, contrairement à l'installation passe-partout des résidences occasionnelles.

On présenta Françoise aux personnes présentes, et le maître de maison, un homme sympathique au nez écrasé de boxeur, l'entraîna aussitôt dans les spirales d'une valse qu'il bourdonnait à son oreille.

– À moi, maintenant, dit Drunet en l'arrachant aux coussins où elle s'était ensuite écroulée, un gyroscope fonctionnant à grande vitesse sous son crâne.

Il l'enlaça, soudain timide et les mains transpirantes. Une falote imitation du tombeur de Facounda. Elle s'abandonna au rythme reposant du slow, sécurisée par l'odeur familière d'eau de toilette à la fougère. La danse à peine terminée, Polka s'empara de Drunet et Françoise retrouva ses coussins, s'y lova, souhaitant qu'on l'oubliât. Un boy superbe, boutonné jusqu'au cou dans une veste blanche, vint lui demander si elle voulait un avocat. « Un avocat ? À cette heure-ci ? Beurk ! » Elle préférait du jus de fruits pur !

Lorsque quelques accords de guitare s'élevèrent, on arrêta le tourne-disque : Zbigniew Mieilczenski chantait en polonais d'une voix grave, vibrante. Tous ses compatriotes, assis en tailleur autour de lui, reprirent en chœur une mélodie aux accents émouvants. Les larmes aux yeux, une femme se pencha vers Françoise :

– C'est le « Jeszeze Poleska nie Zgineta ».

Quelqu'un traduisit : « La Pologne n'est pas morte ! »... Puis on porta des toasts à la vodka. Malgré ses protestations, Françoise dut sacrifier à trois « cul sec », trois coulées de feu qui lui embrasèrent le gosier, brûlure entretenue peu après par des brochettes épicées brandies flambantes. Elle regarda Drunet, l'air malheureux :

– Je ne peux plus...

– Qu'est-ce qui vous arrive ? Allons, venez danser.

Une portière claqua à l'extérieur, et une femme

qui s'était précipitée sur la terrasse pour voir qui arrivait s'écria :

– C'est Gilles Marchal ! Il ne devait pas venir…

Drunet ne remarqua pas le raidissement du corps qu'il serrait quand le nouveau venu pénétra dans le salon. Après avoir salué ses hôtes et lancé un rapide coup d'œil sur les femmes présentes, Gilles alla cueillir par un poignet une grande brune genre dévoreuse à l'œil andalou moulée dans une robe-gaine vermillon, une flamme qui aussitôt commença à se tordre lascivement contre lui. Françoise fut certaine que ce couple soudé de la tête aux pieds et dont l'entente semblait totale était celui dont elle avait surpris les transports amoureux la veille.

Un peu plus tard, engluée dans une brume émolliente, elle embarqua dans d'autres bras, débitant distraitement son curriculum vitae aux curieux intéressés par cette inconnue un peu sauvage qui semblait dormir debout.

Malgré ses protestations, Françoise dut faire avec tous les autres deux derniers « cul sec » à la vodka (l'avocat proposé par le boy). Cette nouvelle coulée de feu à peine avalée, Marchal fut devant elle, la prunelle autoritaire :

– Voilà une danse pour nous…, très douce…, pour vous remettre.

L'amenant contre lui, il plaqua une main brûlante sur son dos nu. Comprimée comme dans un corset de fer, elle jetait des regards de naufragée en direction de Drunet, hilare, plongé dans un album de photos aux côtés de Polka. Blottie contre lui, elle roucoulait à chacun de ses commentaires. Il sautait aux yeux qu'autrefois ces deux-là avaient connu une grande intimité.

Quand, d'une voix sourde, Gilles commença à débiter à Françoise de longues phrases où il était question de « l'effet érotique merveilleux » de ce contact avec elle, elle eut la sensation que, dans son oreille droite devenue caisse de résonance, un cor de chasse sonnait l'hallali et que toute l'assistance l'entendait. Un volcan dans l'estomac, les jambes en laine, elle devint si rétive au rythme que, renonçant à poursuivre, Marchal dut la soutenir jusqu'à un canapé, ébloui par le résultat foudroyant de sa déclaration, n'imaginant pas une seconde que la vodka ait pu être l'élément déterminant de ce spectaculaire alanguissement.

Quelques instants plus tard, sur la terrasse où elle s'était réfugiée, elle vit apparaître Polka, avec à la main un verre rempli d'un liquide blanchâtre.

– Tiens, tu bois ça. C'est bon pour refaire les tubes, dit-elle en se massant l'abdomen.

Françoise avala deux gorgées d'une sorte de plâtre au vitriol qui lui ravagea l'œsophage. Écarlate, elle s'étranglait, toussait, les yeux larmoyants.

– Oui, je sais, ce n'est pas bon, admit la Polonaise. Bois doucement. Tu vas voir. C'est miraculeux. Je te laisse maintenant.

« Miraculeux ? » Peut-être. À condition de ne pas tomber raide, l'estomac perforé.

Dès que l'autre eut disparu, Françoise alla en titubant s'appuyer contre la rambarde et jeta par-dessus le restant du verre. Le liquide atterrit sur un arbuste en contrebas. « Il va sûrement crever dans la nuit », pensa-t-elle avec ennui. Juste le temps de repousser de son esprit un odieux soupçon sur la vocation d'empoisonneuse de la Polonaise, et elle s'écroula sur le sol. « Mal..., atrocement mal... », gémit-elle, épouvantée par la farandole de chaises longues qui tournoyait sur la terrasse.

– Françoise ! Qu'est-ce qu'il y a ? Ça ne va pas ? nasillait la voix de Drunet à des années-lumière de là. Vous êtes souffrante ?

...ante ...ante ...ante ...ante ...ante..., insistait l'écho.

Incapable de mettre de l'ordre dans la bouillie de mots qui se bousculaient sur ses lèvres, elle se sentait glisser sur un interminable toboggan huileux, hantée par le souci de ne pas rejeter ses entrailles en sang sur le beau dallage blanc des Polonais. « Je suis en train de mourir », se dit-elle en perdant connaissance.

Bien que plus très lucide, Drunet déclina l'invitation de Polka qui offrait de les héberger jusqu'au matin. Il préférait rentrer puisqu'ils devaient retourner à Facounda dans la journée. Il emporta comme une proie une Françoise inanimée qui semblait sous anesthésie.

Les jambes mal assurées, il débarqua dans le hall de l'hôtel, tenant dans ses bras un pantin d'une lividité effrayante dont la chevelure battait la mesure au rythme de sa marche. Il demanda au vieux veilleur de nuit de l'accompagner pour ouvrir leurs chambres et crut nécessaire de lui parler de cette femme qu'il avait l'air d'avoir assassinée.

– Elle est malade.

Penchées sur le visage aux paupières closes, les grosses narines du Noir reniflèrent, battirent plusieurs fois. Il secoua sa tête grise pour diagnostiquer en connaisseur :

– I pas malade. I même chose toi. I saoul. I trop bu c'est tout. Demain, peut-être i guéri.

Drunet déposa son fardeau sur le lit et demanda au gardien d'aller lui chercher de la glace. Son spencer et sa chemise enlevés, il attendit que le vieux revînt avec un seau d'eau glacée. Il y trempa une serviette, tamponna doucement le visage, le cou et les épaules de Françoise que ce traitement laissait indifférente.

– Ça va, tu peux partir, dit-il au vieil homme qui aurait bien aimé voir la fin du film.

Attentif, recommençant inlassablement son travail de réanimation, Drunet épiait le moindre signe de réveil.

– I malade... murmura-t-il pour lui-même en respirant de tout près la joue de Françoise.

Puis il s'affola en s'apercevant que son bassinage maladroit avait constellé sa robe de taches d'eau qui transformaient la soie lisse vert pâle en soie frisée vert foncé. Cette toilette dont elle lui avait parlé avec tant d'amour allait être perdue s'il ne faisait rien. Un problème arrivait au galop qu'il décida de résoudre par la logique, même si la solution n'était pas tout à fait innocente : cette précieuse toilette, il devait l'enlever et la faire sécher sur un cintre. Il batailla avec les bretelles sans parvenir à les dégager des épaules, gêné par l'inertie de cette poupée de chiffon aux bras ballants qu'il tournait vainement d'un côté sur l'autre, soulevait et reposait sans ménagement. À force de tirer dessus, une bretelle craqua. Sûr de son bon droit, il fit glisser le corsage qui resta bloqué à la taille, après avoir délivré deux seins aux aréoles pâles. Tout en contemplant cet intéressant résultat, Drunet se mordillait l'ongle du pouce. De toute façon, il devait continuer le sauvetage de la robe avant tout... Il fit basculer Françoise sur un flanc et, les doigts devenus gourds, fit descendre la fermeture Éclair qui, en s'écartant largement, lui permit de venir à bout de l'encombrante masse de soie. Soigneusement, il installa la robe sur un cintre, en remarquant que l'absence de soutien-gorge, qui l'avait intrigué, s'expliquait par un astucieux travail de pinces qui le remplaçait. Debout devant la longue dépouille, il n'osait pas se retourner vers la forme claire uniquement vêtue d'un petit slip noir.

Sous la lumière crue des appliques sans abat-jour, le visage de Françoise était blême, les narines pincées : « C'est incroyable ! Elle est ivre morte », songeait-il. Fasciné par cette chair dont il rêvait depuis toujours, il avança une main pour la caresser, curieux de ce contact volé. Il éteignit les lampes, ne laissant allumée que celle au-dessus du lavabo qui emprisonnait le corps de la jeune femme dans un cône lumineux. Il revint s'asseoir au bord du lit, émerveillé par son propre calme... La seconde suivante, il promenait ses lèvres sur la peau douce, songeant que, si elle s'éveillait, elle allait hurler en se découvrant nue et ameuter tout l'hôtel.

Échouée dans des abîmes insondables, elle ne bougeait pas. Il s'allongea à ses côtés puis, soulevé sur un coude, il se pencha sur les lèvres entrouvertes d'où s'échappait un souffle oppressé et les enferma doucement dans les siennes. Un baiser si prolongé qu'il en perdit la respiration. La gorge serrée, le cœur en tambour, il passa de la contemplation à l'exploration. Avec des précautions de cambrioleur, il fit glisser de quelques centimètres le slip le long des cuisses.

« Je suis saoul, saoul et cinglé. Complètement cinglé », se répétait-il, sans quitter des yeux l'intimité sombre qu'il venait de découvrir. Jamais, aux moments les plus intenses de ses divagations nocturnes, il n'avait imaginé un scénario plus excitant. Dans ses rêves, elle était tout le contraire de cette chiffe en catalepsie. Des songes merveilleux qu'il essayait de programmer le soir en s'endormant.

Dans un dernier sursaut d'honnêteté, il l'appela plusieurs fois en la secouant par l'épaule. Aucune réaction : une gisante taillée dans du marbre. Il passa dans le cabinet de toilette, fit couler le robinet d'eau froide sur sa tête, alla s'accouder quelques minutes à la fenêtre pour observer la rue déserte. Magnétisé par la forme blanche dans son dos, il revint près du lit, en songeant qu'il devait la couvrir avec le drap et sortir au plus vite de cette pièce en lui laissant un mot d'explication qu'elle trouverait en se réveillant. Ensuite il courrait se réfugier dans sa chambre, loin de cette tentation diabolique.

Voix du diable : « Et si elle est très malade ? Si elle a besoin d'être soignée ? »

Brusquement, il se sentit une âme d'ange gardien qui l'attendrit : elle risquait de vomir, de s'étouffer..., on ne sait jamais. Il se recoucha près d'elle et reprit sa veille amoureuse, le corps de plus en plus embrasé par un désir devenu si impérieux qu'après avoir résisté plusieurs minutes et fait appel de toutes ses forces à la raison il la perdit complètement.

« Je suis fou, je ne dois pas... Je veux... Fou, Françoise..., si tu savais », répétait-il, les mâchoires serrées, incapable de s'arracher à ce corps passif qu'il avait commencé à prendre doucement et possédait maintenant avec frénésie, emporté par sa folie. Quand la tornade fut passée, il retomba sur le dos et, un bras sur les yeux, explosa en sanglots.

Des flammes dévorent sa nuit. Elle les boit comme une coupe de feu qui la consume lentement. La mer !... au loin... Elle court vers elle pour s'y tremper, apaiser ses brûlures. La mer n'est qu'un petit lac blanc et glacé où elle plonge, essaie de nager, coule vers le fond boueux, se débat pour y échapper, remonte en surface, le corps emprisonné dans de longs varechs poisseux, impossibles à détacher. Un piège qui la comprime étroitement. Une pieuvre apparaît à la surface de l'eau, se dirige vers elle, l'agrippe, l'attire, l'écrase sous sa masse humide, la paralyse dans ses tentacules dont chaque ventouse aspire un morceau de sa peau. Une bête translucide reflétée par des miroirs qui, en tournant dans le ciel, effacent son image pour la remplacer par celle d'un autre monstre, un fauve à crinière noire avec un bec d'aigle et trois yeux bleus. Au fond d'une plaie ouverte dans son poitrail brille une croix d'or. Le fauve se vautre sur elle, l'étreint. Des serres plantées dans ses reins l'écartèlent, la brutalisent pour que s'enfonce dans son sexe un glaive rougi qui la fouille, brutal et obstiné. Crier son horreur ! Appeler ! Hurler ! Elle n'a plus de voix. Un mufle avide écrase sa bouche, force ses dents, y glisse une langue gluante. Elle étouffe, elle meurt. Surgies du lac, d'autres bêtes accourent, rampent sur ses cuisses, mordent ses seins, grondent, grincent, feulent dans son cou. Elle est soulevée, bousculée, martyrisée par une douleur aiguë qui irradie dans tout son corps, se gonfle, devient soudain onde de plaisir qui s'enfle et flambe en elle comme un éclair aveuglant qui la fait crier de terreur.

Ramenée par intermittence aux frontières de l'éveil, elle retomba plusieurs fois dans des abysses où des formes phosphorescentes se mouvaient avec la lenteur ondulante de plongeurs sous-marins. Plus tard, un marteau-piqueur installé dans ses tempes l'arracha aux cauchemars dans lesquels elle s'était débattue. Le jour n'était pas loin. Elle voulut se tourner sur le côté, mais un haut-le-cœur lui tordit les entrailles. Elle tituba jusqu'à la salle d'eau, se cognant durement un tibia contre une chaise, tâtonna sur le mur à la recherche d'un interrupteur. Une lumière blafarde réfléchie par les murs blancs lui blessa les yeux. Dans le miroir au-dessus du lavabo, un visage halluciné la regardait. Sa nudité ne l'étonna pas. À Facounda, lors des nuits torrides, elle délaissait volontiers tout vêtement de nuit. Elle voulut boire un verre d'eau, mais une nouvelle nausée la secoua, la forçant à vomir avec tant de souffrance qu'elle crut s'évanouir. Épuisée, elle se retourna vers la chambre et reçut une décharge électrique en découvrant Drunet étalé sur son lit, mâchoire béante, les bras repliés au-dessus de la tête : une exposition de poils noirs à tous les étages du corps nu, vautré dans le sommeil.

Les deux paumes sur la bouche, elle suffoquait. Ce n'était pas possible ! le cauchemar continuait. Elle posa une main sur le carrelage froid pour contrôler à travers sa fraîcheur qu'elle était bien réveillée. Et cette odeur sauvage sur son corps ? Elle et Drunet ? Non ! Non ! Elle étouffait de rage. Devenue impuissante dans son horreur, elle restait clouée sur place, assaillie par le souvenir du rêve épouvantable dont les détails lui revenaient peu à peu. Il avait osé ! Comment était-ce possible ? Malgré le désordre qui y régnait, son cerveau bouillonnait d'idées folles. Une surtout : ce liquide laiteux que la Polonaise lui avait fait boire... ? C'était vraiment à partir de ce moment-là qu'elle avait perdu contact avec le monde réel. Peut-être était-ce l'explication de l'inexplicable... Une drogue polonaise qui ne lui convenait pas ?... Et Drunet n'avait pas raté l'occasion.

Une vague de haine homicide la souleva. Elle se rua sur lui, abattit au hasard une grêle de coups de poing, criant qu'elle allait le tuer. Oui, il fallait qu'elle le tue ! Il se redressa d'un bond, clignant des yeux, sautant hors du lit pour échapper à la furie qui le poursuivait, alternant coups de poing au visage et coups de pied au bas-ventre, utilisant pour la première fois de sa vie un vocabulaire ordurier qui l'étonna elle-même. Arrachant le drap du lit, il s'en ceintura pour se protéger des coups bas qu'elle lui décochait avec une précision inquiétante. Parmi les insultes, une menace : « Je vous tuerai, oui, je vous tuerai », un futur dont il fallait se méfier, déchaînée comme elle l'était.

Brusquement, ravagée de colère et de honte, elle s'écroula à plat ventre sur le lit, en sanglotant : « Je vous hais ! » Dans l'immédiat, c'était déjà moins dangereux, pensa Drunet. En attendant que l'orage se calmât, il plaida les circonstances atténuantes :

– Vous avez raison, je me suis mal conduit. Nous avions trop bu, et surtout vous étiez si belle... C'est à cause de votre robe.

– Ma robe ?

– Elle a été mouillée quand j'ai voulu vous rafraîchir. Je vous ai ramenée de chez les Polonais, complètement inconsciente, effrayante même... Je ne pensais pas que la vodka puisse mettre quelqu'un dans un état pareil... J'ai cru bien faire en vous l'enlevant, dit-il, désignant le cintre où la robe était accrochée.

Elle leva les yeux vers sa peau de soie verte, marbrée de dégoulinades qui faisaient frisotter le tissu. Une détérioration irréversible. Sa robe et elle..., une même souillure qui la fit pleurer silencieusement comme une petite fille.

D'une voix douce, il expliqua :

– C'est arrivé... Ça devait arriver. Je vous aime depuis si longtemps. J'étais malheureux, moi.

Un éclair vert dans les yeux de Françoise et aussitôt le fracas de la foudre :

– Ah ! non, espèce de saligaud ! Pas de pleurnicheries. Vous n'avez aucune excuse. Votre histoire de robe mouillée, c'est un prétexte.

Étouffée de rage, elle hurla :

– Vous n'êtes qu'une ordure !...

On frappa à la cloison et une voix de femme lança :

– C'est fini, ce tapage ?

Humiliée, Françoise reprit, s'efforçant de baisser le ton :

– ... un malade, un obsédé fou à lier. Sortez de ma chambre immédiatement !

– Françoise, je vous épouserai.

– Ça, jamais ! Jamais ! Vous entendez, jamais ! Vous me dégoûtez !

– Enfin, je n'ai pas commis un crime et vous n'êtes pas une vierge innocente.

– Pas un crime ? Comment appelez-vous ce que vous avez fait pendant que j'étais inconsciente ?

– De la passion.

– Bel euphémisme pour un viol !

– Mais, bon Dieu, vous avez aimé, vous aussi. Vous ne savez pas ce que c'est que d'avoir envie de quelqu'un à en crever ? Un viol ! dit-il en haussant les épaules, l'air méprisant.

Il passa dans le cabinet de toilette, se mouilla les cheveux, les lissa avec des gestes appliqués qui rallumèrent la fureur de Françoise :

– Ma parole, vous vous croyez irrésistible ! Vous pensez qu'il vous suffit de dire à une femme que vous la voulez pour qu'elle vous tombe dans les bras, éperdue de reconnaissance parce que vous l'avez remarquée ? Vous n'êtes décidément qu'un pauvre type ! Maintenant dehors ! Allez-vous-en ! Je ne veux plus vous voir... Jamais !

Il commença à se rhabiller en lui jetant des regards à la dérobée. Assise au bord du lit, elle lui tournait le dos.

Son spencer sur le bras, il vint se camper devant elle et murmura avec une moue narquoise :

– Malgré tout le dégoût que je vous inspire, il faut que vous sachiez une chose... Au cas où vous ne vous en seriez pas aperçue – ce qui, entre nous, serait un phénomène assez surprenant –, cette nuit, vous avez été très heureuse avec moi... Oui..., très..., et vous me l'avez même fait comprendre..., mon bel amour...

Au bord de la crise de nerfs, elle se jeta sur lui, ongles en avant. Griffer ce visage qui la narguait, le faire taire !

– Ce n'est pas vrai ! Menteur ! Sale menteur !

Il lui saisit les poignets et la bloqua contre lui. Elle se tortillait pour lui faire lâcher prise, mais ses muscles ne pouvaient lutter contre la poigne dure qui la blessait. Rassemblant toute sa hargne et toutes ses forces, elle lui cracha au visage. Essoufflée, impuissante à se vider davantage de sa charge de révolte, elle se précipita pour aller vomir à nouveau.

Malgré l'insistance de Drunet qui, toutes les heures de la journée, venait glisser un papier sous sa porte pour lui rappeler l'heure de leur départ pour Facounda, elle ne répondit pas. Il repartit seul le lendemain.

Il lui fallut trois jours pour retrouver un appareil digestif en état de marche, mais le moral était beaucoup plus difficile à rééquilibrer. Toujours au bord des larmes, elle marchait très tôt le matin le long de la corniche. Un instant, elle avait eu l'idée d'aller chez Charlier, mais y avait renoncé, craignant qu'un soir de plus grand désarroi elle ne laissât échapper son secret. Devenu enragé, le planteur aurait sauté dans son camion, et elle n'aurait pas donné cher du physique de jeune premier de Drunet.

Une idée l'obsédait : Et s'il y avait une suite à cette nuit ? Éric avait été un amant attentif, mais avec cette brute... Il ne manquerait plus que ce nouveau drame pour gâcher son existence...

Vivre à Facounda lui devenait impossible désormais. Entre l'inactivité due à son interdiction de séjour au dispensaire et la rupture avec Drunet, ce serait l'isolement total. Elle chercha du travail auprès des commerçants, des banques, des bureaux et de l'administration. Partout la même réponse : les effectifs étaient au complet, parfois même en surnombre. Comme au cours de la soirée officielle elle n'avait pas pu saluer le gouverneur, trop entouré, elle lui demanda audience. À la mort de Laurent, il lui avait assuré que si, un jour, elle désirait venir vivre à Conakry, il lui trouverait un emploi.

Il fut très courtois et même chaleureux, promit de s'informer autour de lui de ce qu'il pourrait faire pour l'aider (ce n'était pas facile actuellement) et s'étonna de ce désir subit de quitter Facounda. N'était-elle pas bien là-bas où elle avait des activités intéressantes ? Ici, elle devrait habiter à l'hôtel... Et surtout elle avait la chance d'être dans un cercle commandé par un garçon charmant : « Jeune commandant de valeur, brillant et d'une loyauté exemplaire », disait-il. Si à cette minute ce haut fonctionnaire avait pu plonger sous le crâne de Françoise, il y aurait découvert des circonvolutions en pleine effervescence. « Loyauté exemplaire ! » Elle revoyait un corps nu écartelé sur son lit, tandis que la voix du gouverneur enchaînait : « ... tellement attaché à son travail en brousse qu'il a décliné la proposition que je lui avais fait transmettre par mon chef de cabinet au cours de la réception. Il s'agissait d'un poste très intéressant pour lui, au chef-lieu..., mais il a répondu qu'il était plein de projets pour son cercle et qu'il préférait s'y consacrer ».

À propos, pourquoi n'était-elle pas repartie avec lui ? Elle expliqua qu'elle avait des emplettes à faire, des comptes à voir avec sa banque et qu'en plus elle avait raté la camionnette du courrier. Elle devait attendre la suivante, dans six jours.

En mordillant son stylo, il la regardait pensivement, puis il déclara qu'il avait peut-être une solution plus rapide : deux ethnologues qui étaient passés le voir la veille se proposaient de circuler dans le Nord. Facounda ne leur ferait faire qu'un léger crochet. Il allait leur demander s'ils pouvaient la prendre à leur bord. Si c'était faisable, elle serait prévenue dans la journée.

À l'angle du boulevard Sanderval, elle aperçut la Polonaise qui descendait de voiture et courut jusqu'à elle. Stupéfaite comme devant une apparition, l'autre la regardait venir, émerveillée, grillant de la serrer sur son cœur. Scrutant les yeux clairs de la jeune femme, Polka lui demanda si elle n'avait pas été trop fatiguée après la soirée chez elle. Tout de suite crispée au rappel de la nuit qui avait suivi, Françoise prit un air détaché pour convenir qu'elle avait eu très mal à l'estomac, ou même tout vulgairement ce que les gens appelaient « la gueule de bois ». Toutefois, elle évita de lui parler de son remède merveilleux dont elle n'avait bu qu'une toute petite quantité.

« Quel tempérament ! Quelle carcasse ! » admirait secrètement Polka. Jamais cette fille ne saurait par quelles affres son mari et elle-même venaient de passer. La veille au soir, donc cinq jours après leur soirée polonaise, Zbigniew avait cherché en vain un flacon contenant un échantillon d'un produit expérimental destiné à détruire les gros insectes qui vrillaient en profondeur ses plus belles essences d'arbres. Il avait vitupéré, bousculé les placards, reniflé tous les flacons contenant une poudre blanche : bismuth, magnésie, borate, rangés dans l'armoire à pharmacie. Il répétait inlassablement que, le jour même de leur réception, « il-l'avait-posé-*LÀ*-sur-la-tablette-au-dessus-du-lavabo » après l'avoir sorti de sa saharienne au moment de se doucher.

C'était sûrement encore cet idiot de boy qui l'avait rangé à son idée. Il fallait le retrouver immédiatement avant qu'il ne fût versé dans une salière ou dans la poudreuse à sucre.

– C'est un produit terriblement toxique, ce truc-là ! Un vrai poison !

En larmes, Polka avait couru se jeter au pied du crucifix accroché au-dessus de son lit et, tremblante, avait avoué à son mari que, la nuit où ils avaient reçu leurs compatriotes, pensant utiliser leur poudre « spéciale vodka », elle avait dû se tromper et fait ingurgiter un bon verre d'insecticide à l'amie de Drunet qui ne tenait pas l'alcool. La maison avait tremblé sous une mitraille de jurons polonais et d'insultes : plus bête que sa femme, ce n'était pas possible ! Ça se lisait une étiquette sur un flacon ! Elle avait trop bu, elle aussi !... Elle s'était rebiffée : « Quand on trimbale du poison, on le range, on ne le laisse pas traîner n'importe où. »

Angoissé, Zbigniew revoyait le visage décomposé de Françoise quand Drunet l'avait emmenée. Quelle histoire en perspective ! Ils n'avaient pas fermé l'œil de la nuit, calculant que, cinq jours s'étant écoulés depuis la soirée, l'irréparable avait dû se produire. Ce matin, il avait jeté sa femme dans la voiture pour qu'elle filât se renseigner à l'hôpital, dans les hôtels, partout, tandis qu'il allait appeler le gouverneur pour demander quel cercle commandait Drunet, afin d'entrer en relation avec lui. Maintenant qu'elle était rassurée, Polka n'avait plus qu'une idée : planter Françoise au bord du trottoir et courir à un téléphone pour annoncer à son mari qu'elle venait de rencontrer la miraculée. Elle l'embrassa avec fougue, lui fit promettre de se revoir très bientôt et demanda à son chauffeur de démarrer.

Alors que, les jours précédents, elle avait parcouru les rues de Conakry sans apercevoir un visage connu, ce matin-là fut celui des rencontres. À peine avait-elle quitté Polka qu'elle avisa, de l'autre côté du boulevard, Gilles Marchal qui agitait un bras vers elle. Hérissée aussitôt, elle feignit de ne pas le voir, mais en trois enjambées il fut à ses côtés, affable et curieux :

– Vous êtes toujours ici ? Et je ne le savais pas ! Où est notre ami Drunet ?

– À Facounda, je suppose.

– Alors vous êtes seule ? On dîne ensemble ?

– Non, dit-elle sèchement.

Elle éprouvait une aversion irraisonnée pour cet homme. Dans son esprit, s'était formé un amalgame entre ce qu'elle avait entendu au cours de sa première nuit à l'hôtel et l'agression de Drunet. Ce profil d'aigle, cette croix d'or étaient dans son cauchemar un fantasme sécrété sans qu'elle s'en doutât. « L'Indien » faisait partie de l'entité animale qui l'avait broyée...

La voix de Marchal insistait :

– C'est vraiment non, ou peut-être ?

– C'est non. Laissez-moi, je vous en prie.

– J'ai fait quelque chose de mal ? C'était pourtant agréable notre danse... Vous restez encore un peu ici ou vous repartez plus tard ?

– Je n'en sais rien. Maintenant, j'ai des courses à faire. Au revoir.

Le visage crispé, elle tourna les talons.

Pensif, il la suivit des yeux et trouva une conclusion très masculine : « Dans son bled, elle couche sûrement avec Drunet... »

En fin d'après-midi, elle reçut un message : les ethnologues étaient d'accord pour l'emmener. Pour convenir de l'heure du départ, elle devait se rendre à leur hôtel, près de la gare du chemin de fer Conakry-Niger.

Difficile de trouver un endroit plus crasseux que celui où les deux hommes avaient échoué. Ils la reçurent dans une entrée sordide baptisée pompeusement hall. Gabriel et Gilbert d'Hauteville, cousins, célibataires et sympathiques, paraissaient enchantés d'avoir une passagère. Frôlant la soixantaine, jamais d'accord entre eux sur aucun point, ils se chamaillaient continuellement comme un vieux ménage mais devaient s'estimer et se supporter par habitude. Faisant fi de leur patronyme à particule, Gilbert annonça avec un rire aigrelet :

– Si vous permettez qu'on vous appelle Françoise, vous utiliserez nos prénoms.

Petit, noiraud, les membres noueux, il flottait dans des vêtements délavés, de trois tailles au-dessus de ses mesures. Le rictus perpétuel qui découvrait ses dents malsaines avait l'air d'un sourire installé, quoi qu'il arrivât, sur son visage tanné.

Beaucoup plus grand, Gabriel se tenait penché en avant, voûté, avec un long cou mouvant comme une tige d'ombellifère qui n'aurait plus eu la force de soutenir sa grosse tête penseuse enfouie sous un casque de liège à large bord.

Dès le lendemain, ces deux compagnons se révélèrent aussi charmants qu'empressés. Alors qu'en fait ils dépannaient Françoise, ils lui étaient reconnaissants de sa présence et des menus services qu'elle leur rendait en préparant les repas de la première étape. Il faut dire qu'elle s'était ingéniée à leur proposer des plats soignés avec des produits achetés dans des villages, une vraie fête pour eux qui ne savaient qu'ouvrir leurs éternelles boîtes de conserve. Gabriel, qui quelquefois s'essayait à cuisiner, laissait régulièrement calciner la viande, un litige toujours valable après trente ans de coexistence.

Jamais elle n'avait vu matériel de cuisine plus misérable, cabossé, élimé, martyrisé. À mesure qu'elle le sortait de la caisse-popote avec le respect dû aux reliques d'anciens combattants, Gabriel citait ses états de service sur toutes les pistes du monde. L'unique poêle carbonisée et tordue ? « Éthiopie 1933. » Le faitout n'avait jamais été récuré depuis son passage chez les tontons macoutes d'Haïti. « C'était en 1937 », disait Gilbert. « 1938 », rectifiait Gabriel. Quant aux casseroles, leurs queues n'avaient pas résisté à une expédition chez les Kikuyus du Kenya quatre ans plus tôt.

En rangeant leurs loques personnelles répandues en bouchons un peu partout à l'arrière, Françoise se rendit compte que les deux hommes étaient d'une pauvreté affligeante, une évidence confirmée par certains détails de leur conversation. Depuis longtemps, les subsides chichement alloués par l'État ou quelque mécène inconscient n'étaient plus que souvenirs. Ils avaient bien écrit quelques ouvrages qui, en leur temps, leur avaient rapporté de quoi repartir vers de nouveaux horizons, mais, en quasi-retraite depuis la guerre, ils vivotaient, soutenus par leur unique passion : curiosité et découverte. C'était pour avoir de quoi acheter du bois pour leur gazogène guère plus brillant que la batterie de cuisine qu'ils étaient allés solliciter le gouverneur. Ils assuraient qu'après la guerre ils trouveraient un éditeur intéressé par leurs dix gros carnets bourrés de notes, d'études, de photos et d'anecdotes. « Ensuite, disait Gilbert, si nous n'avons plus la possibilité de continuer, nous n'aurons plus qu'à aller mourir dans notre maison de famille… » Françoise devait apprendre plus tard que la maison de famille était un vaste manoir breton qui lui aussi tombait en ruine.

Au dîner, après de délicieuses côtelettes de mouton grillées accompagnées d'une purée d'ignames, ils se sentaient si euphoriques que Françoise osa leur demander si, le lendemain, ils pourraient la laisser à Basalaworo où vivait quelqu'un qu'elle connaissait. Elle désirait lui remettre de la pharmacie. Ensuite elle essaierait de continuer par ses propres moyens, le village n'étant plus très loin de Facounda. Curiosité professionnelle oblige, ils se passionnèrent aussitôt pour cette personne perdue en brousse. Et elle était blanche ! Qui était-elle ? Que faisait-elle ? Pourquoi restait-elle là ? Quand Françoise expliqua succinctement le cas de Lucette, le rictus de Gilbert s'étira jusqu'à ses grosses molaires, comme si une colique soudaine lui tordait le ventre : « Avec un Noir ?… »

Aussitôt Françoise s'en voulut. Même parfaitement éduqués, ces deux-là, emportés par la déformation de leur métier, n'allaient pas manquer de se pencher sur le cas de Lucette, l'observer en clignant des yeux, tête inclinée sur le côté, comme elle les avait vus faire durant le trajet. Et si par hasard Sitafa apparaissait dans le paysage avec sa morphologie exceptionnelle, ce serait l'extase ! Ils allaient étudier à la loupe ce spécimen rare issu d'un brassage particulièrement réussi d'ethnies, prendre ses mesures : tour de tête, largeur du poitrail, celle des hanches, hauteur sous garrot, paturons, dentition… comme pour un pur-sang. Et que de questions sur le retour aux sources de ce bel animal qui s'était frotté aux mœurs de Blancs dits civilisés… Il était probable qu'avec son caractère hautain de fils de chef Sitafa allait les refouler comme des malpropres. Sacrifiant la politesse à la franchise, elle leur dit carrément qu'elle ne voulait pas que son amie, enceinte de six mois, vivant dans des conditions primitives, fût gênée ou humiliée par l'intérêt même bienveillant qu'on lui portait. À regret, ils furent d'accord pour laisser Françoise seule à Basalaworo le lendemain après-midi.

Pour la nuit, ils s'arrêtèrent dans un village. Les deux hommes installèrent leur tente avec lits pliants et moustiquaires sous les arbres autour desquels ils déployèrent un écran de nattes. Pour plus de discrétion, Françoise devait partager la case d'une vieille qui vivait isolée au bout de l'agglomération. La dernière fois qu'elle avait couché dans une case indigène, c'était la nuit où Éric l'avait rejointe après que leur camion fut tombé en panne. Une nuit qui avait marqué le début de leur passion. Elle y reconnut les mêmes odeurs de terre poussiéreuse, d'huile rance et de bois brûlé, avec, en supplément, de terribles relents de croupissure et le voisinage d'une chèvre qui sentait le bouc. Apparemment hostile à cette locataire blanche qui lui était imposée par le chef, la vieille femme lui jeta négligemment une natte sur le sol, puis se consacra, en marmonnant, à l'allumage d'une demi-douzaine de mèches de coton trempant dans l'huile de petites calebasses alignées le long du mur. À intervalles réguliers, elle sortait sur le seuil, scrutait le ciel où une lune encore très basse rosissait la poignée de toits de paille, puis, revenue à l'intérieur, elle chantonnait en massant les cornes de la chèvre avec du beurre de karité.

Après plusieurs voyages, elle vint se pencher au-dessus de Françoise qu'elle croyait endormie, lui souffla au visage une haleine pestilentielle avant d'aller soulever le couvercle d'un panier d'où jaillirent comme des ressorts deux énormes crapauds qui en quelques sauts filèrent vers la porte et se noyèrent dans la nuit. D'après le grouillement qui provenait du panier, il y en avait d'autres en réserve. La vieille s'accroupit, glissa une main sous le couvercle, la ressortit, tenant par une patte un crapaud plus petit qu'elle jeta sur le sol et écrasa d'un coup de talon. Cela fit un « gloac » répugnant, une sorte d'éclatement flasque. Avec une virtuosité incroyable, elle en aplatit deux autres de la même façon. Redressée d'un bond, Françoise protesta, évitant de regarder l'une des victimes à demi écrasée dont une patte s'agitait spasmodiquement. Comme Françoise insistait, la vieille lui fit comprendre d'un geste éloquent que, si la situation lui déplaisait, elle pouvait toujours aller coucher ailleurs. L'air furibond, elle lui désignait le panier aux crapauds, la lune devenue éclatante et un récipient où des morceaux de batraciens macéraient dans une purée rougeâtre. Toujours chanceuse, elle était tombée chez une sorcière ou une faiseuse de gris-gris, en plein exercice de ses fonctions par nuit de pleine lune, sans doute la conjoncture idéale pour la réussite de ses pratiques. Si la bonne femme devait encore occire tout le contenu du panier sous ses yeux, Françoise sentit qu'elle ne le supporterait pas. Saisissant son sac de voyage, elle fila à quelques mètres de là vers l'enclos où Gabriel et Gilbert dormaient paisiblement. Elle pensa que, si elle les réveillait, ils se croiraient obligés de lui céder leur place, et il n'en était pas question. La camionnette était fermée à clef mais, en tiraillant patiemment, la jeune femme réussit à faire glisser par un interstice un morceau de bâche posé à plat contre une paroi. Elle s'en entortilla pour ne pas être dévorée par les moustiques et s'assit sur le sol, le dos appuyé à un arbre, en songeant que la nuit allait être longue... Un jeune chien encore pataud se dirigeait vers elle en trottinant. À quelques mètres, il s'arrêta et jappa, inquiet, puis vint la renifler. Elle souffla : « Tu couches dehors, toi aussi ? » Rassuré par la voix calme, le chien remua la queue. « Viens..., viens là », murmura-t-elle en tapotant le sol près d'elle. Il leva un regard incrédule, pointa une oreille vers la case où la vieille continuait à s'agiter et, après avoir tourné plusieurs fois sur lui-même, il s'allongea près de Françoise, le mufle entre les pattes.

Une nuit interminable, faite de somnolences tailladées de sursauts quand le chien, qui était venu se blottir contre elle, s'étirait avec des soupirs d'aise. C'était sûrement la première fois de sa vie qu'il passait un moment aussi confortable. Il lui rappelait Makou. Ses pensées avaient filé vers sa case au-dessus du fleuve où Ali devait s'inquiéter en ne la voyant pas revenir. Sa case au-dessus du fleuve... Une image sur laquelle elle aimait rêver, une sorte d'observatoire découvrant une vue plongeante sur l'eau grise qui, certaines nuits de lune, se transformait en une sinueuse écharpe de lamé or ou argent. Déjà, lorsqu'elle vivait à la résidence de son père, elle occupait une chambre qui offrait à peu de chose près le même spectacle sur l'eau sillonnée par les pirogues, la vallée nappée de brume de chaleur et, tout au fond, les collines qui remontaient jusqu'à l'horizon. Tout un panorama de couleurs excessives : du tout gris en saison des pluies, du ciel blanc à la saison sèche ou des flamboiements d'oriflamme durant de fugitifs couchers de soleil.

En attendant de pouvoir rentrer en France, elle devait jouir pleinement de cet endroit, s'en gorger pour s'en souvenir quand elle se retrouverait à Paris. Désormais, le plus difficile serait de vivre sans impatience. Tout le temps de ses réflexions, l'image de Drunet flottait dans son esprit : une obsession en filigrane. Elle ferait comme s'il n'existait pas, éviterait toute rencontre. Délicat à réussir dans un si petit univers, mais faisable puisqu'elle connaissait tous les sentiers permettant d'éviter le passage devant la résidence ou les bureaux. Pour elle, Drunet n'existait plus. Il était mort. Elle l'avait tué. Moralement. Elle ne penserait qu'à son retour vers la villa abandonnée qui l'attendait en banlieue et vers Éric qu'elle tenterait de retrouver s'il ne se manifestait pas. D'ici là, toute une succession de mois, de semaines, d'heures à user le mieux possible. Ensuite elle songea à l'étape du lendemain avec sa visite à Lucette qui serait heureuse de recevoir l'eau oxygénée et l'ammoniaque qu'elle lui avait demandées pour décolorer ses cheveux. Juste avant son départ pour Conakry, Françoise avait reçu, apporté par un voyageur haoussa, un mot griffonné qui se terminait par : « Je vais bien, à part quelques petits ennuis... J'ai envie de revoir des binettes blanches... Votre Lucette. »

Au petit matin, Gabriel, levé le premier, cria au scandale en découvrant Françoise couchée en fœtus au pied d'un arbre. Ses exclamations la réveillèrent alors qu'elle venait enfin de trouver le sommeil. Elle lui raconta ses démêlés avec la vieille aux crapauds.

– Reposez-vous encore un peu, dit-il, je prépare le café.

Elle s'étira et commença à se gratter furieusement, expliquant qu'elle avait eu un chien errant comme compagnon d'infortune. Gilbert qui venait d'apparaître, hirsute, lança aussitôt l'un des innombrables proverbes africains dont il se pourléchait quand les circonstances lui permettaient de les placer.

– « Si tu aimes le chien, tu aimes aussi ses puces », énonça-t-il, sentencieux. C'est un proverbe mbédé sur l'amitié, ma chère amie.

Et, en bâillant, il se laissa tomber sur un pliant, attendant paisiblement que les deux autres s'affairent autour de la table du petit déjeuner.

– « Poussière aux pieds vaut mieux que poussière au derrière », adage foulfouldé sur l'intérêt du travail, ironisa Gabriel. Va donc chercher le sucre dans la caisse-popote.

– « Celui qui n'est pas mort peut tout faire », maxime malinké, s'écria Françoise en se précipitant pour aller chercher les couverts.

– Tiens, je ne l'avais pas, celle-là, remarqua Gilbert. Faut que j'aille la noter tout de suite...

Et il s'engouffra sous sa tente à la recherche de son carnet de bord.

En mangeant leur bouillie de mil du matin, les deux hommes déclarèrent qu'il n'était pas question d'abandonner Françoise à Basalaworo sans être sûrs qu'elle trouverait une bonne âme pour la ramener à Facounda. Ils la laisseraient donc à l'entrée du village où elle aurait deux heures pour voir son amie. Pendant ce temps, ils feraient une sieste, vérifieraient le kilométrage de leur itinéraire des jours suivants, vagabonderaient un peu dans les parages et reviendraient la chercher au même endroit.

En arrivant à Basalaworo, elle se rendit directement à la concession de Sitafa. Elle y rencontra la vieille mère, toujours aussi revêche, qui semblait être restée plantée à la même place depuis son premier passage.

« La femme blanche ? » Elle vivait par là-bas… après la petite forêt. Pas loin.

Pas loin ? Un bon kilomètre de piste étroite qui aboutissait à un minuscule village uniquement occupé par des femmes et des enfants. Devant l'une de ces cases, Françoise aperçut la tête blonde de Lucette. Un pagne bleu rayé de noir ceinturant son ventre et ses seins devenus énormes, elle plumait un poulet.

En voyant Françoise dont les voisines lui signalaient l'approche par gestes, elle ne manifesta ni surprise ni plaisir. Très vite, elle lui raconta que Sitafa l'avait conduite là pour y vivre en compagnie d'autres femmes.

– C'est pas toutes les siennes, bien sûr, précisa-t-elle. Au début, elles m'ont fait la vie dure. Les corvées d'eau, le pilage du grain, ça ne me plaisait pas trop, et elles rigolaient. Quand elles ont vu que je m'y mettais bien et sans rouspéter, elles m'ont adoptée. Maintenant, ça va.

– Et Sitafa ?

Elle arracha sèchement une poignée de plumes grises.

– Ben…, il préfère habiter dans sa case au grand village… Il vient me voir de temps en temps.

– Et son père ?

Elle fronça le nez.

– Je l'ai vu une ou deux fois. Il fait comme

si je n'existais pas. Un vrai chameau, ce type-là. Même avec son fils. Venez, on va dans ma case, je vais vous faire une orangeade.

Avec une ingéniosité remarquable, elle avait tiré parti du moindre lambeau de tissu pour en faire des coussins et, avec du bois de caisse peint en bleu, elle avait bricolé un divan, des tabourets et une table basse. Les murs recouverts de pagnes bariolés et trois nattes jetées sur le sol apportaient leur note de confort. Suspendues à l'armature du toit par des cordelettes de sisal, deux étagères servaient de rangement à quelques gobelets et calebasses de toutes tailles. Sur les deux valises empilées l'une sur l'autre et recouvertes d'un napperon en paille tressée, Françoise reconnut tout le matériel de maquillage amoureusement aligné. Près de la porte masquée par un rideau de coquillages enfilés, trois branches d'un feuillage couvert de baies rouges dans une grosse poterie.

– C'est chouette, hein ? dit Lucette, les deux mains étalées sur son ventre rond.

Une telle organisation dans la vie primitive laissait Françoise émerveillée.

– Bravo ! Vous êtes très bien installée. Et l'enfant ?

– Ça va ! Il bouge beaucoup. Ça doit faire six ou sept mois maintenant...

– Il faudrait savoir combien exactement et venir à la consultation au dispensaire. Si vous voulez, je vous emmène tout à l'heure. Je m'arrangerai ensuite pour vous faire ramener ici.

– Non, non ! Sitafa est parti depuis une semaine avec son père. S'il ne me trouve pas là en rentrant, il va crier. Ça fera des histoires... Une autre fois...

Françoise insista, lui expliquant la nécessité

d'un examen sérieux. Depuis le début de sa grossesse, elle n'avait vu aucun médecin. On lui fixerait la date de son accouchement. Elle devait venir absolument. Françoise pouvait l'héberger, et dans l'avenir également, si elle acceptait d'accoucher au dispensaire. L'autre la regardait, l'air affolé, comme si cette proposition était une énormité pleine de dangers.

– Sitafa ne voudra jamais. Il m'a déjà montré la matrone qui s'occupera de moi. Il dit que les femmes d'ici n'ont pas besoin du dispensaire des Blancs et que je ne suis pas fabriquée autrement que les autres.

– Enfin, réfléchissez ! Il y a parfois des difficultés imprévues qui mettent la vie de l'enfant et de sa mère en danger.

– Ici, on dit qu'elle est très forte, cette vieille. Non, je ferai comme tout le monde... Ne vous inquiétez pas, ça ira.

Tout en lui parlant, Françoise, qui avait noté une sorte d'œdème infiltré dans son visage, ses bras et son cou, découvrit ensuite ses pieds enveloppés de linges douteux.

– Qu'est-ce que vous avez ?

– C'est la seule chose qui cloche, dit-elle en ôtant les chiffons pour lui montrer ses orteils boursouflés, rongés par les chiques. Ça me fait un mal de chien. Tous les jours, il faut qu'on m'enlève ces saletés avec la pointe d'une aiguille, mais ça s'infecte et ça m'empêche de dormir.

Françoise examinait avec inquiétude les doigts tachés de meurtrissures violettes et gonflés d'un liquide blanc qui entourait la puce enfoncée en pleine chair près des ongles.

– Mais enfin, vous ne pouvez pas rester comme ça ! C'est très dangereux une infection pareille ! Il ne faut surtout pas que vous continuiez à marcher pieds nus. Allez, je vous emmène. C'est plus raisonnable. Écoutez-moi, Lucette !

La jeune femme secouait une tête butée : « Ça guérira bien tout seul... » Pour détourner cette conversation autour de ses problèmes, elle demanda pourquoi le planteur n'était pas venu. Françoise lui donna des nouvelles et annonça la libération de Paris, un événement qui laissa l'autre indifférente :

– C'est bien pour ceux qui peuvent partir, mais pour moi ça ne change rien...

– Mais enfin, vous n'êtes pas mariée à Sitafa ? Vous n'êtes pas prisonnière, que je sache ! Si un jour vous avez envie de retourner dans notre pays, il vous suffira de le décider. Nous pourrons même voyager ensemble, si ça peut vous aider...

Lucette enveloppa son ventre d'un geste tendre :

– Non. Maintenant, avec le petit, ma vie est ici. Même si son père n'est pas toujours gentil avec moi... Mais, ajouta-t-elle précipitamment, faut pas croire que je suis malheureuse, vous savez !

Quand Françoise sortit les flacons de son sac de voyage, elle battit des mains comme si elle recevait un cadeau royal, mais fit peu de cas de la grosse provision de quinine qui les accompagnait. Elle tira sur une mèche blond citron dont la base était châtain foncé.

– Regardez-moi cette horreur : des racines de cinq centimètres ! Si vous étiez chic, vous me les feriez avant de partir. Toute seule, c'est difficile. Je vais préparer le mélange.

– Vous feriez mieux de laisser repousser vos cheveux dans leur couleur naturelle et de couper ceux qui sont décolorés. Ça serait plus pratique pour vous et ça plairait sûrement davantage à Sitafa.

– C'est possible, mais moi je m'aime mieux en blonde.

Dès le début de l'opération, des femmes vinrent s'attrouper autour d'elles, commentant, s'esclaffant, tandis qu'à l'aide d'un lambeau de chiffon enroulé autour d'un bâtonnet de bois Françoise appliquait le liquide qui lui piquait le nez et le bout des doigts. Excitée, heureuse de l'intérêt qu'on lui portait, Lucette racontait, en souriant aux spectatrices :

– Maintenant, vous voyez, elles m'aiment bien, toutes. Elles m'ont montré à faire des couffins et des paillons avec du raphia que je teins. J'en vends aux Haoussas qui passent..., ça me fait un peu de sous. Moi, je leur ai appris à faire des confiseries et des gâteaux avec du miel, une sorte de nougat avec des graines dedans, des cacahuètes aussi. Elles en raffolent. Et puis, vous savez, j'ai ouvert un salon de coiffure ! J'ai même inventé des modèles, dit-elle en désignant deux jeunes Martiennes qui béaient d'attention.

Leur chevelure, divisée en petits carrés réguliers, se hérissait de fines tresses raides comme autant d'antennes. L'originalité apportée par Lucette venait des accessoires qu'elle avait inventés : au bout de chaque tresse était fixé un anneau de raphia tressé auquel pendaient des dizaines de baies multicolores. Comme il y avait une vingtaine de tresses, cela faisait un curieux cliquetis dès que les filles remuaient la tête. Pour d'autres, les pendeloques étaient composées de minuscules coquillages. Celles qui préféraient le silence choisissaient des nœuds de raphia posés comme des papillons multicolores. Lucette racontait :

– Pour que les tresses se tiennent bien droites, je les triture avec du miel noir.

– Ça n'attire pas les abeilles ?

– Non, j'ajoute un truc qui sent tellement mauvais que ça les chasse ! L'ennui, c'est qu'il faut du temps pour fabriquer tout ça. Leurs cheveux, c'est du crin. C'est aussi facile que si on tricotait des tampons Jex... J'ai eu un ennui, une fois... J'avais tellement voulu que ça se tienne droit que j'ai dû mettre trop de miel. C'était collant, dur, impossible à défaire, même en lavant ou relavant. Il a fallu tout couper à ras. La fille, elle m'a fait une de ces histoires !

À plusieurs reprises, Françoise renouvela à Lucette sa proposition de l'emmener à Facounda. Autant de refus, comme si le fait de quitter sa case contenait une menace. Des livres ? Non. Elle n'avait pas le temps de lire ! D'ailleurs, les magazines de cinéma avec photos d'artistes qu'elle aimait étaient introuvables.

Un klaxon lointain retentit, et le visage de la jeune femme se crispa :

– Vous partez déjà ? C'est votre camionnette ? Elle est réparée ?

Françoise aménagea la vérité, déclarant qu'elle était venue seule avec le chauffeur et la voiture de l'administrateur.

– Vous reviendrez encore me voir ? Je vais vous donner deux poules. Elles m'ont fait plein d'œufs. J'ai déjà eu plusieurs couvées de poussins, expliqua-t-elle, essoufflée comme si elle avait encore mille choses à dire.

Quand Françoise refusa les poules pondeuses, Lucette prit sur une étagère un petit coffret de paille rouge qu'elle était en train de fabriquer.

– Je le fais pour vous. Quand vous reviendrez, il sera fini. Je voudrais tresser vos initiales en blanc sur le couvercle, mais c'est drôlement difficile.

Pour la seconde fois, l'écho affaibli du klaxon résonna.

Elles s'embrassèrent sous l'œil des femmes noires passionnées par ces adieux. Lucette souriait, le regard assuré, émouvante de fierté, contemplant la silhouette claire qui s'éloignait. Parvenue à l'entrée du sentier qui rejoignait Basalaworo, Françoise se retourna pour un dernier geste d'au revoir, mais Lucette n'était plus visible. Effondrée sur son divan de bois, pressant un coussin contre sa bouche, elle sanglotait, le visage inondé de larmes.

Gabriel et Gilbert attendaient près de la voiture.

– Ça s'est bien passé ? Vous êtes contente ?

– Non. Je suis même très inquiète sur le sort de cette pauvre fille. Elle n'écoute aucun conseil.

– Avec Gilbert on se disait que c'est assez rare, ce genre de concentration de femmes dans un même endroit. C'est comme dans un harem, en somme ?

– Dans un harem, les femmes sont choyées, parées, répliqua Françoise. Elles n'ont rien d'autre à faire qu'attendre le bon vouloir du sultan. Mon amie, elle, se bat pour survivre dans une semi-captivité.

– Elle ne peut pas s'enfuir ?

– Si, elle le pourrait. Mais je crois hélas qu'elle n'en a pas envie...

Pendant l'absence de Françoise, Gabriel avait eu une idée : Pourquoi ne viendrait-elle pas avec eux dans leur tournée ? Une quinzaine de jours... Ils avaient beaucoup sympathisé tous les trois, et puis, d'après le peu qu'elle leur avait raconté de sa vie, elle n'avait circulé que dans la circonscription de son père. Son premier réflexe fut le refus. Elle avait plutôt envie de se retrouver seule dans sa maison.

Ils arrivèrent à Facounda en fin d'après-midi et déposèrent Françoise chez elle. Fou de joie, Makou lui bondit dans les bras, mais Ali avait sa tête des mauvais jours. Il lui fit remarquer qu'il avait été voir Drunet à plusieurs reprises : « Dix fois, même », précisait-il, les doigts des deux mains écartés. L'autre lui répondait toujours qu'il ne savait rien, mais que Mlle Françoise finirait bien par rentrer un jour...

Sur la table de chevet, cinq lettres l'attendaient : trois de Drunet, une de la mission américaine et une de Charlier qu'elle ouvrit en premier. Avec des mots maladroits, il s'excusait pour son manque de courage quand il s'agissait de mondanités. Elle devait le comprendre. Il était venu, attiré par l'envie de la voir... mais, dès qu'il l'avait aperçue, fardée, élégante (la plus belle, disait-il), il n'avait plus eu qu'une idée : fuir, la laisser aux autres, aux hommes de son âge... Qu'elle s'amuse sans cette espèce de vieil éteignoir dans ses jambes. Il était sûr que, grâce à son absence, elle avait pu se divertir sans arrière-pensée. Elle ferma les yeux : Grands dieux ! s'il savait ! Il terminait en la prévenant, sans préciser le motif, qu'il devait s'absenter de sa plantation quelque temps et qu'il l'aviserait de son retour.

La lettre de la mission lui apportait une nouvelle ration de soucis : Miss Burdey, la remplaçante de Miss Warren, lui annonçait sans détour que son demi-frère Jacques était devenu tellement odieux qu'il n'était plus possible de le garder. Miss Warren s'était montrée d'une patience qu'elle-même ne possédait pas : *un très mauvais élément, ce garçon,* écrivait-elle, en soulignant les mots. Elle demandait à Françoise de venir le plus tôt possible pour régler la situation.

Cet enfant noir que son père avait laissé derrière lui en lui donnant son nom était une énigme. De toute évidence, il n'était pas le fils de Laurent, mais celui d'un couple d'indigènes. Alors pourquoi le commandant Schmidtt avait-il tenu à ce que ce gosse portât son nom ? Un point d'interrogation que Françoise n'éclaircirait probablement jamais. Au moment du règlement de succession chez le notaire, elle avait néanmoins accepté d'être tutrice de l'enfant et d'assurer son entretien.

Avec ce gamin qui avait onze ans quand elle l'avait vu pour la première fois à la mission, elle n'avait eu que des déboires. Renfermé, hargneux, il avait toujours repoussé cette demi-sœur blanche tombée du ciel et refusé tout dialogue avec elle. Seuls les cadeaux qu'elle lui apportait, montre, bicyclette, vêtements, harmonica, argent de poche, avaient le pouvoir de détendre quelques secondes son visage hostile, mais il s'échappait dès qu'il était entré en leur possession.

Dorénavant, qu'allait-elle pouvoir faire de l'adolescent? Le mettre dans un collège à Conakry? Elle irait demander conseil à l'Américaine.

Les trois lettres de Drunet étaient autant de plaidoyers pathétiques avec demande de pardon, aveux, autocritique et exhortation à la compréhension. Il précisait que, pour rester auprès d'elle à Facounda, il avait refusé une situation importante à Conakry. Devenue dure, insensible, aucun mot ne la touchait. Dans sa lettre la plus récente, il annonçait son départ en tournée et son retour le 12, donc le surlendemain.

Obsédée par le souvenir de Lucette, elle fila au dispensaire. Malgré la promesse qu'elle lui avait faite de ne divulguer à personne sa présence à Basalaworo, elle avait décidé de passer outre, son état devenant trop préoccupant. Comme l'autre n'accepterait jamais de venir elle-même, il était préférable de demander au médecin et à sa femme d'aller la voir. Ils écoutèrent son histoire avec des yeux aussi écarquillés qu'ironiques, mais, contrairement à ce qu'elle craignait, ils promirent de s'y arrêter au cours de leur prochaine tournée, à la fin du mois.

– À la fin du mois ? C'est loin ! Je vous assure qu'elle ne va pas bien, à mon avis. Vous ne pouvez vraiment pas vous arranger pour vous y rendre avant ?

– Non. On est débordés en ce moment, on n'y arrive plus, maugréa Fleurette.

Françoise se garda bien de lui faire remarquer que, s'étant volontairement privée de son aide, elle était malvenue de se plaindre d'une surcharge de travail. Néanmoins, elle lui arracha une vague promesse de faire pour le mieux, ce qui, étant donné son hostilité naturelle, était déjà un résultat. Elle l'aviserait dès que la date serait précisée, dans quinze jours ou trois semaines.

Lorsque Gilbert et Gabriel arrivèrent, tout émoustillés à l'idée du dîner auquel elle les avait conviés, elle leur annonça qu'après réflexion elle acceptait leur invitation au voyage, mais que sa présence devrait se limiter à une dizaine de jours, après quoi elle se débrouillerait pour revenir par ses propres moyens. C'était la fuite en avant, certes, mais elle y voyait plusieurs avantages : d'abord, cela repoussait un peu le moment où elle serait amenée à rencontrer Drunet; ensuite, elle pourrait à la mission régler le problème du demi-frère. Enfin, voir de nouveaux horizons lui permettrait de prendre du recul par rapport à son tourment, sans remâcher sa rancœur et sa haine à longueur de journée. Non pas l'oubli, mais un peu de calme après cette trépidation de colère qui habitait son corps depuis cette nuit maudite de Conakry. Remplis de bonne volonté, ils ne firent aucune difficulté pour l'arrêt à la mission qui les déroutait un peu de leur trajet. Pendant qu'elle discutait avec eux, son regard se posa sur Ali dont le visage s'était contracté en entendant tous ces projets. À peine revenue, voilà qu'elle pensait déjà à repartir ! Lorsqu'elle leur demanda s'il serait possible d'emmener son boy, les deux hommes se regardèrent, perplexes.

Gilbert faisait la moue, mais Gabriel fut d'accord.

– L'arrière de la camionnette est très bourré, mais en rangeant un peu ça pourrait aller, dit-il, prêt à toutes les concessions. D'autant plus, ajouta-t-il, qu'il pourra nous rendre un tas de services.

– Et Makou ? I vient pas ? s'inquiéta Ali.

– Qui est ce Makou ? s'informa Gilbert, le sourcil curieux.

– C'est mon chien, dit Françoise.

– Oh ! alors, non ! Le boy, je veux bien, et encore..., mais le chien, vraiment... Je n'aime ni les chiens ni leurs puces.

Renfrogné, Ali baissait les yeux. Quand on sortit de table, il vint chuchoter à Françoise qu'il n'irait pas avec eux le lendemain. Pas question de laisser Makou tout seul. Qui lui donnerait à manger ? Depuis la nuit en forêt, il vouait une adoration à l'animal qu'il avait sauvé. Et comment expliquer à cet homme sans cœur qu'il épuçait son chien, le baignait tous les trois jours, le savonnait, le brossait ? Le plus beau chien jaune de la Guinée ! Le plus propre, en tout cas. Un instant, Françoise hésita à abandonner une fois encore maison, boy et chien, mais désormais elle était tributaire des autres pour se déplacer et elle devait impérativement se rendre à N... pour voir Miss Burdey.

Les deux hommes prirent congé en annonçant l'heure matinale de leur départ le lendemain. Ali, dont l'imagination travaillait en accéléré, trouva un moyen de se venger de Françoise en jetant le trouble dans son esprit : il prétendit que, la veille, un prisonnier de la corvée d'eau lui avait raconté que « Petit Larousse » avait menacé un garde « qui lui parlait mal de sa femme » de lui faire un trou dans le ventre.

– Le gros trou..., là. Avec le couteau, mon vieux..., précisa le boy en s'enfonçant l'index dans le nombril.

Au cours de sa vie de broussarde, Françoise avait appris qu'il ne fallait jamais négliger les informations, même les plus farfelues, véhiculées par la rumeur indigène. Aussi, avant de partir le lendemain matin, passa-t-elle voir le brigadier-chef de la prison pour lui demander s'il était au courant des menaces de « Petit Larousse ». Le gros homme, surnommé « l'énorme », se mit à rire grassement : « Petit Larousse » ? Un fou qui parlait trop. À ne pas prendre au sérieux, parce qu'il voulait toujours se battre avec ceux qui se moquaient de ses malheurs conjugaux.

– Petit Larousse i pas méchant ! conclut le garde.

– Pourquoi parle-t-il d'un couteau ? Les prisonniers n'ont pas le droit d'en avoir, il me semble ?

Une question-insulte pour le gradé qui affirma en bombant le torse que les prisonniers n'en possédaient pas puisque lui-même veillait personnellement à faire respecter le règlement. Elle lui demanda de prévenir Drunet de cette histoire dès qu'il reviendrait, mais, au regard fuyant du Noir, elle fut persuadée qu'il n'en ferait rien. Maintes fois, depuis ce qui s'était passé à Conakry, elle avait pensé avec horreur que, si ce matin-là, dans sa fureur aveugle, elle avait eu une arme sous la main, elle s'en serait servie sans hésiter. Cet homme trompé, emprisonné, ridiculisé par tous n'allait-il pas un jour perdre la tête ? Alors elle fit une croix sur son orgueil et sur sa décision de ne plus avoir de contact, quel qu'il soit, avec Drunet. Prenant un papier, elle rédigea à son intention trois lignes sèches pour information, sans pouvoir s'empêcher d'y ajouter un P.-S. : « Petit Larousse n'est qu'un mouton malheureux qui pourrait bien devenir enragé. » Elle confia le message à Ali, en lui recommandant de le remettre à l'administrateur dès son retour.

Arrêt de deux heures à la mission américaine pour rencontrer Miss Burdey, grande, sèche, poitrine plate, un sourire chevalin en porcelaine éclatante, totalement différente de Miss Warren. Même l'ambiance du bungalow avait changé. On n'y humait plus l'odeur de confiture ou de pâtisserie en train de cuire, mais celle de la soupe et du désinfectant. D'entrée, l'Américaine attaqua : Plus possible désormais d'abriter sous son toit un agitateur politique !... Françoise ouvrait des yeux effarés : Jacques, un agitateur politique ? À quinze ans ?... Fréquentations douteuses de garçons beaucoup plus âgés qu'il allait retrouver la nuit en s'échappant du dortoir..., poursuivait Miss Burdey, faisant allusion à des infiltrations venues d'Islam... Un certain Messali qui parcourait le pays, semant la bonne parole religieuse et révolutionnaire... Françoise l'ignorait ? C'était incroyable à quel point les Français pouvaient être mal informés des choses qui se passaient sous leurs yeux.

– ... Savez-vous que votre frère ne veut même plus que nous utilisions son nom français ? Maintenant il n'est plus Jacques Schmidtt, mais Mohammed Hadj !

– C'est une gaminerie. Il travaille quand même très bien. Je pense que c'est une crise passagère, la puberté..., hasarda Françoise qui se demandait ce qu'elle allait faire de ce garçon et quelles explications il allait lui donner de cette contestation soudaine.

Incrédule, elle regardait l'Américaine qui s'agitait comme si le diable habitait chez elle.

– C'est très sérieux, tout ça ! Il faut que vous l'emmeniez.

– Je veux d'abord savoir ce qu'il a exactement dans la tête. Ensuite, je verrai...

– Non ! il faut vous décider rapidement. Il y a des parents qui voudraient bien mettre leurs enfants chez nous..., des enfants sans problèmes.

Quand le garçon entra dans la pièce où l'Américaine les avait laissés seuls, il se dirigea, comme à chaque visite de Françoise, droit vers la fenêtre pour ne s'intéresser qu'à ce qui se passait dans la cour. Agacée, elle alla lui poser une main sur l'épaule. Il sursauta comme si elle l'avait brûlé.

– Qu'est-ce qui se passe, Jacques ? Tu n'es plus heureux ici ? Qu'est-ce que tu veux ?

– Je ne suis pas Jacques, je suis Mohammed, déclara-t-il aussitôt, l'air encore plus obtus que d'habitude. Je veux m'en aller.

– Pour aller où ?

– Où je veux. Je n'ai plus besoin d'être

enfermé ici. Je sais lire, écrire, compter et même l'anglais. Maintenant, je peux me débrouiller tout seul. Ça me plaît plus que des Blancs me commandent.

– Qu'est-ce qu'ils t'ont fait de mauvais, les Blancs ? Ils t'ont maltraité ? Tu n'as pas mangé tous les jours à ta faim ? Ton père, le commandant Schmidtt, ne t'a fait que du bien, il me semble !

– C'était pas mon père ! Il s'est occupé de moi parce que ça lui plaisait. Tu le sais bien, toi, que je suis un nègre ! Un nègre ! Pas un enfant de Blanc. Toi, tu es une vraie Blanche, et moi, je suis un Noir, un Noir complet. Mon père et ma mère étaient noirs. Je ne suis pas ton frère, ni le demi ni le quart. Rien. Rien du tout. Et je n'ai pas besoin de toi. Personne n'a besoin des Blancs. Un jour, on vous fera tous partir. On commandera tout seuls...

C'était la première fois qu'il parlait aussi longtemps et c'était pour lui réciter sa leçon d'indépendance d'un ton haineux.

– Voyons, qui te monte la tête comme ça, Jacques ?

– Pas Jacques. Mohammed !

– Miss Burdey m'a dit que tu as un copain qui vient souvent te voir. C'est comment son nom ?

– Ça sert à rien si tu connais son nom.

– Si, ça m'intéresse. Celui-là, j'aimerais bien le rencontrer et discuter avec lui.

– Il parlera pas avec toi. Il est comme moi, il ne veut plus les Blancs.

Accompagnant sa phrase d'un geste sec du plat de la main, il pouffa :

– Lui, il est pressé de les voir tous morts, les Blancs ! Tous ! Crac, crac, crac !

– Bravo ! Il parle comme ça aussi avec d'autres ?

– Oui, il se promène partout dans les villages, mais ici c'est avec moi seulement, parce que j'ai étudié. Il dit que, plus tard, ça servira pour chasser les Blancs si on est instruit.

– Alors, tu vois qu'il faut continuer à étudier au lieu de t'occuper de ça... Je vais te chercher un autre collège avec des professeurs noirs.

Il tapa violemment du pied, les yeux mauvais :

– Non ! je veux partir tout seul.

– Très bien. Et tu vivras comment ?

– Avec l'argent de mon père.

– Ah !... pour l'argent le commandant Schmidtt est toujours ton père ? Et qui te le donnera, cet argent ?

– Toi.

– Ça, n'y compte pas ! Si c'est pour continuer avec tes idées de révolte, tu n'auras pas un sou. Tu rejettes même le nom de l'homme qui t'a entretenu depuis ta naissance, tu ne peux pas me souffrir alors que j'essaie de t'aider, tu rêves de tuer tous les Blancs et tu voudrais qu'on t'aide ? Tu es idiot ou quoi ?

Il tirait sur sa lèvre inférieure, la tordait entre deux doigts et poussait de profonds soupirs, attendant la fin du réquisitoire.

Elle le regarda durement :

– Écoute-moi bien et cesse de rabâcher ce qu'on te raconte. Ces bouleversements qu'on te met dans la tête, en te promettant le paradis pour demain, ça deviendra peut-être possible, mais plus tard, beaucoup plus tard, et dans de bonnes conditions, sans que tu aies besoin de couper le cou des Blancs, « crac, crac, crac ! »... Toi, tu seras peut-être commandant de cercle à ton tour. Pour ça, il faut d'abord que tu études sérieusement. Moi, je suis d'accord pour te payer ces études-là, mais pas pour que tu fasses n'importe quoi maintenant en te laissant embobiner par des prophètes à quatre sous qui veulent tout autre chose que le bien de ton pays.

Un silence lourd..., lourd, si lourd que Françoise crut que son discours faisait doucement son chemin. Mais « Mohammed » se réveilla :

– Il faut que tu me donnes de l'argent. Plein d'argent, j'ai promis.

– Tu as promis à qui ?

– ...

– Tu ne veux pas me le dire ?

– ...

– Tant pis. Réfléchis à ce que je t'ai dit. Je vais revenir dans quelques jours et nous déciderons ensemble...

Elle se dirigea vers la porte et, tout en pensant qu'elle était folle d'envisager la cohabitation avec un gosse aussi teigneux, elle proposa :

– Est-ce que ça te ferait plaisir de venir passer des vacances chez moi à Facounda ? On pourrait discuter tous les deux...

Pour toute réponse, il haussa les épaules, cracha sur le sol et bondit vers le couloir en la bousculant au passage.

– Alors ? demanda l'Américaine qui attendait le score final du match dans son bureau.

– Alors..., vous aviez raison. Je n'y comprends rien. Quand je l'ai connu, il était certes désagréable, renfrogné, intéressé. Il n'était qu'un sale gosse cabochard. Maintenant il est complètement manipulé, asocial, provocant. Je crois que vous devriez signaler au commandant de ce cercle qu'un élément perturbateur est en train de faire des ravages dans le secteur... Surtout auprès des adolescents.

Miss Burdey leva les bras au ciel.

– Mais je le lui ai dit, au commandant Martin ! Il est au courant. Il prétend qu'il ne peut pas empêcher les gens de traverser l'Afrique dans tous les sens et de prêcher.

– Vous ne pensez pas que, si j'arrivais à garder Jacques auprès de moi, j'arriverais à le décortiquer un peu ?

L'autre la regarda d'un air apitoyé.

– Si vous avez une vocation de kamikaze, vous pouvez essayer. Vous me réglez le mois en cours aujourd'hui ? Vous l'emmenez tout de suite ?

Françoise lui demanda un délai justifié par le voyage qu'elle commençait tout juste, un sursis qui lui fut accordé avec beaucoup de réticence.

Les trois premiers jours du voyage furent agréables malgré le temps. Chaque nuit, les tornades d'avant saison sèche commençaient à rôder et Françoise se demandait pourquoi les deux hommes n'avaient pas attendu une époque plus favorable pour entreprendre cette nouvelle expédition.

Leur première étape les mena dans le cercle dont dépendait la mission américaine. Françoise fut contente de rencontrer l'administrateur Martin, un homme en fin de carrière au beau visage buriné, avec des cheveux gris taillés en brosse. Il parlait avec flamme de sa vie passée en brousse, expliquant ses rapports avec « ses » Noirs, des contacts qu'il s'était toujours efforcé de rendre le plus chaleureux possible, sans ce paternalisme dont beaucoup se gaussaient. Lui avouait simplement qu'il aimait « ces gens-là » et qu'il avait fait tout ce qu'il avait pu pour les aider, les protéger. Dans les postes où il avait servi, il avait laissé derrière lui des ponts en dur, des bâtiments publics, des écoles, de bonnes routes, organisé l'économie locale, rendu des jugements qu'il croyait équitables.

Françoise croyait entendre son père qui lui avait tenu les mêmes propos.

– Tout ce travail, vos Noirs y ont participé, fit remarquer Gilbert, sarcastique.
– Bien sûr, qui voulez-vous qui le fasse ?
– Enfin..., je veux dire..., l'administration les a quand même un peu exploités, car, dans le fond, ils ne demandaient rien à personne.
Impatienté, le commandant Martin soupira :
– Voulez-vous que nous refassions l'histoire du colonialisme ? Au cours de vos voyages à travers les pays francophones, vous avez pu constater que nous ne sommes pas d'affreux négriers. Le corps des administrateurs constitue une armée pacifiste qu'on a envoyée dans les terres noires ou jaunes pour y construire, aider, éduquer. Je sais que beaucoup de parasites se sont abattus sur les continents conquis, sans faire profiter leurs habitants de la manne qu'ils y ramassaient, mais cela, seuls les gouvernements auraient pu y remédier s'ils l'avaient voulu. Moi, dans mon domaine, à travers mes rapports avec les indigènes, j'ai essayé de leur faire prendre des initiatives, de les sortir de leur farniente, pour qu'ils arrivent un jour à se prendre en charge. On peut toujours ironiser..., critiquer.
Tant qu'avait duré la réplique de son époux, Mme Martin ne l'avait pas quitté des yeux, tout en s'activant à un ouvrage au crochet, une merveille arachnéenne qu'elle tissait machinalement, en n'y jetant que de brefs regards. Petite, le corps alourdi, des yeux très noirs sous une courte chevelure poivre et sel, elle avait une personnalité attachante. Françoise regretta de ne pas avoir eu la chance de connaître ce genre de femme à Facounda, au lieu de Raïssa et Anna, jalouses, et de Mme Masson, langue de vipère. Depuis trois ans, la présence amicale d'une femme lui avait manqué.

Si le commandant Martin avait eu une grande activité, sa femme n'était pas restée oisive au cours de leur carrière. Elle expliqua qu'elle avait surtout été hôtelière-restauratrice :

– Forcément, c'est si beau par ici qu'il y a toujours des gens qui se promènent. Comme le campement est trop petit, j'hérite de tout ce qui passe. Et ça mange, et ça boit, aux frais de la princesse !

Généreuse, elle gardait pourtant une certaine rancœur à l'égard d'un grand nombre d'ingrats qu'elle avait nourris et hébergés parfois durant plusieurs semaines, et qui, lorsqu'elle les rencontrait par hasard en d'autres lieux, ne la reconnaissaient plus. Elle faisait partie des nourrices occasionnelles dont on oubliait vite le visage et auxquelles on n'avait pas besoin d'adresser le mot de remerciement qui fait pourtant plaisir. Beaucoup pensaient que, l'hospitalité africaine étant légendaire, il n'y avait pas lieu de s'en souvenir.

Hôtelière-restauratrice et Pénélope. Elle montra avec orgueil à Françoise de merveilleux travaux de broderie et, surtout, une incroyable quantité de petites robes de cotonnade qu'elle fabriquait pour les distribuer à Noël aux gamines noires. Elle avait également crocheté des napperons dont la plus grande partie recouvrait les coussins fatigués du salon, pour masquer leurs plaies.

Lors d'un entretien particulier avec le commandant Martin, Françoise parla de l'évolution soudaine de son demi-frère confié à la mission par son père. Discret, l'administrateur évita de lui poser des questions sur cette filiation originale. Effectivement, les Américaines lui avaient parlé d'un personnage équivoque qui parcourait la région mais, malgré les enquêtes qu'il avait fait faire par ses gardes, personne ne savait qui il était exactement. À son avis, il n'y avait pas grand danger de contamination. Les gens d'ici étaient très calmes. Néanmoins, il promit de continuer à suivre cette affaire et de la tenir au courant.

On en était au cinquième jour de voyage. Jusque-là, Françoise n'avait pas vu beaucoup de choses très nouvelles par rapport à celles rencontrées lors d'une tournée avec son père ou en circulant dans les alentours de Facounda. Seuls les ethnologues pouvaient se passionner pour les différentes scarifications tribales qui creusaient ou bosselaient torses ou visages des populations visitées. Les deux hommes étaient capables de discuter des heures entières en évoquant le bombé exagéré du tibia chez les habitants des savanes ou les croupes stéatopyges des femmes togolaises. Très fréquents étaient les différends qui les dressaient l'un contre l'autre à propos de la date d'anciennes observations. Jamais d'accord sur les images qui finissaient par se superposer dans leur esprit, ils tenaient dur comme fer à la précision : « Non, ça, c'était en avril 1932 au Congo », affirmait Gilbert. « Pas du tout ! C'est arrivé en allant à Lomé en juin 1933 », rétorquait Gabriel, tous deux si acharnés à courir derrière le détail exact qu'ils semblaient souvent prêts à en venir aux mains.

– Voyons, ça n'a plus d'importance maintenant, disait calmement Françoise, c'est le passé !

Le passé ? Ils cessaient aussitôt de se chamailler, accablés par la révélation du temps écoulé, et admettaient l'insignifiance de leurs discussions tatillonnes. Trois kilomètres plus loin, ils recommençaient sous un autre prétexte. Une joute verbale à coups d'extraits de mémoire qui avait fini par tourner à la manie.

Gilbert avait structuré les journées avec une précision militaire :

– 6 h 30 : Réveil. Gymnastique (abdominaux, pompes).

– 6 h 45 : Petit déjeuner (bouillie de mil, café, fruits).

– 7 h 15 : Toilette – Douche, rasage.

– Midi juste : Déjeuner (copieux, surtout depuis que Françoise était de cuisine...).

– 18 heures pile : Dîner (encore plus copieux, le travail aiguisant les appétits masculins).

– 19 h 30 : Citronnelle sucrée au miel noir.

– 20 heures : Coucher.

– 20 h 30 : Extinction des feux.

Le soir, Françoise, qui dormait mal sous sa tente, essayait de lire. De Conakry elle avait rapporté une provision de livres dénichés chez les commerçants, des bouquins défraîchis, certes, pas toujours intéressants, mais de la lecture. Gilbert rationnant férocement la moindre goutte de pétrole, elle lisait dans son lit à la lueur de bougies de fabrication indigène qui, mal dosées, fondaient en un clin d'œil en empestant le suif.

– Une nuit vous allez flanquer le feu à votre moustiquaire, grimaçait Gilbert.

Devant l'inconfort qui l'environnait, Françoise pensait souvent qu'elle ne résisterait pas très longtemps. Par nuits de tornade, fuyant la légèreté de sa maison de toile, elle se repliait dans la camionnette, tandis que Gabriel et Gilbert installaient des plaques de tôle ondulée contre les flancs de leur tente constellée de rustines et les calaient avec de grosses pierres. Sous la pluie qui crépitait à leurs oreilles, ils n'en continuaient pas moins à dormir profondément. L'habitude, disaient-ils.

La séance de culture physique qui préludait au petit déjeuner était un modèle de persévérance. Avec leurs torses maigres malgré l'entraînement quotidien, mais des bras musclés et des cuisses charnues de poulets coureurs de brousse, les deux hommes avaient gardé une résistance surprenante qui leur permettait d'exécuter encore certains exercices difficiles. Le premier matin, leur campement étant tout à proximité d'un village, la population s'était assemblée autour d'eux, impressionnée par les pompes de Gabriel que Gilbert comptait d'un œil envieux car, en ce qui le concernait, leur nombre était resté bloqué une fois pour toutes à dix-neuf. Un essai de plus et il s'effondrait face contre terre, vidé.

Cérémonie du rasage :

D'une trousse de moleskine noire fermée d'un élastique Gilbert sortait un rasoir pliant, un blaireau à demi déplumé, une languette de savon, une bande de cuir ramollie et coupaillée et une vieille boîte de pastilles Valda qu'il secouait deux ou trois fois pour faire tinter le clou qu'elle contenait. Il le plantait dans le tronc d'un arbre proche, et y suspendait un miroir dont les trois faces fêlées avaient dû refléter bon nombre de paysages. Ensuite, dépliant le solide coupe-chou à manche d'ébène, il en affûtait vigoureusement la lame sur la bande de cuir, puis tournait longuement les quatre poils du blaireau dans une petite calebasse d'eau afin d'extraire les ultimes bulles de la mince pellicule de savon de Marseille. Barbouillé de mousse, il se raclait les joues, retroussait d'un doigt le bout de son nez pour peaufiner le dessus des lèvres, descendait le long du menton jusqu'au cou, avec des battements de paupières précipités et des yeux horrifiés comme s'il allait assister à son propre égorgement. Quand, avec des gestes identiques et la même angoisse, Gabriel avait terminé, c'est Gilbert qui venait replier le miroir, récupérer le clou dans l'arbre et le remettre dans la boîte de pastilles, sans jamais oublier de l'agiter à son oreille pour vérifier que la précieuse pointe qu'il venait d'y ranger la seconde précédente était toujours là.

À chaque vision de tout ce matériel miteux, Françoise pensait que, lorsqu'elle chercherait à leur faire un cadeau en remerciement de ce voyage, elle n'aurait que l'embarras du choix…

En fin d'après-midi, les deux hommes eurent une discussion âpre. Dans ce village où personne ne parlait un mot de français, Gilbert prétendait avoir ouï dire qu'une cérémonie secrète devait se dérouler la nuit même en forêt. Il tenait absolument à y assister en cachette, mais Gabriel était contre, d'autant plus qu'après le déjeuner ils s'étaient heurtés à des indigènes offusqués qui n'appréciaient pas qu'on vînt leur explorer impromptu les narines et l'arrière-gorge, ni qu'on calculât le nombre de boules de scarification entourant leur nombril. Les vieux s'en étaient mêlés et, avec des gestes impatientés, avaient fait comprendre à ces curieux qu'ils devraient plutôt aller installer leurs pénates ailleurs. À cette occasion, Gabriel avait rappelé à son ami les désagréments qu'ils s'étaient attirés en 1939 pour avoir voulu observer certaines phases de l'initiation au « Poro » en pays sénoufo. Prenant Françoise à témoin, il avait affirmé que son ami était comme la mouche à bœufs : plus on la chasse, plus elle revient harceler sa victime.

Après la citronnelle, Françoise alla se coucher,

impatiente de commencer le Goncourt 1938, *L'Araigne* d'Henri Troyat, un trésor arraché à coups d'œillades suppliantes et à prix d'or à un Syrien aux mains crochues qui s'était plaint d'être toujours ruiné par son bon cœur. Du côté des moustiquaires masculines où la lumière veillait encore, des exclamations lui parvinrent. La discussion continuait :

– Tu verras que tu m'auras fait passer à côté d'un truc exceptionnel, ronchonnait Gilbert. Juste un coup d'œil, c'est pas grave !

– Non ! C'est pas possible d'être emmerdant à ce point-là, constatait Gabriel, d'ordinaire d'une exquise politesse. Et Françoise ? Si on a des pépins avec les indigènes, tu as pensé à Françoise ?

– Françoise… Françoise… Fallait pas l'emmener, Françoise. C'est toi qui as voulu, dit Gilbert en baissant la voix.

Elle posa son livre, perplexe, vexée d'être brusquement devenue une gêneuse. Il valait mieux, dans ces conditions, interrompre le voyage et, sous un prétexte quelconque, sauter sur la première occasion qui se présenterait de rentrer à Facounda. Certes, le voyage était sympathique, mais ce ménage de vieux cousins était parfois difficile à vivre. Elle préférait Gabriel, plus doux, plus humain, sachant se renseigner sans jamais forcer la pudeur des indigènes, contrairement à Gilbert le bulldozer qui, pour savoir, découvrir, analyser, comparer, ajustait ses jumelles à tout bout de champ, posait ses grosses semelles caoutchoutées un peu partout, cherchant toujours à plonger plus profond dans les racines des différentes ethnies, ce qui l'amenait souvent à dépasser les limites de la correction. Elle se rendait compte que Gabriel avait scrupule à l'entraîner dans des traquenards comme ceux, innombrables, dans lesquels leur curiosité insatiable les avait jetés et qu'ils racontaient avec un humour désinvolte maintenant qu'ils en avaient réchappé.

Cette nuit-là, elle dormit mal malgré le ciel sans nuages et recommença à penser à ce qui l'attendait si elle décidait de rentrer prématurément : les relations avec Drunet, les métis, l'histoire de Jacques, toutes sources de soucis, et le silence de Charlier qui semblait bouder. L'humidité du matin et la voix altérée de Gabriel derrière la toile de la tente la réveillèrent :

– Françoise ! Gilbert n'est pas rentré !

– Pas rentré d'où ?

– Comme prévu, pendant que je dormais, il a dû aller fouiner à la recherche de sa cérémonie interdite. La lampe-torche et le fusil ne sont plus là. Il est sept heures. Il devrait être revenu...

– Je viens.

Les villageois aux visages hermétiques auxquels ils s'adressèrent ne comprenaient pas un mot du cocktail de dialectes utilisé par Gabriel. Pour retrouver Gilbert, il fallait d'abord savoir où le rituel s'était déroulé. Autant vouloir arracher un secret d'État. À coup sûr, c'était en forêt, mais celle qu'ils avaient traversée en venant, une fourrure touffue vert sombre, leur avait paru immense. Pour essayer de se faire comprendre du chef de village à la face bestiale striée de scarifications et aux yeux globuleux, Françoise ne recula pas devant le ridicule : pour évoquer une scène rituelle, elle se mit à danser, une main sur le visage pour figurer un masque, se traîna sur les genoux telle une vierge en plein exorcisme et mima des sacrifices où elle coupait le cou d'un poulet, d'un mouton, d'une chèvre, avec bruitage correspondant puisque ces malheureuses bêtes faisaient toujours les frais des rites quels qu'ils soient. Quand elle eut terminé sa démonstration qui aurait dû allumer une lueur de compréhension dans les regards mornes des spectateurs, le chef bâilla, hocha longuement la tête d'un air consterné et, d'un pas nonchalant, alla s'étendre dans son hamac. En lui tendant son carnet de notes, Gabriel suggéra alors à Françoise de leur faire un croquis.

Comme pour une bande dessinée, elle crayonna rapidement une silhouette d'homme blanc, avec grosses chaussures et jumelles, en train d'observer une scène où se mêlaient sorciers en jupes de paille et chapeaux pointus, hommes montés sur échasses et différents personnages attentifs qui, tous, regardaient un spectacle invisible sur son dessin. Certains de ceux auxquels elle soumit son œuvre la regardèrent avec ahurissement, échangeant regards égrillards et rires canailles. D'autres, les sourcils froncés, reculèrent, considérant Françoise avec stupeur comme si elle leur montrait une image pornographique.

Deux heures plus tard, de plus en plus inquiets, Françoise et Gabriel rentrèrent bredouilles d'un long circuit en forêt. C'est alors qu'un jeune garçon qui semblait plus éveillé que les autres se présenta, escortant une femme surexcitée qui tenta de leur expliquer son émotion : se tenant une oreille, elle se mit à bêler, puis, ses deux mains dessinant un grand carré dans l'espace, elle s'agenouilla nez contre le sol comme pour y observer une fourmi. Enfin elle se laissa tomber sur le dos, toute raide, les bras en croix et les yeux clos.

– Bon ! Ça y est ! Je vois ce que c'est ! rugit Gabriel, il s'est endormi quelque part, l'abruti !

Françoise demanda à la femme qui continuait à débiter des phrases essoufflées :

– Toubab ? (Homme blanc ?)

Oui, c'était bien ça. Dans un déluge de mots et de gestes tournoyants de ses jolis bras, elle expliqua au garçon qui l'avait écoutée le front soucieux à quel endroit se trouvait le toubab.

Françoise et Gabriel suivirent le jeune indigène sur de sinueuses pistes forestières. Parfois, se grattant le crâne, leur guide Sory hésitait entre deux sentiers puis, comme s'il retrouvait un repère évoqué par la femme, il tournait à droite ou à gauche dans un labyrinthe de verdure. Enfin, ils s'engagèrent sur un chemin encore plus étroit bordé de ronciers où leurs vêtements s'accrochaient et débouchèrent à proximité d'un marigot. Le garçon les dépassa et fila jusqu'à un point d'où provenait un bêlement plaintif, s'arrêta, s'accroupit, tournant un regard tragique vers Gabriel qui le rejoignait en courant.

Au fond d'une fosse profonde dont une partie des branchages qui la masquaient s'était effondrée, Gilbert gisait sur le dos, bras en croix, les yeux clos : l'image fidèle de la description faite par la femme indigène. Près de lui, une lampe-torche, son fusil et un chevreau gris.

– Ah ! l'abruti ! Il s'est foutu dans un piège à panthère ! souffla Gabriel d'une voix étranglée.

Penchée au-dessus du trou, Françoise remarquait la pâleur de Gilbert, la position bizarre de sa jambe droite et le pantalon taché d'urine. Quand elle appela, il ne répondit pas. Déjà le jeune Sory s'affairait, tirant sur de grandes lianes qui pendaient aux arbres. Avec son coupe-coupe, il en sectionna plusieurs, choisit la plus longue, l'arrima solidement autour d'un arbre proche et lança l'autre extrémité dans la fosse. Elle était trop courte. En trois mouvements, il y noua une seconde liane qu'il empoigna et, comme un alpiniste, commença à descendre le long de la paroi. Arrivé à mi-hauteur du fond, il sauta sur le sol.

– Je descends aussi, annonça Gabriel.

– Non, dit Françoise, attendez ! Supposez que la liane casse... Qui pourra vous remonter tous les trois ? Pas moi ! Restez là, j'y vais.

Les paumes arrachées par les échardes dures qui hérissaient la liane, elle descendit à son tour.

La face livide, Gilbert respirait à petits coups. Il avait une plaie dans le cuir chevelu. Comme elle le redoutait, sa jambe était cassée. Tibia ? Genou ? Col du fémur ?

– Il est vivant, mais il est blessé à la tête et sa jambe est mal en point, dit-elle à Gabriel dont le visage vu par en dessous n'était qu'un masque tordu d'angoisse.

– Giflez-le pour qu'il revienne à lui. Je ne peux pas supporter de le voir comme ça.

Avec énergie, elle claqua les joues du blessé qui ne réagit pas.

– Jetez-moi le petit flacon d'eau de Cologne qui se trouve dans mon sac.

Elle en fit couler quelques gouttes dans chaque narine de Gilbert. Frémissant de la tête aux pieds, il ouvrit une bouche démesurée comme s'il allait exhaler son dernier soupir et fut secoué par un éternuement qui le fit hurler de douleur, une main crispée sur le côté droit de son thorax.

– Gilbert, mon vieux... C'est moi... Ça va ? Réponds-moi. Tu m'entends ? le harcelait Gabriel, couché à plat ventre au bord du trou.

Les lèvres de Gilbert remuèrent.

– J'ai mal. Oh !..., je..., gémit-il et il se débarrassa de ses problèmes en retombant évanoui.

– Il a sûrement aussi des côtes cassées, annonça

Françoise, soucieuse. Ça va être difficile de le remonter.

Elle repoussa le chevreau assoiffé qui léchait ses mollets nus et, par gestes, fit comprendre à Sory qu'il fallait préparer une nacelle pour transporter le blessé.

Ils mirent deux heures pour tresser une sorte de grand panier végétal à larges mailles où Gilbert fut ficelé, et trois paires de biceps le hissèrent hors du trou. Le dernier voyage fut pour le chevreau dont Sory lia ensemble les quatre pattes pour en faire un gros collier qu'il se passa autour du cou afin d'avoir les mains libres pour grimper.

Le panier fut enfilé sur de longues branches très solides, selon la technique éprouvée du Noir qui, très souvent, avait dû rapporter de cette manière les cadavres d'animaux tués à la chasse. En flèche de l'attelage, il prit une branche sur chaque épaule, les deux autres derrière lui se partageant par moitié le reste de la charge. Sur les talons de Françoise, le chevreau trottait, bêlant lamentablement.

– Je me demande comment ce sac d'os peut être aussi lourd, râlait Gabriel qui reprenait du tonus depuis que son alter ego était exhumé.

Celui-ci reprit connaissance alors qu'ils entraient dans le village. En se voyant saucissonné, il se mit à fulminer. On le ridiculisait !

– Qu'est-ce que je fais là-dedans ? Ça me fait mal au cœur, ce balancement. Posez-moi par terre ! Je vous dis de me poser par terre ! Bon Dieu, j'ai mal partout.

Déjà les villageois s'attroupaient, certains la mine ahurie, d'autres un fin sourire aux lèvres.

– Arrêtez-vous et coupez-moi toutes ces ficelles ! Je peux marcher tout seul !

– Ne commence pas à t'énerver. Tu as une patte cassée, mon pauvre vieux, murmura presque tendrement Gabriel.

– Posez-moi quand même par terre !

Déposé doucement sur le sol près de son lit, déficelé comme un rôti qu'on va découper, Gilbert essaya de se redresser et retomba sur le dos en grimaçant. Le conseil de guerre réuni, il fut décidé qu'on lèverait le camp à l'aube pour Facounda. En roulant sans arrêt, on y serait dans trois jours. Dans la boîte à pharmacie, aussi indigente que le reste, Françoise trouva un fond d'alcool pour désinfecter la plaie à la tête. Un drap déchiré servit à faire un bandage autour du torse et, pour la jambe, elle dénicha quatre planchettes qu'elle immobilisa avec des bandelettes. À chaque geste de Françoise, Gilbert hurlait à l'assassin, tandis que Gabriel répétait :

– Ah ! on est frais ! Ça, on est frais ! Il faut combien de temps pour recoller une jambe, Françoise ?

– Ça dépend de la fracture. Le médecin de Facounda vous le dira, mais il faudra immédiatement le descendre à l'hôpital de Conakry pour faire une radio et le plâtrer.

– Me plâtrer ? Jamais de la vie ! Je suis trop serré, je ne peux pas respirer, ronchonnait le blessé.

Bêêêê..., disait le chevreau qui broutait dans les parages.

– Qu'est-ce qu'on va en faire de celui-là ? demanda Gilbert.

– C'est lui qui vous a sauvé la vie, fit remarquer Françoise. Si la femme ne l'avait pas entendu, vous seriez toujours au fond de votre trou.

– Il n'y a qu'à en faire cadeau au gars qui

nous a aidés. Ça évitera de lui donner de l'argent.

– Oh ! s'indigna Françoise. Si vous ne voulez pas le récompenser, moi, je le ferai, et je garderai cette pauvre bête. Quand Sory l'a remontée du trou, j'ai vu qu'il la palpait pour voir si elle était à point pour la broche. Vous ne voudriez pas... tout de même !

– Eh bien, ma pauvre petite, vous devez souffrir dans ce pays. Ici, les animaux, on ne pleure pas dessus, on les mange.

– Je sais. Mais pour celui-ci au moins, vous pourriez avoir un peu de sympathie. Je vais le ramener à Facounda. Il restera avec mes biches. En souvenir..., dit-elle avec un regard sans bonté vers Gilbert.

Allongé sur son lit dressé à l'arrière de la camionnette aménagée en ambulance, et pestant continuellement contre le sort, Gilbert voyagea en compagnie de l'animal blotti dans un coin.

Rentré de tournée depuis le matin, Drunet rôdait autour de la case de Françoise où ne brillait aucune lumière. Agacé, il s'apprêtait à redescendre à la résidence lorsqu'il entendit siffler Ali qui sortait de sa case avec Makou.

– Mlle Françoise n'est pas revenue de Conakry ?

– I vient y a deux jours. Après i parti encore avec les hommes.

– Quels hommes ?

– Je connais pas, mon commandant.

– Des hommes blancs ?

– Oui. Deux.

– Elle revient quand ?

– Je sais pas. C'est long un peu un peu, y a le papier pour toi, mon commandant.

– Tu ne pouvais pas le dire tout de suite ! Va le chercher.

Pendant qu'Ali disparaissait dans la maison, Drunet devenait fébrile. Ainsi, elle avait quand même fini par se manifester. Quand elle reviendrait, il allait s'expliquer. Elle ne pouvait pas ne pas comprendre. Il ne se laisserait pas rejeter. De toute façon, il se battrait jusqu'au bout pour la reconquérir, même s'il devait y passer des mois et des mois. Cette femme et son corps étaient à lui désormais. Il s'était conduit comme une brute, c'était certain, mais il n'y avait rien d'irréversible.

Le papier remis par Ali lui fit l'effet d'une gifle. Quoi ? trois lignes, et pour lui parler d'un prisonnier excité ? Il froissa rageusement le billet, le jeta à terre.

– C'est tout ? Elle n'a pas donné une autre lettre pour moi, tu es sûr ?

– Non, mon commandant. Lui, là, c'est tout, dit le boy en montrant la boulette qui roulait sur le sol, poussée par le vent.

– Les deux hommes, ils étaient comment ?

– Blancs, mon commandant.

– Idiot ! Je veux dire, ils sont jeunes, vieux ?

– I pas jeune, i vieux un peu aussi.

– Tu ne sais pas où ils allaient ?

– Non, mentit le boy.

– Pourquoi Mlle Françoise ne t'a pas emmené comme d'habitude ?

– L'homme i veut pas, mon commandant.

Aussitôt Drunet se fabriqua un scénario rocambolesque : elle était entre les mains de deux séducteurs rencontrés à Conakry qui ne voulaient pas de témoin à leurs turpitudes ! Comment cette fille sensée, prudente avait-elle pu se laisser entraîner par des inconnus ? Il ne pouvait tout de même pas organiser une battue à travers le pays. Puis il se culpabilisa. Si Françoise se conduisait ainsi, il en était responsable. Dégoûtée de tout, elle allait faire n'importe quelle bêtise. « Mon pauvre amour... », murmura-t-il, les yeux humides.

Il passa la nuit à se poser des questions, imaginant tous les drames possibles et revenant toujours au point de départ : elle ne connaissait personne à Conakry. Peut-être étaient-ce deux hommes rencontrés à la soirée chez Zbigniew... ou alors Gilles Marchal et un ami ? Partir de cette façon, sans boy et sans chien, ne lui ressemblait pas. Il s'était passé quelque chose... Il grimpa de l'abattement à la fureur, concocta un plan vengeur pour les auteurs du rapt et se retrouva, au matin, complètement prostré.

À peine installé à son bureau, l'employé de la radio lui remit un câble qui le cloua sur son fauteuil : on signalait la disparition d'un certain Jacques Schmidtt, dit « Mohammed », quinze ans, en fuite avec une grosse somme d'argent appartenant à la mission américaine de N. Signalement : un mètre soixante, noir, race malinké, menton prognathe, grosse cicatrice dans le dos. Prière informer d'urgence Mlle Schmidtt. C'était signé : Miss Phyllis Burdey.

En voyant l'œil intrigué de l'employé dans le bureau voisin, il se leva et claqua violemment la porte. Il relut plusieurs fois le câble. Ce Noir, malinké et voleur, portait le nom de Françoise ? C'était sûrement une erreur, une homonymie. Mais alors, pourquoi fallait-il qu'elle fût prévenue d'urgence ?

Depuis la veille, Françoise, jusque-là si droite, si franche, se transformait dans l'esprit de Drunet en une aventurière qui avait des liens mystérieux avec un voleur noir... Rageur, il prit une feuille de papier, y inscrivit : « Veuillez vous présenter à mon bureau dès votre retour. Drunet. » et convoqua le planton après avoir cacheté l'enveloppe.

– Porte ça chez Mlle Schmidtt. Tu diras au boy qu'il lui donne la lettre dès qu'elle arrivera. Avant de partir, apporte-moi de l'aspirine.

La camionnette des ethnologues arriva à Facounda deux jours plus tard dans la soirée, au moment où le dispensaire fermait. L'accueil des métis ne fut pas chaleureux. Après avoir fait une piqûre antitétanique à Gilbert, le Dr Renard lui conseilla de continuer dès le lendemain matin sur Conakry. En aparté, les commentaires de sa femme furent sans indulgence à l'égard de ceux qu'elle traita élégamment de « traîne-savates » et de « fouille-merde, toujours à vivre sur le dos des autres ». Mais Françoise obtint qu'un infirmier les accompagnât jusqu'à Conakry.

Le lendemain, au lever du jour, elle dit adieu à ses nouveaux amis, anxieuse, comme si elle voyait partir deux gamins.

Le message de Drunet qu'elle avait trouvé en arrivant la veille ressemblait trop à un ordre pour qu'elle obéît. Elle décida de ne pas en tenir compte.

La camionnette de l'administrateur s'arrêta devant chez elle alors qu'elle terminait son petit déjeuner. Françoise, qui l'observait par la fenêtre, le vit descendre, tendu, le front soucieux. Il tira sur sa saharienne, ôta son casque et frappa à la porte d'entrée. Comme elle était encore en robe de chambre, elle dit à Ali de le prévenir qu'elle était à sa toilette et qu'elle ne pouvait pas le recevoir. En trois pas, il fut au milieu du salon. La rencontre au sommet n'avait pas été longue à venir. Avec soulagement, elle constata que son escapade avec les vieux garçons lui avait été profitable. Elle se sentait calme, dure, forte, capable de ne plus exploser en reproches inutiles. Le mépris. Seulement le mépris.

– Je vous avais fait dire que je ne pouvais pas vous voir tout de suite.

Très raide, plongeant dans le regard froid de

Françoise, il tendit le câble qu'il venait de sortir de sa poche :

– Excusez-moi. J'ai reçu ça. On me demande de vous le transmettre. Je pense que vous savez de qui il s'agit ?

Elle lut, puis relut le papier avant de le lui rendre :

– C'est mon demi-frère.

– Hein ? Vous vous moquez...

– C'est un garçon noir que mon père avait reconnu, et dont je m'occupe.

– D'après ce papier, ça m'a tout l'air d'un voyou.

– Non. C'est un gosse qui ne sait pas où il en est.

– C'est lamentable, cette histoire ! Le nom de votre père et le vôtre associés à cette fripouille...

– Ça ne me gêne pas.

– Qu'est-ce que vous comptez faire ?

– Pour le moment, rien. Il faut d'abord qu'on le retrouve..., si on y arrive, ce qui m'étonnerait.

– Vous avez une idée de ce qu'il avait derrière la tête ? Puisque j'ai été prévenu, il faut que je fasse faire des recherches dans mon secteur.

– C'est un gosse très astucieux, il ne va sûrement pas venir traîner par ici où l'on risque de le chercher en premier.

– Pourquoi ne m'avez-vous jamais parlé de ce garçon ?

– Parce que ça ne regarde personne. Seul Charlier est au courant.

– Naturellement...

Il fit quelques pas vers la porte, revint sur ses pas.

– Votre fugue de ces jours derniers, c'est aussi un secret ?

– Pas du tout.

Il ouvrit la bouche pour demander des précisions mais, croisant les flèches vertes qui l'observaient, il se ravisa :

– Si j'ai besoin de renseignements précis sur votre..., sur le garçon, je reviendrai vous voir. Si vous le permettez, bien sûr.

Debout devant la fenêtre, elle souriait. Plein d'espoir, il se rapprocha d'elle.

– Françoise... Vous n'êtes plus fâchée, n'est-ce pas ?

– Je ne vois pas ce qui aurait pu changer depuis notre dernière explication, dit-elle, le visage à nouveau fermé.

– Mais là..., tout de suite..., vous aviez l'air..., vous étiez en train de sourire.

Pouvait-elle sérieusement lui raconter que l'objet de son amusement était le chevreau ramené la veille qui, après avoir trotté derrière une biche, se faufilait sous le ventre de cette mère trop haute sur pattes et sautait sur place pour essayer de la téter ?

– Est-ce que vous pourriez me laisser maintenant ? J'ai à faire, déclara-t-elle en quittant la pièce.

Quand elle sut un peu plus tard que sa nuit avec Drunet n'aurait pas de conséquences fâcheuses, elle fut prise d'une frénésie de nettoyage. Elle repeignit tous les cadres en bois des volets et, avec l'aide d'Ali, repassa à la chaux les murs intérieurs et extérieurs de la maison, surveillée du coin de l'œil par Fleurette Renard que ce blanchiment général intriguait.

Quand arrivait l'heure habituelle des visites-piano d'autrefois, Françoise fermait la porte à clé pour éviter toute intrusion de Drunet. Si elle oubliait, Ali s'en chargeait, après avoir demandé, l'œil innocent :

– Commandant i l'aimé plus faire tam-tam avec toi ?

– Le piano est cassé.

Depuis son voyage avec les ethnologues, l'instrument était en effet hors d'usage, comme si quelque génie malfaisant avait saboté les clés qui tendaient les cordes. Elle renonça à se lancer dans de nouvelles réparations.

Désormais, elle passait ses journées à écrire, la tête bourrée de souvenirs qui se bousculaient, se chevauchaient. Impitoyable avec la chronologie des faits, soucieuse du moindre détail, elle établissait des fiches pour ne rien oublier. Sa vie était là, résumée, concentrée en style télégraphique. Lorsqu'une idée lui traversait l'esprit, elle lâchait le travail en cours et se ruait vers la table de la salle à manger où bloc de papier et notes attendaient en permanence. Réveiller le passé et l'enfermer dans de courtes phrases constituait en plus une excellente thérapeutique. Parfois des événements, qui autrefois lui avaient paru importants, pâlissaient, perdaient leur relief une fois qu'ils étaient prisonniers de mots simples. Alors elle barrait sa feuille d'un trait oblique. Il y avait aussi la pudeur qui retenait sa main, comme si quelqu'un avait pu lire par-dessus son épaule.

Un soir, après avoir hésité à ouvrir le cahier où étaient consignés ses derniers moments heureux avec Éric, elle finit par relire les quelques lignes consacrées à son départ. À l'époque, sa blessure toute fraîche l'avait empêchée d'analyser autre chose que cette immense déception qui la rongeait toujours. Avec le recul, elle se posait des questions, se demandait si cet amour qui l'avait brûlée et qu'elle avait farouchement entretenu était toujours aussi fort. Sournoisement, le temps avait grignoté, limé les contours d'une silhouette et d'un visage. Aucune photographie pour retrouver des traits qu'elle avait aimés dès la première minute. Éric s'était fait voler son appareil et le vieux Kodak de Laurent était hors d'usage. Les yeux d'Éric étaient-ils un peu dorés ou seulement bruns ? Pourtant, elle les avait regardés si souvent. Et sa voix ? Elle croyait l'avoir pour toujours au fond de l'oreille mais, lentement, les lignes et les sons s'étaient éloignés, ne laissant qu'une forme sans écho.

Un jour, en se promenant en brousse, elle avait découvert « l'arbre à pluie », un spécimen végétal étonnant : la nuit, ses feuilles se dressaient vers le ciel, s'incurvant comme des paumes qui allaient recueillir la rosée. Au matin, en se déployant pour reprendre leur position naturelle, elles laissaient l'eau ainsi captée goutter doucement sur le sol, humidifiant les racines et créant autour de l'arbre un grand cercle de fraîcheur sans cesse renouvelée qui contrastait avec la sécheresse environnante. Comme lui, elle devait stocker toutes les impressions qui, plus tard, assureraient la survie de sa mémoire. Revenue en France, en ouvrant ses cahiers couverts de sa grande écriture penchée, elle retrouverait ses notes encore imprégnées de désespoirs, de colères et de joies durant ces années brûlantes. Tant qu'elle vivrait, son arbre aux souvenirs, bien irrigué, pourrait s'épanouir, vigoureux, disponible, pour recréer son passé.

Depuis la visite matinale de Drunet, elle ne l'avait plus aperçu que de loin. Sentant qu'elle était toujours écorchée vive, il devenait une ombre, attendant que le hasard ou l'ennui les remettent en présence, mais toujours au fait des derniers potins grâce au boy et au cuisinier de la résidence. Ali, de son côté, jouait les gazettes : « Commandant i fatigué..., i trop la fièvre... », « Commandant i pas content », « Samuel i dit demain y a beaucoup le monde i bouffé chez commandant », « Hier, la nuit, lieutenant militaire i joué les cartes avec commandant... »

Depuis que le lieutenant Le Guirrec était arrivé dans le cercle, Drunet s'était lié d'amitié avec ce garçon doux et effacé. Les deux hommes se rencontraient très souvent, pour discuter ou dîner ensemble, soit à la résidence, soit à l'ancienne case d'Éric affectée provisoirement au jeune officier.

Depuis qu'elle ne voyait plus l'administrateur, Françoise risquait d'être privée de nouvelles sur ce qui se passait en France et dans le monde. Elle avait donc soudoyé le préposé aux câbles pour qu'il lui passât les copies des communiqués envoyés par Conakry. Faute de liaisons avec le continent, les possibilités de retour n'étaient pas envisagées pour le moment, et le « Noël à Paris » qui avait tant fait rêver Drunet aurait toutes les chances de sombrer dans le domaine de l'utopie. Il faudrait attendre patiemment 1945...

Il y avait environ quinze jours qu'elle était revenue de son voyage avec les ethnologues lorsqu'un matin, très tôt, Fleurette la fit prévenir : son mari et elle partaient faire une journée de vaccination à Basalaworo où ils verraient son amie. Si elle désirait les accompagner, qu'elle se presse, ils partaient dans une heure...

– Allez tout de suite chercher cette jeune femme, lui dit le Dr Renard lorsqu'ils arrivèrent dans le village. Pendant ce temps, nous commencerons à vacciner et nous repartirons aussitôt après l'avoir vue.

– Soyez quand même patients. Ce n'est pas très loin mais, dans son état, et comme elle souffre des pieds, elle ne marche pas très vite. J'espère surtout qu'elle acceptera de venir. Elle a peur...

– Peur de quoi ? se moqua Fleurette. Si elle ne veut pas venir, tant pis pour elle. Nous, on n'a pas le temps d'aller courir sur les pistes en forêt. Peur ? Elle est stupide, cette femme-là !

Ce n'était pas dans le tempérament de Françoise de laisser passer une riposte virulente. Pourtant, ce jour-là, trop heureuse d'avoir le médecin à portée de la main, elle se tut, étouffant son mouvement de colère dans un pas de gymnastique qui l'amena jusqu'à l'étroit sentier où elle croisa deux hommes qui transportaient d'énormes charges de bois sur la tête.

Des regards curieux la suivirent quand elle traversa le village des femmes. Devant la case de Lucette, une grosse femme en pagne rouge et bleu, accroupie devant un foyer éteint, frottait le derrière d'un chaudron avec du sable. Près d'elle, une chèvre blanche attachée à un pieu tirait sur sa corde. Françoise salua l'indigène qu'elle avait vue lors de son dernier passage et à plusieurs reprises appela son amie. N'obtenant pas de réponse, elle écarta le rideau de coquillages qui masquait l'entrée, suivie de la Noire qui avait abandonné son récurage. Sur le divan dormait un superbe bébé d'au moins six mois, les bras levés au-dessus de la tête, les cuisses écartées comme une grenouille. Sa bouche humide tétait avidement le vide.

« Je me suis trompée de case », pensa Françoise qui, faisant demi-tour, se cogna dans la mère entrée sur ses talons.

– Où est Lucette ?

Tout en posant la question, elle reconnut certains détails : la grosse poterie, vide maintenant, les étagères suspendues où s'alignaient des bouilloires en émail écaillé. Immédiatement, elle supposa que Lucette avait rejoint Sitafa au village de Basalaworo et se dit qu'elle avait été stupide de ne pas s'arrêter en passant devant sa case.

– Lucette est partie ?

La Noire baissait les yeux en se mordillant la lèvre. Soudain elle se pencha au-dessus de son enfant et le retourna sur le côté, visage vers le mur. Puis, regardant Françoise avec de gros yeux tristes, elle claqua ses mains l'une contre l'autre et les écarta paumes vers le ciel comme pour une offrande. Ce geste africain qui signifie la mort, Françoise ne le connaissait que trop pour l'avoir vu maintes fois au cours de ses tournées avec Diallo. Une poigne dure lui tordit le ventre. Assommée, les jambes coupées, elle s'assit sur le bord du divan, à côté du bébé qui, réveillé, suçait bruyamment son pouce. Machinalement, elle se mit à lui caresser le dos, empêtrée dans un chagrin brutal qui lui coupait la respiration.

En regardant autour d'elle, elle notait la disparition des valises de la jeune femme, celle des pagnes sur le mur, des nattes sur le sol et des coussins multicolores sur le divan de bois bleu. On s'était déjà partagé les maigres richesses de la pauvre fille.

Comment savoir ce qui s'était passé si vite ? Elle sortit de la case et avisa l'une des petites Martiennes qu'elle avait vues à son dernier passage. Il lui semblait l'avoir entendue échanger quelques mots de français avec Lucette. Assise sur le muret bas cernant sa paillote, la jeune Noire regardait venir Françoise avec des yeux inquiets, cachant dans son dos sa main droite dont l'annulaire portait une certaine bague dorée avec une pierre bleue. Un dialogue impossible : la jeune fille baissait la tête comme une coupable et, visiblement, feignait de ne rien comprendre. Françoise obtint quand même qu'on la conduisît à l'endroit où Lucette avait été enterrée. C'était à une trentaine de mètres en pleine forêt : un petit monticule de terre rougeâtre recouvert de feuillages desséchés et entouré de grosses pierres jaunes.

Restée seule, Françoise s'assit sur le sol, accablée. Elle s'accusa de ne pas avoir suffisamment insisté pour que Lucette vînt se faire soigner au dispensaire. Elle aurait dû se fâcher, l'inquiéter davantage. En remontant dans l'histoire, elle s'en voulait de ne pas lui avoir dit plus crûment de quelle manière elle serait obligée de vivre et mieux exposé les dangers qu'elle courait dans son état. Stupidement, elle s'était laissé attendrir par l'amour éperdu de cette fille fragile et si naïve qui courait en aveugle vers ce qu'elle croyait être son bonheur.

Un gros insecte doré s'engouffra en bourdonnant dans le calice d'une fleur mauve qui poussait, seule de son espèce, parmi des graminées. Dans un arbre proche, un petit singe vert, pareil à ceux qui effrayaient tant Lucette, poussa un cri strident. Pendu par un bras à une branche, il se balança quelques secondes et, continuant à insulter Françoise, se perdit dans le haut des frondaisons. Le cœur lourd de mille peines, elle pleura sur le destin impitoyable de cette jeune femme aux cheveux trop blonds dont la vie, après une courte trajectoire, était venue se terminer là, anonyme, dans un coin de forêt guinéenne.

De retour au village, des femmes vinrent l'entourer avec des mines éplorées. Brusquement les langues se déliaient, mais Françoise ne comprenait rien aux exclamations qui ponctuaient leurs discours. Une vieille lui expliqua par gestes ce qui s'était passé. Avec de la suie prise sous une marmite, elle se frotta les pieds, les chevilles, les mollets, remonta vers les cuisses, montrant qu'une chose noire avait envahi le corps de la jeune femme. « Infection généralisée, gangrène peut-être », pensa Françoise. Elle comprit que Lucette était morte quelques jours après son passage avec les ethnologues. Un mal foudroyant.

Avant de partir rejoindre le couple Renard, elle repassa par la case de Lucette pour y prendre le coffret de paille qu'elle lui avait montré. Il était terminé, et son couvercle s'ornait d'un F et d'un S en raphia clair. Elle l'ouvrit, ôta les deux billets froissés et crasseux qui y étaient rangés. La gorge serrée, elle fut incapable d'expliquer à la grosse femme qui la regardait avec une moue mécontente que cette humble boîte avait été faite pour elle et qu'elle tenait à l'emporter.

Tout en marchant vers Basalaworo, elle retournait dans ses mains la seule chose qui restait de la fille de vingt ans que Charlier avait rencontrée sur la route quelques mois plus tôt, tout épanouie et amoureuse dans sa robe rose à pois blancs.

– Alors, elle a eu peur, elle n'a pas voulu venir ? ricana Fleurette.

En voyant le visage douloureux de Françoise, elle se radoucit :

– Ça ne va pas ?

– Elle est morte la semaine dernière.

Le couple se regarda, interdit, et tout de suite voulut se justifier :

– Si seulement elle était venue au dispensaire..., dit le médecin, le front soucieux.

– Elle ne pouvait pas venir, expliqua Françoise. Elle était entre des mains noires, avec tout ce que cela représente de traditions...

Pour la première fois Fleurette, qui ne devait pas avoir la conscience tranquille, essaya d'être humaine :

– La pauvre fille, elle n'a pas eu de chance. Mais nous, on n'a vraiment pas pu aller la voir plus tôt.

– On ne peut pas être partout, surenchérit son mari.

« Amen », pensa Françoise.

La lettre qu'elle venait de recevoir de Gabriel était gaie, pleine d'humour, mais embarrassante. Rassuré sur le sort de Gilbert, il se plaignait qu'il soient encore tous deux coincés à Conakry en attendant de reprendre leurs voyages. « Il a eu le tibia et le péroné fracturés, et quatre côtes cassées... À son âge, ça va être long à se ressouder... Au moins trois mois, peut-être plus... », écrivait-il. Laissant entendre que c'était une idée farfelue de Gilbert, il s'étendait sur le fait que, s'ils avaient eu la possibilité d'attendre sa guérison ailleurs que dans leur hôtel à Conakry..., c'eût été le paradis ! Bien sûr, ils savaient que la maison de Françoise était insuffisante... Vraiment très dommage !... Françoise frissonna à l'idée que ces hommes, charmants par ailleurs, pourraient venir s'installer chez elle. « Vous nous avez donné de mauvaises habitudes..., trop choyés... Vous nous manquez... »

Inutile de les laisser rêver plus longtemps au paradis de Facounda. Elle répondit aussitôt pour les remercier des photos qu'ils avaient prises pendant le voyage, mais joua la fille bornée, incapable de saisir une allusion pourtant aveuglante à une hospitalité éventuelle. Les photos rappelaient certains moments de la tournée : un passage de bac, une scène de danse sur échasses dans un village, un petit déjeuner à trois sur la minuscule table pliante. Elle revoyait Gilbert mettre au point son appareil à déclenchement automatique et revenir en galopant poser entre Gabriel et elle, le rictus étiré jusqu'aux oreilles.

Sur tous les clichés, elle se trouva enlaidie. Ses yeux décolorés étaient deux flaques claires sans expression. En short, elle se jugea trop maigre. Elle alla se planter devant le miroir de sa chambre. Quelque chose avait changé dans son visage aminci, une sorte de flou. Même en se forçant à sourire pour allumer son regard, cela ne changeait rien : « Tu es en train de prendre un sacré coup de vieux, ma grande », fut sa conclusion ce jour-là.

Elle faisait le désespoir d'Ali qui s'évertuait à préparer les plats qu'elle aimait. En la voyant chipoter dans son assiette, il se lamentait :

– Ti bouffé rien ! C'est pas bon ? Demain, je fais l'orange du canard, ti veux ?

– Non, non ! C'est trop. Je n'ai pas faim.

La mine désolée, il traînait les pieds vers la cuisine, allait bousculer quelques casseroles et revenait aussitôt avec une nouvelle proposition irrésistible :

– Samuel i montré moi pour la patte de mouton avec la viande coupée pitit pitit pitit dedans. C'est trop bon, ça mon vieux !

– Je sais, c'est moi qui lui ai appris à faire le gigot farci. Tu te souviens comme mon père aimait ça ?... Écoute, ne te casse pas la tête. Quand j'aurai bien faim, tu me feras ton plat, d'accord ?

Ali avait une spécialité de son invention, un mets à la saveur originale à base de bœuf mijoté avec des herbes (secrètes !), des légumes indigènes (ultrasecrets !) et, détail inoubliable, un fruit (mystérieux !) qui apportait un goût délicieux. Il s'était toujours refusé farouchement à lui livrer sa recette...

Alors qu'elle se représentait toutes ces nourritures, elle fut secouée d'un long frisson qu'elle reconnut aussitôt : « Ça y est, je vais encore m'offrir une crise de palu » et elle se précipita sur le flacon de quinine. L'heure suivante, claquant des dents, la peau en chair de poule, elle se retrouvait au fond de son lit, les membres courbatus. Elle avala des litres de tisane, transpira toute l'eau de son corps et sortit de sa chambre trois jours plus tard, les jambes molles, les yeux creux et le teint brouillé. Trois jours qui avaient filé à vive allure, dévorés par de longues pauses somnolentes.

Lasse, sans entrain, elle se laissait choir d'un fauteuil au canapé, ne sachant par quel bout prendre le temps à venir. La tête appuyée au tissu un peu rêche d'un coussin, elle battit le rappel de ce qui pouvait lui redonner goût à la vie. Premier objectif : se remettre en forme et ensuite, même si c'était prématuré, préparer son retour en France. Sa garde-robe était usée, décolorée par les lavages. Avec les rares tissus qu'elle avait pu rapporter de Conakry, elle comptait se faire quelques vêtements. Dans une valise, elle avait rangé la gabardine beige clair et le jersey ivoire dénichés, dormant sur des boules de naphtaline, dans les tiroirs archisecrets d'un boutiquier grec du chef-lieu. Elle était en train de les déplier quand Ali entra en trombe, les yeux hors de la tête, secouant ses mains comme s'il voulait les faire sécher.

– Ça y est, i fait le trou, mon vieux !

– Qui ? Quel trou ?

– Piti Larousse ! I fait le trou à l'autre. Là, dit-il en soulevant jusqu'à l'aine la jambe gauche de son short.

Elle lâcha le tissu qu'elle palpait et soupira d'un air las. Depuis quelque temps, dans sa vie en apparence insipide, il se passait, à un rythme accéléré, une quantité d'événements éprouvants.

– Où est Petit Larousse ?

– Là, dit le boy avec un coup de menton vers le dispensaire. I coupé, même chose l'autre. Lui, c'est le trou, ici, précisa-t-il en se touchant l'occiput.

Depuis le temps qu'on le raillait, le malheureux avait fini par exploser, comme elle le redoutait.

Elle traversa l'esplanade, pénétra dans le dispensaire et monta au premier étage où quelques lits étaient installés. Deux blessés étaient allongés, séparés par un garde, fusil Lebel au pied. Petit Larousse était si méconnaissable qu'on aurait pu croire que c'était lui l'agressé. Un pansement lui entourait la tête, descendait sur ses joues jusqu'au cou, encadrant son visage couvert d'ecchymoses. Son voisin, un malabar à tête de brute, à demi nu sur son lit, avait la cuisse gauche bandée jusqu'au genou.

Françoise se pencha sur Petit Larousse.

– Thimothée, c'est Mlle Françoise... Tu m'entends ?

– I connaît personne, lui dit le garde.

Il la renseigna sur ce qui s'était passé la nuit précédente. Le gros, à sa gauche, s'était moqué du petit à sa droite, lui racontant que, lors de la corvée d'eau au village, il avait vu le commis-peseur de chez Aziz entrer chez Thérèse. Avant d'avoir eu le temps de se protéger, le gros s'était retrouvé avec un couteau planté dans la cuisse, et le petit sous une meute vengeresse. Pour mettre de l'ordre dans la mêlée, un garde avait tapé au hasard à coups de crosse et Petit Larousse, qui devait avoir le crâne plus fragile que les autres, était resté étendu pour le compte.

– Mon mari pense qu'il a une fracture très sérieuse, vint lui dire Fleurette. Le commandant arrive. Il va le faire évacuer sur Conakry.

Drunet, qui venait de monter les marches quatre à quatre, se trouva nez à nez avec Françoise qui allait descendre pour l'éviter. Il alla se pencher sur Petit Larousse, puis rejoignit Françoise en haut de l'escalier.

– C'est grave, vous croyez ?

– Oui.

Elle fit un sérieux effort pour ne pas lui donner son opinion sur ce résultat désastreux contre lequel elle l'avait mis en garde, mais ne put s'empêcher de demander :

– Ali vous avait remis mon petit mot ?

– Le mouton enragé ? Oui, et j'en ai tenu compte : j'ai fait fouiller tout le monde et ramasser tous les couteaux mais ils se débrouillent pour s'en procurer d'autres et trouvent toujours de nouvelles cachettes. Vous avez encore des critiques à me faire à ce sujet ?

– Non. Depuis le début, je ne vous ai fait que des suggestions. Maintenant je souhaite seulement que ce pauvre type s'en tire.

– Ce que vous pensez là-dedans, dit-il en se touchant le front, je le lis comme si c'était écrit sur les murs... Je vous connais ! Merci de ne pas triompher, mais il faut quand même que vous sachiez que moi, je dois faire mon travail et appliquer les lois. Dans tous les pays, un coupable, ça se punit. Je n'innove pas.

– D'accord. Mais maintenant vous avez trois victimes : d'abord Petit Larousse que vous avez puni trop sévèrement alors qu'il n'avait eu qu'un réflexe d'homme bafoué, et qui, une fois emprisonné, a été sans cesse asticoté par les autres; ensuite il y a ce gros lard bavard qui restera peut-être boiteux puisque le médecin a constaté qu'il avait un muscle important sectionné, et, en prime, le brave garde qui s'est affolé en croyant faire son travail. Je suppose que vous allez le punir, lui aussi, sous prétexte qu'il a eu la main lourde ? Je suis tout à fait d'accord pour sanctionner les fautes, mais je crois qu'il faudrait revoir votre barème pénal.

Il la regarda avec une flamme amusée dans l'œil :

– En somme, si je m'étais rendu coupable d'un délit..., un grave délit, et qu'on me passe en jugement, vous pousseriez les jurés à être indulgents ?

– Pour vous ? Sûrement pas ! Et je trouve que votre exemple... n'est ni de la fine dentelle ni de très bon goût !

Redescendus ensemble dans la cour du dispensaire, il s'inquiéta :

– Vous n'avez pas très bonne mine. Vous n'êtes pas malade ?

– Je sors d'une crise de palu.

– Vous avez dû oublier votre quinine pendant le voyage avec vos vieux ethnologues.

Elle hocha la tête : il avait fouiné jusqu'à ce qu'il sût avec qui elle était partie. C'était normal et les Renard n'avaient pas dû se faire prier pour lui donner des détails.

Déprimée depuis la mort de Lucette qui l'obsédait encore, elle se sentait sans agressivité. Pourtant il ne fallait pas que Drunet allât s'imaginer qu'elle passait l'éponge sur ce qui s'était produit à Conakry.

– Vous n'avez pas de nouvelles de mon demi-frère ?

Il rejeta la question d'un geste impatienté :

– Je vous en prie, n'employez pas cette formule, ce n'est pas votre demi-frère !

– Je vous demande si vous avez des nouvelles.

– Aucune, et j'espère bien ne pas en avoir, à moins que vous ne teniez à recueillir ce délicieux bambin dans votre giron ?

– J'aimerais quand même savoir comment il vit.

– Soyez sans crainte, la fripouille, ça se débrouille toujours. Le commandant Martin m'a câblé : il croit comme moi que ceux qui l'ont poussé à voler l'argent le lui ont déjà pris. S'il n'a plus de moyens d'existence, il rappliquera chez vous.

– Ne le prenez pas pour un idiot ! Il sait très bien que, s'il vient ici, on lui tombera dessus. Non, à mon avis, il va se perdre dans la nature en attendant qu'on ne s'occupe plus de lui. Il doit même être déjà très loin... et je...

Se rendant compte que, sous couvert de discuter des problèmes du jour, elle venait de renouer le dialogue avec Drunet, elle s'arrêta net de parler.

– Je dois rentrer, au revoir, dit-elle sèchement.

– Françoise ! cria-t-il vers le dos raide qui s'éloignait.

Les tambours du ciel avaient repris leur service comme prévu entre chaque changement de saison et, pour Françoise, l'époque des insomnies était revenue. Après avoir cru pendant un certain temps qu'elle finirait par s'habituer aux tornades furieuses qui s'abattaient quotidiennement en fin d'après-midi et surtout en pleine nuit, elle avait dû se rendre à l'évidence : jamais elle ne supporterait sans broncher le déchaînement fou des éléments. Par-dessus tout, elle redoutait les éclairs jaillissant du sol vers le ciel telles des racines monstrueuses et que suivait le craquement quasi simultané du tonnerre. Quand les nuages chargés d'électricité passaient au-dessus de sa tête, elle devenait une loque. À plusieurs reprises, la foudre était tombée tout près de sa maison, frappant une fois le dispensaire alors qu'elle en terminait l'installation. Devant les dégâts causés, elle avait retrouvé sa terreur des premiers jours, lorsque son père la plaisantait à ce sujet. Cette peur sauvage primitive lui faisait d'autant plus honte qu'elle se sentait incapable de la dominer. Elle pouvait affronter beaucoup de choses difficiles ou insupportables pour certains, mais, quand la tornade arrivait avec toute sa violence destructrice, elle se précipitait pour boucler portes et fenêtres, tirait les doubles rideaux comme s'ils étaient des boucliers et se jetait à plat ventre sur son lit, les yeux fermés, mains sur les oreilles.

Pendant cette période de transition, certaines journées étaient trompeuses. Rayonnant dans le jour naissant, un soleil superbe faisait croire que c'en était fini des tourmentes fracassantes, et puis à midi, la chaleur devenait infernale, hommes et animaux se traînaient, la nature semblait retenir sa respiration. Vers cinq heures, le ciel se couvrait peu à peu, se plombait de menaces, l'air n'était que milliards d'aiguilles piquant la peau, et au fond de la vallée commençaient les roulements d'une artillerie lourde.

Lorsque l'orage éclatait très loin au-dessus du fleuve et faisait vibrer l'horizon de flashes illuminant le dessous des nuages, Françoise osait regarder en face le spectacle qui ne l'inquiétait pas encore, admirant malgré elle ces forces célestes qui composaient de fantastiques tableaux d'apocalypse.

Un soir, s'étant retrouvée avec d'autres personnes alors qu'une terrible tornade se déchaînait, elle avait essayé de se dominer, tout le corps crispé, la langue collée au palais, incapable de suivre une conversation, uniquement préoccupée par le bombardement au-dessus de sa tête. La foudre tombant à quelques mètres lui avait arraché un hurlement qui avait fait sourire l'assistance. Se sentant ridicule, elle avait souffert de cette faiblesse qu'elle ne pouvait raisonner. Charlier, auquel elle confiait souvent sa frousse, la consolait : beaucoup de ceux qui prétendaient ne pas craindre les colères du ciel n'étaient pour la plupart pas plus vaillants qu'elle, et, paradoxalement, il lui citait – ce qui n'était pas fait pour la rassurer – des exemples d'indigènes foudroyés dans leur champ, ou celui d'un planteur tué dans le fauteuil où il était en train de lire. Sa femme, simplement bousculée par la foudre, disait avoir vu une longue lanière de feu claquer en traversant le salon. Charlier lui-même avouait sa stupeur en voyant l'immense kapokier qui se dressait à l'entrée de sa plantation fendu en deux comme une bûche.

– Et vous voudriez que je ne sois pas morte de peur après ces histoires ?

– Bof ! Mourir grillé ou autrement…

Les volets repoussés, elle contempla le ciel. Malgré le tohu-bohu de la nuit, il était mal rincé et certains nuages vicieux qu'elle avait appris à reconnaître étaient déjà en train de s'assembler en vue d'une représentation en matinée.

Elle sortit pour ouvrir la porte du poulailler afin de libérer les biches et le chevreau qui poursuivait toujours de ses assiduités l'une des antilopes. Revenue s'asseoir devant le plateau du petit déjeuner, elle allait saisir le pot de café lorsqu'une violente déflagration la fit sursauter. Ali la regarda, l'œil interrogateur :

– C'est l'orage ? dit-elle, surprise par le manque de signes précurseurs habituels.

– Non. Peut-être c'est le gros camion qui cassé, dit le petit boy.

Dix minutes plus tard, la camionnette du cercle pénétrait en trombe dans la cour et freinait devant le dispensaire dans un crissement de cailloux. Françoise vit Drunet s'engouffrer à l'intérieur et en ressortir presque aussitôt, accompagné du Dr Renard et de sa femme qui portait la trousse d'urgence. Le visage du commandant était d'une telle pâleur que, pressentant un événement grave, elle sortit sur le pas de la porte. En la voyant, il marqua quelques secondes d'hésitation avant de s'installer au volant. Sans réfléchir, elle courut à travers la cour et s'approcha de la portière. Vus de près, les yeux de Drunet avaient une expression hagarde qu'elle ne lui avait jamais vue.

– Qu'est-ce qui se passe ? Ce bruit...

Il lui jeta, les lèvres tremblantes :

– C'est Le Guirrec. Il s'est esquinté.

– C'est grave ?

– Oui.

– Je viens.

– Non, Françoise, non ! et il démarra en trombe.

Elle ignora son refus et, après avoir troqué sa robe de chambre contre pantalon et chemisier, dévala la côte à bicyclette, jusqu'à l'ancienne case d'Éric. Un groupe d'indigènes était massé devant. Accroupi sur une marche du seuil, le boy qui servait d'ordonnance au lieutenant se cachait la tête sous son tablier bleu.

Elle se fraya un chemin parmi les curieux et pénétra dans le vestibule. Drunet fut devant elle, balbutiant, la voix étranglée :

– Je vous avais dit de ne pas venir. C'est horrible...

En entrant dans la chambre, elle dut s'appuyer à un meuble : à deux mètres d'une cantine en fer dont la façade et le couvercle avaient volé en éclats, Le Guirrec gisait sur le dos, les mains à demi arrachées. Une énorme tache de sang rougissait sa chemise et son short. Sur sa poitrine, une cavité sanguinolente cernée de noir. Autour de lui, sur le sol, sur le lit, les chaises, et jusque dans le couloir, des documents éparpillés comme par un souffle. La pièce sentait la poudre et le papier brûlé.

Le Dr Renard, agenouillé près du blessé, se

redressa lentement en se frottant le menton, se baissa à nouveau pour lui soulever une paupière et, la face crispée, déclara à Drunet :

– C'est fini.

Drunet répéta, hébété :

– C'est fini ?... Bon Dieu !

Puis il sortit pour s'engouffrer dans la cuisine dont il rabattit la porte sur lui.

Le docteur refermait sa trousse tandis que sa femme regardait autour d'elle, intéressée par cette case où elle venait pour la première fois.

– Qu'est-ce qui s'est passé ? bredouilla Françoise.

Une phrase aussi machinale qu'inutile car l'explication était visible.

– Le commandant dit que c'est le système de protection de sa cantine qui a explosé quand il a voulu l'ouvrir. Il devait être pressé et a oublié de désamorcer le détonateur qu'il avait installé.

Assommée, les mâchoires serrées, elle se mit à trembler, les yeux attachés au visage livide dont la bouche était entrouverte comme pour un cri. Un visage lisse, des joues presque imberbes, des cheveux très blonds, bouclés comme ceux d'un enfant. Le lieutenant devait avoir vingt-cinq ans.

Derrière elle, la voix de Renard s'inquiétait :

– Il faut que le commandant me dise ce qu'on fait. Est-ce qu'on le laisse ici ou on l'emmène au dispensaire ? Je crois qu'il vaut mieux le garder là en attendant le menuisier.

Françoise alla frapper à la porte de la cuisine et entra. Assis sur un tabouret, Drunet était tassé sur lui-même, le dos rond. Empilés dans l'évier, la tasse, l'assiette et les couverts du dernier petit déjeuner du lieutenant.

– C'était un gosse, murmura Drunet, la voix sourde.

– Renard veut savoir ce que vous décidez pour le corps.

– On le laisse ici. Le pauvre gars. C'est si horrible, si stupide ! Pour de la vulgaire paperasse militaire.

L'air absent, il murmura :

– Il faudrait que je range ses affaires, et tout ça... partout.

– Je vais vous aider.

Renard et sa femme s'occupèrent du cadavre qu'ils enveloppèrent dans un drap et posèrent sur le lit, et on envoya chercher le charpentier pour qu'il vînt prendre les mesures des quatre planches qu'il devrait assembler.

Françoise et Drunet réunirent tous les papiers qu'ils purent trouver, cherchant au passage le message urgent qui avait pu provoquer une précipitation telle que Le Guirrec en avait oublié de neutraliser la serrure piégée.

En allant poser une liasse de documents sur la commode, Françoise vit la photo d'une jeune femme souriante, très brune, qui tenait contre elle un bébé aux yeux étonnés, aussi blond que son père.

– Il va falloir que je la prévienne, murmura Drunet après s'être raffermi la voix. Elle vit à Tunis chez des amis. Je dois aussi réunir ses objets personnels et les lui expédier.

– Je peux m'en occuper, si vous voulez...

– Oui, ça me... merci.

Il ne s'absenta que le temps d'aller câbler au gouverneur et au commandement militaire à Conakry, puis, de retour, il se remit à trier des feuillets imprimés. Il racontait comme pour lui-même :

– Nous avions encore dîné ensemble hier soir. Il était heureux. Il devait partir à la fin du mois.

Après avoir rangé des vêtements et du linge dans une malle destinée à Mme Le Guirrec, Françoise y ajouta le livret militaire, le portefeuille, des paquets de lettres personnelles rangées dans une boîte de carton, des objets de toilette, son casque, ses lunettes noires, ses jumelles et les quelques photos alignées sur le bahut.

Une heure plus tard, la face contractée du malheureux boy apparut dans l'encadrement de la porte. Il considéra la chambre sens dessus dessous, le corps de son patron sous le drap, les affaires qu'on sortait du placard pour les ranger dans une malle, puis s'éclipsa en secouant la tête. Quelques minutes plus tard, Françoise l'entendit qui lavait la vaisselle dans la cuisine.

Mort à neuf heures du matin avec son secret inutile, le lieutenant Joël Le Guirrec (1919-1944) fut enterré le soir même à dix-sept heures dans le minuscule cimetière réservé aux Européens. Quelques inconnus l'y avaient précédé, des noms devenus illisibles sur des croix de bois desséchées par le soleil ou lavées par les pluies. Une courte cérémonie au-dessus d'une tombe creusée à la hâte sous la rage soudaine d'une tornade qui fit fuir les assistants.

Se retrouvant tous les deux seuls, trempés, sans ceux, Blancs ou Noirs, venus accompagner le dernier voyage du jeune lieutenant, Drunet demanda à Françoise de rester encore quelques instants près de lui. Le choc de cette nouvelle tragédie était tel qu'elle en avait oublié sa rancœur. Dans le salon de la résidence, ils s'assirent en vis-à-vis, abattus, vidés. Ses mains fébriles triturant l'emballage froissé d'un paquet de cigarettes terminé, Drunet murmura, sans la regarder :

– Vous êtes gentille...

Non, pas gentille, seulement compréhensive, parce qu'elle-même était brisée par ce second drame. Il jeta la boulette de papier dans un cendrier et reprit, les yeux fixant le tapis de corde :

– ... Je le voyais très souvent. Nous dînions en célibataires, surtout depuis que vous et moi étions... en froid. J'avais besoin de quelqu'un à qui parler... Un type adorable, un peu fou-fou, mais c'était de son âge. Ces saloperies de papiers secrets étaient son idée fixe. En les parcourant tout à l'heure, je n'ai rien vu qui puisse justifier de telles précautions.

– Mais pourquoi avait-il été envoyé ici ? Quelles étaient ses fonctions ?

– Une sorte de mission de surveillance à cause de la proximité de la colonie anglaise.

– Les Anglais ne sont pas nos ennemis...

– Il exécutait des ordres. Vous vous souvenez de l'histoire de l'avion au mois de mars ?

À l'heure de la sieste, un ronronnement d'avion avait soudain fait vibrer le ciel de Facounda silencieux depuis toujours. Le Guirrec avait bondi hors de chez lui et, reconnaissant la cocarde rouge, blanc, bleu sur les ailes d'un bimoteur britannique, s'était rué sur son fusil-mitrailleur. Pris d'hystérie, il avait tiré plusieurs rafales en direction de l'avion qui s'était éloigné pour revenir quelques instants plus tard battre des ailes au-dessus de la résidence, comme pour narguer ce moustique crachotant vers lui. Drunet avait conseillé au lieutenant de ne pas recommencer ce genre d'idiotie. Depuis, il n'y avait plus eu d'autre incident.

– Le pauvre garçon ! Hier soir encore, nous en reparlions en plaisantant. Il était là, à votre place, dit Drunet en se levant brusquement. Je ne peux pas y croire.

Il sortit sur la terrasse et elle le laissa seul avec son émotion qu'elle rapprochait de la sienne à propos de Lucette. Soudain, une bouffée d'angoisse la saisit à la gorge et elle appela :

– Pierre !

À pas lents, il revint s'asseoir. Les yeux accrochés aux insignes avec ancre et croissant en fils d'or sur feutre noir qui ornaient la tenue kaki de Drunet, elle murmura :

– Je me demande quelle conjonction d'astres maléfiques plane au-dessus de nous en ce moment. C'est effrayant !

– C'est un accident.

– Oui, mais il y a aussi Petit Larousse qui vient de mourir à Conakry... et puis...

– C'est tout.

– Non, ce n'est pas tout.

En essayant de dompter ses nerfs, elle lui raconta la lamentable histoire de Lucette. Il ouvrit des yeux ronds quand il sut que le séducteur était le fils du chef Abdulaye.

– C'est ma faute, dit-elle, je n'ai pas fait ce qu'il fallait. Je me le répète sans arrêt. Je me dis que j'aurais dû vous en parler mais vous étiez absent ce jour-là, et ensuite c'était trop tard. Elle m'avait suppliée de n'en parler à personne par crainte de son père. Si vous aviez été informé, vous l'auriez empêchée de partir en pleine brousse et elle serait toujours en vie.

– Pourquoi croyez-vous que je l'aurais empêchée d'aller retrouver son gars ? Si elle vous a tellement touchée, j'aurais peut-être eu les mêmes doutes que vous. Je ne suis pas une brute administrative et insensible, Françoise...

– Vous dites cela pour m'aider.

– Non. Moi aussi, je vais me rabâcher que je n'ai pas fait ce que je devais. J'ai manqué de poigne quand il m'a parlé de la protection de sa cantine, un système qu'il avait bricolé avec un détonateur et de la poudre. Je lui avais recommandé de le supprimer parce que je craignais que ça tue un Noir trop curieux ou voleur. Il prétendait qu'avant de venir à Facounda on lui avait pris de l'argent et que ses supérieurs avaient insisté pour qu'il mette à l'abri la correspondance qu'il recevait. Il m'avait assuré qu'il allait démonter son piège. Je lui ai fait confiance, je n'ai pas été vérifier, et j'ai eu tort.

Comme s'il ne pouvait rester en place, il se leva à nouveau pour aller regarder le fleuve. Sans se retourner, il murmura sourdement :

– Vous voyez, vous avec votre attendrissement sur une fille amoureuse et moi par manque d'autorité parce que Joël était devenu un copain, nous avons été trop faibles. On croit faire pour le mieux... Mais, bon Dieu, on ne peut pas chaque jour prendre tout le monde par la main ! Il faut bien laisser aux gens leur libre arbitre. En fait, c'est le destin qui décide.

Ils restèrent un long moment repliés l'un et l'autre sur leurs remords. La première, Françoise rompit le silence :

– Quand vous aurez écrit à Mme Le Guirrec, pourriez-vous aussi prévenir le père de cette jeune femme à Conakry ? Je pensais le faire mais je crois qu'il est préférable d'envoyer une lettre officielle signée de vous. Et puis j'aimerais qu'elle ait une tombe décente avec son nom. Je vais le peindre sur une plaque de bois. Je voudrais seulement un moyen de transport pour aller l'installer.

– Nous irons quand vous voudrez.

Il soupira :

– Dites, Françoise, est-ce que nous pouvons vivre en paix maintenant ? Non, ne me regardez pas avec ces yeux-là. Je vous promets que je ne vous importunerai plus. J'attendrai que vous me pardonniez complètement. Simplement, il ne faut pas que vous me détestiez, je ne peux pas le supporter.

Elle avala toutes les répliques qui se bousculaient sur ses lèvres et se mit à chercher en elle une braise de haine sur laquelle elle pourrait souffler pour la ranimer. La mort de Lucette, le destin du malheureux lieutenant et la malchance de Petit Larousse s'alliaient en une force qui rendait presque dérisoire une rancune qu'elle avait crue indestructible. « Mais ça n'a rien à voir !... » grinçait une voix au fond d'elle-même.

– Je vais rentrer, dit-elle en se levant.

– Je vous raccompagne en voiture.

– Non, je préfère aller à pied. Après cette journée, je me sens complètement asphyxiée.

– Eh bien, nous allons marcher ensemble..., à moins que cela vous déplaise trop.

Lentement ils remontèrent la côte, escortés par le crissement des grillons. Comme si elles avaient été hachées menu par l'averse violente qui s'était abattue une heure plus tôt, les feuilles des arbres et les plantes du chemin mêlaient leurs senteurs un peu âcres.

– Qu'est-ce que vous faites en ce moment ? s'informa Drunet.

– Je tourne en rond. Je couds, j'écris. Surtout j'attends le moment où je pourrai rentrer en France. Je me suis inscrite à Conakry.

– Ah !... déjà ?

– Les nouvelles ne sont pas mauvaises en ce moment, je crois que la guerre, en France du moins, ne durera plus que quelques mois maintenant.

Il sourit quand elle lui avoua que c'était son propre radio qui lui servait d'officier de renseignements.

– Pour le bulletin quotidien, je pourrais peut-être le remplacer à l'avenir, dit-il d'un ton engageant.

En apercevant sa maison en haut de la côte, une brusque lassitude la prit. Tous les drames récents l'accablaient. Se retrouver seule, sans passion, avec uniquement des tissus à couper et ses blocs de papier où elle serait tentée de consigner ses chagrins, lui devenait insupportable. Elle eut soudain envie de changer d'air, d'ambiance, et le visage de Charlier s'imposa à son esprit. Un Charlier qui avait abandonné ses visites et ne donnait plus signe de vie. Dès que Drunet eut prit congé, sa décision fut prise : partir. Partir se réfugier sous l'aile de son vieil ami, partager avec lui sa charge de peines, entendre à nouveau ses grosses plaisanteries.

On était vendredi. La camionnette du courrier partait le lendemain matin. Elle demanda à Ali qui blanchissait ses chaussures de tennis au blanc d'Espagne de lui descendre la mallette rangée sur le dessus du placard. Sous les yeux d'épagneul du pauvre garçon, elle y rangea quelques vêtements et sa trousse de toilette.

– Ti fouti ton camp encore ?

– Je vais voir M. Charlier. Pas longtemps, quatre ou cinq jours seulement. Tu gardes la maison avec Makou.

À l'aube, elle monta à côté du chauffeur du

véhicule postal. De plus en plus poussif, celui-ci mit dix heures pour parcourir les deux cents kilomètres qui la séparaient de la plantation. Déposée au bord de la route, Françoise fit à pied le chemin soigneusement goudronné menant à la grande maison blanche du planteur. Comme chaque fois, elle admira l'allée de palmiers où nichaient des colonies de gendarmes, ces oiseaux jaune et noir dont les nids ont l'air de gros oursins. Lasse de traîner sa valise à bout de bras, elle découvrit les vertus du portage sur la tête. À mesure qu'elle avançait, elle se sentait apaisée, comme délivrée, et impatiente de faire la surprise de sa visite. Sous le hangar dormait la belle Delahaye hors service depuis la pénurie totale d'essence. À ses côtés, le Berliet témoignait de la présence au logis du maître de maison.

Elle remercia le boy qui voulait l'annoncer et lui confia son bagage. Sans remarquer son air préoccupé, elle traversa le salon pour ressortir de l'autre côté, sur la terrasse, où elle s'immobilisa, interdite. À une vingtaine de mètres, Charlier et une inconnue marchaient enlacés en direction de deux fauteuils disposés côte à côte où ils allèrent s'installer. Déçue, comme si le malheureux Charlier, amoureux évincé par elle depuis trois ans, la trahissait honteusement, elle serait repartie sur-le-champ si elle en avait eu la possibilité. Se jugeant stupide, elle essaya de se reprendre et, revenue sur ses pas, elle pria le grand boy qui débouchait du salon avec un plateau chargé de boissons d'aller annoncer sa visite. De loin, elle le vit se pencher vers Charlier. Le visage levé vers lui, celui-ci lâcha précipitamment l'épaule qu'il entourait d'un bras. Françoise retourna aussitôt dans l'entrée comme si elle venait tout juste d'arriver.

Embarrassé, Charlier prit tout son temps pour venir vers la maison, sans doute pour permettre à son visage devenu rouge brique de reprendre sa teinte habituelle. Il fut devant elle, souriant mais bourru :

– Qu'est-ce que vous faites là ? Rien de cassé, j'espère ?

– Un petit coup de cafard. J'ai eu envie de vous voir… J'avais peur de ne pas vous trouver.

– Vous savez bien qu'en dehors d'aller vous voir je suis toujours là. Depuis que nous nous sommes vus à Conakry, je n'ai pas bougé.

« Il ment comme il respire, aujourd'hui », pensa-t-elle avec ennui. Dans sa dernière lettre, il prétendait ne pas pouvoir venir à cause de voyages à faire…

Il lança un coup d'œil furtif vers la silhouette assise.

– Venez. Je suis avec une amie, Mireille. C'est la veuve de Paul Jupin, vous savez…, les ananas…

Françoise serra la main d'une petite femme d'une quarantaine d'années, très brune, un beau visage au teint colonial, presque aussi pâle que l'élégante robe crème qu'elle portait avec de lourds bracelets d'ivoire à chaque poignet. Ses yeux bruns, fendus en amande, lui donnaient un type vaguement asiatique.

– Ah ! Voilà donc la merveille dont Bob me rebat régulièrement les oreilles, dit-elle d'un ton narquois teinté d'un fort accent méridional. C'est curieux, je vous imaginais différente, ajouta-t-elle sans préciser en quoi.

Apercevant le boy qui portait toujours sa valise, Françoise supposa que sa visite impromptue posait un problème d'hébergement. Elle crut pouvoir le simplifier alors qu'elle le compliquait en démasquant un secret d'alcôve : pensant que Mme Jupin occupait la chambre bleue, celle qu'elle-même avait utilisée lors de ses rares visites, elle affirma à Charlier qu'elle serait contente de s'installer dans celle que son père habitait lorsqu'il séjournait ici.

– Mais votre jolie chambre bleue est disponible, intervint Mme Jupin, pas mécontente de laisser entendre à cette grande godiche qu'elle-même partageait celle du planteur.

Le dîner fut morne. Gêné parce qu'à un moment son amie Mireille avait laissé échapper – intentionnellement ou pas – un tutoiement qui suggérait quelque intimité, Charlier le bavard restait muet, hésitant à soutenir un échange verbal pendant lequel elle aurait pu récidiver. Agacée parce qu'elle ne se sentait pas sincère, Françoise essayait de se convaincre qu'avec cette femme la solitude de Robert avait pris fin et que c'était une excellente chose. Elle tenta d'animer la conversation en parlant des événements qui se déroulaient sur le front de guerre, mais les deux autres étaient si distraits qu'elle n'insista pas. La première, elle se retira dans sa chambre. Les yeux ouverts sur la nuit, elle retrouvait, avec les relents de naphtaline dont la chambre était imprégnée depuis des années, le souvenir de sa première halte dans cette maison. Sans parvenir à dormir, elle se reprocha son incapacité à se réjouir du bonheur de celui qu'elle considérait comme son père. La découverte de sa discrétion la laissait songeuse : lui si expansif, si proche d'elle, ne lui avait à aucun moment laissé soupçonner l'existence de cette relation qu'il devait avoir depuis longtemps. Elle croyait tout savoir de lui parce qu'il avait toujours donné l'impression de ne rien cacher de sa vie, de ses soucis, de ses joies. À chacune de ses visites à Facounda, il lui racontait ses moindres faits et gestes, soucieux de n'omettre aucun détail de son existence d'homme seul. Il lui confiait ses problèmes avec les ouvriers de la plantation, ses échecs, ses réussites, ses aléas de santé. Tout ! Un bloc transparent sans aucune zone d'ombre. Robert ? Un saint bienveillant qui, en dehors de sa passion malheureuse pour elle, avait toujours prétendu ne pouvoir s'intéresser à aucune autre femme, se fâchant même quand elle lui suggérait de chercher l'âme sœur... Voilà, il l'avait trouvée...

Se retournant dans son lit, elle ronchonna : Pendant qu'elle s'apitoyait sur sa solitude, il avait suivi ses conseils au pied de la lettre et ne s'ennuyait pas du tout. Hypocrite, son bon Charlier ? À cette seconde, elle se mit à souffrir bêtement à l'idée que désormais leurs relations si particulières, faites d'amitié amoureuse pour lui et de tendresse filiale de sa part, ne seraient plus jamais les mêmes. Une fêlure qui lui fit mal comme une trahison. Découvrir Charlier dans le rôle d'amant lui était douloureux comme une tromperie.

« Jalousie ? Connais pas », disait-elle souvent. Et maintenant c'était cet homme vieillissant qui la lui inspirait. Invraisemblable !

Au petit déjeuner qui les réunit tous les trois le lendemain matin, Mme Jupin froufroutait dans un déshabillé de dentelle rose, contrastant avec la tenue « savane » de la jeune femme qui arborait pantalon, chemisette écrue à pattes d'épaule et bottes basses. Prétextant la surveillance de l'emballage d'une commande, Charlier proposa à Françoise de l'accompagner jusqu'au hangar d'expédition.

En terminant sa tasse de thé, Mme Jupin annonça :

– Très bien. Allez vous promener. Pendant ce temps-là, je vais m'occuper du déjeuner. Tu sais, Robert, je crois que je vais partir cet après-midi.

– Je pensais que ce n'était que mardi.

Tournée vers Françoise, elle eut un sourire complice :

– Ça fait bientôt quinze jours que je me laisse dorloter par mon petit Bob. Mes gosses doivent trouver le temps long.

Ses gosses ? « Trois mouflets odieux de quatorze à dix-huit ans – de vraies plaies », devait préciser Charlier quand il se retrouva seul avec Françoise.

En silence, ils se dirigèrent vers le hangar et Charlier la fit entrer dans son antre, une sorte d'appentis vitré meublé d'un bureau en bois à six tiroirs et de rayonnages chargés de dossiers cartonnés portant les noms de clients ou de fournisseurs. Sur un mur, un diplôme attestait de la qualité supérieure des produits Charlier. Une veste aux poches pendouillantes était accrochée à une patère; au sol attendait une paire de bottes crottées de boue sèche. Sur la table de travail, une photo où, avec Laurent, il souriait au cadavre d'une panthère.

Françoise s'en empara pour la regarder de près.

– Elle n'était pas là, cette photo, la dernière fois que je suis venue.

– Non, elle était dans ma chambre. J'ai trouvé qu'elle était mieux ici. Il est beau votre père, là-dessus, hein ?

Oui, il était superbe, Laurent, sur cette photo qui devait dater d'une dizaine d'années.

– Vous n'en avez pas d'autre ?

– Non, c'est la seule, et j'y tiens. Vous l'aurez quand je mourrai, dit-il avec un sourire triste.

Françoise reposa le cadre à côté d'une chope à bière représentant un moine dodu à mine rigolarde dont le crâne creux était rempli de crayons de couleur. Nerveux, Charlier passait une liasse de papiers de droite à gauche, pour la remettre ensuite à l'endroit initial. Glissée dans un angle du sous-main buvard, Françoise reconnut l'enveloppe de la dernière lettre qu'elle lui avait envoyée.

– Maintenant que nous sommes tous les deux, racontez-moi ce qui se passe, Françoise... Une visite spontanée, ça doit cacher quelque chose de pas bon, non ? Je me trompe ?

– Lucette est morte, Robert.

Il eut un haut-le-corps, reposa le gros crayon rouge avec lequel il numérotait des étiquettes.

– Nom d'un chien ! Qu'est-ce qui lui est arrivé, à cette pauvre fille ?

Françoise lui raconta l'espèce d'auto-esclavage où Lucette était tombée, sa peur de déplaire à Sitafa, son immersion totale dans la vie primitive et son refus de se faire soigner au dispensaire. Comme lors de sa conversation avec Drunet, elle évoqua ses torts, son manque de fermeté.

– Oh, halte-là ! Vous n'allez pas vous mettre cette histoire sur la conscience. Vous avez fait ce que vous avez pu. Elle ne vous a pas écoutée. C'est terrible, j'en conviens, mais il ne faut pas vous ronger les sangs avec ça...

Elle enchaîna sur la mort de Le Guirrec qu'il connaissait un peu et qui parut l'affecter davantage que celle de Lucette :

– Ça c'est une vraie connerie. (Il haussa les épaules.) Dans les deux cas, ce sont des histoires stupides !

– Mais ils avaient à peine plus de vingt ans, Robert ! Le Guirrec avait une jeune femme et un petit enfant.

– Je ne vous apprendrai rien en vous disant qu'il y a des milliers de gars dans le même cas qui se font descendre tous les jours à la guerre...

– Ça ne me console pas !

– Je sais, c'est moche tout ça. Je veux simplement vous faire comprendre que vous devez tendre le dos quand il y a des coups durs, il faut se raidir, serrer les dents, regarder en avant.

Elle secoua la tête :

– Les coups durs, je connais déjà, mais en ce moment deux chocs pareils, à quelques jours d'intervalle, sans compter la mort d'un indigène que mon père aimait beaucoup et qui m'avait appelée au secours quand il était en prison, c'est trop.

– Oui, évidemment, je comprends. Que voulez-vous ? La vie est comme ça. On en avait parlé un soir..., vous vous souvenez ? Du bon, du mauvais..., la dose alternée...

Elle s'étonna de cette désinvolture. Qu'est-ce qui l'avait changé ? Lui, avec son gros cœur toujours prêt à vibrer ? Pour la première fois depuis qu'ils se connaissaient, ils n'étaient pas sur la même longueur d'onde.

Il saisit un crayon, le fit tourner dans ses doigts.

– Depuis hier soir, on n'a pas eu un moment pour se parler tranquillement..., et je voulais vous dire..., commença-t-il.

Il baissa les yeux devant le regard calme qui l'observait.

– Pour Mireille, j'ai été idiot, j'aurais dû vous en parler plus tôt... Vous n'êtes pas contente, hein ?

Bon. Maintenant elle comprenait son manque de compassion : il était préoccupé par le besoin de se justifier.

– ... Elle a eu des misères, elle aussi... C'est une femme très bien, vous savez...

– J'en suis persuadée. Vous n'avez aucun compte à me rendre, Robert, faites ce que vous voulez. J'ai même toujours été la première à vous conseiller de ne pas rester seul.

– C'est vrai, convint-il en dessinant machinalement un gros point rouge sur un papier couvert de chiffres.

– Je regrette simplement que vous m'ayez fait des cachotteries. Depuis le temps que nous nous racontons tout...

– J'avais peur de vous choquer.

– Je ne suis pas choquée ! Ce qui me déçoit, c'est que vous m'ayez laissée m'apitoyer sur votre prétendue solitude.

Il agrandit encore le gros mâchuron écarlate qu'il crayonnait et grogna :

– En somme, vous auriez préféré que je vive comme un vieux croûton sans voir personne ?

– Pas du tout. C'est uniquement ce côté un peu faux jeton que je découvre qui me navre. Pendant que je me désolais de ne pas pouvoir répondre à votre... affection, vous n'étiez pas tellement à plaindre.

Charlier planta son crayon dans la tête du moine et sourit, extasié :

– Mais, ma parole, vous me faites une scène de jalousie !

– C'est possible, « mon petit Bob »... Entre nous, ça vous va comme une guêpière à un hippopotame, ce nom ! C'est d'un bête !

– Et méchante, en plus ! Jalouse et méchante ! Mon rêve ! J'aurai attendu d'avoir cinquante-deux ans pour qu'une jolie fille me fasse une scène. Ah ! Je suis gâté ce matin !

Les yeux pétillants, il vint lui poser un baiser sur les cheveux.

– C'est la première fois que vous venez spontanément chez moi sans vous faire prier. En dehors de votre rubrique nécrologique, qu'est-ce qu'il y a d'autre au rapport ?

– Je suis fatiguée. Je crois que j'ai fait mon temps ici.

Elle lui raconta l'hostilité des Renard, leurs exigences, leurs vues sur sa maison.

– Faut pas vous laisser faire !

– Je n'ai plus envie de me battre, je ne mets plus les pieds au dispensaire, je n'ai plus de voiture, je me sens devenir une sorte de parasite.

– Quoi, vous, la fonceuse ? Qu'est-ce qui vous arrive ?

Elle sourit :

– J'ai oublié quelque chose au fond de mon sac à malheurs : mon « petit frère noir », Jacques, vous savez ?... Il s'est sauvé de la mission en emportant la caisse. C'est, paraît-il, de la graine de révolutionnaire, en pleine crise d'islamisme. En plus, Schmidtt comme nom, ça ne lui convient pas. Il se fait appeler Mohammed Hadj.

Il rugit :

– Des coups de pied au cul qui se perdent ! Ah ! misère... Évidemment, je comprends que vous en ayez eu par-dessus les oreilles de tout ce qui s'est passé, ces derniers temps.

– Vous m'avez manqué, Robert. J'ai même été faire une tournée avec deux ethnologues, Gabriel et Gilbert de Hauteville.

– Ces boy-scouts attardés ?

– Vous les connaissez ? Ils sont charmants,

mais assez turbulents. L'un d'eux est tombé dans un piège à panthère en voulant épier une cérémonie d'initiation. Il est à l'hôpital au chef-lieu en piteux état.

– Qu'est-ce qui vous a pris de partir avec ces vieux machins ?

– J'avais envie de me changer les idées.

– Fallait venir ici. J'étais là, moi !

– Mais non ! Vous m'aviez écrit que vous partiez en voyage !

– C'est-à-dire...

Il se tut, se contentant de se racler la gorge.

Elle ignora son embarras :

– La seule chose positive, c'est que le fils Piaud m'a apporté un télégramme d'Éric, expédié avant son départ pour Londres.

Devant son air ahuri, elle lui parla du détournement fait par Anna.

– En somme, si elle ne l'avait pas piqué, vous ne seriez plus là depuis longtemps.

– Hé non !

– Eh bien, moi, je ne lui en veux pas du tout... à cette gamine !

Un chef d'équipe frappa à la porte vitrée pour demander des instructions. Françoise se leva, annonçant qu'elle allait marcher à travers la plantation.

– Je vous rejoins dans une demi-heure, dit Charlier.

Elle le vit arpenter le hangar où une dizaine de manœuvres emballaient les régimes encore verts dans du papier kraft. D'autres les rangeaient ensuite soigneusement par cinq dans de grands cartons en les calant avec une sorte de fibre qui les empêcherait de se meurtrir par contact.

Plusieurs fois, Françoise s'était promenée dans la bananeraie bien ordonnée avec ses allées régulières irriguées par des drains où circulait de l'eau en provenance d'un gros marigot. Une mer verte s'étendait sur plusieurs hectares, un immense frémissement de larges feuilles. Dans des secteurs numérotés, poussaient des plants à diverses étapes de leur croissance. Neuf mois étaient nécessaires pour que vînt le temps de couper le régime encore vert. Charlier lui avait expliqué toute l'attention qu'il fallait prodiguer aux milliers de sujets : surveillance de l'humidité à leur pied, apport d'engrais, soins de la maladie à la bouillie bordelaise, arrachage des souches qui avaient produit leur régime, sélection de nouveaux œilletons à remettre en terre, un cycle constant pour assurer une exploitation maximale.

Les yeux plissés sous le soleil, elle observait les manœuvres circulant sur les minuscules ponts de branchages qui enjambaient les fossés d'irrigation. Dans son dos, la voix de Charlier l'arracha à sa contemplation :

– On va rentrer, Mireille veut partir tout de suite après déjeuner.

Effectivement, Mme Jupin les attendait, toujours élégante dans une robe de toile turquoise à fines broderies blanches. Elle avait fait dresser la table sur la terrasse et sous un parasol, ce qui ne fut pas du goût de Charlier :

– On va crever de chaud, ici. On n'est pas sur ta Côte d'Azur !

Le déjeuner ne fut guère plus agréable que la veille. Pendant tout le repas, Charlier resta coincé, donnant l'impression d'avoir enfilé une chemise trop étroite qui le bridait aux entournures. Il prenait un malin plaisir à contredire son amie à tout propos, comme si, aux yeux de Françoise, il tenait à se démarquer de leur intimité. Depuis la mort de son mari, Mme Jupin essayait de maintenir sa plantation d'ananas située à une trentaine de kilomètres de celle de Charlier, mais l'absence d'une poigne masculine se faisant durement sentir, elle se heurtait à de sérieux problèmes avec une main-d'œuvre infidèle et des contremaîtres insolents. En milieu d'après-midi, elle monta dans sa camionnette pilotée par un chauffeur qui ne fit pas un geste pour l'aider alors qu'elle s'approchait avec une grosse valise à la main. Penchée à la portière, elle lança à Charlier qui lui apportait deux régimes de bananes :

– À la semaine prochaine, Bob !

Puis à Françoise :

– Aurons-nous le plaisir de vous revoir bientôt ici ?

– Je ne pense pas. Je n'ai plus de voiture et Robert a dû vous dire que je quitte rarement Facounda.

– C'est ce qui lui permet d'y aller souvent... C'est si joli que ça, votre coin ?

– C'est comme partout, grommela Charlier.

– La prochaine fois que Robert viendra me voir, accompagnez-le, proposa Françoise, ignorant la lippe écœurée de son ami.

– Tu entends, petit Bob, je suis invitée !

Qui aurait pu dire ce que signifiait le borborygme rocailleux qui roula dans la gorge de petit Bob ?

Revenu dans le salon, Charlier se laissa tomber lourdement dans un fauteuil face à Françoise qui s'installait sur le canapé, toujours flanqué de la panthère empaillée, et demanda :

– Puisque vous avez lâché votre dispensaire, qu'est-ce que vous faites de vos journées, maintenant ?

– Rien d'intéressant. Je vis dans l'espoir de

partir prochainement. Vous avez entendu les nouvelles ? Il paraît que ce sera bientôt fini en France et que nous pourrons rentrer dans quelques mois.

Charlier contemplait attentivement ses grosses mains et, comme chaque fois qu'il était perturbé, il commença à mordiller les petites peaux autour de l'ongle de son pouce droit. En voyant son front rembruni, elle s'étonna :

– Ma parole, on dirait que cette perspective ne vous fait pas plaisir.

Agacée par son silence et sa moue désabusée, elle le houspilla :

– Enfin, Robert, on aura la paix, la liberté. Les gens vont pouvoir vivre normalement. La France comme avant...

Il quitta brusquement son fauteuil, encombrant l'espace de sa corpulence, déplaçant un objet sur un meuble pour le remettre aussitôt au même endroit, et revint se planter devant elle :

– Vous savez, contrairement à ce que je croyais, vous n'êtes pas très maligne, ma petite fille.

– Ah bon ! Merci quand même : jalouse, méchante et idiote..., joli produit !

Agitant ses mains devant lui, il s'énerva :

– La fin de la guerre, c'est vrai, c'est formidable, mais tout ce qui s'ensuivra, vous avez pensé à ce que ça signifiera pour moi ? Ça veut dire : fini Facounda pour Françoise, et finie Françoise pour ce vieux ballot de Charlier. Quand vous serez repartie chez vous, moi je moisirai toujours là, tout seul. Je ne vous verrai plus...

– Mais, Robert, quelle vision égoïste des choses ! Et si j'ai bien compris, vous n'êtes plus tellement abandonné maintenant.

– Je vous en prie, pas de leçon de morale.

Pour une fois j'essayais de parler de moi. Oui, de moi, mais vous vous en foutez. Vous, vous êtes jeune, la vie vous attend, votre gars aussi, peut-être. Ça vous permet de parler de l'avenir avec joie. Mais moi, avec mes cinquante-deux bougies, pas très beau, je resterai vissé là, dit-il, pointant l'index vers le sol... Je n'aurai plus qu'à attendre qu'une saloperie de fièvre m'embarque un jour... J'ai perdu mon seul ami, et bientôt sa fille va m'abandonner. Est-ce que ça fait son chemin dans votre crâne, tout ça ?

Émue, déconcertée par le ton désespéré, elle hasarda :

– Pourquoi ne pas faire votre vie avec cette personne..., Mireille ? Vous êtes seuls tous les deux, vous faites le même métier...

– La Jupin ? Avec ses morveux dans les pattes ? Jamais de la vie ! Plutôt crever. Mireille, c'est pour l'hygiène, point final.

– Alors, vendez votre plantation et venez vous installer en France. Après la guerre il y aura sûrement un tas de choses à entreprendre. Vous y rencontrerez peut-être une femme qui vous conviendra. Il y en aura en trop, des femmes, malheureusement.

– Holà ! Stop ! On arrête là. Ce genre d'échafaudage, ce n'est pas pour moi.

– J'essayais de vous expliquer...

– Il n'y a rien de plus à expliquer. Je ne suis qu'une vieille bête ronchon. Qu'est-ce qui vous ferait plaisir pour le dîner ?

– Ça m'est égal. Je n'ai pas très faim.

– Avec tout ça, j'ai oublié de vous demander comment ça allait avec Drunet. Il vous lorgne toujours ?

– Je ne le vois plus très souvent.

– Pourquoi ? Vous êtes fâchés ? demanda-t-il, plein d'espoir.

– Non, mais, comme je ne circule plus beaucoup et que je reste chez moi, nous nous rencontrons rarement.

– Tant mieux. Ça m'agaçait de penser qu'il vous importunait.

– Non non, ça va... Savez-vous si votre mécanicien pourra faire quelque chose pour ma camionnette ?

– Il m'a demandé de la remorquer jusqu'ici. Il dit que ça lui sera plus facile pour travailler dessus.

En elle-même, elle pensa que c'était une solution qu'il aurait pu envisager plus tôt. Cette voiture, il était probable qu'elle ne la récupérerait jamais.

– Pourriez-vous me ramener à Facounda demain ou après-demain ?

– Déjà ? Puisque vous n'avez rien à faire maintenant, restez donc avec moi. J'ai besoin de vos conseils pour arranger un peu la maison. Ça fait trois ans qu'on en parle, et vous n'aviez jamais le temps.

– D'accord, mais j'aimerais partir à la fin de la semaine.

Songeur, il gratta son menton râpeux :

– Qu'est-ce qui vous a pris d'inviter Mireille ? Vous savez bien que, si je vais vous voir, c'est pour que nous soyons entre nous.

– Je croyais que ça vous ferait plaisir.

– Non. Ce qui me plaît, c'est le calme, tranquilles tous les deux.

Elle passa trois jours à prendre des mesures, à faire déplacer certains meubles, à en éliminer d'autres, à mettre au point un assemblage de couleurs, à faire nettoyer des placards à cancrelats et à réorganiser une cuisine dépotoir, semblable à celle qu'elle avait trouvée en arrivant chez son père. Le cuisinier et les boys eurent l'air très soulagé en la voyant monter dans le camion de Charlier pour retourner chez elle.

Et les mois continuèrent à se succéder : Noël 1944 et le 1er janvier 1945 furent brillants, Drunet ayant voulu les marquer par diverses festivités auxquelles était conviée la population indigène. Ses relations avec Françoise étaient devenues sans ambiguïté, malgré les lueurs rêveuses qui passaient quelquefois dans son regard bleu. Un point d'équilibre avait été trouvé et, à les voir s'entretenir calmement, un observateur non initié n'aurait pu imaginer un instant ce qui s'était passé entre eux, une certaine nuit, à Conakry.

Françoise donnait toujours ses cours de dessin aux écoliers, surveillait aussi leurs travaux au potager, rendait visite aux femmes du village, noircissait de nombreuses feuilles de bloc, et, lancée dans la couture, s'était refait une garde-robe. Quand elle ouvrait le placard de sa chambre, elle était satisfaite de voir l'alignement de nouvelles toilettes pendues à des cintres. Elles lui permettraient d'attendre que des temps meilleurs reviennent en France, sans avoir besoin d'utiliser trop de points-textiles. Plusieurs lettres des ethnologues lui étaient parvenues. Gilbert ne se remettait pas bien de sa chute et il semblait bien qu'il ne serait plus question pour lui de courir les pistes de brousse avant longtemps.

Elle répondait fidèlement, s'acharnant à trouver un fait nouveau à leur conter, en dehors de la série de tragédies qui venaient de se dérouler. Alors que tant d'événements s'étaient bousculés en peu de temps, les journées s'écoulaient désormais, lentes et chaudes, ou pluvieuses et orageuses, selon la saison. Parallèlement à cette apathie, le reste du monde subissait les dernières convulsions de la guerre. Grâce aux nouvelles que lui fournissait à nouveau Drunet, elle avait pu noter les dates importantes de la fin 1944, celles où commençait à poindre la défaite allemande.

En cette soirée d'avril 1945, elle feuilleta les pages précédentes :

11 février : Fin de la conférence de Yalta.

19 février : Victoire américaine sur les Japonais à Iwo-Shima.

2 avril : Jonction américano-russe en Allemagne.

Un étau qui se resserrait chaque jour. « Oui, ça va bientôt finir ! » répétait-elle en refermant son carnet.

Dehors, le vent se leva brusquement, soufflant une averse de lourdes gouttes crépitantes, accompagnées du « bang » régulier des mangues qui, arrivées à maturité, se détachaient toutes ensemble sous la violence de la précipitation et bombardaient durant quelques minutes le toit de tôle du poulailler installé sous les arbres. Demain, Françoise n'aurait qu'à se baisser pour remplir de pleins paniers de fruits qui, la veille encore, pendaient solidement accrochés au bout de leurs longues tiges comme les boules d'un sapin de Noël. « C'est la pluie des mangues », se réjouissaient les indigènes en parlant de cette manne céleste qui ne leur demandait aucun effort de cueillette. Cette pluie, c'était aussi, pour elle, le signe que les tornades prenaient fin. Une autre saison commençait en Afrique et bientôt dans sa vie.

Quelques instants, elle tourna dans le salon, tapotant les coussins du canapé où elle était restée un long moment à rêver d'armistice. Puis elle alla rabattre les volets que le boy, impatient de filer au village, avait oublié de fermer. Depuis quelque temps, il était amoureux : sitôt la vaisselle du soir terminée, il enfourchait la bicyclette de Françoise, pressé de lutiner dans quelque coin sombre une gamine qui souvent venait rôder autour de la maison, sous prétexte qu'elle aimait bien voir les biches de près. Plus grande qu'Ali, des petits seins agressifs, elle avait un visage astucieux et un sourire qui exhibait des dents largement séparées au milieu : « les dents du bonheur »...

Comme elle allait fermer la porte d'entrée, un bottillon d'herbes mises à sécher à l'extérieur lui lança un signal parfumé. Elle eut envie de faire quelques pas dans la cour, avide d'une bouffée d'air frais avant de se coucher. Derrière elle, sa maison était un îlot silencieux, enveloppé d'obscurité, face à la grosse masse sombre du dispensaire où ne brillait nulle lumière. La lune un instant dégagée de ses nuages noirs braqua un coup de projecteur sur le massif de cannas qu'elle avait plantés l'année précédente. Des fleurs orgueilleuses d'un rouge éclatant au-dessus de leur feuillage foncé. Elle revint s'asseoir sur une marche du seuil, à l'écoute de la nuit : un silence inhumain, uniquement peuplé de bredouillis d'oiseaux nocturnes, si épais qu'elle tendit l'oreille pour saisir quelque signe de vie venu du village ou de la prison voisine. Rien. Une chape de plomb. Il n'était pas plus tard que d'habitude, et d'ordinaire les échos de la vie villageoise montaient jusqu'à elle : pleurs d'enfants, lointain balafon ou voix de pêcheurs s'interpellant sur le fleuve. Ce soir-là, régnait un calme religieux qu'elle n'avait jamais connu aussi profond qu'en cet instant. Serait-elle heureuse ou triste de quitter cet univers paisible ? Il lui faudrait laisser derrière elle, sans espoir de les revoir jamais, des gens qu'elle aimait : Ali, Kabaké, Samuel, certaines femmes indigènes dont elle admirait la sagesse résignée et les gosses aux yeux astucieux. Dans son dos, un léger piétinement sur le carrelage lui rappela qu'elle oubliait Makou sur sa liste. Au passage, il lui donna un coup de langue sur le bras, remua sa queue qui tambourina contre la porte, et se posta sur la marche à côté d'elle, l'oreille en radar vers des sons mystérieux qu'il était seul à percevoir. Le museau tendu en direction du jardin où Françoise cultivait quelques maigres légumes, il gronda sourdement. Il était spécialiste de ce genre de démonstration alarmiste avec position d'arrêt et patte soulevée, une attitude suspecte qui, après vérification, ne révélait en général que la présence d'un rat palmiste en maraude ou la rentrée tardive de quelque gros lézard noctambule. Depuis son aventure en forêt avec Ali, il était devenu prudent, voire froussard, ne prenant aucun risque, se contentant d'inquiéter tout le monde. Ce soir, l'œil fixe, les babines soulevées, son grognement sourd et continu aurait pu faire croire à l'approche malfaisante d'un être à quatre ou deux pattes.

Françoise alla jusqu'au poulailler contrôler que tout son monde était au bercail : poules blotties contre leur coq sur le perchoir, canards et pintades en ségrégation, chacun dans son coin. Les biches, couchées pattes repliées, continuaient à mâchonner calmement quelque herbe en compagnie du chevreau devenu chèvre plantureuse. Là, tout était en ordre. Elle s'emplit les poumons une dernière fois avant de retrouver l'atmosphère chaude de sa chambre, puis rentra, suivie de Makou, content de retrouver la sécurité d'une maison bien fermée.

Elle se coula dans son lit et, à travers la moustiquaire, aperçut sur un mur de sa chambre un énorme margouillat qui, avançant par saccades, la regardait. Peut-être était-ce un des coureurs échappé de l'écurie d'Ali. Depuis quelque temps le boy avait organisé au village des courses de lézards avec pari mutuel. Auparavant, les compétitions avaient lieu en utilisant des cancrelats, mais en grandissant lui-même Ali avait pensé que son prestige serait amélioré s'il entraînait des concurrents de taille supérieure. À l'heure de leur sieste, il les attrapait avec une dextérité stupéfiante et les emprisonnait sous des cloches en grillage fin de son invention où il les nourrissait de moustiques. Une organisation minutieuse. Au village, le « margouillodrome » était un espace au sol de quelques mètres carrés ceint de planches lisses et huilées que les malheureuses bestioles, malgré leurs pattes à ventouses bien griffues, ne parvenaient pas à franchir. Le gagnant était celui qui réussissait à s'agripper aux parois et à sauter hors de l'enceinte, mais son titre de vainqueur ne lui valait rien de plus qu'une nouvelle incarcération dans sa geôle grillagée et une double ration d'anophèles en vue d'autres exploits. À ces jeux, Ali gagnait parfois, mais perdait encore plus souvent sa solde. Françoise s'était fâchée, reprochant au boy de gaspiller son argent stupidement et, surtout, d'être cruel à l'égard des lézards qui, privés de liberté, s'étiolaient, perdaient leurs écailles et finissaient par crever de dépression nerveuse.

Proche du sommeil, elle allait poser son livre quand, venus de la prison, des coups de sifflet retentirent. Il était plus de neuf heures et le couvre-feu avait sonné depuis longtemps. Au bruit des pas précipités sur la route passant près de la maison, elle enfila une robe de chambre et sortit avec sa lampe-torche. Trois gardes, fusil sous le bras et la chéchia en bataille, dévalaient la côte au pas de gymnastique. Trois autres les suivaient, martelant le sol, une-deux, une-deux, suivis de « l'énorme », ce brigadier corpulent au poitrail de gorille qui impressionnait tout le village. Hors d'haleine, il s'arrêta à l'appel de Françoise qui voulait connaître le motif de cette effervescence. Pressé de rejoindre les autres, il lâcha, comme on expire :

– C'est Farah !

Il allait repartir, la laissant sur sa faim, mais elle le retint par la manche :

– C'est quoi, Farah ?

– C'est voleur, bandit, assassin, lui... c'est... lui... qui...

Il bégayait autant par essoufflement que par impuissance à dire à quel point ce voleur était voleur. Il ajouta :

– La nuit, là, c'est pas bon. Tu fermé tout bien complet.

Et, comme si toute la sécurité du territoire reposait sur ses grosses épaules, il précisa, montrant son œil :

– Commandant i pas là ! C'est moi qui cherché Farah.

La bretelle de son fusil ajustée, il reprit son trot pesant pour rejoindre les autres.

Un cliquetis de pédales, un grattement sur les cailloux, et Ali parut, hors d'haleine lui aussi, une lampe-tempête accrochée au guidon de la bicyclette.

– Je couri vite ! ya le voleur au village. Lui c'est trop fort ! Faut ti fermé la maison, bien bien, dit-il avant même de poser pied à terre.

– C'est fermé. Rentre le vélo.

Les yeux agrandis sur des visions de mise à sac, Ali lui conta la légende courant au sujet de l'individu aussi extraordinaire que mystérieux qui, depuis plusieurs années, faisait des siennes dans les parages. La terreur de la Guinée ! Il volait partout ! On arrivait parfois à l'arrêter. Jeté en prison, il s'en évadait très vite, disponible pour de nouvelles razzias. Une certaine admiration pointait dans la voix du garçon qui imaginait Farah comme un héros. Intarissable sur ses exploits, il décrivait la technique du voleur qui, la nuit, semblait pénétrer dans plusieurs cases simultanément. Un être omniprésent qui violait les portes fermées, jetait sur les occupants terrifiés un regard « avec de la lumière dedans » qui les paralysait et les rendait muets. Toutes les victimes prétendaient être devenues en bois, incapables de bouger un doigt ou de sortir un cri pour donner l'alerte. Le bandit prenait tout son temps pour rafler les bijoux d'or des femmes et les économies enfouies sous le grain au fond des jarres. En une nuit, il faisait une dizaine de visites. Au matin, les gens en bois retrouvaient leur chair et leurs esprits, comptaient leurs pertes et se répandaient en lamentations à travers le village. À plusieurs reprises, la loi avait triomphé de ce génie malfaisant. Arrêté, jugé et condamné sévèrement (à tout hasard, on lui mettait sur le dos toutes les morts suspectes), on le jetait au fond de cachots successifs, d'où il s'envolait quelques jours plus tard avec une aisance qui sapait le moral de ses gardiens. Il réapparaissait en de nouveaux lieux et certains prétendaient l'avoir reconnu sous les habits d'une femme.

Aujourd'hui, à l'heure du dîner, alors qu'on ne l'avait plus revu dans le coin depuis quatre ans, quelqu'un affirmait l'avoir aperçu qui se faufilait dans des broussailles à la limite du village. La population ameutée avait sonné le branle-bas de combat; femmes, enfants, vieillards, moutons, chèvres et poulets avaient été enfournés pêle-mêle dans les cases solidement barricadées de l'intérieur. Ali précisait que le Syrien et le Libanais avaient même cloué des planches en travers de la porte de leur boutique. Les hommes valides, fusil à poudre et machette au poing, avaient pris le maquis, bien décidés à en finir une bonne fois avec ce bandit. Dans le silence qui s'était abattu et qui avait surpris Françoise, le village retenait son souffle.

Dans la nuit, elle entendit quelques lointains coups de feu qui firent disparaître Makou sous le lit.

Le lendemain matin, en ouvrant la porte, elle découvrit Ali endormi sur une marche, un coupe-coupe et un gourdin serrés contre lui. Le pauvre gosse ! songea-t-elle, émue. S'il avait veillé ainsi toute la nuit, autant le laisser dormir. Elle l'enjamba et se dirigea vers le jardin afin d'y cueillir des oranges pour le jus du petit déjeuner. Dans un vaste enclos envahi de hautes herbes, de vieux orangers s'obstinaient à produire d'excellents fruits. Elle commença sa cueillette, cherchant des yeux Méchoui, un mouton rhumatisant qu'un villageois lui avait offert autrefois et qu'il n'était pas question de sacrifier. L'animal vivait là paisiblement, à l'abri des bêtes de la forêt. Il devait brouter près du buisson d'épines où il aimait se frotter en y laissant accrochées de petites houppes de laine blanc sale. En sifflant, elle approcha de l'endroit où elle avait vu bouger une branche.

Brusquement, une tête émergea d'un amas de tissu noir, celle d'un garçon d'une vingtaine d'années, au nez fin et aquilin, aux pommettes saillantes, la chevelure crêpelée en vaguelettes, semblable à de l'astrakan. Il braquait sur Françoise deux larges prunelles sombres sur fond d'émail blanc-bleu. Des yeux de magnétiseur, pensa-t-elle aussitôt. Couché en appui sur un coude, il guettait sa réaction.

Son panier d'oranges à la main, le cœur battant comme une cloche dans sa poitrine, elle s'avança vers lui, enregistrant la contraction des muscles des avant-bras et des mollets du garçon prêt à bondir. Elle sut que le destin avait choisi l'enclos de Méchoui pour y abriter la fripouille qui faisait trembler le village et sa gorge se serra à l'idée que l'inconnu pouvait très bien l'agresser. Se forçant à sourire, elle lui tendit son panier :

– Tu veux une orange ?

Une générosité un peu lâche dont elle eut honte.

Aussitôt elle nota le fléchissement du corps du garçon. Rassuré, il devait la ranger dans la catégorie des Blanches particulièrement idiotes.

Après un coup d'œil vers le dispensaire encore vide à cette heure matinale, elle se mit à réfléchir à toute vitesse : Le mieux était de filer le plus innocemment possible. Le regard qu'elle lança malgré elle vers sa maison n'échappa pas au jeune Noir. Il frappa le sol près de lui, ordonnant :

– Asseyez-vous là et mangez avec moi.

« Il a tous les culots, ce type », songeait-elle en s'asseyant.

De ses longs doigts aux ongles bleutés, il épluchа un fruit, le partagea en deux et lui en offrit une moitié.

Ils mangèrent en silence, s'observant mutuellement. La gorge coincée, elle pensa qu'elle s'était trompée : ce garçon paisible ne devait être qu'un banal voyageur comme il en circulait tant. Il s'était seulement reposé là.

Il désigna le panier :

– Une autre, je peux ?

– Bien sûr, prends ce que tu veux. Il y en a plein les arbres.

Décidément, depuis quand un voleur demandait-il la permission de prendre ce dont il avait envie ?

Ses yeux obliques la regardaient fixement :

– Vous ne vous demandez pas ce que je fais dans votre jardin ?

Le vouvoiement inhabituel l'étonna. Elle l'imita :

– Vous vous reposez..., je pense ?

Il recracha les pépins d'orange loin devant lui et, d'une chiquenaude, repoussa les écorces.

– Non, je me cache.

Ouille ! Françoise sentit l'inquiétude troubler la surface de la mer de tranquillité où elle essayait de flotter.

– Vous êtes Farah, n'est-ce pas ?

Le sourcil levé, le sourire satisfait, il s'étonna, presque mondain :

– Vous me connaissez ?

– On ne parle que de vous depuis hier. On

vous cherche pour vous tuer. Les villageois et les gardes sont armés.

La lèvre retroussée, il se fit méprisant :

– Tous des brutes !

La voix d'Ali qui appelait le chien s'éleva du côté de la maison.

D'un bond, Farah fut à genoux, appuyé sur ses paumes comme un coureur de quatre cents mètres prêt au départ. Le silence revenu, il se détendit comme un ressort pour lancer un coup d'œil circulaire. Sa silhouette mince et noire se découpa quelques secondes sur le ciel, puis il se laissa retomber dans l'herbe, étendu sur le dos.

Il devait être d'origine peuhl avec ce teint à peine plus doré qu'un hâle accentué et ce profil parfait qui, sur certaines fresques, rappelait celui des Égyptiens.

Françoise regarda sa montre :

– Il faut que je parte. Le boy va me chercher. Il sait que je viens là tous les matins.

– Vous allez dire à quelqu'un que vous m'avez vu ?

– Non, dit-elle sans hésiter.

– Vous en parlerez plus tard, quand je serai loin ?

– Je ne sais pas. Je n'ai pas envie de jouer au gendarme et au voleur.

– Vous avez raison, ce n'est pas un bon métier.

– D'être voleur ?

– Non. Gendarme. Celui qui me gardait a été puni et moi, je mange des oranges avec vous...

Provocant et horripilant, il riait à pleines dents. Elle protesta :

– C'est idiot ce que vous faites. C'est une vie stupide d'être sans cesse pourchassé, d'aller en prison...

– La prison, c'est rien du tout. Je n'y reste jamais.

– Arrêtez-vous donc avant que ça ne tourne mal. Vous devez avoir assez d'argent maintenant.

– Moi, madame ? Je n'ai rien ! Que ça, dit-il en montrant un maigre balluchon de tissu noir.

– Qu'est-ce que vous faites de tout ce que vous volez ?

– Voler, voler, voler !... Je ne vole rien, je change les choses de place. Si je prends quelque chose là, dit-il en pinçant entre deux doigts un objet imaginaire, je le porte à quelqu'un d'autre qui en a un plus grand besoin.

– C'est beau, ça ! Vous vous fichez de moi ? s'exclama-t-elle en haussant les épaules.

Une flamme mauvaise s'alluma dans les yeux qui luttaient avec les siens. D'où venait donc ce garçon qui s'exprimait si bien ? Elle le lui demanda : Il avait étudié à Dakar. Il avait même fait une année de droit, après quoi il avait eu envie de revenir dans son pays.

– Et vous êtes fier d'avoir fait toutes ces études pour en arriver à dépouiller de pauvres gens ?

– Vous pouvez vous moquer, c'est facile. Vous êtes comme les juges et tous les autres. Vous manquez d'idéal !

En ironisant, elle lui dit qu'il n'avait rien inventé et qu'avant lui, en France, un romancier avait créé le personnage d'Arsène Lupin qui, avec le même but, utilisait d'autres méthodes. Farah connaissait parfaitement. Il avait lu ses aventures à Dakar.

– Il laissait même un papier avec sa signature... Un type très fort, admira le garçon.

– À force de vouloir l'imiter, vous finirez dans un cachot, avec des fers aux pieds.

– Les fers, ce n'est rien, vous allez voir...

Il saisit son balluchon, l'ouvrit et en sortit tout d'abord trois boubous de femme en organdi blanc et une paire de babouches, puis un grand foulard bleu qui enveloppait deux anneaux massifs de forme ovale. Il tendit à Françoise les lourds bracelets en acier martelé, reliés entre eux par une chaîne solide. Aucune trace de rupture. L'ensemble était d'un seul bloc, rébarbatif. Il souleva le bas de son boubou pour lui montrer des meurtrissures sur ses chevilles maigres. Tout en les massant doucement, il prétendit que ceux-là, il les enlevait rapidement parce qu'ils lui faisaient mal...

– Vous les enlevez ? s'écria Françoise. C'est impossible à enlever, une chose pareille !

Il ignora la remarque.

– Les menottes, les fers, les barreaux, les murs, les portes, tout leur matériel, ça ne sert à rien si je veux sortir. Ça complique un peu, c'est tout.

– Attention ! dit Françoise en se levant.

Suivi d'Ali, Makou bondissait à travers les hautes herbes. Farah s'aplatit, invisible dans les broussailles.

Elle chuchota :

– Je m'en vais et vous allez filer d'ici tout de suite.

Levés sur elle, les yeux étincelants la transperçaient. Il lui tendit ses deux mains à la paume sèche. Elle hésita. Jamais elle n'avait ainsi fraternisé avec un voleur. (Du moins, si cela lui était déjà arrivé, c'était à son insu !...) Elle lui donna sa main gauche, l'autre tenant le panier d'oranges. Farah lui souriait, énigmatique. Un vrai sphinx. Dans son dos, il murmura :

– Merci pour les oranges, madame.

À grands pas, elle rejoignit Ali qui faisait sortir les animaux du poulailler.

– Où ti caché ? J'ai cherché partout.

– J'étais avec le mouton. Il faudra qu'on le lave bientôt, il est vraiment dégoûtant.

– Lui, la douche, i laimé pas ça, mon vieux.

– On a des nouvelles de Farah ?

– Pfff ! i couri loin ! même chose le diable !

« ... Même chose le diable... », pensa Françoise, la conscience lourde.

Après le petit déjeuner, tout en jetant de furtifs coups d'œil vers l'enclos du mouton, elle décida de faire encore des croquis de ses biches. Elle les avait déjà peintes plusieurs fois, mais les bêtes étaient si jolies, si fines qu'elle aurait aimé savoir sculpter pour reproduire le modelé de leurs flancs, l'élégance du cou et le délié des pattes.

En sifflant toujours le même air, Ali se vouait à son culte préféré : le nettoyage et le graissage de la bicyclette de Françoise.

Une odeur de brûlé s'échappant de la maison envahit la cour :

– Ma pâte de goyaves !

Absorbés tous les deux, ils avaient oublié de remuer les fruits en train de cuire.

Françoise se précipita dans la cuisine, transvasa la partie non brûlée dans une autre bassine et surveilla la fin de la cuisson avant de retourner à ses dessins.

Une heure plus tard, en entrant dans sa chambre, elle resta clouée sur place : ses deux placards à vêtements béaient. Vides. Les cintres pendaient, inutiles, à côté de rayonnages déserts. Ne lui restait que ce qu'elle portait sur elle : pantalon, corsage, sous-vêtements et sandalettes. Le couvre-lit qu'Ali avait soigneusement disposé comme chaque matin s'était envolé. Elle fila jusqu'à l'enclos. Sur le sol, quelques peaux d'orange que le mouton reniflait.

« Voilà ce qu'il en coûte de s'intéresser à la crapule », aurait dit Drunet. Elle s'était laissé entortiller, impressionner par les yeux « avec de la lumière dedans ». Aussi stupide que les indigènes ! Pendant qu'elle travaillait devant la maison avec Ali, il s'était introduit dans sa chambre. Du travail rapide, et sur corde raide, car il n'existait que deux issues : celle devant laquelle Françoise s'était assise et l'autre donnant sur un cul-de-sac derrière lequel se baguenaudait toujours quelque garde de la prison. Cherchant à évaluer le temps passé, elle tempêta en s'apercevant qu'elle n'avait plus de montre à son poignet gauche. Un très beau bijou que sa mère lui avait offert avant de mourir ! Au paroxysme de la rage, elle comprit que la cordiale poignée de main n'avait servi qu'à s'emparer du bracelet. Un fameux pickpocket, en plus de ses autres talents. Comment avait-elle pu, dès la première minute, se laisser embobiner aussi stupidement ?

Vexée, elle se trouvait ridicule. À qui se plaindre maintenant ? Jamais elle ne retrouverait tous les vêtements qu'elle venait juste de terminer pour son retour en France. Selon la fervente idéologie de Farah, ils allaient échouer dans l'arrière-boutique de quelque boutiquier louche de Conakry, car une femme indigène, même tombée au fond du dénuement, ne voudrait jamais porter des vêtements aussi typiquement européens, par crainte d'avoir de sérieux problèmes.

Elle décida quand même d'aller conter ses déboires au brigadier des gardes. « L'énorme » entra aussitôt en transe :

– Farah ! C'est Farah ! (Il crispait ses grosses

mains autour d'un cou imaginaire.) J'avais dit faut tout fermer et tu fermé pas !

Françoise joua les innocentes :

– Il est comment, ce Farah ? Grand ? Petit ?

Le brigadier leva une main très haut au-dessus de sa tête et, les bras écartés de chaque côté de ses larges épaules, évoqua une silhouette monstrueuse genre yéti ou King-Kong. Le sous-brigadier intervint timidement pour objecter que certains prétendaient qu'il était petit et malingre. Parvenue au fond de l'écœurement, elle revint chez elle avec Ali qui se délectait des supplices raffinés qu'il ferait subir au voleur s'il le rencontrait un jour...

Épuisée à l'idée qu'elle devait recomposer toute sa garde-robe, elle s'écroula dans un fauteuil. Il serait nécessaire de retourner à Conakry pour racheter du tissu : elle ne trouverait plus rien de correct. Dans l'immédiat, elle décida d'aller jusqu'au village pour chercher quelques cotonnades unies afin de se faire confectionner un ou deux pantalons par un tailleur indigène.

Quand, deux heures plus tard, elle revint avec les tissus les moins bariolés qu'elle avait pu trouver et un métrage de drill blanc, Ali était en train de laver le sol de la cuisine. Il abandonna son balai pour la débarrasser de ses emplettes et l'accompagna jusqu'à sa chambre. Tous deux restèrent bouche bée : sur le lit trônaient deux gros balluchons que Françoise montra d'un index accusateur :

– Qu'est-ce que c'est que ça ?

La lippe pendante, les bras retombés jusqu'aux genoux, le boy observait les balluchons comme s'ils allaient exploser.

– Qui a apporté ça ? cria-t-elle.

– Personne i entré ici. Moi, je suis là, toujours.

Pas bougé. La maison i fermé complet quand ti parti avec le vélo.

Un carré de papier était coincé entre les nœuds des ballots faits avec le dessus-de-lit et un drap. Une écriture ronde et régulière : « Vous voyez; c'est facile. J'aimais bien votre montre ! Merci pour les oranges. Est-ce que vous savez que votre boy est complètement sourd ? »

« ... et complètement déboussolé », pensa Françoise en voyant le malheureux Ali dont les yeux semblaient prêts à jaillir de leurs orbites en considérant alternativement la penderie vide et les balluchons sur le lit.

– C'est qui i fait ça ?

– Farah...

À l'idée que le bandit qu'il prétendait réduire en bouillie avait pénétré par deux fois dans la maison en sa présence, il se mit à transpirer à grosses gouttes.

– Et Makou ? Il était là ? Avec toi ? questionna Françoise.

– Oui. I pas bougé, i toujours là.

En entendant son nom, le chien agita la queue, gueule réjouie, langue palpitante, ses yeux dorés adorant sa maîtresse.

– Oui, tu es bien gentil... mais, comme chien de garde..., c'est zéro !

Ravi par ce jugement, il se mit à aboyer de toutes ses forces.

Un mois plus tard, la rumeur villageoise colporta la bonne nouvelle : Farah avait été arrêté, condamné une fois de plus et expédié dans le pénitencier de Fatoba, une île au large de Conakry. De là... on ne s'évadait pas : les requins patrouillaient au pied des rochers.

8 mai 1945 : Fin des hostilités en France.

La veille au soir, la nouvelle était tombée et, ce matin, une cérémonie officielle réunissait le Tout-Facounda blanc et noir.

Dans la cour de la résidence, on s'apprêtait à hisser les couleurs. En tenue blanche, tous parements et boutons dorés étincelants, Drunet se tenait très droit, superbe, face au mât du pavillon. Groupés à quelques mètres derrière lui, Masson et sa femme, l'agent spécial avec son épouse noire et ses cinq métis, Françoise, le Dr Renard et Fleurette, les fonctionnaires noirs du cercle, les commerçants syriens et libanais avec leur famille, le chef de Facounda en grand boubou de cérémonie, tous les villageois, le griot, le sorcier, des femmes nimbées d'organdi amidonné et enturbannées de mouchoirs de tête chatoyants, une foule surexcitée d'enfants qui entouraient les musiciens accourus avec tam-tams, tambours et balafons. Seuls les bouchers, qui venaient d'abattre plusieurs moutons et un bœuf pour fêter l'événement, étaient restés au village, occupés par leur découpage. Il y aurait ripaille partout, avec musique, chants et danses ininterrompus jusqu'au soir, et toute la nuit suivante.

Un vieux brigadier, sa vareuse ornée de médailles de la guerre 1914-1918, s'affairait devant l'alignement de gardes raidis, arme au pied. Près du mât, celui qui avait la charge du pavillon le serrait contre lui, lançant des regards orgueilleux vers la foule turbulente qui l'observait.

Un aboiement du brigadier :

– Gooool... d'aveau !

Et le silence, instantané, partout.

Douze talons de gardes se joignirent et les fusils se calèrent contre les cuisses droites, six chéchias s'immobilisèrent, légèrement rejetées en arrière.

Foudroyant son monde des yeux, le brigadier gonfla son large poitrail :

– Holm sul pol... douate !

Avec un ensemble assez satisfaisant, les armes passèrent sur l'épaule droite des exécutants.

Un rugissement encore :

– Blisantez... Holm !

Des bras mécaniques s'immobilisèrent en travers des poitrines kaki.

Les yeux fixes, perdus au-delà du fleuve, les gardes attendaient, pétrifiés, que le drapeau s'élevât sur sa corde, comme poussé par le clairon qui vibra, trébucha, reprit sa course et termina au sprint, devançant de quelques secondes incertaines le drapeau qu'un nœud malencontreux avait bloqué à quelques centimètres du sommet. Tout le monde retenait sa respiration. Le vieux chef, les hommes du village et tous les gamins présents, jusqu'au plus petit d'entre eux, observaient un garde-à-vous convaincu, le ventre projeté en avant, la main vissée à la tempe, le regard accroché à la flamme qui, enfin arrivée au faîte, pendait tristement, faute de vent pour la faire flotter.

– Holm sul pol... douate ! lança le chef pour que retombent les bras sur la couture gauche des shorts kaki.

Un dernier braillement :

– Leposez... Holm !

Et, enfin, un soupir de soulagement :

– Lepos !

Comme délivrées d'un bâillon, toutes les bouches se mirent à commenter le spectacle, les gosses s'ébrouèrent, impatients de reprendre leurs gambades. Drunet alla serrer des mains, noires et blanches, puis, revenu à sa place, se retourna, cherchant Françoise qui était allée discuter avec l'instituteur noir et le vieux maître de l'école coranique. Tous les gosses qu'elle connaissait étaient là, les yeux pétillants d'excitation. Une petite main noire vint se loger dans la sienne : une fillette endimanchée, ses tresses piquées de rubans blancs, tendait vers elle un visage béat, creusé de fossettes.

Levant le bras, Drunet réclama le silence. Un Chuuuuu ! ! ! courut comme un frisson à travers la foule, et seul le bref cri de douleur d'un chien repoussé d'un coup de pied troubla la ferveur revenue.

Visiblement ému, Drunet parla de la paix, trouvant les mots simples qui pouvaient toucher les esprits. Le chef opinait du bonnet, regardant ses voisins pour leur faire comprendre qu'il était tout à fait d'accord avec ce que disait le commandant. Il fut ensuite question de l'avenir de Facounda, de ce qu'il essaierait de faire pour que chacun fût heureux : distribution de semences, aide aux plus défavorisés, construction de ce qui pourrait améliorer leur vie. Bientôt il espérait recevoir des crédits, des fournitures, du matériel. Il connaissait bien leurs problèmes et insista pour que chacun vînt le voir quand quelque chose n'allait pas. Enfin, approuvant sans restriction ses initiatives et sa grande influence, il vanta les qualités du vieux chef qui, un sourire radieux sur sa mâchoire édentée, buvait du petit-lait.

Françoise regardait Drunet sans le voir. Ces paroles, elle les avait déjà entendues, presque semblables, dans la bouche de son père lors d'une cérémonie identique pour le 14 juillet 1942. Les mêmes gens attentifs, les mêmes mots; mais entre les deux hommes des événements s'étaient passés qui avaient compté : Drunet venait de parler en homme libre, ce que Laurent, fonctionnaire sous Vichy, n'avait pu faire.

Début septembre, c'est Ali, innocent et tout content de jouer les messagers, qui vint remettre à Françoise une lettre apportée par un planton. Un cachet officiel sur une enveloppe beige postée à Conakry : on informait Françoise qu'à la suite de son inscription sur les listes de départ elle pourrait embarquer sur le *Médie II* du 10 octobre 1945...

Voir ainsi concrétisées ses aspirations la laissa sans voix, incapable de savoir si ce nœud au creux de sa poitrine était serré par la joie ou par la tristesse. Elle n'avait pas imaginé que ce moment serait là, aussi vite. Elle se tourna vers la cuisine d'où provenait un bruit de concassage. Ali écrasait des arachides sur une planche avec une bouteille remplie de sable. Faisant quelques pas vers lui, elle ouvrit la bouche pour lui parler de la nouvelle mais, devant le regard paisible du gamin, se contenta de demander :

– Qu'est-ce que tu veux faire avec ça ?

– C'est nougatine...

« Veuillez vous présenter quarante-huit heures avant l'embarquement pour les formalités », précisait l'imprimé où s'étalait son nom. Départ 10 octobre… 10 octobre… ? dans un mois et demi à peine !

Une angoisse et une faiblesse soudaines la saisirent à l'idée que les jours qui lui restaient à passer dans son cocon tissé avec persévérance lui étaient dès lors comptés. Elle se préoccupait surtout pour le boy. Vivant dans son ombre depuis plusieurs années, il s'était toujours montré attentif à plaire à cette Blanche qui le traitait avec affection et avait repoussé l'idée qu'un jour elle s'en irait pour ne plus revenir. À qui allait-elle pouvoir le confier ? Kabaké ? Samuel ? Impossible, Ali ne pouvait pas souffrir Drunet, qui le jugeait insolent. Le mieux serait Charlier, mais chez lui il y avait déjà pléthore de personnel. Incapable de se séparer de ceux qui l'avaient longtemps servi, il se trouvait déjà à la tête d'une nombreuse famille noire qui se regroupait chaque soir, marmaille comprise, autour de la grande table du hangar d'emballage, devant de gros bols de nourriture, mais il était probable que, pour qu'elle partît l'esprit en repos, il accueillerait aussi son boy. Elle allait lui proposer de remettre Ali entre les mains de son chauffeur ou du mécanicien, les voitures passionnant davantage le garçon que le service de la maison.

– Donne-moi le bidon de miel, je vais t'aider, dit-elle, pensant que cette occupation en commun créerait un climat propice à faire passer la nouvelle.

Elle le complimenta, elle était contente de lui, il avait fait beaucoup de progrès dans tous les domaines. Il l'écoutait attentivement tandis qu'elle évoquait ses débuts du temps de Laurent, et soudain il arrêta son travail. Reposant sèchement la bouteille, avec ses paumes il rassembla les cacahuètes pilées au milieu de la planche et, la voix muant de plus en plus, murmura, les yeux baissés :

– Au village, les gens i dit bientôt tous les Blancs i content rentrer dans la case en France. Toi, ti vas où ?

Mon Dieu, ses pensées étaient-elles si fortes qu'elle les lui avait transmises malgré elle ? Prenant un ton indifférent, elle expliqua calmement :

– Il faudra bien que je retourne dans ma maison, moi aussi. Justement la lettre que tu m'as donnée tout à l'heure, c'était pour ça...

– C'est quand ti pars ?

– Bientôt.

– Ti content ?

Elle hésita, se servant de la formule chère à Ali quand il ne trouvait pas de réponse franche :

– Un peu, un peu...

Les sourcils froncés, il se lava les mains, les essuya à un torchon qu'il jeta rageusement sur la table. Le visage chiffonné, il sortit de la cuisine en courant. Elle entendit claquer la porte de sa case. Le plus cruel serait cette déchirure à infliger à ce pauvre garçon. À ses yeux, elle symbolisait tout : la mère, la sœur, la patronne indulgente. Il lui faisait une confiance aveugle. Malheureusement, il était impossible de le ramener en France car son passage ne serait pas autorisé. Par la force des choses, elle allait devoir se comporter comme ces gens qui, après avoir adopté et choyé un compagnon chien ou chat, l'abandonnent lâchement lorsqu'ils doivent voyager. Cette idée lui gâchait la perspective de retrouver son pays et sa maison. Dehors, Makou qui voulait rejoindre le garçon grattait à sa porte en aboyant.

Et lui ? Elle l'aimait aussi, « l'affreux chien jaune », comme disait son père lorsque Charlier avait offert à sa fille une boule pataude de poils crémeux. Et les biches ? Et sa case aménagée avec tant de soin pour y vivre son amour menacé avec Éric ? Tout. Il fallait tout abandonner, sans espoir de retrouver jamais ce morceau de sa vie. Comme toujours aux heures de désarroi, elle éprouva le besoin de sortir, de marcher jusqu'à la lisière de la forêt, là où elle aimait se réfugier sous le grand arbre aux branches noircies. Elle y faisait le point, y triait ses pensées, essayant de distinguer la simple peine du vrai désespoir ou venant y calmer ses exaltations. Bien qu'elle ait eu depuis longtemps la possibilité de se préparer à ce départ, ce jour-là, ses réflexions prirent l'aspect d'un testament pour « l'après-Françoise »...

Charlier prendrait donc en charge Ali et Makou. Lorsqu'il rentrerait en congé à son tour, ce serait pour peu de temps puisqu'il avait toujours proclamé sa difficulté à vivre loin de ses bananiers.

Ensuite elle distribuerait le contenu de sa maison à des femmes villageoises qu'elle estimait particulièrement. Après l'avoir réparé une dernière fois, elle donnerait son piano à l'école pour les enfants. Quelques instants, lui revint à l'esprit l'image de l'épave puante que le Syrien lui avait envoyée deux ans plus tôt, persuadé que le présent la transporterait de joie. Ses bêtes, poules, mouton, biches, chèvre ? Pour les gosses des deux écoles également. Elle allait leur installer une sorte de ferme, mais en faisant jurer aux maîtres que Méchoui mourrait de sa belle mort, ainsi que la chèvre et les antilopes.

Encore quarante jours de grâce... Elle s'en irait juste avant la belle saison. Ici, un soleil ardent brûlerait, tandis qu'elle grelotterait en France.

Une seconde, l'idée lui vint de laisser sa place à quelqu'un d'autre, plus pressé qu'elle. Tant de gens seraient heureux de l'aubaine. Allons, elle ne devait pas s'accrocher à de faux prétextes. Maintenant que c'était possible, elle devait aller chercher le verdict dont dépendrait son avenir : Éric. Vivant ou mort. Toujours amoureux d'elle ou l'ayant oubliée depuis longtemps. Pour être fixée, elle entreprendrait des démarches, écrirait, téléphonerait. De plus, elle ne pouvait pas continuer à rester oisive. Sa vie dans cette belle Afrique, elle devait en tourner la page. Plus tard, peut-être y reviendrait-elle, en touriste ?

Tout au fond d'elle-même, une voix lui souffla qu'elle se mentait pour se consoler.

Crayon en main, elle fit un programme :

Pour griller les jours à venir et chasser des états d'âme qui lui enlèveraient tout courage, elle organisa les préparatifs de son voyage. Elle repartirait avec les mêmes grosses valises qu'à son arrivée, avec en plus quelques souvenirs de son père, des bibelots africains qu'elle aimait, certains livres, ses aquarelles, le grand masque acheté à Zidra avec Éric. Tout cela voyagerait dans deux caisses de taille moyenne qu'elle allait commander au charpentier. Pour parer à la pénurie dont on parlait tant depuis l'Occupation, elle allait emporter du riz, du café, du fonio, du beurre de vache fondu, du miel, des confitures faites avec toutes sortes de fruits. Même si tout ne lui servait pas, elle ferait du troc et des heureux.

Cette prise de décision était excellente pour

le moral. Elle se sentit mieux, soulagée par l'activité qui allait en découler. Restait Charlier, qu'elle avait évité d'incorporer dans ses tourments. Après ses déclarations douloureuses lors de sa dernière visite, elle savait qu'il allait, comme Ali, prendre un air à la fois furieux et pitoyable lorsqu'il apprendrait son départ imminent.

Avant d'enfourcher sa bicyclette pour descendre poster la lettre où elle l'en informait, elle toqua à la porte du boy. Aucun écho, ni aboiement du chien. Ils avaient dû filer tous les deux au village. Devant la résidence, Drunet discutait avec Masson. Il la héla :

– Attendez ! Il faut que je vous parle une seconde.

– Moi aussi. Je vais d'abord porter une lettre pour le courrier et je reviens, répondit-elle, pressée.

Quand un peu plus tard, elle lui montra l'imprimé qu'elle venait de recevoir, il avala sa salive avant de marmonner un commentaire surprenant :

– Vous vous êtes fait pistonner par quelqu'un ?

– Pas du tout ! Je m'étais simplement inscrite sur des listes.

– Normalement, votre demande aurait dû passer par moi.

– Mais je ne suis pas fonctionnaire, je paie mon voyage. Je ne vois pas pourquoi je passerais par l'administration.

– Par correction, dit-il, les lèvres pincées.

– Ah ! Excusez-moi. J'espère quand même que vous accepterez de signer ma levée d'écrou ?

Il ôta son casque, en regarda attentivement l'intérieur comme pour y trouver l'inspiration, le remit, l'air maussade :

– Le *Médie II* ! Vous allez embarquer sur ce vieux rafiot pourri ! Je vous souhaite bien du plaisir ! Il va y avoir un monde fou, un tas de marmaille…

– C'est probable, mais je ne pense pas qu'actuellement il soit possible de choisir sa cabine et ses compagnons de voyage.

– Pourquoi ne pas attendre de pouvoir circuler confortablement et débarquer en France au printemps au lieu du plein hiver ? Nous pourrions même naviguer ensemble, puisque j'ai prévu de rentrer en mars ou avril. Vraiment, je ne comprends pas pourquoi vous vous précipitez de cette façon.

– Je ne me précipite pas ! Ce n'est pas moi qui ai fixé la date.

– Ce n'est pas sorcier de la faire retarder. Je peux m'en occuper.

– Non ! C'est inutile. Maintenant que je me suis habituée à cette idée, je partirai comme prévu, le 10 octobre.

Masson étant encore dans les parages, Drunet baissa la voix :

– Est-ce que nous nous reverrons à Paris ?

– Nous nous sommes déjà beaucoup vus ici. Je ne vois pas ce que nous aurions de plus là-bas.

Il secoua la tête :

– Je pensais que nous avions fait la paix ?

– Mais nous l'avons faite ! Depuis la mort de Le Guirrec nous ne nous bagarrons plus.

– Forcément, vous me tenez éloigné de vous comme un pestiféré. Vous n'allez quand même pas m'en vouloir toute votre vie pour un stupide instant de folie ?

– J'ai bien peur que si, dit-elle en se rendant compte qu'elle ne le pensait pas vraiment.

– Vous êtes cruelle, Françoise. Je vous ai pourtant dit et écrit sur tous les tons que ma plus grande faute était de vous aimer comme un fou. Au début, je n'ai pensé qu'à vous séduire, c'est vrai, mais ensuite je me suis rendu compte que je tenais à vous, que vous étiez la femme dont j'avais besoin. Je croyais que vous l'aviez compris quand nous sommes partis ensemble pour la réception du gouverneur. Il m'avait semblé que vous étiez plus proche de moi, que je commençais à vous plaire un peu, mais que vous refusiez de l'admettre. Dites-moi que tout n'est pas fini... Ne partez pas en me laissant croire que je ne vous reverrai plus. Ça m'est insupportable.

Elle regarda autour d'elle. Un soleil de plomb leur tombait sur les épaules. Masson avait fini par partir, découragé par cet entretien qui se prolongeait. Une femme et deux enfants passèrent près d'eux en jacassant. Curieux endroit pour trouver une réplique à cette déclaration passionnée. Depuis toujours, avec lui, elle n'avait su que se réfugier dans l'ironie ou le sarcasme. Elle n'allait pas tout à coup se mettre à trier ses mots, les choisir soigneusement pour ne pas blesser, ni entretenir l'équivoque. Simplement, elle voulut gagner du temps :

– Nous verrons cela... plus tard.

– Vous me laisserez votre adresse, au moins ?

– Oui. Même si je ne le faisais pas, vous la trouveriez tout seul, puisque je vous ai dit où j'habitais et que les annuaires doivent toujours exister.

En parlant, elle regardait le cou de Drunet où une grosse veine battait fort. Quelques poils sur sa poitrine frisottaient au-dessus du premier bouton de sa chemise. Pour la première fois, elle ne frissonna pas de dégoût, mais eut pitié de cet homme maladroit qui l'aimait sans espoir.

Occupé à s'éponger le front, il ne capta pas le reflet des yeux verts qui l'observaient avec une sorte d'affection attendrie.

– Vous avez prévenu votre tonton-planteur, je suppose ? demanda-t-il en rangeant son mouchoir dans sa poche.

– Oui... La lettre, c'était pour lui.

– Il compte rentrer bientôt ?

– Je l'ignore. Il n'aime pas vivre en France. Il ne se plaît qu'ici, parmi ses bananiers.

– Quand vous ne serez plus là, il va faire de la dépression...

Il ravala le « lui aussi » qui lui chatouillait la langue.

– Pierre, qu'est-ce que vous allez faire de ma maison ?

– Peut-être une case de passage. Ça m'éviterait d'avoir des gens dans les jambes à la résidence. Et puis je serai fier de montrer votre installation.

– Mais elle sera vide ! Je vais répartir les quelques bricoles qu'elle contient entre des femmes que je connais.

– Françoise, je vous en prie, laissez-la-moi telle quelle. De temps en temps, j'irai y pianoter et j'aurai l'illusion que vous allez entrer d'une minute à l'autre.

– Le piano, je voulais le donner aux gosses de l'école !

– Non, soyez gentille. Moi, je suis preneur du tout : la maison, le mobilier, le piano, les biches, et je vous promets que, lorsque je partirai à mon tour, j'exécuterai toutes vos consignes. D'ici là, vous laissez cela en l'état. Pour moi, de cette façon, vous serez toujours là. Ce sera ma maison de campagne...

– À cent mètres de la résidence ?

– Pourquoi pas ?

– Vous allez avoir les Renard sur le dos dès qu'ils vont voir la maison inoccupée.

– Elle ne sera pas inoccupée puisque j'irai.

Il lui fit promettre aussi que, d'ici son départ, elle viendrait dîner quelquefois avec lui. Émue par tant de constance passionnée, elle n'osa pas refuser.

Ali ne reparut que dans la soirée. Il avait traîné toute la journée dans le village, cassant son chagrin dans des bagarres violentes qui n'avaient pas tourné à son avantage. Sa lèvre supérieure était fendue et gonflée, ses jambes étaient couvertes d'estafilades et sa pommette droite, écorchée, saignait. En le soignant, elle aborda carrément le problème de son départ et lui fit part de son projet de le confier à Charlier avec la perspective d'apprendre la mécanique et la conduite de voiture avec Coulibaly le mécano.

– Makou i vient ?

– Bien sûr. Je te le donne. C'est ton chien maintenant. Tu garderas aussi ma bicyclette.

Momentanément réconforté, il mit la table en reniflant, évoquant lui aussi le « jamais plus », si difficile à accepter dans les séparations définitives. Elle partait au loin pour toujours et ce serait fini. Ils ne se retrouveraient plus comme ce soir-là, à discuter ensemble, tandis qu'il disposait assiette, fourchette, couteau et verre sur la nappe, sans oublier la coupelle d'eau où flottaient trois fleurs d'hibiscus. Un rituel qu'il aimait célébrer pour elle.

– Pourquoi ti veux la France ? Ti bien là. Là-bas, ti tout seul..., c'est pas bon..., dit-il, l'œil mauvais.

– Je sais, j'étais très contente ici, mais il faut que je m'occupe de ma maison, que je cherche du travail, sinon je n'aurai plus d'argent.

Cette éventualité le laissa stupéfait : il n'avait jamais cherché à savoir d'où venaient les billets auxquels elle ne semblait pas attacher d'importance et qu'il croyait inépuisables.

Il alla dans la cuisine remplir la carafe avec de l'eau filtrée et revint avec une idée qui lui illuminait le visage, parce qu'à ses yeux elle réglait tous leurs problèmes :

– Pourquoi ti maries pas le commandant Drunet ? Lui i laimé trop toi, mon vieux. Moi, je connais ! Si lui i quitté Facounda, i commandé encore dans l'Afrique. Moi, je resté toujours avec toi, Makou et le commandant. Cuisinier Samuel, i dit, c'est très bon comme ça.

Ali avait dû passer par la résidence et conter ses soucis au cuisinier et au grand boy qui, à l'époque où Laurent était mort, avaient déjà trouvé des solutions inédites aux malheurs de Françoise en lui conseillant d'épouser Charlier. Cette fois, avec Drunet, on rajeunissait les cadres et on montait tous en grade. Le rêve, en somme !

Dès qu'il reçut le message de Françoise, Charlier vint passer avec elle le week-end suivant. D'une humeur de dogue, il fulminait en descendant de son camion, fulmina dès l'entrée en découvrant les deux caisses en cours de remplissage et continua de fulminer contre le monde entier durant son séjour. Comme pour Drunet, ce départ proche de Françoise le hérissait; c'était une arête plantée en travers de sa gorge. Il s'insurgeait : Elle allait voyager dans les pires conditions. Pourquoi n'attendait-elle pas un avion et la bonne saison, même si cela l'obligeait à patienter encore cinq ou six mois ? Quand elle parla d'Éric, il haussa ses grosses épaules. À ses yeux, ce garçon n'était plus qu'un fantôme sans intérêt qui ne s'était jamais soucié d'elle et qui, même la guerre terminée, ne se manifestait toujours pas...

– Mais, Robert, il a peut-être été tué, répliquait Françoise.

Secouant une tête butée, il attaqua brutalement :

– Si ça se trouve, vous allez vous apercevoir que vous ne l'aimez plus, depuis le temps... Je me trompe ou pas ? insista-t-il, fouillant son visage.

Sans répondre, elle déposa sur le dessus d'une caisse la statuette d'ivoire qu'elle venait d'entortiller dans des serviettes de toilette. Voir ses propres doutes mis en lumière l'exaspéra parce que cela l'obligeait à remuer des cendres encore brûlantes.

– Il est quand même normal que je cherche à savoir ce qu'il est devenu, non ?

– Vous n'avez pas répondu à ma question.

– Et je n'y répondrai pas. Ça ne regarde que moi.

– Si je comprends bien, vous tenez absolument à votre roman, mais il vous manque un personnage... Ma pauvre Françoise !...

Agacée par son ton, elle changea de sujet :

– Robert, je voudrais que vous repreniez votre miroir. Remettez-le à sa place, chez vous, dans la chambre bleue.

– Ça, pas question ! Je vous l'ai offert, il est à vous. Débrouillez-vous pour le ramener en France...

– Mais je n'ai rien pour l'emballer convenablement. Il arriverait en miettes ! s'exclama-t-elle en passant dans sa chambre pour aller se planter devant le miroir Boulle.

Le soir de son arrivée chez Charlier, quatre ans plus tôt, elle l'avait admiré dans la chambre bleue : un objet magnifique de forme ovale, en écaille et bronze, une pièce de collection, insolite dans ce coin d'Afrique. Quelques jours plus tard, le planteur, venu rendre visite à Laurent, offrait le miroir à Françoise « puisqu'elle l'avait trouvé beau »... Lorsqu'elle avait dû abandonner la résidence après la mort de son père, le miroir l'avait suivie, d'abord dans la case d'Éric, puis dans cette demeure qu'elle allait quitter. Toujours aussi incongru au milieu de meubles de fortune, mais, chaque jour, elle y avait regardé son visage.

Devant l'insistance de Françoise, Charlier céda :

– D'accord, je vais le ramener chez moi parce qu'ici quelque pégreleux aurait vite fait de se jeter dessus. Je vais vous l'expédier dans une caisse avec un emballage capitonné et, quand il sera chez vous, à Paris, c'est moi-même qui l'installerai en arrivant, comme le jour où je vous l'ai donné, vous vous souvenez ?

Oui, elle s'en souvenait. À l'époque, le miroir précieux était une sorte de joyau au milieu de la crasse morose qui l'environnait.

Il l'aida à terminer ses préparatifs, cloua avec rage les planches qui fermaient les caisses, un bruit qui rappela à Françoise la mise en bière du malheureux lieutenant. Au pochoir, elle peignit son nom et la destination de ses bagages.

– Qui est-ce qui va habiter ici, maintenant ? demanda le planteur après le dîner.

– Je ne sais pas...

Elle se garda bien de lui parler du sanctuaire que Drunet se réservait.

– Sûrement le toubib et sa tigresse, dit-il, avec une mimique agressive vers le dispensaire.

– Une fois que je serai partie, ça m'est égal.

Toujours bougonnant, il rêva :

– C'était rudement mignon, tout ça. À propos, mes types ont terminé chez moi. Si ça ne vous ennuie pas, je viendrai vous chercher avec vos valises quelques jours avant votre embarquement. Comme ça, vous aurez un peu de temps pour mettre la dernière main à mon installation.

Il s'en alla le lundi matin, avec les deux caisses qu'elle retrouverait chez lui au moment où il l'accompagnerait à Conakry.

Fidèle à sa promesse, elle dîna encore quelquefois en compagnie de Drunet. La dernière soirée eut lieu deux jours avant son départ de Facounda avec Charlier. Repas morose en tête à tête avec un Drunet apathique qui ne toucha pas à son assiette. Il avait projeté de descendre au chef-lieu pour l'accompagner jusqu'au bateau mais, malchanceux jusqu'au bout, il avait reçu le matin même un câble lui annonçant le passage de personnages importants qu'il devait recevoir coûte que coûte, juste le jour où Françoise embarquerait.

Après ce dernier dîner qui avait tout de la veillée funèbre, chandelles comprises, ils discutèrent un long moment dans le salon. Le visage tendu, le front strié de rides, Drunet ne faisait qu'évoquer le passé, comme s'il voulait meubler au maximum les ultimes instants qu'il passait auprès de Françoise, en se raccrochant à des événements quels qu'ils soient, y compris les tragiques, pourvu qu'ils aient été vécus avec elle. Une sorte de capital de souvenirs qu'il opposait à l'inconnu de leur avenir, comme si, dès le lendemain, Françoise allait disparaître à jamais dans un trou.

Tout en parlant, il caressait du regard les épaules dorées sous les fines bretelles de sa robe de cotonnade blanche, admirant la chevelure qu'elle portait floue depuis la soirée chez le gouverneur, la ligne mince du buste penché en avant pour saisir un verre sur la table, et la longue main posée sur l'accoudoir du fauteuil. Depuis toujours, elle n'avait montré à tous qu'un visage lisse qui ne devait être qu'un masque recouvrant ses tourments. Pourquoi n'avait-il jamais réussi à l'émouvoir, à part quelques rares secondes d'un trouble assez vague, alors qu'il rêvait de se battre pour cet amour qui lui collait de plus en plus à la peau ? L'espèce de paix tacite établie entre eux depuis la mort de Le Guirrec ne reposait que sur une pointe d'aiguille. Il le savait. Avant qu'elle ne partît, devait-il lui redire sa passion ? Elle risquait de se cabrer et leur dernière soirée serait gâchée. Pour quelques instants encore, il tenait un trésor fragile à ne pas bousculer. Il s'était souvent demandé pourquoi, alors qu'autrefois il savait si bien trancher, décider, exiger, lutter et triompher, il avait maintenant perdu tout ce qui faisait son punch.

Il se leva pour aller repousser un volet qui claquait sous une bourrasque de vent. Le geste qu'il fit mit en valeur sa taille mince et ses larges épaules. Dans le fond, pensait Françoise, il était séduisant, surtout depuis qu'il avait perdu sa morgue et ne jouait plus de la prunelle ou de son sourire éblouissant. Elle l'avait écouté, d'abord surprise du moment choisi pour ce retour en arrière, émue ensuite en devinant ce qui se passait dans son esprit. Et maintenant, en le voyant aller et venir dans la pièce, elle s'en voulait d'avoir été aussi braquée contre lui depuis leur première rencontre. Elle se demanda quelle était sa propre part de responsabilité dans cette histoire : le sachant amoureux d'elle depuis de longs mois, elle n'aurait pas dû accepter ce voyage en tête à tête avec lui. Quelques secondes, l'évocation de son corps nu, écartelé sur son lit, la troubla. Cet homme qu'elle allait quitter pour toujours connaissait tout d'elle, elle avait été sa chose, sa folie, une folie qui l'avait marqué et qu'il se reprocherait longtemps. Elle n'allait tout de même pas pardonner. Pas déjà !

– Il faut que je rentre, Pierre...

Il revint vers elle avec un sourire triste, lui tendit ses deux mains pour l'aider à se lever de son siège, hésita quelques secondes avant de les lâcher :

– Je vous accompagne.

Elle ramassa sur la table le petit paquet qu'elle avait trouvé sous sa serviette au début du repas. Il avait plaisanté : « Promettez-moi de ne l'ouvrir que sur le bateau... Curieuse comme vous l'êtes, ça va vous démanger de savoir ce qu'il y a dedans. Ce n'est pas grand-chose, seulement un souvenir, en remerciement de nos séances-piano. »

Il faisait très doux sur la côte qu'ils remontèrent en silence. Ils passèrent devant la case vide de Le Guirrec et Françoise ne se dégagea pas quand la main brûlante de Drunet lui entoura le bras.

– Françoise... Je ne veux pas... que vous pensiez..., commença-t-il d'une voix étranglée.

Elle se raidit pour ne pas céder à l'émotion qui l'envahissait devant ce chagrin brutal qu'il ne savait pas maîtriser. Il s'écarta d'elle, fit quelques pas sur le bas-côté de la route et lui tourna le dos, honteux de sa faiblesse.

– Pierre..., je vous en prie...

D'abord figée au milieu du chemin, elle le rejoignit et lui posa doucement une main sur l'épaule.

Il détourna la tête, la secouant douloureusement.

Pourquoi y a-t-il des gestes qu'il ne faut surtout

pas faire en certaines occasions ? La lune, qui avait l'air de souffler sur les nuages pour mieux voir ce qui se passait cette nuit-là à Facounda dans un fourré, à une cinquantaine de mètres de la maison de Françoise, ne put que constater qu'une femme qui se prétendait invulnérable avait fondu devant les larmes d'un homme et que ses deux bras étaient noués à son cou avec un peu trop de tendresse pour n'être que de la compassion. S'étourdissant de cette initiative qu'elle venait de prendre par charité (?), elle posa ses lèvres sur la joue de Drunet. Après être resté quelques secondes comme électrocuté, il s'empara voracement de cette bouche qui jouait avec le feu. Une voix soufflait à l'oreille de Françoise : « Laisse, va, il a été si malheureux..., ce n'est pas si grave... Il t'aime... », mille raisons d'accepter ce baiser profond qui, brusquement, fit craquer des étincelles dans leurs corps. Ils se tenaient étroitement enlacés, vacillants, comme ivres, et Françoise essayait de se persuader que c'était là son adieu à l'Afrique, aux arbres autour d'elle, au fleuve au loin, à cet air tiède qui la grisait.

Un cliquetis approchait, venant de la route. Quelqu'un montait la côte à bicyclette. Françoise reconnut la silhouette d'Ali qui, tanguant d'un bord à l'autre du chemin, pédalait en danseuse.

– Attention !

D'un geste brusque, Pierre entraîna Françoise par la main et la fit s'aplatir avec lui, derrière un buisson. Le boy passa sans les voir. Lorsqu'il eut disparu dans le tournant, elle voulut se relever, mais Drunet la retint :

– Attendez qu'il soit rentré dans sa case.

Et il la reprit dans ses bras, faisant basculer contre lui un corps devenu miraculeusement souple et presque consentant.

Frottant lentement ses lèvres entrouvertes contre le cou de Françoise, il la buvait, ses doigts plantés dans la chevelure fluide qu'il palpait et soulevait pour y enfouir son visage. Sa bouche avide mordit la sienne, leurs dents se heurtant pendant qu'il glissait sa paume sous une bretelle pour y emprisonner un sein. « Qu'est-ce que tu fais là ? Tu es folle ! Bats-toi ! » se disait Françoise tandis qu'une douceur, un bonheur lui venait d'une caresse lente, précise, presque insupportable. À nouveau l'envie brutale de cet homme qu'elle avait si longtemps détesté l'envahissait, exigeante. Des minutes passaient, couleur de feu, incendiant leurs corps. Quand des mains impatientes commencèrent à bousculer ses vêtements, elle appela à son secours les visions horribles de son cauchemar à Conakry, mais ne réussit qu'à trouver merveilleusement doux le contact d'une poitrine bouclée contre la sienne. Quand Pierre s'allongea sur elle, elle eut un dernier sursaut pour le repousser, mais elle n'en avait plus la force, attentive aux caresses qu'il lui prodiguait. Il y avait si longtemps qu'elle n'avait plus ressenti cette faim d'être possédée. Elle en oubliait les cailloux qui lui meurtrissaient le dos et les reins. Au-dessus d'elle, les épaules et la tête de Pierre se détachaient en ombres chinoises sur le ciel. De longues minutes passèrent. Pierre gémissait, en proie à un tourment. Les dents serrées, à plusieurs reprises il tenta sans succès de prendre ce corps enfin enfiévré dont il avait si longtemps espéré le don spontané. Soudain, tremblant, épuisé de lutter en vain, il se laissa retomber sur le dos, humilié :

– ... Pardonnez-moi. Je ne sais pas ce qui m'arrive... C'est idiot !...

En sueur, il s'acharna encore, espérant toujours retrouver sa vigueur, mais dut s'avouer vaincu par la nature qui, pour la première fois de sa vie, lui jouait un tour aussi cruel.

– Vous voyez, je suis puni de ce que je vous ai fait à Conakry, bredouilla-t-il piteusement. Venez, on va aller chez moi. Nous sommes très mal ici. C'est pour ça... Par terre..., comme des bêtes, ce n'est pas...

– Non, Pierre, il faut que je rentre.

– Françoise, mon amour, je vous en supplie, vous n'allez pas partir... comme ça, maintenant... Nous ne savons même pas quand nous nous retrouverons. Ça va me rendre fou, cette idée.

Elle se redressa, remit de l'ordre dans ses vêtements, tandis qu'il restait étendu sur le sol, prostré.

– Allons, venez, ce n'est pas si grave.

– Mais si, c'est grave.

À son tour, elle lui tendit ses mains pour qu'il se remît sur pied et le consola d'un baiser qui les enflamma à nouveau, mais elle tint bon. Elle l'obligea à la quitter avant qu'elle ne tournât dans le chemin menant à sa maison. Ils se reverraient le lendemain matin pour se dire adieu.

Cette dernière nuit passée à Facounda fut blanche. Perturbée par son départ et par son aventure avortée avec Drunet, elle ne put dormir, restant à l'écoute des bruits venus de la forêt. Elle voulait s'en emplir les oreilles pour s'en souvenir toujours. Puis, inlassablement, elle débobina le film des quatre années écoulées : son arrivée à l'aérodrome de Conakry en 1941, la découverte de Laurent, un père trop jeune, trop beau aussi, qui l'intimidait. Elle revit le massacre des biches tout au long de la route qui l'emportait au fond de la brousse vers la grande résidence sinistre où l'attendaient des boys a priori hostiles. Par bouffées, elle revécut certaines scènes violentes avec son père, sa rencontre avec Éric, leur amour, la nuit de Zidra, puis les coups successifs reçus en pleine poitrine : la mort brutale de Laurent, suivie du départ d'Éric en Angleterre..., sa longue solitude, ses démêlés avec Piaud, le dispensaire créé à coups de poing, le retour de Drunet qu'elle avait fui dès le premier jour, et qui ce soir... Une boucle qui se refermait. En filigrane, toujours, Charlier avec sa bonne humeur, son amour pudique, le tout sur fond de pluies interminables, d'orages fracassants, de vents fous et de l'haleine brûlante de la saison sèche.

Derrière elle, trois disparus, trois tombes et un tout petit monde qu'elle quittait irrémédiablement. Longtemps, elle s'agita dans son lit, puis se leva d'un bond pour que cessât cette bousculade de souvenirs et de regrets. Il était quatre heures, inutile d'espérer dormir maintenant.

Sur la table de la cuisine, les deux balluchons d'Ali étaient prêts... Il devait craindre qu'on ne l'oubliât. Elle lui avait promis qu'il pourrait l'accompagner jusqu'au bateau. Ensuite il s'en retournerait avec Makou chez Charlier.

Elle alla ouvrir le cadenas de la mallette où elle conservait les quelques valeurs qu'elle possédait, en sortit une grande enveloppe brune fermée d'un élastique où, depuis trois ans qu'Ali travaillait pour elle, étaient rangées les économies qu'il avait faites. Une précaution utile pour protéger contre lui-même le garçon joueur et dépensier. Elle soupesa la grosse liasse de billets crasseux, ramollis comme des chiffons, les compta, en nota le chiffre sur un papier qu'elle glissa dans l'enveloppe. Charlier pourrait sûrement, lui aussi, continuer à faire office de caisse d'épargne. Depuis qu'il avait demandé à Françoise de conserver cet argent, Ali lui avait fait une confiance aveugle, ne s'inquiétant pas du sort de ses salaires auxquels, sur ses conseils, il essayait de ne pas toucher par crainte de les gaspiller. Logé, nourri, habillé, disposant toujours d'un peu de monnaie pour satisfaire quelque caprice, il avait accumulé un pécule qui l'étonnerait quand il ouvrirait l'enveloppe. Émue à l'idée que ce gosse s'était entièrement remis entre ses mains, elle ajouta dans l'enveloppe quelques gros billets. La semaine précédente, elle avait, sans qu'il le sût, fait des emplettes pour lui : un superbe boubou blanc au plastron brodé, une chéchia écarlate, des babouches en cuir rouge, un casque colonial bien inutile pour un crâne africain (mais c'était son rêve !...), une paire de lunettes noires et un grand parapluie. Le parfait vestiaire du grand chef. Elle rangea le tout dans une nappe dont elle fit un troisième balluchon. À travers les nœuds qui le fermaient, elle enfila le parapluie.

– Moi, je vais me débrouiller pour rentrer dans deux ou trois mois par avion, si je peux, marmonna Charlier en observant un boy qui lavait le bout de la terrasse. Ce coup-ci, ajouta-t-il, j'en ai plein le dos. Par moments, je me dis que je devrais bazarder tout ça, rentrer définitivement au bercail et profiter de la vie...

– C'est ce que je vous ai répété cent fois, constata Françoise.

– ... et puis, quand je m'imagine glandouillant dans les rues avec costume et cravate, ça me fait froid dans le dos. J'ai peur de ne pas m'y faire. Les rares fois où je suis rentré avant la guerre, une fois faite la tournée des coloniaux, des cinémas et des bons restaurants, j'ai commencé à me demander ce que je faisais là. Je m'engueulais avec les gens qui me bousculaient dans le métro. Tout le monde est pressé, hargneux chez vous. Alors je me mets à gamberger, à penser à cette grande baraque, à mes arbres, à tous mes bons à rien, soupira-t-il en montrant le boy qui essorait sa serpillière. Je me mets à cafarder pour de bon, et je reviens...

– Pourquoi ne vivez-vous pas à la campagne ?

Il haussa les épaules, comme si elle avait lancé une énormité :

– Tout seul ?
– Vous êtes bien tout seul... ou presque, ici.
– Ce n'est pas pareil. Ici, je suis habitué. La solitude, ça fait partie de l'Afrique.
Il s'agita, secouant des clés dans la poche de sa saharienne. Françoise observait son profil de vieux lutteur fatigué.
– Quand je rentrerai, dit-il, est-ce que vous aimeriez qu'on visite la France, tous les deux ?
– Bien sûr, pourquoi pas ? Si la voiture de ma mère n'a pas été réquisitionnée et si on trouve de l'essence.
– Vous ne dites pas ça pour me consoler de vous voir partir ?
– Mais non, vous savez bien que je suis toujours heureuse d'être avec vous.
– Forcément, ici, vous n'aviez pas le choix... à part Drunet, tandis qu'à Paris vous allez avoir un tas de jeunes gars qui vont vous tourner autour.
– Arrêtez donc de vous poser des questions.
– J'aimerais vous emmener en Normandie, dans ma famille.
– D'accord, on ira où vous voudrez.
Il soupira à nouveau et repoussa sa chaise.
– En attendant, venez voir ce qui a été fait d'après vos instructions. C'est bien, vous savez...
La veille au soir, arrivant très tard et pressée de se mettre au lit, elle n'avait pas eu le loisir de constater le désastre, mais ce matin, à la lumière du jour, elle devait se rendre à l'évidence : ses instructions avaient fait l'objet d'une interprétation à faire dresser les cheveux sur la tête. Les murs du salon, prévus en « paille léger » pour mettre en valeur les meubles d'acajou, étaient barbouillés en jaune citron criard qui donnait l'impression que le soleil du dehors y

dardait dix fois plus ses rayons et faisait grimper le thermomètre. La chambre de Charlier, qui selon son désir devait être un havre de fraîcheur bleu pâle, avait été badigeonnée en bleu marine. À huit heures du matin, il fallait allumer des lampes pour y voir.

Devant la mine déconfite de Françoise, le planteur s'inquiéta :

– Ça ne vous plaît pas, on dirait...

– Ce n'est pas du tout ce qui avait été prévu ! Ce jaune et ce bleu, quelle horreur ! Vous ne pourrez pas vivre là-dedans ! Qu'est-ce qui s'est passé ?

– J'ai acheté de la peinture, comme vous me l'aviez dit...

– Je vous avais bien recommandé de prendre de la peinture blanche et d'y ajouter vous-même des pointes de bleu ou de jaune. Vous n'aviez pas compris ?

– Ben..., j'ai peut-être eu le tort de ne pas surveiller mes gars, dit-il, piteux.

– Quand vous avez vu qu'ils commençaient avec ces couleurs-là, vous ne leur avez rien dit ? Vous trouvez ça joli, vous ?

– Ben..., ça change un peu. Avant, c'était partout blanc sale.

Elle ronchonna :

– Maintenant, votre chambre est aussi accueillante qu'une cave et le salon est un solarium ! Non, ce n'est pas possible ! Si je comprends bien, vous n'aviez pas acheté de la peinture blanche ?

– Si, un tas de pots, mais ils n'ont utilisé que du bleu et du jaune.

Furieuse, elle décida :

– Bon, on va tout recommencer.

– Hein ?

– Faites apporter toute la peinture blanche, ce qui reste de bleu et de jaune, des pinceaux, l'échelle, des chiffons, et dites aux boys de pousser tous les meubles au milieu de la pièce.

– Vous n'allez pas vous lancer là-dedans deux jours avant de partir ?

– Si. Je ne peux pas vous laisser au milieu d'un barbouillage pareil, vous allez devenir fou !

– Je le suis déjà...

Aidée des boys et de deux jeunes ouvriers de la plantation, elle travailla d'arrache-pied et lorsque, deux jours plus tard, elle monta dans le camion du planteur avec Ali, Makou, les caisses et ses valises, elle laissait derrière elle une grande maison où la chambre et le salon avaient maintenant les teintes douces qu'elle avait voulues pour que Charlier s'y sentît bien.

Les deux journées qui précédèrent l'embarquement sur le *Médie II* furent une course contre la montre : Françoise dut régler des formalités administratives imprévues, aller une dernière fois au cimetière, passer à la banque pour faire virer son compte en France, revoir le notaire, afin de lui signaler la disparition de Jacques Schmidtt, et faire enregistrer ses bagages de cale. Elle trouva une demi-heure pour passer à l'hôtel où elle avait rencontré les ethnologues. On lui apprit qu'ils étaient en brousse chez des amis, où Gilbert terminait sa convalescence.

Le matin du départ, le port qui depuis l'avant-veille était déjà une ruche en effervescence quand le *Médie II* avait accosté devint une fourmilière où des gens se croisaient, s'interpellaient, couraient en tous sens au pied du grand paquebot gris hérissé de mâts de charge qui lui bourraient le ventre de caisses et de ballots de toutes tailles.

Sur le quai, camions, camionnettes et voitures particulières dégorgeaient des familles entières encombrées de colis, de valises et d'enfants pâlots qui levaient des yeux extasiés sur la haute masse du bateau.

Ce départ était aussi l'attraction pour ceux qui n'étaient pas encore du voyage. Ils étaient venus rêver au moment où leur tour viendrait. Des phrases s'échangeaient entre des passagères dont le souci avait été de prévoir le maximum de provisions :

– J'ai mis toute ma basse-cour en confit dans des estagnons soudés ! disait une forte femme, apparemment déjà bien nourrie.

– Moi, c'est du riz et du café, cinquante kilos de chaque, surenchérissait une autre.

– Oh la la ! attention ! objectait un moustachu à mine sévère. C'est limité, ce qu'on a le droit de ramener. Vous allez avoir des surprises à l'enregistrement.

Chacun emportait un peu d'Afrique sous forme de nourriture.

Une jeune femme se plaignait d'avoir expédié à sa mère des petits sacs de café et de riz qui étaient arrivés à destination... mais remplis de sable... Quelqu'un affirmait qu'à Marseille on était spécialiste de ce tour de magie.

– Suzy ! Regarde tes quésopos ! s'exclama un grand cow-boy hilare en désignant à sa compagne deux volumineux coffres en bois qui se balançaient au bout d'un filin.

« Tesquésopos ? » se demanda Françoise, tandis qu'avec une lueur orgueilleuse dans l'œil l'homme précisait qu'il s'agissait d'une trentaine de peaux de panthère. Devant la mine à la fois envieuse et réprobatrice de ses voisins, il crut devoir se justifier :

– Dites donc, ça fait sept ans qu'on se crève ici. Cinq bestioles par an, c'est pas terrible comme moyenne !

Il ne restait plus qu'une heure avant l'embarquement. Charlier, qui cachait sa nervosité en ne tenant pas en place, annonça à Françoise qu'il était temps d'aller chercher ses deux valises enfermées dans la cabine du Berliet. Elle le suivit avec Ali pour une dernière caresse à Makou, sagement couché sur la banquette. En la voyant approcher, le chien jappa de joie et, lorsqu'elle ouvrit la portière, il se jeta dans ses bras. C'était le premier arrachement. Ensuite viendrait la séparation d'avec Charlier, un peu atténuée puisqu'il comptait rentrer dans peu de temps en France, mais avec lui on ne pouvait pas prévoir... La peine du petit boy serait la plus difficile à avaler. Un dernier baiser sur la tête de Makou, une ultime plongée dans le regard doré, plein d'espoir, et elle se détourna, ne voulant voir à travers ses yeux embués que la passerelle au bout du quai, où des gens commençaient à monter. Accoudés au bastingage, les passagers déjà à bord discutaient à tue-tête avec ceux qui restaient à terre ou dévisageaient leurs futurs compagnons de voyage à la queue leu leu sur la passerelle. Une excitation joyeuse, une sorte de ferveur entourait le gros bâtiment sans grâce qui concrétisait enfin toutes les aspirations.

– Bonjour... Vous partez ? Vous prenez ce bateau ?

Près d'elle se tenait une jeune indigène grande et fine, ennuagée d'un ample boubou de mousseline blanche. Un mouchoir de soie bleue, dont les pans noués frôlaient son cou, était joliment drapé autour de sa tête. Elle posa une main sur le bras de Françoise que ce contact mit mal à l'aise. La voix, les yeux étranges étirés vers les tempes, le nez fin et busqué, la longue main qui jouait négligemment avec un collier de coquillages, elle les reconnut : Farah !

La lèvre ironique, il souriait de sa stupeur. Ses prunelles s'étaient déjà emparées du regard clair de Françoise. Il posa un doigt sur sa bouche pour sceller une seconde fois leur secret.

– Bon voyage ! murmura-t-il, puis il s'éloigna tranquillement, la laissant sans réaction.

Charlier qui arrivait, penché sous le poids des valises, s'informa :

– Que voulait cette jeune beauté ?

Comme un dormeur qui s'éveille, Françoise secoua la tête :

– Rien... C'est une femme de Facounda...

– Rudement belle ! constata Charlier en clappant de la langue.

Françoise essaya d'imaginer son ébahissement si elle lui révélait que cette jolie fille qui le faisait saliver était un garçon, voleur honnête, escamoteur de vêtements, pickpocket et prisonnier passe-muraille. Elle se retourna : Farah se glissait à travers la foule, élégant et léger, flottant dans ses voiles comme une caravelle.

Patients jusqu'au bout, Charlier et Ali, qui avait tenu à revêtir sa tenue de grand chef pour l'occasion, restèrent les yeux levés vers Françoise appuyée à la rambarde jusqu'à ce que la dernière amarre retenant le bateau fût larguée. La nuit allait tomber, les lampes commençaient à s'allumer sur le port lorsque le paquebot qui frémissait sous le bouillonnement de sa grosse hélice lança un long mugissement avant de s'écarter lentement du quai, salué par des cris d'adieu.

Dernière vision : la silhouette fauve de Charlier,

un bras agitant son grand chapeau, l'autre affectueusement passé autour des épaules d'un petit chef en boubou blanc qui cachait ses larmes dans sa chéchia. Assis à leurs pieds, un chien jaune.

DEUXIÈME PARTIE

Éric sortit de la bouche de métro, huma l'air léger de cette mi-octobre, rajusta sur son épaule la sangle de son sac de toile kaki, fit passer d'une main à l'autre sa valise métallique et arpenta d'un bon pas le boulevard Malesherbes en direction de son immeuble. Sept ans déjà qu'il avait embrassé ses parents avant de partir travailler en Afrique. Il se souvenait de son enthousiasme, loin de se douter qu'un terrible accident et la guerre leur imposeraient une aussi longue séparation.

Le nez en l'air, il constata qu'au cinquième étage les volets de l'appartement étaient fermés. Il était encore tôt. Sa mère devait dormir. Il pénétra dans le hall, se jeta un coup d'œil dans la grande glace au-dessus d'une jardinière de pierre où s'étiolaient des plantes vertes, et se trouva une mine patibulaire.

En passant devant la loge fermée, il déclencha les aboiements d'un chien furieux, puis s'avança vers le vieil ascenseur hydraulique dont la cage était vide. Toujours en panne au sixième, celui-là… Il n'y avait rien de changé. Il monta le large escalier recouvert d'un tapis grenat à grosses arabesques.

– Hep, monsieur !… Monsieur !… s'il vous plaît !

Venue du rez-de-chaussée, une voix s'inquiétait :
– Où allez-vous ?
– Chez moi ! répondit joyeusement Éric, sans s'arrêter.
– C'est où chez vous ? insista la voix qui courait derrière lui en soufflant.
– Ici !
Une femme replète, les cheveux cachés sous un foulard, arrivait sur ses talons, une pelle et une balayette à la main.
– C'est comment votre nom ?
– Chazelles.
– Mme Chazelles n'est pas là.
Éric posa ses bagages sur le palier du premier étage.
– Elle vous a dit où elle allait ?
Sa mère était partie dans sa maison du Midi.
– Allons bon ! Vous avez un double des clés ?
– Ben... oui, mais moi, je ne vous connais pas... Je ne donne pas les clés comme ça à n'importe qui.
– Je vous ai dit qui j'étais. Je peux vous montrer ma carte d'identité, mon livret militaire ou mon bracelet-matricule, si vous avez peur.
– J'ai pas peur, je fais mon travail. C'est tout. Bougez pas, je vais les chercher, vos clés.
Il redescendit derrière elle et entendit une voix masculine qui questionnait :
– Qu'est-ce que c'est ? Encore un représentant ?
– Non. C'est un grand type énervé, pas sympa, qui dit qu'il est le fils de Mme Chazelles... Tu crois que je peux lui donner le trousseau ?
– Attends, j'y vais, lança le concierge.
Assis sur une marche, Éric attendait, réfléchissant à l'appréciation lapidaire de la gardienne : « Un grand type énervé, pas sympa... »

Un homme en gilet de laine apparut, les clés à la main.

– Ma femme est méfiante, s'excusa-t-il d'une voix étouffée. Depuis l'Occupation, on a toujours peur.

– Mme Collet a pris sa rctraite ?

– Oui. Nous, on est ici depuis un an seulement, dit l'autre en lui tendant le trousseau.

Pour lui, le nom de l'ancienne gardienne était un sauf-conduit irréfutable, mais Éric s'étonna que sa mère n'ait jamais eu l'occasion de parler de son fils à son remplaçant.

Au cinquième, il pénétra dans une nécropole obscure. Une vague lueur filtrait à travers les persiennes closes sous d'épais doubles rideaux fermés. Il retrouvait l'odeur familière du vieil appartement. Même après avoir bourlingué dans le monde, il reconnaissait les senteurs particulières, curieux mélange d'encaustique, de caramel et de savonnette. Les volets ouverts, il fit le tour des pièces, s'attarda dans le bureau de son père dont il avait appris la mort, l'année précédente, par une lettre de l'armée. On sonnait à la porte d'entrée. C'était le concierge, du courrier à la main :

– C'est pour votre mère. Je le fais suivre ou vous vous en occupez ?

– Je le prends, merci.

– Y a un télégramme, aussi ...

– Oui. Ça doit être celui que j'ai posté hier pour prévenir que j'arrivais.

– Si vous avez besoin de quelque chose, ma femme...

– Merci, ça va.

Après un bain prolongé, il se fit du thé, grignota quelques biscottes desséchées et descendit jusqu'à la poste pour télégraphier de nouveau à sa mère, son père ayant toujours refusé l'installation du téléphone dans leur maison-refuge de Cabris. Il désirait aussi chercher dans un annuaire de banlieue l'adresse de Françoise notée dans un carnet égaré lorsqu'il était encore à Londres. Revenu chez lui, le numéro Michelet qu'il composa ne répondit que par une série de déclics sans sonnerie. Renseignements pris, on lui signala que cette ligne n'était plus en fonctionnement.

Le mieux était d'aller voir sur place. Il consacra le début de l'après-midi à régler diverses formalités exigées par son retour à la vie civile et sauta ensuite dans le métro puis dans un bus qui le déposa assez loin d'une villa triste à l'aspect abandonné. Visiblement, Françoise était toujours en Afrique, ce qui n'avait rien de surprenant si les transports étaient encore rares.

Vers six heures, sa mère l'appela, déçue de ne pas avoir été là pour l'accueillir. Il demanda :

– Qu'est-ce que tu fais encore à Cabris à cette époque ?

Légère hésitation au bout du fil :

– J'ai..., je dois... J'y ai passé l'été et, comme il continuait à faire très beau, j'ai eu envie de rester.

– Tu remontes bientôt ?

– Heu... Tu ne peux pas plutôt venir, toi ?

– Si, bien sûr, mais j'ai encore un tas de choses à voir à Paris. Je viendrai dès que je pourrai, dans quelques jours. Je suis content d'être là, tu sais, maman. Ça va bien tout le monde, la maison, Gustave, sa femme ?

– Oui... Tu peux te débrouiller pour tes repas ?

– Non ! Je vais sûrement mourir de faim, dit-il en riant. Ne t'inquiète pas pour moi, je vais encore survivre... Je te préviens dès que je peux m'échapper. Je t'embrasse, maman.

– Attends ! Qu'est-ce que tu manigances à Paris ?

– J'ai des formalités à régler, et puis... des propositions de situations à examiner...

– Déjà ?

– Des copains m'ont parlé de quelque chose qui m'intéresse.

– Où ça ? Pas au diable, j'espère.

– Je n'en sais rien encore, c'est justement ce qu'il faut que j'étudie. Je t'en parlerai quand j'arriverai. Rappelle-moi demain.

– J'aimerais autant que tu ne refiles pas à l'autre bout de la terre...

Il raccrocha, songeur. À peine arrivé, il savait qu'il aurait des choix à faire. Afin de changer de soucis, il commença une lettre pour Françoise. Une longue lettre où il lui racontait ce qu'avait été sa vie depuis leur séparation. Il était évident qu'elle n'avait pas reçu celles qu'il avait tenté de lui faire parvenir par des chemins plus ou moins compliqués, comme autant de bouteilles à la mer, sinon elle aurait répondu. À moins que..., à moins qu'elle ne soit définitivement braquée contre lui et ne veuille plus entendre parler de cet amour qu'il avait sacrifié. Il relut plusieurs fois son texte, le recommença parce qu'il le trouvait un peu sec et trop rempli de sa propre vie, puis, bien qu'incomplètement satisfait, il cacheta l'enveloppe. Il verrait le lendemain si le courrier avion était en service vers l'Afrique et si les télégrammes refonctionnaient normalement vers l'outre-mer.

Qu'allait-il faire de sa soirée ? Il n'avait pas envie de rester seul dans le grand appartement sans vie. Téléphoner à un copain ? Il ouvrit son nouveau carnet d'adresses, choisit un nom, composa un numéro... Une sonnerie, mais pas d'interlocuteur. Et Capron ? Un garçon gai, plein d'humour, qui décrocha en hurlant de joie... mais... ça tombait mal, il n'était pas libre..., une autre fois... Mardi soir, s'il voulait... Éric essaya chez Jacques Tessier, un jeune avocat assez snob mais plein d'esprit.

– Je vais appeler M. Jacques, répondit une voix haut perchée qui essayait de dominer un brouhaha mondain.

– C'est Chazelles ! Salut !

– Salut, Éric ! Tu tombes bien, mes parents donnent un cocktail et j'ai invité des amis. Justement, j'ai essayé de t'appeler cet après-midi, tu n'y étais pas. Tu es libre ? Alors, tu viens. Je te répète l'adresse... C'est ça, oui... Au quatrième gauche. C'est assez... chic..., alors battle-dress s'abstenir !... À tout de suite.

C'était une réception élégante où il retrouva une demi-douzaine de compagnons de guerre. Le père de Jacques Tessier était un magistrat qui espérait pour son fils la même brillante carrière que la sienne. Parmi les invités présents, un grand nombre d'anciens ou de futurs avocats, parents et fils, réunis. Des groupes se reformèrent entre ceux qui avaient vécu les mêmes angoisses depuis Londres. On parla longuement des bombes sur Hiroshima et Nagasaki deux mois plus tôt et de ce que cela impliquait pour l'avenir des hommes, on échangea des adresses, on promit de se revoir... Éric était content de cette soirée qui l'avait distrait. Il prit congé des maîtres de maison, laissant derrière lui un grand nombre d'invités qui semblaient désireux de prolonger joyeusement leurs retrouvailles.

L'ascenseur qu'il avait appelé arriva et s'ouvrit sur un jeune couple. La femme, jolie malgré un visage un peu empâté, ses cheveux roux remontés en chignon et vêtue d'une ample robe beige qui ne réussissait pas à masquer une grossesse très avancée, resta interdite en voyant Éric. Elle leva vers lui de grands yeux candides :

– Excusez-moi..., vous n'êtes pas M. Chazelles ?

– Si, dit Éric avec un vague souvenir de ce visage.

– Je suis Anna Martenot. Voici mon mari Maxence, dit-elle en présentant un bel athlète béat. Vous ne vous souvenez pas de moi ? Anna... Je suis la fille du commandant Piaud... Facounda...

– Ah ! oui, très bien, dit Éric comme s'il émergeait d'un profond sommeil.

– Vous êtes à Paris maintenant ?

– Depuis ce matin seulement. Je viens d'être démobilisé.

– Vous avez joué les prolongations ? plaisanta le mari avec un sourire que sa femme contempla, extasiée.

– Et vous-même, il y a longtemps que vous êtes rentrés en France ? demanda Chazelles à Anna.

Elle expliqua qu'étant donné son état ses parents, qui devaient partir par l'une des premières rotations d'avion, leur avaient cédé leur tour. Sous les yeux mi-clos de la jeune femme qui le guettaient, Éric s'informa des rapports existant entre son copain Jacques Tessier et eux.

– Ce sont nos parents qui se connaissent, dit Maxence. Ils sont tous deux au barreau de Paris.

Enfin Éric lâcha la question qui lui brûlait les lèvres et demanda à Anna :

– Quand vous avez quitté l'Afrique, savez-vous si Françoise Schmidtt y était toujours ?

– Sûrement. Elle doit même être encore à

Facounda. Mon père l'a revue l'année dernière chez le gouverneur à une soirée pour la libération de Paris. Il paraît qu'elle était superbe, en pleine forme... D'après ce qu'il m'a dit, elle allait épouser Pierre Drunet.

Éric encaissa le coup sans broncher, se contentant de demander, les sourcils froncés :

– Pierre Drunet ?

– Oui, vous savez bien, l'ancien adjoint de mon père. Un grand type brun, des yeux très bleus..., pas mal...

– Je vois... Je croyais qu'il avait été rappelé à Conakry ?

– C'est exact mais, quand mon père a été muté au chef-lieu, c'est lui qui est venu prendre le commandement de Facounda. À mon avis, Françoise et lui sont toujours là-bas.

– Ils sont mariés maintenant ?

– Ça..., je ne sais pas. D'après mon père, ils vivent pratiquement ensemble... Je pense qu'ils rentreront en France au printemps après la relève et les nouvelles mutations. Et vous ? Vous comptez repartir en Afrique ?

– Sûrement pas. J'en ai soupé, de l'exotisme.

Anna le regardait attentivement, cherchant une émotion sur son visage impassible.

– Vous êtes tout seul à Paris ?

– Non, j'ai ma mère.

– Si un soir ça vous chante, passez-nous un coup de fil, dit-elle avec un sourire angélique. Donne-lui ta carte, Maxence.

Il prit congé du couple et se retrouva sur le trottoir, la poitrine coincée dans un étau. L'euphorie du retour n'avait duré que quelques heures. Et que penser du hasard, ce manipulateur infatigable, grand expert en manigances, qui noue et dénoue le destin des hommes ? Pour ce garçon à peine libéré des griffes de la guerre, il avait, pour sa première sortie, concocté la pire des rencontres : cette Anna qui, bien que se souvenant de ses anciens liens avec Françoise, n'avait pas hésité à lui lancer en pleine face, et avec son air innocent, la plus douloureuse vérité.

Bien sûr, il avait été naïf de croire qu'après qu'il eut choisi de la quitter, même pour une noble cause, Françoise allait sagement attendre qu'il lui revînt... Quelque chose, pourtant, l'intriguait : elle avait toujours prétendu que ce jeune administrateur lui déplaisait, qu'elle détestait ses façons... et elle l'épousait ! Une phrase d'Anna l'obsédait : « Ils vivent pratiquement ensemble. » Son imagination se mit à le torturer : Françoise dans les bras de cet homme ! Allait-elle le rejoindre à la résidence ou venait-il dans la petite maison près du fortin ? Et, puisqu'il n'était plus sur place, comment le commandant Piaud pouvait-il être sûr de ce qu'il avançait ? N'était-ce pas encore un de ces ragots dont les coloniaux se pourlèchent ? Un instant, une idée folle lui traversa l'esprit : prendre un avion, se rendre sur place. Voir..., toucher la plaie. Non, il ne s'imaginait pas débarquant impromptu chez Françoise. Si Piaud avait dit vrai, il serait ridicule dans le rôle de l'amant trompé. Et à qui se plaindre de vol puisqu'il avait délibérément abandonné son bien ? Alors qu'il la croyait panthère, elle n'avait été qu'une proie, attachée à un piquet, dans son coin de brousse.

Il rentra chez lui, bourré d'idées désordonnées. Il allait lui écrire une autre lettre. Pour lui dire quoi ? Pourquoi s'entêter puisqu'il était trop tard ? Pourquoi la troubler en lui disant qu'il l'aimait toujours ? Françoise infidèle... Il n'arrivait pas à l'admettre et pourtant... Et lui-même ?

N'avait-il rien à se reprocher à propos de Joyce, la mignonne Anglaise qu'il avait connue à Londres ?

Dans sa chambre, il saisit la lettre prête à partir pour la Guinée, décacheta l'enveloppe, relut les quatre feuillets. Saisissant son briquet, il les enflamma et regarda le papier se tordre au-dessus du cendrier où il finit de se consumer.

Le car de Nice le déposa vers onze heures du matin sur la route passant au pied de l'église de Cabris. Il continua jusqu'à un chemin caillouteux qui semblait plonger dans le vide, au creux d'un paysage magnifique. Une vue extraordinaire que le mistral avait balayée de la brume qui souvent l'estompait. Il s'arrêta, émerveillé. C'était encore plus beau que dans son souvenir. En contrebas, il reconnut le toit conique de la petite tourelle qui flanquait la maison posée au milieu d'un terrain complanté de conifères, d'eucalyptus et de palmiers. Sur la droite, une petite oliveraie. De l'Esterel à la baie de Cannes, ce n'était qu'un moutonnement de verdure sombre, un endroit de rêve, protégé du bruit, comme suspendu dans le ciel au-dessus de la rousseur des toits aux tuiles rondes. Vingt ans plus tôt, son père avait acheté, restauré et agrandi ce mas qu'il avait ensuite fignolé dans les moindres détails.

Quand il poussa le portail de bois, Mme Chazelles parut, menue dans une robe grise à parements blancs.

– Te voilà tout de même ! dit-elle en se pendant au cou de son fils.

Ses deux bras entourant les épaules fragiles,

Éric regardait vers la tonnelle, là où son père se tenait autrefois sur une chaise longue.

– Tu as maigri, mon grand, dit-elle en contemplant le visage creusé aux traits durcis.

– Toi, ça va très bien, on dirait, mentit Éric, en détaillant le petit visage pointu marqué de couperose aux pommettes, les cheveux châtains striés de blanc et les prunelles noires, qui semblaient énormes derrière d'affreuses lunettes d'écaille. Des rides profondes de chaque côté de la bouche lui donnaient une expression amère.

– Viens, on en a des choses à se dire ! déclara-t-elle en l'entraînant vers la terrasse.

– Je voudrais poser mes bagages dans ma chambre.

– Laisse, le jardinier va s'en occuper. On va parler et nous déjeunerons de bonne heure. La femme de Gustave t'a préparé de la tapenade et du lapin au thym...

Elle semblait fébrile, tripotant son col blanc comme s'il la gênait au cou. Quand ils furent assis dans des fauteuils d'osier, ils se racontèrent longuement. Elle décrivit à Éric la maladie de son père dans un appartement glacé dont il avait fallu fermer la plus grande partie des pièces par manque de chauffage, les problèmes de ravitaillement, sa solitude, son inquiétude à son sujet.

À son tour, il évoqua l'Afrique, son accident, omettant intentionnellement son aventure avec Françoise, Londres ensuite, et la guerre, l'Allemagne...

Il soupira :

– Maintenant, tout ça, c'est du passé. Attends, ne bouge pas, je vais chercher quelque chose, dit-il en se dirigeant à grands pas vers la maison.

Elle se redressa sur son siège, le regard anxieux

fixé sur la porte par laquelle il venait de disparaître.

Il s'absenta quelques instants, puis reparut, le visage préoccupé, un colis à la main.

– Qu'est-ce que c'est tous ces cartons partout ? Qu'est-ce qui se passe ? Tiens, je t'ai rapporté ça…

– Je vais t'expliquer, dit-elle en commençant à déballer son cadeau pour gagner encore un peu de temps.

C'était une très belle théière en argent massif.

– Elle est superbe ! Ça vient de Londres ? demanda-t-elle en se levant pour l'embrasser.

– Non, de la rue des Saints-Pères, elle m'a plu… Tu ne m'as pas dit ce que c'était tout ce déballage ?

Elle lâcha brutalement :

– Eh bien, voilà. J'ai vendu la maison…

– Quoi ? s'écria-t-il, l'œil terrible. Mais pourquoi ?

– Tout simplement parce que je n'arrive pas à l'entretenir, c'est trop lourd, il y a des travaux à prévoir partout, le jardinier à payer… On m'avait fait une proposition intéressante cet été…

– Tu as vendu cette maison que papa avait arrangée pour toi avec tellement d'amour ? C'est de la folie ! J'allais revenir… Tu aurais pu attendre et me consulter !… Je pouvais t'aider à payer ce qu'il fallait.

– Mais je n'y viens presque plus et je m'y ennuie toute seule. Et puis…, dit-elle en redressant sa petite taille, c'est comme ça, on n'en parle plus. J'ai eu envie de simplifier ma vie. Je me demande même si je ne vais pas aussi me débarrasser de l'appartement et prendre quelque chose de plus petit, plus facile à entretenir… Je deviens vieille, que veux-tu.

Un silence lourd. Mme Chazelles soulevait le couvercle de la théière, regardait à l'intérieur, la retournait, cherchant le poinçon.

– Puisque tu es là, tu vas pouvoir m'aider. Mes acheteurs veulent prendre possession du mas à la fin du mois. Il faut que je dégage certaines choses. Tu sais, j'ai très bien vendu, et ils reprennent aussi tout le mobilier.

Outré, il gronda :

– Tu as même bazardé les meubles de papa ?

– Les meubles de papa... Ils étaient dans « ma » maison, puisqu'elle est à mon nom... Où voulais-tu que je les mette ? À Paris ? Du provençal avec du Louis XV ? Non, c'est mieux comme ça. D'ailleurs, ils n'ont pas discuté les prix, pour ça non plus. Je n'ai pas fait une mauvaise affaire, rassure-toi...

Éric retourna dans la salle à manger. Son regard caressait le vieux bahut sombre, la lourde table posée sur les tommettes cirées. Il n'avait que dix ans quand son père avait acquis ce mas, mais il se souvenait encore des longues promenades avec lui, à fouiner chez les brocanteurs ou les paysans pour découvrir l'objet, le fauteuil, le chandelier, le cuivre qui, depuis, habitaient près de la cheminée.

Mme Chazelles l'avait rejoint.

– Il faudra que tu emballes tes affaires, toi aussi. Gustave a posé des cartons dans ta chambre.

– Tu as aussi vendu les meubles qui étaient chez moi ?

– Évidemment, qu'est-ce que tu voulais en faire ?

Tout en se rendant compte que cette discussion était inutile étant donné le tour qu'allait prendre sa propre vie désormais, il ronchonna :

– Tu aurais pu attendre... pour ça aussi. Il y a des choses que j'aimais beaucoup.

– Quoi, par exemple ?

– La bonnetière, la petite bibliothèque... Enfin..., tant pis. De toute façon, je n'en suis plus à un gâchis près.

– Ce qui veut dire ?

– Rien. Je vais me changer, dit-il, le visage contracté.

L'écœurement. C'était ce qui dominait depuis qu'il était arrivé à Paris. Son père lui manquait, il avait perdu Françoise, on bazardait ses souvenirs : la maison, les choses de sa jeunesse. S'il avait encore eu quelque hésitation à accepter les propositions qu'on lui avait faites deux jours plus tôt, ce massacre de ce qu'il avait aimé, tout ce à quoi il s'était raccroché aux heures les plus dures de la guerre, le poussait maintenant aux épaules. Sa décision était prise. Définitivement.

Pleine d'entrain maintenant qu'elle était débarrassée de son aveu, Mme Chazelles vint s'asseoir en face de son fils à la table du déjeuner. Il la regardait fixement, ne reconnaissant pas sa mère dans cette femme bavarde uniquement préoccupée par des détails d'emballage de ses bibelots.

– Tu ne manges pas, Éric ? Tu n'as pas faim, tu n'es pas malade ? dit-elle en poussant vers lui le ravier d'olives noires pilées. Avant, tu aimais bien ça, la tapenade...

Une bouffée de colère lui gonflait la gorge qu'il n'arrivait pas à refouler. Incapable de se dominer, il éclata :

– J'en ai marre ! Je vais refoutre le camp !

Elle ouvrit des yeux affolés.

– Comment ça ? Qu'est-ce qui te prend ? Tu viens d'arriver.

La voix enrouée, il répéta :

– Je vais foutre le camp en Amérique.

– Éric ! gémit-elle. Mais pourquoi ? J'espère que ce n'est pas à cause de la maison…

Il secoua la tête sans répondre. S'il avait été moins accablé, il aurait pu, par pitié pour elle, lui expliquer que l'essentiel du mélange explosif qui le rendait injuste et odieux venait du fait que, si pour elle la mort de son mari faisait déjà partie du passé, pour lui elle datait seulement de la veille, lorsqu'il s'était retrouvé dans le bureau vide de son père, et maintenant dans cette maison vendue où il ne le reverrait plus jamais. À cela il fallait ajouter qu'une femme qu'il avait aimée l'avait oublié… Un triple chagrin planté dans sa peau. Trop difficile, trop complexe, trop douloureux. Il ne savait plus ouvrir son cœur. Il était trop vieux maintenant pour les confidences.

Ne sachant comment apaiser une colère dont elle se croyait l'unique responsable, elle trouva un argument aussi pauvre que maladroit :

– Mais, Éric, pour la maison, tu auras ta part !

– Je m'en fous de ma part ! clama-t-il.

Il quitta la table et retourna sur la terrasse, un peu essoufflé. Elle le suivit, tortillant sa serviette entre ses mains.

– Tu peux me dire ce qui t'empêche de chercher du travail en France ? C'est trop petit pour toi ? Il te faut le Nouveau Monde ?

– Il se trouve que la situation qui m'intéresse est à l'étranger, c'est tout.

– Tu as un contrat signé ?

Il passa sous silence le fait qu'en partant pour Cabris il n'était pas encore décidé.

– Oui. Moi aussi, j'ai vendu, dit-il en regrettant aussitôt sa cruauté inutile.

– Ah bon ! Ce sont des représailles, ricana-t-elle, les paupières baissées.

– Non. C'est seulement parce que j'ai envie de bouger.

– Mais tu ne fais que ça depuis dix ans, bouger. Est-ce que tu as pensé à moi dans tout ça ? J'ai soixante et un ans. Si tu pars, je ne serai peut-être plus là quand tu daigneras revenir. Déjà... tu vois, ton père...

– Pas de chantage, maman.

– Tu aurais pu me consulter avant de te décider.

– C'est exactement ce que je pense pour le mas.

– Enfin, je suis adulte ! Je fais ce qui me plaît avec ce qui m'appartient, si tu permets...

– Mais moi aussi, maman, dit-il d'une voix radoucie.

Elle le regardait, décontenancée. Elle allait le perdre.

– Qu'est-ce qu'elle fait, cette société qui t'a engagé ?

– C'est une boîte américaine d'engins de terrassement.

– Il leur faut un ingénieur français ? Ils n'ont personne chez eux ?

– Laisse-moi un instant, dit-il d'un air las.

Il alla ouvrir le portail, sortit sur le chemin, faisant rouler des cailloux sous ses pas, puis, se ravisant, revint dans le jardin et descendit jusqu'en bas de la propriété pour aller retrouver le vieil eucalyptus au feuillage argenté dans lequel il aimait grimper autrefois. Il appuya son dos endolori contre le tronc écaillé et ramassa sur le sol une feuille pointue et desséchée qu'il émietta entre ses doigts pour retrouver son odeur. Le crâne bourdonnant, empêtré dans des contradictions, il réfléchit longtemps, puis se décida à remonter vers la maison. Le visage fermé et le geste nerveux, sa mère emballait des verreries de Biot dans du papier journal. Encore une image du passé. Il revoyait exactement l'endroit où son père avait acheté ces carafes bosselées où des milliers de bulles étaient prisonnières de la pâte émeraude ou topaze.

– Alors, tu pars quand ? demanda-t-elle d'un ton glacé.

Il plongea ses yeux dans les prunelles brillantes de larmes.

– Dès que tu auras terminé ta braderie et que tes bagages personnels seront prêts.

Il marqua une petite pause avant de lâcher :

– Je veux que tu viennes avec moi aux États-Unis.

Elle sursauta, comme offusquée.

– Hein ? Qu'est-ce que j'irais faire là-bas, moi ?

– Tu vivrais auprès de moi. C'est une bonne raison...

– Mais ça coûte cher, le voyage, dit-elle en s'épongeant le front d'un revers de main.

– Tu es riche maintenant. Tu peux t'offrir ça, non ?

Elle ôta ses lunettes, les essuya, se frotta les yeux.

– C'est grand, les États-Unis... Tu vas où exactement ?

– D'abord à Chicago, où se trouve le siège de la société. Ensuite, peut-être, Los Angeles... Je ne sais pas encore...

– Oh la la ! Chicago, c'est plein de gangsters ! Je ne crois pas que je vais m'y plaire. J'aimerais mieux aller chez ma sœur Raymonde en Australie.

Hors de lui, il explosa :

– Eh bien, vas-y chez tante Raymonde ! mais

ne viens pas te plaindre ensuite de ne plus me voir.

– Tu vois, tu m'en veux, dit-elle en pleurnichant.

– Oui, je t'en veux. Mais je t'aime aussi et je tiens à te garder auprès de moi.

– Chicago ! Mon Dieu ! gémit-elle en se précipitant comme une folle dans la cuisine.

Vidé de sa colère et la conscience en paix, il commençait à se demander si cette décision coup de poing qu'il venait de prendre était une bonne solution. Il l'entendit interpeller le jardinier qui continuait placidement à entasser des bibelots dans une caisse et claironner :

– Allez, allez, Gustave, pressez-vous. Il faut que je rentre à Paris. Je pars à Chicago... Chicago ! En Amérique...

Au loin, la côte n'était plus qu'une ligne sombre piquetée de lumières. Encore crispée d'émotion, Françoise descendit dans les profondeurs du bateau, arpenta les coursives encombrées de passagers aussi perdus qu'elle, à la recherche de la cabine 423 qu'elle devait partager avec trois autres personnes. Quand elle la trouva, elle ne put y pénétrer. La porte était bloquée de l'intérieur par un déballage de valises sur le sol, des vêtements étaient éparpillés sur les quatre couchettes. Voyageraient avec elle une femme et ses deux filles, adolescentes au teint pâle qui se chamaillaient sur le choix de leurs lits. La mère, exaspérée, trancha :

– Ça suffit ! Je ne veux pas que vous grimpiez tout en haut. Vous pourriez tomber, vous coucherez toutes les deux en bas.

Puis, tournée vers la gêneuse perplexe qui n'osait avancer un pied :

– Vous pourriez pas revenir plus tard ? On s'installe…

Françoise battit en retraite. Le peu de temps où la porte était restée entrouverte, elle avait reçu en plein visage une bouffée d'air surchauffé qui augurait mal de la cohabitation à quatre dans un espace aussi réduit.

Partout, elle retrouva la foule : dans les salons, la salle à manger, les coursives, les escaliers intérieurs et extérieurs, l'entrepont et les ponts. Le vieux paquebot était bondé et les commentaires voltigeaient :

– Il paraît qu'on a embarqué trois fois la capacité normale du bateau.

– Et c'est pas fini ! Il y a encore un tas de gens qui vont monter à Dakar.

– Une vraie boîte à sardines ! Faut vraiment avoir envie de rentrer.

L'œil rêveur, on évoquait les transports d'avant-guerre :

– Ah ! le *Banfora* !...

– Et le *Foucauld,* alors !... Formidable !

– On était venus en 1938 sur le *Brazza*... Ça, c'étaient des bateaux !

– Quelle belle vie à bord !

– Et quelle table, aussi ! soupirait un gros homme à la panse dilatée. Trois services étant nécessaires pour nourrir une telle surpopulation, Françoise avait été affectée au dernier. Peu avant l'heure de se rendre à la salle à manger, elle put enfin pénétrer dans l'espèce de boîte vernie où elle allait vivre durant deux longues semaines. Une échelle permettait d'accéder à la couchette supérieure qui lui était attribuée. Elle installa tant bien que mal sa trousse de toilette et ses vêtements de rechange dans son placard que ses compagnes de chambrée avaient déjà en partie occupé, prétextant qu'elles n'avaient pas assez de place dans les leurs.

– Ça ne vous dérange pas, au moins ? demanda la mère de famille, la prunelle menaçante.

Ses trois voisines, qui avaient dîné très tôt, étaient déjà couchées et l'observaient pendant qu'elle changeait de tenue. Allongée sur la couchette haute vis-à-vis de la sienne, la femme déclara, les lèvres pincées, qu'elle-même n'avait pas l'intention de faire autant de chichis sous prétexte qu'elle « mangeait » sur un bateau... Sans prêter attention à la remarque, Françoise passa l'une des toilettes qu'elle s'était faites, la robe blanche à fines bretelles qu'elle portait lors de sa dernière soirée avec Drunet, un souvenir qu'elle s'empressa de balayer pour échapper à certains détails qui la gênaient.

Une table de dix personnes l'accueillit : des gens montés avant elle aux escales de Douala et d'Abidjan. Sympathiques dans l'ensemble, ils parlaient avec bonne humeur de l'inconfort du bateau, conséquence de la surcharge qui désorganisait les installations; un couple avec trois enfants était séparé : la mère occupait une cabine avec ses fils tandis que le père en partageait une autre avec des maris également éjectés d'un dortoir insuffisant.

Quand plus tard Françoise réintégra la 423, elle fut prise à la gorge par l'atmosphère d'étuve dans laquelle les trois passagères dormaient déjà. Elle se dévêtit dans l'obscurité, escamota sa toilette habituelle et grimpa à l'échelle. Une tyrannie qui datait de son enfance l'obligeait à lire quelques instants pour trouver le sommeil. Quand elle alluma la veilleuse au-dessus de sa couchette, des protestations véhémentes s'élevèrent de bas en haut et elle éteignit pour avoir la paix. Elle resta de longues heures éveillée, à l'écoute d'autres insomniaques qui arpentaient les coursives. Un imperceptible roulis et un léger tangage faisaient grincer les parois, tandis que des profondeurs du bâtiment montaient les trépidations des turbines. Les yeux attachés à la mince lueur filtrant sous le rideau bleu foncé qui masquait le hublot, Françoise suffoquait dans l'air confiné. Jamais elle ne tiendrait ainsi toutes les nuits dans cette touffeur et sans pouvoir bouquiner à sa guise. Elle était brusquement passée du calme solitaire des grands espaces à l'internement cellulaire et à la promiscuité. Au petit matin, elle somnolait enfin dans l'air plus frais quand la plus jeune des filles se réveilla en hurlant qu'elle avait faim...

Un répit pour la toilette pendant que les trois autres se précipitaient à l'appel du coup de gong du petit déjeuner, mais, dès que l'endroit fut à nouveau investi, elle s'en échappa en se promettant de n'y remettre les pieds que le minimum de temps. Un livre sous le bras, le paquet remis par Drunet dans son sac, elle monta sur le pont, aspirant de longues goulées d'air marin. Toutes les chaises longues alignées sur trois rangs serrés avaient déjà trouvé preneurs. Conclusion : pour faire partie des bienheureux allongés, il fallait se lever tôt. Elle alla s'installer dans un salon quasi désert où quelques passagers faisaient de la correspondance.

Le paquet de Drunet, soigneusement emballé, contenait une lettre et une petite boîte en carton blanc. À l'intérieur, sur un lit d'ouate, une grosse chevalière en or. Une bague superbe de fabrication indigène, très lourde, qu'elle enfila à son annulaire droit. De forme rectangulaire, elle emboîtait toute sa phalange. Entre deux bourrelets verticaux était enchâssée la reproduction miniature d'un masque rituel : un visage long au front orné d'une grosse perle d'or, au-dessus d'yeux aux paupières baissées, un nez à peine esquissé et une bouche presque inexistante. Ce très beau bijou allait parfaitement à son doigt.

Dans la lettre qui l'accompagnait, Drunet

expliquait qu'il était tombé amoureux de cette bague qui s'allierait très bien avec le bracelet offert par Laurent. Il s'étendait longuement sur sa solitude à venir, sur son espoir de la retrouver très vite et la suppliait à nouveau de *tout* lui pardonner. Il insistait aussi pour qu'à l'escale de Casablanca elle allât rendre visite à ses parents dont il lui joignait l'adresse. Longtemps, elle resta songeuse, hantée par le souvenir de leur dernière soirée. La bague, la lettre, la visite aux parents constituaient un nouveau problème qu'elle repoussa de ses pensées immédiates. Elle verrait plus tard...

Le lendemain, il y eut soirée dansante au salon. La vue des couples agglutinés et en sueur piétinant sur place la fit fuir. Elle fila jusqu'à sa cabine encore vide pour y prendre bouquin, couverture et oreiller et revint sur le pont afin de s'installer dans un fauteuil repoussé sous un point lumineux. Il faisait une température idéale, tiède, porteuse de senteurs iodées. Elle se sentait bien, allégée, emportée dans la nuit par une volonté étrangère. Une lune énorme faisait scintiller une flaque de mer huileuse, crénelée de vaguelettes, dans laquelle, un peu plus tard, passa lentement la silhouette d'un chalutier à peine éclairé. Hérissée à l'idée de replonger dans sa cellule après ce bain d'air pur, elle ferma les yeux, pensant qu'après tout elle pouvait très bien rester là et dormir sur la chaise longue, enroulée dans sa couverture. Son rêve de solitude ne dura pas longtemps. Des bouffées de musique s'échappaient du salon chaque fois que les portes donnant sur le pont-promenade recrachaient des danseurs surchauffés qui venaient se purger des miasmes intérieurs en humant de longues prises d'air salé. Alors qu'il y avait quantité de fauteuils libres, deux hommes vinrent s'asseoir de chaque côté de son siège. Quelques minutes plus tard, deux passagères surexcitées fondaient sur l'homme paisible installé à sa gauche, jetant au passage un regard hostile à la fille solitaire, trop proche de lui à leur goût.

– Ah ! tu étais là... On te cherche depuis un bon quart d'heure, remarqua l'une, d'un ton acerbe.

– Venez donc, les Morin vous attendent. Ils ont besoin d'un quatrième pour leur bridge, proposa l'autre.

Docile, le mari se leva et fit un bref salut à Françoise. L'homme à sa droite, la quarantaine fatiguée, très élégant dans un costume clair, ne chercha pas à entamer la conversation, se contentant de jeter de discrets coups d'œil sur le profil de la jeune femme plongée dans son livre. Une heure plus tard, alors qu'il avait sombré dans un long somme, les bras croisés sur sa poitrine, le passager se réveilla en sursaut, se passa une main sur le visage et se leva, tout ankylosé, surpris de constater que sa voisine était toujours là, en train de lire.

– Bonne nuit, mademoiselle. On est rudement bien ici, hein ? Faites attention, en mer l'humidité tombe vite.

C'était vrai. Elle toucha ses cheveux devenus mous et spongieux. Arriva le moment où le pont fut totalement vide et silencieux. Pour elle seule, l'immensité et l'impression euphorique de flotter dans la nuit, son pouls accordé aux battements du gros cœur caché dans les soutes sous la mer.

Les jours suivants coulèrent lentement entre une eau sans rides et un ciel devenu lourd. Elle se laissa entraîner à des jeux : palet, badminton, volley-ball et autres classiques maritimes pour lesquels les gens assemblés sur le pont se passionnaient, mais continua de dormir à la belle étoile, avec la sensation toujours renouvelée de se purifier le corps et l'esprit. Sa compagne de voyage, la rencontrant un après-midi, lui demanda, l'air soupçonneux, pourquoi elle désertait leur cabine. Elle expliqua son incapacité à rester dans un endroit confiné, son impossibilité de s'endormir sans avoir pu lire quelques minutes, passant sous silence l'odeur suspecte des corps mal lavés qui stagnait dans l'atmosphère.

– Je ne suis d'ailleurs pas la seule de mon espèce. Il y a un tas de gens qui, comme moi, se trouvent très bien à l'air libre, ajouta Françoise.

– Moi, j'aimerais pas ça. J'aurais peur.

– Peur de quoi ?

– Je ne sais pas..., des hommes...

Françoise sourit, évoquant en elle-même les ombres masculines qui rôdaient parfois dans les parages mais qu'un coup d'œil glacial décourageait de toute entreprise. Seule exception : le commissaire du bord qui, son service terminé, était venu à plusieurs reprises bavarder avec elle. Il comprenait qu'elle pût souffrir de la promiscuité. Il lui expliqua que les cabines pour deux étaient réservées aux couples et qu'en classe touriste où elle se trouvait ce n'était pas le confort des premières, une évidence qu'elle avait soupçonnée en réglant son passage. Quatre soirs de suite, il vint à elle, avec des verres de jus de fruits qu'ils sirotaient en discutant. Chaleureux, il lui raconta sa guerre, évoqua sa femme et ses enfants qu'il voyait trop rarement et parla avec passion de son service dans la marine marchande qu'il avait repris depuis peu de mois.

L'escale à Dakar déclencha un nouveau branle-bas de combat. Pressés contre le bastingage, les « anciens » regardaient de travers les « nouveaux » qui embarquaient. Beaucoup protestaient : « C'est de la folie ! On était déjà en surcharge ! » et, dès cet instant, des signes extérieurs de réservation : livres, lunettes noires, ouvrages de dame, foulards et vêtements se mirent à fleurir sur les chaises longues désertées à l'heure des repas. Des prises de bec éclatèrent et Françoise s'amusa à observer la conjuration des Ivoiriens et des Camerounais afin d'assurer à tour de rôle une garde sourcilleuse des sièges convoités par les Sénégalais. Chaque jour, jusqu'à l'arrivée à Marseille, les gens de Dakar durent batailler pour pouvoir, à leur tour, profiter d'un transat. Ignorant cette concurrence féroce, Françoise s'était trouvé un coin tranquille à l'ombre. Assise sur sa couverture pliée en quatre, elle attendait paisiblement la nuit où, sur toute la longueur du pont, une triple rangée de fauteuils vides lui tendrait, au choix, des centaines de bras.

– Qu'est-ce que vous faites en pénitence ici ? lui demanda le commissaire en la découvrant, un matin, seule dans son coin.

– J'admire la générosité de mes compatriotes, lui dit-elle en souriant.

La prochaine escale était Casablanca. On quittait l'Afrique noire et ses hommes, simples et naturels comme l'air qu'ils respirent ou la terre qu'ils foulent en dansant. Toutes ces étapes le long du ventre arrondi de la côte ouest avaient été comme autant d'ultimes caresses à ses pays attachants.

C'est au cours de la troisième nuit après l'escale de Dakar que le commissaire vint la réveiller sur le pont : on prévoyait du gros temps, elle ne devait pas rester là… Elle voulut se réfugier dans le salon, mais un matelot l'en délogea sous prétexte qu'il devait fermer les portes. À contrecœur elle descendit vers le four où l'attendait sa couchette et, les yeux grands ouverts, assista à la naissance de la tempête : insidieuse accentuation des mouvements du navire, grincements inquiétants des structures et rage des vagues qui giflaient la coque. Plus avant dans la nuit, la houle s'enfla encore. Une pluie poisseuse et drue brouillait la vitre du hublot où le reflet pailleté du bord illuminé montait et descendait, balançant son halo. Un fort roulis et le tangage profond conjugués donnaient l'impression que le paquebot, faisant du surplace, dessinait un cercle sur la crête des lames. Les parois de la cabine craquaient; dans l'armoire de toilette les flacons se poursuivaient sur des plans inclinés et des valises glissées sous une couchette commencèrent un va-et-vient horripilant. Réveillées, les filles se mirent à pleurnicher quand leur mère annonça en gémissant qu'elle allait être malade..., c'était sûr... Tellement sûr que, du haut de sa couchette, elle expédia des fusées clapotantes sur le sol en râlant comme une agonisante. Françoise la soigna de son mieux, mais évoluer dans un espace aussi restreint et souillé au milieu de valises baladeuses tenait du patinage et de l'acrobatie. Le vieux bateau malmené souffrait comme si ses flancs trop gonflés allaient voler en éclats pour dégorger à leur tour une cargaison humaine sur les flots déchaînés.

En se cramponnant aux rampes qui couraient sur les murs des coursives, Françoise essaya de retrouver l'infirmerie. Une vingtaine d'hommes hirsutes, en pyjama, l'y avaient précédée, venus mendier quelque remède pour femme ou enfant. Un médecin débordé fit une distribution générale de comprimés. La porte de la 423 à peine entrebâillée, Françoise recula en se bouchant le nez. Imitant leur mère, les filles rejetaient en chœur tout ce qu'elles avaient avalé la veille. Une abjection insoutenable. Le front en sueur, elle referma précipitamment et interpella deux matelots qui circulaient avec l'allure hésitante d'ivrognes. Ils l'envoyèrent poliment promener, arguant qu'ils avaient des dizaines d'autres cabines à nettoyer... Le dos appuyé au mur du couloir, elle se demandait comment elle pourrait retourner dans ce cloaque sans être incommodée à son tour. Le bas de sa robe de chambre enfilé dans sa ceinture, elle entra, les dents serrées. Une serviette de toilette imbibée d'eau de Cologne appliquée sur le nez et nouée sur son cou, elle se résigna aux basses besognes. Puis elle fit avaler des comprimés à tout le monde, prit une douche en se cognant aux parois du cabinet de toilette, s'habilla en dansant d'un pied sur l'autre, attrapa son imperméable et, zigzaguant de bâbord à tribord dans les coursives, se mit à fuir, à bout de souffle, obnubilée par l'envie de trouver une porte donnant sur l'extérieur pour l'ouvrir juste le temps de se désodoriser les narines.

Mais un cerbère veillait à ce que personne ne sortît sur les ponts glissants et elle dut se rabattre sur le bar où, en quelques minutes, elle fut rejointe par des loques verdâtres aux yeux flous qui rêvaient d'un remontant. Le barman ne se montrant pas, tout le monde s'écroula dans des fauteuils, la paupière en berne.

En maillot de corps, short et chaussettes hautes, un nouveau venu annonça qu'il avait consulté un baromètre indiquant que les millibars dégringolaient en chute libre. Avec le vent de force dix prévu par ailleurs, « on va en baver », disait-il. Surenchérissant dans le défaitisme, le propriétaire des « quésopos » suggéra qu'avec ce temps de chien des mines magnétiques pouvaient très bien se décrocher du fond et venir se balader dans les parages. « On va peut-être bien s'en payer une », ajouta-t-il.

Le gros temps dura trois jours. Avec son trop-plein d'âmes, le paquebot avait pris l'allure d'un vaisseau fantôme hanté par de rares survivants aux entrailles à toute épreuve. Françoise, qui faisait partie de ces privilégiés, se demanderait longtemps par quel miracle son propre estomac d'ordinaire si prompt à se retourner comme une chaussette à la moindre contrariété avait pu se montrer si indifférent à la colère de l'océan. Vingt fois elle regretta de ne pas avoir écouté Charlier ou Drunet lorsqu'ils lui conseillaient d'attendre un avion ou de meilleures conditions de voyage. Blottie dans un fauteuil du salon des premières classes (pourquoi pas ?), elle rêvait de sa thébaïde de Facounda, cherchant à retrouver l'odeur des frangipaniers aux fleurs d'émail ou la glissade soyeuse et tranquille d'une pirogue sur le fleuve. Elle finissait par se secouer, refusant de se laisser déprimer par une trop pesante nostalgie. Mais souvent les derniers instants vécus dans la brousse repassaient devant ses yeux, quelques scènes rapides dont chacune contenait son poison : l'adieu à sa maison avant d'en remettre la clé à Drunet, l'étreinte toute fraternelle avec lui, sous l'œil attentif de Charlier, le claquement de langue pour appeler encore une fois ses biches qui étaient venues, nonchalantes et curieuses, le cou tendu vers la paume qu'elle leur offrait pour un bref coup de langue, l'ultime regard vers le dispensaire où des gens entraient et sortaient, enfin l'arrêt à la résidence pour une poignée de main à Samuel et Kabaké, qui, la mine attristée, essayaient malgré tout une joyeuse prophétie.

– Un jour, tu viens encore, avait affirmé Samuel, un large sourire écarquillé sur sa face d'ébène.

– Oui, c'est bon, si tu viens encore, répétait le grand boy, le front buté comme chaque fois qu'il repoussait une émotion.

Enfin l'étape aux écoles pour saluer l'instituteur et le vieux maître musulman. De là, une incroyable escorte d'enfants drainés dans le village et tout au long de la route, galopant et gesticulant derrière le camion, jusqu'au fleuve. Quand le bac s'était détaché de l'estacade, un silence stupéfait, puis l'éclatement de cris suraigus : « Auvoi Fouançoi », qui la tortureraient longtemps. Posée sur son bras, la grosse main de Charlier, qui, le regard vissé à la route, calmait son chagrin.

Enfin la mer s'apaisa, sans toutefois retrouver sa sérénité tropicale. On abordait le dernier virage à droite en direction de Casablanca. Sortis de leurs couchettes, tous les malheureux aux jambes molles remontèrent des bas-fonds, les yeux clignotant sous le soleil.

L'escale à Casablanca promettait d'être une détente dans une ville colorée et grouillante de vie. Peu après l'accostage, on remit à Françoise une lettre que Drunet s'était débrouillé pour expédier par un avion partant de Sierra Leone. Il se plaignait longuement du vide laissé par son départ et insistait à nouveau pour qu'elle rendît visite à ses parents à Casablanca. Cette idée l'ennuya : l'escale était très courte et elle avait envie de profiter de ces quelques heures de liberté sur la terre ferme. Un passage de la missive l'inquiétait : « Je leur ai beaucoup parlé de vous dans une lettre qui prend le même avion... » Depuis le moment de faiblesse auquel elle avait cédé sans bien comprendre encore pourquoi, il devait être en train de se fabriquer un futur radieux avec elle. Un instant, elle envisagea d'éviter cette entrevue. Elle pourrait toujours prétexter que la lettre lui était parvenue trop tard... Mauvaise excuse puisque le mot reçu à Dakar et accompagnant la bague contenait déjà cette prière. Après avoir tergiversé un moment, elle se résigna à se rendre à l'adresse qu'il avait indiquée. Un autobus la déposa à la sortie de Casablanca, au pied d'une petite route menant à une somptueuse propriété juchée sur une colline. Une longue grille, un portail majestueux, des jardiniers en train d'arroser et une magnifique maison ocrée aux fenêtres de style mauresque. Sur une terrasse dallée, de grandes balancelles parmi d'énormes poteries croulantes de fleurs. Elle fut reçue par un serviteur en pantalon bouffant blanc, gilet pourpre et chéchia. Il la mena jusqu'à la fraîcheur d'un patio où des plantes aquatiques et de grands papyrus ornaient une pièce d'eau.

Drunet lui avait souvent parlé de cette maison familiale, sans jamais préciser à quel point elle était belle.

Une femme aux cheveux gris retenus sur la nuque par un gros catogan, très élégante dans une sorte de gandoura de surah blanc, vint vers Françoise, qui reconnut dans son visage légèrement bronzé les yeux bleu glacier aux longs cils de son fils. Elle tendit à la jeune femme une main dont le poignet était prisonnier d'une douzaine de minces bracelets d'or ciselé.

– Je me demandais si vous auriez le temps de

venir jusqu'ici, dit-elle. Pierre m'a écrit qu'il craignait que l'escale ne soit trop courte. Je suis heureuse de constater qu'il n'a pas exagéré en parlant de vous. Vous êtes très jolie. Comment va-t-il ?

– Très bien quand je l'ai quitté.

– Il espère rentrer à son tour en mars ou avril, s'il a un remplaçant... C'est encore loin, hélas.

Vêtu d'un costume beige, un homme grand et maigre qui avait la silhouette de Pierre parut à l'autre bout du patio. Il avait la même démarche. Si ce n'étaient ses cheveux blancs, son allure générale était presque aussi juvénile que celle de son fils.

– C'est Mlle Schmidtt..., tu sais..., Françoise..., la jeune femme dont Pierre nous a parlé, lui annonça sa femme.

Il posa un regard appuyé sur elle et sourit.

– Décidément, mon fils et moi aurons toujours les mêmes goûts, dit-il en s'asseyant dans un fauteuil de rotin blanc.

Mme Drunet insista tellement pour que Françoise restât à déjeuner qu'elle n'osa pas refuser. Durant le repas, elle subit un véritable interrogatoire à la limite de l'indiscrétion.

Avec l'impression d'avoir, malgré elle, planché à un examen de passage, elle prit congé de ces gens agréables qui vivaient dans une certaine opulence depuis leur installation au Maroc où Drunet père avait, vingt-cinq ans auparavant, créé une société d'exploitation de phosphates.

– Quand Pierre rentrera, nous irons à Paris tous les trois et nous nous reverrons, avait promis Mme Drunet en enveloppant Françoise d'un regard attendri de future belle-mère qui la laissa songeuse.

Vers seize heures, elle remonta à bord, agacée à l'idée que Drunet avait voulu qu'en rencontrant ses parents elle constatât qu'il était fils d'une riche famille. Le fait d'avoir accédé à sa demande n'allait-il pas constituer à ses yeux une sorte d'engagement tacite sur lequel il allait bâtir un tas de projets qu'elle devrait démolir ensuite ? Épouser Pierre comme il le lui avait proposé ? Jamais ! Impossible ! Il avait certes beaucoup d'atouts : un garçon travailleur, brillant, entreprenant, séduisant, une situation intéressante. Des défauts aussi, dont il avait honnêtement essayé de se défaire pour lui plaire. Pourtant, même si son ressentiment s'était dissous petit à petit, elle savait qu'elle n'éprouverait jamais d'amour pour lui. Un refus total que certains définissent en parlant d'atomes non crochus.

Alors, pourquoi cette visite à M. et Mme Drunet ? Curiosité ? Peut-être. En y réfléchissant, c'était plutôt l'envie de rencontrer une famille unie. Pierre avait encore père et mère alors qu'elle-même ne gardait que le triste souvenir de parents divorcés.

Quand le *Médie II* fut en vue de Marseille, une agitation frénétique s'empara des passagers. Les ponts furent envahis de grappes humaines guettant le mince relief de la côte française. En se mouchant discrètement, un homme appuyé au bastingage près de Françoise lui confia soudain, alors qu'elle l'avait rencontré des dizaines de fois sans qu'il lui adressât la parole :

– Quand j'ai eu ma bilieuse l'année dernière, j'ai bien cru que je ne la reverrais jamais, la bonne Mère !

Au loin, Notre-Dame-de-la-Garde se découpait sur le ciel clair pommelé de nuages légers. Des enfants nés en terre noire s'agrippaient aux basques de leurs parents, curieux d'apercevoir ce pays dont ils avaient tant entendu parler.

Françoise alla rejoindre un couple toujours triste avec lequel elle avait discuté à table. Pour eux, ce retour était sans joie : leur fils de vingt-deux ans avait disparu depuis 1941. Elle avait tenté de les consoler, de leur redonner espoir en parlant du silence d'Éric, qui ne signifiait pas forcément qu'il était mort, mais la femme ne l'avait pas écoutée, le regard noyé dans des images du passé, imprégnée de son chagrin.

Le débarquement fut une épreuve de force. La foule se bousculait pour descendre, encombrant la coupée et la passerelle, comme si le bateau allait sombrer d'une minute à l'autre. Le quai fourmillait de bras en sémaphores, de mouchoirs agités. Les mains en porte-voix, on échangeait les premières nouvelles en s'égosillant au milieu du brouhaha, et certains ne résistaient pas à l'émotion des retrouvailles. Portée par un dernier flot descendant, Françoise sauta sur le sol immobile, le corps tout frémissant des vibrations du paquebot.

À la douane, nouvel assaut d'une meute fébrile, pressée de rompre les derniers liens qui la retenaient à son passé africain. Extraire tout le chargement des soutes était un travail lent qui exigerait des heures et des heures de patience. Comme les autres, Françoise resta le nez en l'air, essayant de repérer ses caisses pendues à un filin, parmi toutes celles que des grues arrachaient du ventre profond du navire. En fin de matinée, lassée d'attendre, elle décida de remettre à plus tard les formalités qui la concernaient. Ses deux grosses valises et sa mallette déposées à la consigne, libérée de toute contrainte, elle quitta le port en pleine activité et marcha droit devant elle, respirant à s'en couper le souffle un air tout imprégné d'odeurs nouvelles. Elle se sentait légère, affamée, émue, débordante de projets. Il faudrait qu'elle revînt le plus tôt possible dans ce Midi qu'elle aimait. À Pâques, peut-être, ou en été ? En attendant, elle allait s'offrir une demi-journée marseillaise avant de prendre le train du soir où ce serait à nouveau l'affolement et la bousculade.

Grisée d'une joie toute simple, elle avait envie de sourire aux passants qu'elle croisait. Elle lécha quelques vitrines encore pauvrement garnies et tomba en arrêt devant un cageot de pommes rouges à l'étalage d'une épicerie. Elle en demanda une :

– Une seule ? s'étonna la marchande.

– Oui.

Elle paya, frotta le fruit avec son mouchoir et mordit dans la chair craquante : un goût retrouvé, une sensation si intense qu'elle se retrouva en larmes, sa pomme ciselée par ses dents à la main.

– Oh ! mademoiselle... Tenez, prenez celle-ci aussi, je vous l'offre, lui dit l'épicière, attendrie à l'idée que cette jeune femme pouvait être démunie au point de ne pouvoir s'offrir qu'une seule pomme.

– Non, non, merci, bredouilla Françoise. C'est idiot... C'est parce que j'en ai été privée pendant plusieurs années... Ça m'a fait plaisir.

– Ah ! dit la femme, le sourire envolé en supposant qu'elle faisait peut-être des largesses à quelque taularde fraîchement libérée de la prison des Baumettes.

– J'arrive d'Afrique noire. Il ne pousse pas de pommes là-bas.

– Hé bé ! Je me disais aussi…

Après une brève errance, et comme si quelque mystérieux treuil la ramenait en arrière, Françoise se retrouva sur le port. Il faisait si doux en cette fin d'octobre qu'elle s'assit à la terrasse d'un petit restaurant où elle commanda une soupe de poisson « avec des croûtons à l'ail », précisa-t-elle, et ensuite des spaghetti. La soupe c'était pour la couleur et l'odeur, et les spaghetti par convoitise en observant, deux tables plus loin, un vieil homme relié à son assiette par un téléphérique de pâtes qu'il aspirait, indifférent aux éclaboussures de sauce tomate qui rosissaient ses épaisses moustaches blanches. Cela paraissait bien meilleur que les lacets collants et sans saveur qu'elle s'obstinait à fabriquer à Facounda avec de la farine de riz. Deux illusions qui s'envolèrent : dans la soupe dérivait un conglomérat d'arêtes sans poissons et les spaghetti étaient si caoutchouteux qu'on aurait pu, en tirant dessus, tripler leur longueur. La sauce qui les baignait était acide à faire grincer les dents. Deux explications peut-être à la déception : ou bien la cuisine souvent trop pimentée d'Ali lui avait détruit les papilles ou elle avait échoué dans la pire gargote du port. Elle refusa la pâtisserie « maison » jaune et vert qu'on lui proposait ainsi que le café servi à son voisin, découragée à l'avance par la mine résignée du pauvre homme qui tamponnait rapidement ses moustaches après chaque gorgée comme s'il redoutait qu'elles ne fussent teintes irrémédiablement en brun par le liquide charbonneux. Elle eut une pensée pour les gens qui, pendant des années, avaient dû s'accommoder d'ersatz en tous genres.

L'après-midi, elle fit la queue à la douane mais, à coups de sourires à un jeune préposé à l'accent chantant, elle réussit à faire timbrer les documents nécessaires au dédouanement de ses caisses qui la rejoindraient à Paris par train de marchandises, dans un délai « impossible à déterminer », lui dit-on avec une totale indifférence.

Plusieurs fois sur le bateau et quelques heures plus tôt, en cherchant son porte-monnaie dans son sac pour régler l'addition de son déjeuner, elle avait rencontré sous ses doigts le trousseau de clés de sa maison, un cliquetis qui la faisait tressaillir de plaisir. Cette fois, elle pouvait se projeter dans l'avenir. Tout d'abord elle allait retrouver les lieux de son enfance et de son adolescence et redécouvrir mille souvenirs, mais, si intense que soit sa joie à cette idée, elle savait que ces quatre années passées en Afrique constitueraient pour toujours un trésor extraordinaire, une sorte de parenthèse dans son existence.

Elle imagina son arrivée, son émotion en ouvrant la porte. Pas une seconde elle n'avait envisagé que quelque chose de tragique ait pu se passer dans ce coin de banlieue, comme si, à distance et en y pensant intensément, elle avait eu le pouvoir de le protéger.

Dès qu'elle aurait posé ses bagages, elle sonnerait à la porte de sa voisine, Mme Giraud, à laquelle lors de son départ elle avait confié un double des clés pour qu'elle pût aérer la villa de temps en temps et arroser le jardin. À l'escale de Dakar, elle lui avait adressé un télégramme la prévenant de son arrivée. Elle imaginait la face réjouie de la brave femme. La minute suivante, elle s'assombrissait. Cette vision idéale de son retour était-elle raisonnable ? Et si, à la place de sa maison, il n'y avait plus qu'un trou noir ? Elle balaya les images et, traînant ses grosses valises, s'apprêta à prendre le train.

La nuit fut longue dans le compartiment bondé, et, quand le jour se leva, pluvieux et maussade, sur un défilé de champs mornes, Françoise songea qu'il lui faudrait patienter encore quelques heures avant d'être chez elle. Un compte à rebours qui n'en finissait pas. À chaque instant elle regardait sa montre. Un léger crachin embuait les vitres du wagon, le même qui avait accompagné son départ de Marignane quatre ans plus tôt et son arrivée à Conakry. Elle était vouée aux voyages humides.

« Paris à dix-huit kilomètres », promettait une inscription sur un mur noir de suie. Des banlieues tristes s'étirèrent, et enfin le train entra en gare, se glissa le long d'un quai où, là aussi, une foule compacte se pressait, se bousculait, courait, un bras levé vers un visage reconnu derrière la vitre d'un compartiment.

Penchée à la fenêtre, Françoise héla un porteur qui poussait son chariot avec difficulté à travers la cohue. Beaucoup de joie sur les visages : des amants réunis s'embrassaient à pleine bouche; un peu plus loin, la quadruple embrassade à la mode provinciale, deux fois sur chaque joue; la tape affectueuse sur l'omoplate de deux hommes qui se retrouvaient et les cris suraigus d'une petite fille qu'un vieil homme hissait au-dessus de sa tête, tel un trophée, pour la montrer à un couple qui se précipitait vers eux en courant.

Avec un pincement au cœur, Françoise pensa que nulle part personne ne l'attendait. Le dernier venu à sa rencontre avait été son père, à l'aérodrome de Conakry. Il lui sembla qu'il y avait une éternité.

Les oreilles bourdonnantes, elle suivit ses bagages, juchés sur un chariot, jusque sur le trottoir de la gare où une file de voyageurs attendaient de rarissimes taxis. « Il en vient un par heure », plaisantait quelqu'un. « Dites plutôt par jour », soutenait un autre. Lassés d'attendre, beaucoup abandonnaient et, le bagage chargé sur une épaule, s'engouffraient dans les profondeurs du métro. Pour Françoise, pas question d'y traîner ses lourdes valises, d'autant plus qu'arrivée à la porte de Versailles elle n'était pas certaine que le bus « 58 » qui circulait autrefois fût toujours en service.

Avec l'allure louche d'un vendeur de cartes postales obscènes, un homme en tricot noir rôdait parmi les voyageurs auxquels il proposait la location d'une voiture. À voir les yeux scandalisés des gens quand il annonçait son tarif, Françoise hésita d'abord mais, n'ayant pas de solution de rechange, elle lui fit signe. Le prix forfaitaire demandé correspondait à celui d'un repas princier chez Maxim's et le chauffeur protesta lorsqu'elle lui donna son adresse :

– Oh la la ! C'est en banlieue ! Il faudra me payer le retour parce que, dans votre bled, je ne trouverai personne à ramener sur Paris.

– Mais c'est déjà horriblement cher ! protesta-t-elle.

– Dites donc, ma petite dame, vous voulez que je vous dise combien je paie le litre d'essence au noir en ce moment ?

– Quand même, c'est exagéré ! affirma Françoise qui n'avait aucune idée de la folie des prix.

L'homme haussa les épaules, fit mine d'abandonner la tractation, continua à proposer sans succès son carrosse doré et revint vers Françoise avec un air de martyr.

– Bon, allez, ça va, montez. Je ne vous compterai que la moitié du retour, mais c'est vraiment une fleur que je vous fais, dit le chauffeur en empoignant ses valises.

En vacillant sous le poids, il demanda :

– Ma parole, vous trimbalez des lingots là-dedans ?

– Oui, une douzaine ! dit-elle en montant dans une vieille Renault qui sentait le mauvais tabac.

Abasourdie, elle se laissa tomber sur les coussins défraîchis.

Devenu très aimable depuis qu'il avait trouvé la malheureuse poire qui lui assurerait sa journée, le chauffeur avait manifestement envie d'engager la conversation. Observant Françoise dans le rétroviseur, il questionna :

– Vous venez du Midi ?

– Un petit peu plus bas.

– L'Algérie ?

– Encore plus bas.

– Pas du Sahara, quand même !

– Encore un peu au-dessous, dit-elle, amusée par l'excitation du bonhomme.

Quand elle parla de la Guinée, il eut une moue d'ignorance. Visiblement, il n'avait jamais entendu parler de ce pays-là, mais après avoir ruminé de vagues notions de géographie, il déclara :

– Dites donc, là-bas, les gens..., c'est pas des sauvages ?

– Qu'est-ce que vous entendez par sauvages ?

– J'sais pas. Ils ne sont pas comme nous.

– Mais si ! Leur peau noire mise à part, ils mangent, boivent, rient, pleurent et s'aiment, comme les Blancs.

– Ça m'étonne. Vous êtes restée longtemps là-bas ?

– Quatre ans.

Il souffla comme s'il était épuisé.

– Eh ben, dites donc, faut aimer ça.
– Oui. J'ai beaucoup aimé ça.
– Vous allez y retourner ?

Elle regarda un homme en cotte bleue qui, avec un balai, poussait des papiers dans l'eau d'un caniveau.

– Pourquoi pas ? Si j'en ai l'occasion...

Brusquement, elle n'eut plus envie de poursuivre la conversation et concentra toute son attention sur les quais humides de la Seine. Le ciel qui essayait de se dégager de la pluie matinale montrait de fugitifs coins bleus vite recouverts par des nuages grisâtres.

En longeant la tour Eiffel, elle se pencha, se tortilla pour mieux voir, se retourna pour la regarder encore, émerveillée comme une touriste. Elle se souvenait que, lorsqu'elle était passée devant pour la dernière fois, c'était quelques mois avant son départ pour l'Afrique. Des groupes d'Allemands étaient massés à son pied, discutant, la contemplant en riant, le nez en l'air.

À mesure que le taxi traversait la ville, elle craignait de découvrir quelque vestige de la guerre. Par miracle, Paris avait été épargné et seuls quelques immeubles portaient sur leur façade des impacts de balles. Elle osa enfin la question qui la tracassait :

– Est-ce que les bombardements des usines Renault ont fait beaucoup de dégâts ?

– Pas mal, mais là-haut, dans votre coin, ça n'a pas été touché.

À mesure qu'elle approchait du but, un fourmillement d'impatience la faisait se tortiller sur la banquette.

Porte de Versailles..., montée du boulevard Lefèbvre, avenue de la Porte-de-la-Plaine avec, sur la droite, les bâtiments de la Foire de Paris venus prendre la place des anciennes fortifications..., encore une avenue qui montait jusqu'à un plateau d'où partait enfin « son » avenue bordée d'acacias et de maisons serrées, épaulées les unes aux autres. Tout lui paraissait rapetissé : l'avenue étriquée, les arbres rabougris et les façades étaient si minables qu'elle accusa son imagination de les avoir autrefois embellies.

– C'est calme par ici, remarqua le chauffeur en se tordant le cou pour lire les numéros. Vous avez dit le 28 ? Je vois bien le 32...

– Voilà, c'est juste un peu plus loin, dit-elle en notant que la plaque d'émail bleu signalant le 28 était fendue en deux.

La voiture s'arrêta et elle sauta à terre. Dieu, qu'elle était laide et mesquine cette construction aux moellons ocre sale avec ses persiennes rouillées !

Elle nota que la maison voisine, celle de Mme Giraud, était entièrement bouclée elle aussi.

En sortant les valises du coffre, le chauffeur commenta :

– Ça doit vous faire plaisir de rentrer chez vous, hein ?

Tandis qu'il déposait les bagages devant les trois marches du seuil, elle prépara le prix de la course, un œil sur la double porte délavée et fissurée dont le vernis n'était plus qu'un souvenir. Protégé par une grille où des toiles d'araignées avaient tissé de véritables mousselines grises entre les volutes de fer forgé, le verre cathédrale censé laisser entrer la lumière du jour n'était qu'une épaisse croûte de poussière. Un trop-plein de papiers enfoncés de force dans la boîte aux lettres avait cassé le rabat de cuivre qui pendait à une vis. Des visions de bricolage, grattage, ponçage, astiquage et peinture traversèrent l'esprit de

Françoise tandis qu'elle enfilait la clé plate dans l'entrée du verrou. Après s'être étonnée de ne pas sentir le verrouillage bloqué, elle essaya d'ouvrir le pêne. Là non plus il n'y avait pas les deux tours assurant la fermeture. Forçant du genou, elle poussa sur la porte, en vain.

Tout en rangeant ses billets dans son portefeuille, le chauffeur l'observait du coin de l'œil.

– Je peux vous donner un coup de main ?

– Volontiers. La porte doit être gonflée...

L'homme fit pression sur la serrure, donna un coup d'épaule, un deuxième, un troisième, sans résultat.

– Vous avez bien tourné les clés dans le bon sens au moins ?

– Oui, j'ai même l'impression que ce n'est pas fermé. Il faut simplement pousser très fort.

Le chauffeur prit un court élan et s'élança contre la porte qui, au bout de plusieurs essais, s'entrebâilla à peine.

– Ben, c'est pas étonnant, dit-il en se frottant le haut du bras. C'est toute cette paperasse par terre qui coinçait.

Sur le dallage, s'éparpillait un fatras de lettres, prospectus, journaux et tracts collés ensemble par de la boue en plaques ou étalée en arabesques jaunâtres.

Elle eut l'impression que le vestibule où elle cogna ses valises avait rétréci en quatre ans... Elle déposa ses bagages au pied de l'escalier menant au premier étage et pénétra dans la cuisine qui empestait l'égout, se battit dans la pénombre avec la porte-fenêtre qui céda en gémissant et se cassa les ongles sur le loquet des volets colmatés de rouille. Là aussi, le sol était recouvert d'une sorte de limon. Dans la véranda, des éclats de verre, celui des vitres brisées qui la protégeaient. Le jardin ? Il valait mieux en rire. C'était une jungle bien plus touffue que celle avoisinant sa maison de Facounda : des herbes folles, hautes comme des papyrus, des plantes inconnues montées en graine, des arbustes morts. Une désolation. « Tu ne t'attendais quand même pas à trouver du gazon bien peigné et des massifs en pleine gloire... », se dit-elle, évaluant déjà le travail à venir. Seuls à avoir traversé la tourmente sans dommage, l'abricotier et le cognassier tout au fond. En y regardant à deux fois, elle eut l'impression qu'il y avait un carré de pommes de terre là où autrefois croissaient asters et dahlias. Revenue dans la maison, elle poussa un battant de la double porte donnant sur la salle à manger. Une odeur de renfermé tapie dans l'ombre lui sauta au visage. Nouvelle bataille pour faire entrer la lumière. Elle se retourna et resta suffoquée par un magistral uppercut en pleine poitrine : toutes les portes de placards béaient sur des rayonnages vides, leurs serrures fracturées. Envolé le service de vaisselle « Compagnie des Indes », cadeau d'un producteur de théâtre particulièrement satisfait des décors conçus par Juliette pour une pièce à succès, parties les boîtes où elle avait rangé, soigneusement emballées, les porcelaines fines et la collection de carafes de cristal à col d'argent achetées une à une avec ses économies pour les offrir à sa mère à chaque Noël. Elles ornaient autrefois des vitrines d'angle tapissées de velours bleu nuit. Les jambes coupées, raidie, prête à encaisser un nouveau choc, elle passa dans le salon. À part les meubles et le piano, dont même les draps et couvertures qui les protégeaient avaient disparu, il ne restait plus un tableau, plus une lampe, et du cartel d'appliques, fierté de sa mère, ne subsistait que l'empreinte plus sombre sur le mur. Effondrée dans un fauteuil, elle se pencha machinalement pour ramasser sur le parquet une épingle de couture qu'elle posa sur une table basse. Devant la cheminée, elle avait laissé tous les tapis, bien roulés, saupoudrés d'insecticide et enveloppés dans des toiles... Tout prêts à être emportés, en somme... Une consolation, toutefois : les cartons où elle avait rangé les livres avaient été ouverts, mais leur contenu paraissait intact. Ses voleurs ne s'intéressaient pas à la lecture. Et l'argenterie de grand-mère Marie ? Elle bondit sur ses pieds, fila vers le vestibule, ouvrit le placard aux compteurs, baissa une manette, appuya sur un interrupteur... Pas de courant. Elle attrapa le bougeoir et la boîte d'allumettes qu'elle avait vus, toute sa vie, posés sur une étagère en haut de l'escalier de la cave. Sous le maigre tas d'anthracite qu'elle avait réussi à faire livrer à prix d'or juste avant de partir, elle avait caché, entortillés dans de la toile cirée, tous les écrins de cuir noir contenant l'argenterie aux initiales entrelacées de son aïeule. Elle descendit prudemment, s'appuyant d'une main au mur humide. Alors qu'elle arrivait sur la dernière marche, un rat détala sous ses pieds, lui arrachant un cri de surprise. Elle contourna la grosse chaudière du chauffage central, poussa la porte de la cave à charbon. Sur le sol : du poussier... Les visiteurs avaient dû avoir une agréable surprise en venant se servir en combustible.

Puisqu'il fallait boire la coupe de poison jusqu'au fond, autant s'en débarrasser tout de suite et monter à l'étage en espérant un miracle toujours possible.

La mort dans l'âme, elle circula d'une pièce à l'autre, sachant par avance quels seraient les manquants dans les placards aux serrures violées. Dans la chambre de sa grand-mère, la grande armoire savoyarde, gardienne de tout le linge de la maison, ne contenait plus qu'un sachet de lavande inodore. Françoise entendait encore Marie lui dire en ouvrant en grand les larges portes : « Ton trousseau..., quand tu te marieras... » Elle lui montrait avec fierté les piles de draps et les belles nappes brodées par les religieuses d'un couvent près de Tignes.

C'est dans la chambre de sa mère que Françoise souffrit le plus. Tous les objets que Juliette aimait et qu'elle avait eus sous les yeux durant sa maladie et jusqu'à la fin avaient disparu. Des cadeaux reçus en hommage à son talent de créatrice : des bibelots de Lalique, des vases de Gallé, deux superbes chandeliers en cristal. Ils avaient été enveloppés et rangés dans l'armoire dont les glaces étaient maintenant blessées de longues zébrures rayonnant des serrures forcées. Elle chercha vainement les valises et les housses où elle avait rangé les vêtements de sa mère. « Les vêtements de ma mère !... » La goutte d'eau qui faisait déborder sa rage. Une fureur lui monta des entrailles, une envie de meurtre, une folie qui la soulevait, l'étranglait et qui la jeta sur le trottoir où elle alla tambouriner contre la porte de Mme Giraud, la voisine chargée de veiller sur son toit. Aucun timbre dans la maison ne répondit à son coup de sonnette. Comme des sœurs jumelles, les deux maisons étaient aveugles, sourdes et muettes.

Elle se souvint avec colère que, lorsqu'elle avait envisagé de mettre tout ce qu'elle avait de précieux au garde-meuble, Mme Giraud l'en avait dissuadée, prétendant que les Allemands, qui dépouillaient sans honte les musées et expédiaient chez eux tout ce qui leur plaisait, pouvaient un jour avoir l'idée d'aller fourrer leur nez dans les garde-meubles...

Sa propre chambre n'avait pas échappé à la rapine, pas plus que le bureau. Un cambriolage aussi complet ne s'était pas fait en une nuit. Il avait dû en falloir des allées et venues pour sortir les valises, cartons, tapis : un trafic visible et difficile avec le problème du couvre-feu... À moins que tout n'ait été passé par-dessus le mur mitoyen du jardin, afin de transiter par la maison de Mme Giraud et ressortir le plus naturellement du monde par sa porte sur la rue ?

Mme Giraud ? Impossible ! Pas cette femme dévouée qui la connaissait depuis son enfance, qui avait aidé à soigner sa grand-mère et ensuite sa mère, l'assistant jusqu'à ses derniers moments. Jamais elle ne croirait à un tel acte de sa part.

Brusquement, elle se sentit découragée, faible comme au sortir d'une maladie, et resta un long moment prostrée. Fidèle à ses habitudes quand elle se sentait au creux de la vague, elle se secoua, pêcha une feuille de papier pour y noter dans l'ordre tout ce qu'elle devait faire. La liste était longue, mais elle y voyait plus clair.

En se rendant à la police, elle passa devant la mairie et décida d'aller voir M. Clément, le maire, qu'elle connaissait bien, un homme affable qui, chaque fois qu'il la rencontrait autrefois, lui lançait la même plaisanterie : « Quand est-ce que je te marie, ma belle ? Faut te presser, je me fais vieux ! » Une employée acariâtre lui annonça que M. Clément avait été pris comme otage trois ans plus tôt et qu'il n'avait plus reparu. Très émue, Françoise allait s'en retourner lorsqu'une affichette concernant des tickets de charbon qui devaient être distribués en novembre lui rappela qu'elle avait aussi un problème à régler avec la carte d'alimentation qu'on lui avait remise à Marseille. Revenue vers l'employée, elle commença une phrase qui, dans son esprit, expliquait son ignorance quant à son utilisation :

– Je rentre d'Afrique et je voudrais savoir...

Aussitôt l'autre ricana, narquoise :

– Vous étiez en Afrique ? Ma pauvre ! J'espère que vous n'avez pas trop souffert de la chaleur... Non ? Tant mieux ! parce qu'ici on s'est bien marrés dans tous les domaines. Et ça va continuer...

S'étant bien vidée de sa bile, elle expliqua à Françoise l'usage des tickets et des points-textiles.

Au commissariat de police, un gros homme dont la tête dépassait à peine du comptoir écrivait sur un registre avec une plume sergent-major. Il la plongeait dans un encrier d'où il ramenait une boue violette qu'il essuyait, l'air écœuré, sur un tampon-buvard. Il leva vers Françoise un visage fatigué aux yeux battus :

– Je viens déclarer un cambriolage...

– Vos nom, prénom, adresse..., répondit le policier en prenant une page vierge d'un registre qu'il était allé chercher dans un classeur.

La liste que lui remit Françoise était si importante qu'il renonça très vite à la recopier, d'autant plus qu'elle n'était pas exhaustive. Que Françoise prenne donc tout son temps pour noter ses pertes ! Elle allait en découvrir tous les jours, pendant un certain temps..., dit-il, l'air convaincu. Néanmoins, il consigna l'essentiel et lui fit signer cette première fournée. Restait le cas de Mme Giraud. Comment pouvait-elle savoir où se trouvait désormais sa voisine, qui habitait au 26 de l'avenue du Maréchal-Joffre ?

Glissant sa plume sur son oreille, il alla parler au commissaire, un homme au teint bilieux qui la fit entrer dans son bureau. Pourquoi recherchait-elle Mme Giraud ? Elle le lui expliqua : les clés confiées à son départ en Afrique et, à son retour, la maison pillée. Elle n'accusait pas Mme Giraud, non, surtout pas, c'était une femme très sûre, mais elle voulait savoir où elle était maintenant pour la joindre.

Après l'avoir regardée d'un air perplexe, le commissaire alla fouiller dans un classeur et en revint avec un dossier cartonné qu'il ouvrit :

– Si c'est Mme Giraud qui vous a dépouillée, elle n'en aura pas profité longtemps : elle a été arrêtée et déportée fin 1942. Son mari a été fusillé et elle est morte peu de temps après.

Suffoquée, la peau griffée de frissons, Françoise écouta avec horreur le commissaire lui raconter que Louis Giraud, propriétaire du café « Chez P'tit Louis » à l'angle de son avenue et de la rue Paul-Bert, avait eu la malchance, un soir, de recevoir des clients excités qui, une fois ivres, avaient désarmé et assommé à coups de siphon deux Allemands venus boire une bière juste avant le couvre-feu. Les deux hommes étaient morts.

– Mais elle, elle n'avait rien fait.

– Si. Elle a aidé son mari à faire disparaître les corps.

Prise de vertige, elle s'assit, hébétée, regardant sans les voir les classeurs, les fichiers alignés, les notes de service et une carte de France punaisée au mur.

– En ce qui concerne votre cambriolage, vous pouvez porter plainte, mais il n'y a aucune chance pour que vous retrouviez quoi que ce soit.

– Personne n'est entré dans la maison de

Mme Giraud après qu'elle eut été… ? demanda Françoise.

– La maison a été mise sous scellés, et aucune famille ne s'est manifestée, vous pensez bien. Pourquoi me demandez-vous ça ?

– Parce que je suppose qu'avant ce drame des amis ou de la famille ont pu venir chez elle, apprendre qu'elle s'occupait de surveiller chez moi, avoir mes clés…, les garder peut-être. La porte d'entrée n'avait pas été fracturée. Ceux qui ont fait ça savaient que j'étais au loin, qu'ils pouvaient tout emporter en toute tranquillité sans crainte d'être dérangés.

Avec une moue dubitative, le commissaire conclut que c'était possible, qu'il s'était passé pas mal d'histoires de ce genre dans les maisons dont les propriétaires s'étaient réfugiés ailleurs et que, de toute façon, les biens matériels étaient bien peu de chose à côté des vies humaines…, une évidence qu'il n'était pas mécontent de souligner au cas où Françoise n'y aurait pas songé toute seule, comme une grande. Pour un peu, il lui aurait fait honte d'être venue se plaindre d'avoir été dépouillée.

Abasourdie, elle sortit du commissariat pour aller demander aux différentes compagnies le rétablissement des branchements nécessaires à sa vie quotidienne. Partout, des réticences, des problèmes, des arriérés de factures d'abonnements à régler illico.

Elle fit aussi quelques emplettes qui déflorèrent ses tickets d'alimentation et réalisa qu'elle n'avait plus ni draps ni couvertures à mettre dans son lit, alors que la maison était glaciale. Éreintée par les émotions, elle n'avait pas le courage d'aller immédiatement dans Paris pour en acheter et décida d'entasser tous ses vêtements sur elle pour la nuit à venir.

Au moment où elle revenait devant sa porte, une voisine qui habitait un pavillon de l'autre côté de l'avenue l'interpella. Surnommée « Trous de nez » dans le quartier parce qu'elle était affligée d'un nez invraisemblable aux énormes narines retroussées, cette femme laide au visage masculin était une informatrice de tout premier ordre. Elle accueillit Françoise dans son salon qui sentait depuis toujours la soupe aux choux et le vieux chien, un gros terre-neuve à la bonne gueule affectueuse qui vint flairer la visiteuse en remuant doucement la queue. Françoise répondit rapidement au questionnaire de la voisine, curieuse de la vie africaine, et friande de détails, puis, désireuse d'avoir à son tour des informations, elle parla de sa maison pillée.

– Pillée ! s'exclama l'autre, une main sur la bouche.

Elle raconta les pièces visitées dans tous les coins, malgré la vigilance de Mme Giraud.

– Mme Giraud ! Vous ne savez pas ce qui lui est arrivé ?

– Si, le commissaire me l'a dit.

– Ah bon ! dit l'autre, frustrée de son coup de théâtre et ne semblant pas éprouver une grande compassion pour la malheureuse. Dans le fond, vous savez, elle n'était pas si bien que ça… Par exemple, quand elle parlait de votre famille, elle disait toujours les « juives ».

– Les juives ?

– Ben oui.

– Elle n'a pas pu dire ça ! Elle nous connaissait depuis toujours.

– Que voulez-vous, les juifs, ici, c'était à la mode; on en voyait partout. Pour votre cambriolage, je me souviens maintenant qu'à une époque deux jeunes couples ont logé chez elle. Mme Giraud leur avait peut-être fait visiter chez vous... Faut dire qu'elle en avait des belles choses, votre mère... De toute façon et, qui que ce soit, ma pauvre petite, vous ne les reverrez jamais vos affaires, conclut l'autre avec une mine faussement apitoyée.

Ce n'était pas auprès de cette femme qu'elle trouverait un quelconque réconfort. En retraversant l'avenue, elle reconnut la silhouette de Mme Aubert, la mère de Bernard, son copain d'adolescence qu'elle avait aidé à préparer son examen d'entrée aux Beaux-Arts. Un cabas à la main, un loulou de Poméranie blanc au bout d'une laisse, elle ne reconnut Françoise que lorsque celle-ci fut à deux mètres. Elle esquissa un vague sourire accompagné d'un « Tiens, vous voilà ! », comme si elles se revoyaient après un mois de vacances. En quelques phrases tristes elle raconta l'essentiel : Bernard, qui était pilote de chasse dans la R.A.F., avait été tué en 1943 et son mari, déjà à demi grabataire à cette époque, n'avait pas survécu à son désespoir. Elle-même continuait à vivre par habitude, disait-elle, le visage résigné. Elle demanda :

– Ça vous a plu, l'Afrique ? J'aimerais que vous me racontiez un peu... Passez me voir, je suis si seule.

Françoise promit de passer en fin d'après-midi pour lui apporter du café.

De retour chez elle, elle installa des bougies un peu partout et se demanda combien de temps elle allait rester sans eau pour faire sa toilette. Avec l'atmosphère humide des pièces et l'hiver qui n'était pas loin, elle aurait un problème de chauffage à résoudre rapidement.

En refermant les volets, elle eut l'impression que les maisons basses environnantes s'étaient enfoncées dans le sol à mesure que les arbres qui les entouraient avaient poussé. Au loin, la tour Eiffel embrochait un ciel gonflé d'eau comme pour l'aider à se vider.

Jamais elle n'aurait supposé que la simple préparation d'un pot de café pût compter autant pour quelqu'un qui en avait longtemps été privé. En tournant la manivelle d'un moulin coincé entre ses genoux, Lucie Aubert fermait les yeux pour mieux s'imprégner de la senteur des grains écrasés, tandis que la bouilloire chantait sur le gaz. Après une surveillance impatiente du goutte-à-goutte, elle honora le nectar en sortant ses plus belles tasses et du vrai sucre. C'était un plaisir d'observer le mince bonheur de cette femme dont tout le visage humant la senteur corsée n'était que jouissance.

– J'en reprends encore... Tant pis si je ne dors pas cette nuit, dit-elle en se versant une troisième tasse.

En apprenant la mise à sac de la maison de son amie Juliette, Lucie Aubert avait été scandalisée. Immédiatement, elle se rendit compte que Françoise était démunie de tout et que la villa momentanément privée de sa viabilité n'était pas habitable. Elle proposa à Françoise de l'héberger pour la nuit en attendant que les choses rentrent dans l'ordre.

Assises auprès du poêle à sciure de bois, elles parlèrent longtemps et, au cours de la conversation, Françoise voulut savoir les raisons exactes de la déportation de Mme Giraud.

Les détails sur ce qui s'était passé dans le café de son mari n'avaient été connus que bien après l'arrestation du couple. Ils étaient hallucinants. Le soir de la bagarre, affolé en se retrouvant avec deux cadavres chez lui, Louis Giraud, aidé de ses clients, avait descendu l'un des corps dans sa cave pour le tasser dans une barrique vide dont le dessus avait été préalablement découpé à la scie. Un demi-tonneau de vin transvasé par-dessus et la rondelle de bois soigneusement recollée, il n'y paraissait plus. L'autre corps avait été enterré dans le jardin mitoyen de celui de Françoise, avec la complicité de Mme Giraud qui, pour camoufler la terre fraîchement remuée, y avait repiqué des fleurs... Comment les autorités allemandes eurent-elles vent du drame et connaissance des lieux où les hommes avaient été cachés ? Mystère. Mais, deux mois plus tard, les malheureux Giraud étaient arrêtés et condamnés.

Plusieurs fois au cours de la soirée, Françoise regarda l'appareil téléphonique posé dans l'entrée. À la fin, elle n'y tint plus et demanda la permission de l'utiliser. Dans l'appartement d'Éric, une sonnerie lointaine qu'elle laissa se répéter longuement...

Elle occupa l'ancienne chambre de Bernard, un garçon blond et timide qui, un jour, comme à une sœur aînée, lui avait confié son premier chagrin d'amour.

Ses réflexions au cours de cette nuit, où elle était encore trop secouée pour se reposer, aboutirent à un grand nombre de décisions dont la plus importante concernait ses moyens d'existence. Les économies emportées en Afrique avaient fini par fondre et ce qu'elle avait reçu lors de la succession de son père ne durerait pas éternellement. Elle devait prévoir le remplacement des choses indispensables dans la maison, acheter des vêtements pour l'hiver, du bois ou du charbon, des provisions. Dès qu'elle aurait remis la maison d'aplomb, elle chercherait du travail.

C'est le surlendemain, en allant faire des achats dans les grands magasins, qu'elle décida de passer par le boulevard Malesherbes, puisque, après plusieurs essais, le numéro d'Éric ne répondait toujours pas.

Le cœur battant, elle se retrouva devant la loge du concierge.

– M. Chazelles ? Le jeune ? dit le gardien, une serviette de table nouée autour du cou. Oui, c'est ici, mais il n'est pas chez lui.

« Il est vivant ! » pensa Françoise, soulevée par une bouffée de joie.

– Il n'a fait que passer quelques jours. Maintenant il est en Amérique avec sa mère. Il a trouvé du travail là-bas.

Retombée brutalement sur terre, elle demanda à tout hasard s'il n'avait pas laissé un message pour Mlle Françoise Schmidtt. Moue boudeuse de l'homme dérangé dans son repas : « Non, rien du tout. » Son adresse à l'étranger ? Il n'était pas chargé de la donner. Elle insista mais il ne céda pas, malgré le billet qu'elle avait ostensiblement sorti de son sac avec un peu de honte.

Elle s'en alla, très raide, vers la station de métro. Il était inutile de continuer à se faire des illusions. Éric l'avait oubliée. Il ne voulait plus d'elle. Puisqu'il était passé par Paris, il avait eu largement le temps de lui laisser un message ou de lui écrire en banlieue. Or, dans le courrier amoncelé dans la boîte ou glissé sous la porte, elle avait en vain cherché une lettre de sa part. Elle devait en prendre son parti, une fois pour toutes, faire taire son orgueil, ne plus rêver.

Bien sûr, elle aurait encore pu se battre, aller se renseigner au consulat ou à l'ambassade des États-Unis où il avait forcément fait des démarches avant son départ. Pourquoi lutter contre la décision qu'il avait prise ? C'était une histoire finie. Drunet et Charlier avaient eu raison en le prédisant. Malgré tout, elle voulait qu'Éric sût qu'elle l'avait attendu et cherché. Elle allait le lui écrire. Tout de suite. Plus tard, elle n'en aurait plus le courage. Dans la première librairie qu'elle rencontra, elle acheta du papier à lettres et des enveloppes. Attablée au fond d'un petit café, elle lui écrivit entre autres choses qu'elle était heureuse qu'il eût traversé cette guerre sans dommage. En relisant sa lettre, elle pensa qu'Éric disparu dans la tourmente aurait été une chose affreuse mais qu'un Éric vivant, devenu lâche et indifférent, était une souffrance presque aussi cruelle.

Elle inscrivit l'adresse du boulevard Malesherbes. En la recevant, le concierge la ferait suivre avec le reste du courrier.

En apercevant la boîte du bureau de poste, elle ralentit le pas : « Il va s'imaginer que je veux m'accrocher, que je viens me traîner à ses pieds ! » Elle devait se prouver qu'elle était capable d'étrangler cet amour qu'elle avait voulu, qu'elle avait bâti de ses mains et vécu intensément corps et âme. Son premier amour… Sans se douter que quelques semaines plus tôt Éric avait eu le même réflexe d'orgueil, elle déchira sa lettre en petits morceaux qu'elle jeta dans une bouche d'égout. Assise sur un banc, elle essaya de revoir les derniers moments qu'ils avaient vécus ensemble, sans savoir qu'il n'y en aurait plus d'autres.

… Un matin, très tôt, une bouche sur la

sienne, une silhouette qui montait dans un camion, un large sourire, deux yeux sombres qui la contemplaient, un bras qui s'agitait à la portière... À samedi !... Dès cet instant, il n'y avait plus eu de regards, de caresses, ni d'amour.

La fin d'un mythe.

Dans les semaines qui suivirent, elle se lança tête baissée dans la remise en état de sa maison, faisant le maximum elle-même par économie. Elle se couchait, le soir, rompue, l'esprit uniquement occupé de soucis domestiques.

Les tout premiers jours, déprimée et sans goût, elle avait erré dans toutes les pièces comme si elle y était étrangère, hantée par le souvenir des révélations de son père sur l'inconduite de sa mère. Obsédée par la recherche de la vérité, elle avait, sans aucun sentiment de honte, fouillé dans ses papiers, cherchant les traces de ce qui les avait opposés. Nulle part il n'était question de Laurent, comme s'il n'avait jamais traversé la vie de sa femme...

Au cours de ses recherches, elle retrouva des souvenirs de Juliette dont la notoriété avait culminé au cours des années 30. Sur des photos prises à des générales, elle était resplendissante. Collés dans un album de cuir rouge, des extraits de presse où il était question de son talent de créatrice de décors de théâtre. Une femme très en vogue. L'heureux temps.

Au début de la guerre, un mal avait commencé à ronger la belle plante en pleine gloire, trop occupée pour se soigner sérieusement. Assise dans la chambre vide, Françoise revoyait l'amoncellement de drogues sur la table de chevet, le long alignement des jours sans espoir. Une dernière image lui revenait : au printemps 1941, alors que la maladie lui accordait quelque répit,

Juliette avait tenu à descendre dans le jardin pour surveiller des plantations. Le front collé à la vitre de la véranda, elle avait hélé un jardinier qui n'avait pas suivi ses conseils :

– C'est beaucoup trop près du mur, voyons, c'est complètement à l'ombre. Ça ne fleurira jamais !

Tournée brusquement vers sa fille, elle avait répété, une expression hagarde dans les yeux :

– Non..., ça ne fleurira jamais...

Puis, frissonnant :

– Après tout, ça m'est égal... Accompagne-moi, je remonte m'allonger.

Derrière elle, dans l'escalier, Françoise avait suivi, attentive, la lente progression des talons fripés décollant de la mule de velours à chaque marche et, sur la rampe d'acajou, la main maigre glissant ou hésitant au rythme de la respiration saccadée.

L'hiver s'annonçait terrible, et elle n'avait pu obtenir le moindre morceau de charbon, malgré ses tickets. Elle avait acheté un poêle à bois qui dévorait chaque jour des dizaines de bûches. À ce rythme, elle ne tiendrait pas longtemps. Malgré les vêtements enfilés les uns sur les autres, elle avait toujours froid.

Trois lettres de Drunet étaient arrivées auxquelles elle avait répondu en se contentant de lui conter les nouveaux aléas de sa vie. Les échos de sa visite à Casablanca étaient on ne peut plus favorables, et il était certain qu'elle allait bientôt être obligée de trancher dans le vif. Le jour où elle s'y décida, elle s'y reprit à plusieurs fois pour rédiger une lettre qui, tout en mettant les choses au point, ne le blesserait pas inutilement. Difficile à réaliser. En postant sa lettre, elle eut mal en imaginant la peine qu'elle allait faire. C'était indispensable. Il serait cruel de le laisser rêver davantage.

Charlier, qui détestait la correspondance, s'était contenté de s'indigner sur les surprises qui avaient attendu Françoise. Ali allait bien. Il avait commencé à mettre le nez dans des moteurs avec Coulibaly mais, visiblement, il s'ennuyait. « Ça passera », concluait Charlier. Il prévoyait de rentrer en mars... « Peut-être », ajoutait-il aussitôt, et il s'insurgeait contre la dévaluation qui venait d'intervenir en France.

Elle finissait de replier les persiennes quand le téléphone sonna dans le bureau du premier étage. Les rares coups de fil qu'elle recevait la faisaient sursauter chaque fois, avec un vague sentiment d'espoir qui ne s'attachait à rien de précis. Elle grimpa l'escalier. Au bout du fil, la voix de Charlier tonitruait :

– Allô ! Françoise ? C'est moi ! Je suis à Marseille... Ça va ?

– Je ne vous attendais pas si tôt. Vous ne deviez rentrer qu'en mars.

– J'ai eu une occasion sur un bananier. Le capitaine est un copain. Je vous ai mis un mot avant d'embarquer. Vous ne l'avez pas reçu ?

– Non.

– C'est la pagaille ici ! Comment ça va pour vous ? Vous avez un peu récupéré après toutes vos histoires de brigands ?

Il cria :

– Allô ! Françoise ! Je ne vous entends pas ! Je prends le train ce soir. J'arriverai à neuf heures et demie demain matin.

– D'accord. J'irai vous chercher à la gare de Lyon. Le voyage s'est bien passé ?

– Un peu longuet... Ça traînait... Ici, à Marseille, ça grouille, dites donc ! J'étouffe déjà. Je vous laisse, il y a un zigoto qui veut ma place dans la cabine.

Elle raccrocha, heureuse à l'idée de le revoir. Sa grosse voix résonnait encore, insolite, si proche tout à coup. Elle tira le voilage sur un ciel bas et brumeux. Un vent glacé agitait les branches des arbres dépouillés. Charlier ne lui avait rien dit de ses projets. Allait-il partir immédiatement chez sa sœur en Normandie ? Elle décida de lui préparer une chambre, au cas où il accepterait de rester un peu à Paris. Toute la journée elle s'affaira, fit des provisions pour regarnir un peu le réfrigérateur et ses placards de femme seule, et courut acheter quelques fleurs.

Le lendemain matin, soucieuse de ne pas rater l'arrivée du train, elle fut à la gare avec une bonne demi-heure d'avance et s'installa dans le café donnant sur les quais. Autour d'elle, des gens prenaient leur petit déjeuner en lisant des journaux dont le format était réduit depuis la guerre. À une table proche, un couple d'une cinquantaine d'années déjeunait en silence. La femme, le visage dur et fermé, observait son compagnon, un homme triste aux gros yeux myopes, voûté au-dessus de la tasse dans laquelle il trempait une tartine de pain. Quand il eut terminé, avec son index humecté de salive il piqua des miettes tombées sur le napperon de papier et les porta à sa bouche avec des suçotements mouillés.

– Tu ne veux pas lécher le fond de ma tasse pendant que tu y es ? grinça-t-elle avec une expression méprisante, si haineuse que Françoise détourna les yeux pour ne pas voir le visage résigné du malheureux qui, probablement endurci depuis longtemps, n'en continuait pas moins sa minutieuse récupération.

À sa gauche, deux jeunes femmes regardaient des photographies. L'une d'elles pouffait :

– Mais il est tarte, ce type, avec son nez de boxeur. Tu ne vas tout de même pas... Non ! C'est pas vrai !... Tu me fais marcher...

Plus loin, un jeune homme à l'air traqué essayait pour la troisième fois de trouver une place à une table. Sous une housse noire, il transportait une encombrante contrebasse qu'il installait debout contre sa chaise, mais, à peine assis, un serveur fondait sur lui pour le déloger, prétendant qu'il gênait le passage. Découragé, il se leva et Françoise le vit se perdre dans la foule, bousculé, refoulé sans pitié, tenant amoureusement son instrument par la taille.

Lorsque le train arriva, elle sortit sur le quai, impatiente d'apercevoir son ami. Postée près de la locomotive chuintante, elle guettait la silhouette familière parmi le flot de voyageurs qui se pressaient vers la sortie. Masqué jusque-là par un chariot croulant sous une montagne de bagages, il surgit tout à coup, grand, large, massif. Sous le ciel frileux, tranchant sur la grisaille de la foule, son teint brique donnait l'impression d'être gorgé de soleil. Elle reconnut son vieux costume de chasse en toile beige, trop léger pour la saison, et l'éternel chapeau de cow-boy à large bord. Il penchait d'un côté sous le poids d'une lourde valise qu'il tentait d'équilibrer avec un sac de toile, invraisemblable boudin kaki bardé de larges courroies accroché à son épaule. Des regards curieux suivaient un instant cet aventurier imposant qui, visiblement, venait de loin.

Françoise l'accueillit avec un sourire heureux accompagné d'un « ça fait drôle de vous voir ici ». D'un geste sec, il remonta son sac qui glissait et, une fois de plus de mauvais poil parce qu'il était ému, il se mit à ronchonner, englobant d'un même œil écœuré tout ce qui l'entourait, ciel gris, sol mouillé, verrière noircie de fumée et la foule emmitouflée qui le bousculait au passage.

– Bon Dieu, que c'est moche tout ça, dit-il en se retournant à plusieurs reprises.

Puis, regardant Françoise qui trottait à ses côtés, il s'arrêta net, les sourcils froncés :

– Oh !... vous avez coupé vos cheveux !

– Il le fallait. Ce n'est pas bien ?

– Si... Mais vous avez l'air encore plus jeune, râla-t-il.

Elle l'entraîna vers le café et retrouva sa table restée disponible.

Quand ils furent assis face à face, elle répéta machinalement :

– C'est fou ce que ça me fait drôle de vous voir ici.

– Ce qui veut dire que je jure dans le décor ? J'ai l'air d'un plouc, allez, dites-le.

– Mais non, Robert, c'est parce que, chaque fois que je vous imaginais, c'était sur fond d'arbres, entouré de Noirs, ou au volant du Berliet, sous le soleil ou trempé de pluie.

– Ouais... Votre pluie, ici, c'est de la flotte sale. Ça vous plaît tout ça ? Vous vous y habituez ?

– Il le faut bien.

À peine assis il se leva en s'excusant : Il avait oublié de régler une formalité pour d'autres bagages en consigne. Il s'éclipsa pendant qu'elle commandait leurs petits déjeuners.

Quelques instants plus tard, ayant contourné la salle de café par l'extérieur, il revint par une autre porte, passa derrière la chaise de Françoise et, une main sur son épaule, se pencha à son oreille :

– Regardez, je vous ai ramené un petit souvenir... Je l'avais laissé à la consigne... Il était trop lourd à trimbaler...

Elle se retourna, resta stupéfaite : Ali était là, un sourire lui coupant le visage en deux, éclatant d'un grand rire gras qui fit se retourner les clients autour d'eux. Il tendit à Françoise une main glacée. Elle nota que, sous un vieux cache-poussière de Charlier lui battant les talons, il ne portait qu'un mince pantalon et une chemisette en cellular.

Ravi par son coup de théâtre, Charlier jubilait, expliquant que l'idée d'emmener le petit boy lui était venue en allant voir le capitaine du bananier pour son propre passage. Contre une somme modique, il avait obtenu que le garçon embarquât, payant sa nourriture par un peu de travail aux cuisines. Pas très légal... mais, à Marseille où l'on avait des amis, cela s'était arrangé. Il décrivit la joie du boy quand il lui avait annoncé qu'il l'emmenait en France : cabriolant, se tenant la tête à deux mains comme s'il souffrait d'un excès de joie, il s'était mis à tourner sur lui-même comme un derviche.

Françoise s'inquiéta :

– Et Makou ? Qu'est-ce que vous en avez fait ?

Coulibaly le mécano avait promis de s'en occuper jusqu'à leur retour de France. Elle ne fit pas de commentaire mais redoutait que le chien ne renouvelât son exploit, lorsque, s'étant égaré en brousse après la mort de Laurent, il avait parcouru deux cents kilomètres pour revenir, famélique et les pattes en sang, à la résidence où on le croyait définitivement perdu. En l'absence de Françoise et d'Ali, n'allait-il pas se sauver de la plantation et repartir pour Facounda ? En observant la mine soucieuse du garçon, elle sentit qu'il avait la même crainte.

– Dites donc, on caille de froid ici, déclara Charlier en se frottant vigoureusement les mains.

– C'était à prévoir, vous êtes en tenue de brousse ! Nous avons un hiver terrible, vous savez. La nuit, je dois dormir avec des chandails entassés les uns sur les autres et, si je veux lire au lit, je mets des gants de laine ! Vous deux, avez-vous quelques vêtements chauds, au moins ?

Il vitupéra : L'un de ses costumes en drap avait nourri plusieurs générations de cancrelats et il n'entrait plus dans l'autre.

– J'ai grossi comme un porc depuis deux ans. Tenez, regardez... Je vais m'acheter quelque chose dans ce genre-là.

Il désignait un jeune homme qui, s'apprêtant à partir, se coiffait d'une casquette à gros carreaux, assortie à son costume de sport, avec veste cintrée sur de larges knickerbockers bouffant au-dessus de chaussettes hautes à losanges jaunes et verts.

– Oh ! non, pas ça ! gémit Françoise.

– Moi, ça me plairait, je trouve ça gai. Alors vous serez obligée de m'accompagner pour choisir à votre idée. À Conakry, les gens d'un bateau parti avant le nôtre avaient fait la razzia des vêtements dans les boutiques... C'est surtout Ali qui a besoin de nippes, hein, mon gars ? Mets donc le tricot que je t'ai donné. Oui, je sais, il est un peu large, mais ça te tiendra chaud.

L'œil malheureux, Ali sortit de l'un de ses balluchons une loque brunâtre et pendouillante qu'il enfila. Elle lui descendait sous les genoux et les manches dépassaient de trente bons centimètres le bout de ses doigts. Des rires fusèrent aux tables voisines.

– Finis ton café et remets ton imperméable, on s'en va, lui dit Françoise qui souffrait autant que lui.

Ali plongea sous la table à la poursuite de ses chaussures trop grandes.

– Je perdi tout le temps, dit-il en se redressant pour glisser ses pieds nus dans de vieux mocassins du planteur.

– Mon gars, faudra t'habituer aux souliers. Pourquoi tu n'as pas emporté tes tennis ? Tu veux toujours faire l'élégant, bougonna Charlier.

Puis, interpellant un vieux serveur très digne qui passait :

– Boy ! l'addition !

Quand ils se dirigèrent vers la sortie, quelques quolibets jaillirent sur leur passage. Une voix cria : « Y a pas bon Banania ? » tandis qu'un consommateur se levait pour se gratter furieusement sous les bras et se dandinait, sa lèvre inférieure avancée mimant un faciès simiesque.

Françoise s'immobilisa. Toisant les rieurs d'un œil furibond, elle les gratifia d'un « pauvres types ! » méprisant, tandis que Charlier, qui ne laissait jamais passer une occasion de donner son opinion, lançait à la cantonade :

– Dites donc, vous êtes toujours aussi cons, ici ? La guerre, ça ne vous a rien appris de nouveau, on dirait ?...

Le voyage en métro fut un moment pénible pour Ali dont les yeux et le cou n'étaient pas assez rapides pour suivre la course des murs où les « Dubo... Dubon... Dubonnet... » filaient à toute allure derrière les vitres du wagon. Mal à l'aise, crispé, il transpirait.

– Ferme les yeux ou regarde tes pieds, lui conseilla Charlier.

Quand, en déjeunant, Françoise avait proposé au planteur de rester quelques jours chez elle, il avait protesté pour la forme, mais il était visible qu'il espérait cette invitation. Elle lui expliqua que, sa maison lui semblant trop grande désormais, elle avait envisagé de la vendre pour acheter un petit appartement dans Paris, où elle devrait aller travailler. Une fois arrivé dans la villa repeinte de neuf, avec son jardin replanté par les soins d'un jardinier, il s'indigna : Quoi ? Elle voulait quitter ce coin tranquille pour aller se faire coincer dans l'une de ces tristes boîtes à sardines à étages ? Elle perdait la tête ! C'était la maison de sa famille ! Elle lui avait assez gonflé les oreilles avec ça ! Quelle mouche la piquait ? En tout cas, si elle décidait vraiment de s'en débarrasser, lui, il était preneur... Pour sa retraite.

Ali fut installé dans la pièce lingerie où il aurait ses aises avec placard et coin pour la toilette. Charlier y transporta un divan. Ébahi, le garçon allait d'une découverte à l'autre : l'eau qui sortait des robinets, la cuisinière à gaz et, surtout, la chasse d'eau des W.-C. qu'il aurait volontiers tirée toute la journée pour le plaisir de voir la cataracte déferler dans la cuvette de porcelaine... La tour Eiffel aperçue depuis une fenêtre du premier étage l'avait intrigué :

– C'est qui le grand narbre, là-bas ?

Plus tard, d'autres passions le précipitèrent aux fenêtres sur rue : tôt le matin, la grosse Sita qui ramassait les ordures et les éboueurs qui couraient derrière, et, répartis selon les jours, le marchand de peaux de lapin, le rémouleur avec sa cloche et sa meule à pédale ou le vitrier trimbalant son fonds de commerce sur son dos, tous aboyant des choses incompréhensibles. Très vite, il s'habitua au confort qui, désormais, lui semblait normal, et en particulier le feu : une allumette, un bouton à tourner... et des flammes... toutes prêtes à cuire ou à chauffer ce qu'on voulait. Une restriction toutefois : ce miracle n'était possible qu'à certaines heures. Françoise lui avait expliqué que ça datait seulement de la guerre, mais qu'avant on pouvait faire jaillir le feu et la lumière nuit et jour, autant qu'on en avait besoin...

Le garçon vivait là des moments heureux, si heureux même que Françoise se demandait souvent si le retour à Facounda ne deviendrait pas un drame pour lui. Avant qu'elle ait eu le temps d'aller lui acheter des vêtements, Mme Aubert, rencontrée le jour même de l'arrivée de Charlier, était revenue dans l'heure qui suivait les bras chargés de chemises, de lainages, de chaussures ayant appartenu à son fils. Un peu large tout ça, mais très mettable. Hilare devant cette garde-robe qui lui tombait du ciel, Ali faisait de longs essayages devant un miroir, sortait les pointes de son col de chemise par l'échancrure de ses pull-overs et se trouvait superbe, parfaitement intégré dans son nouvel environnement.

Son seul souci était la ville elle-même avec ses maisons et ses rues toutes pareilles. Pour qu'il ne s'égarât pas, Françoise ne lui confiait que des courses exigeant un aller et retour en ligne droite. Dans ses plus grandes expéditions, plus tard, il s'aventura à faire le tour du pâté de maisons, fier de lui lorsque ses pas le ramenaient devant la maison. Il était devenu la coqueluche du quartier. On s'esclaffait dès qu'il ouvrait la bouche. On disait de lui « le petit négro de la fille Schmidtt », on lui posait mille questions sur son pays. Ravi de l'intérêt qu'on lui portait, il était devenu conteur... À la fin de ses conférences de presse, il récoltait quelques piécettes qu'il rangeait dans des boîtes d'allumettes. Le dimanche, un grand jour, dédaignant le chaud manteau de Bernard, il enfilait trois pulls épais sous son boubou blanc brodé, glacé d'empois, donnait à sa chéchia une inclinaison très étudiée, chaussait ses babouches de cuir rouge et, conscient de son originalité, se rendait à la boulangerie toujours bourrée à la sortie de la messe. Il y faisait sensation, distribuant sourires et poignées de main. Pas encore familiarisé avec l'argent, il tendait à la boulangère un carnet sur lequel elle notait ses achats, et il quittait le magasin, son pain sous le bras, balançant quelquefois au bout des doigts un paquet pointu renfermant des gâteaux que Françoise estimait d'une qualité très inférieure à ceux qu'il fabriquait lui-même.

– Je ne resterai que trois ou quatre jours, avait dit Charlier en s'installant dans la chambre de la grand-mère Marie.

Il y aurait bientôt un mois qu'il était là, épié par les commères du quartier, intéressées par ce bel homme bronzé qui entrait et sortait de la maison. Quand elles rencontraient Françoise, elles jouaient les innocentes :

– Vous avez ramené votre père ?

Renseignées sur l'identité du visiteur, elles pinçaient les lèvres :

– Ah bon ! c'est un ami...

Avec d'autres armes que le boy, Charlier avait conquis les commerçants du coin. De ses bagages sortaient des paquets de café vert qu'il troquait contre de la viande, du beurre fermier ou autres marchandises du marché noir. Il s'amusait comme un fou à ces tractations, son interlocuteur privilégié étant un gros boucher coléreux avec lequel il se livrait à des marchandages à la limite de la mauvaise foi et de l'empoignade.

Pour griller le café vert, Ali s'installait dans la buanderie du sous-sol, sur un petit brasero qu'il y avait découvert. Il prétendait que le gaz donnait mauvais goût à son robusta. La bonne odeur se répandait, traversait le jardin, escaladait les murs des propriétés voisines, allant alerter des nez prompts à réagir. Bientôt on sonnait à la porte. On faisait semblant de passer par hasard, « pour dire bonjour », et on s'en retournait, quelques minutes plus tard, cachant jalousement l'offrande de la fille Schmidtt : une grosse poignée de bonheur fraîchement grillé dans un cornet de papier.

L'achat de vêtements pour Charlier fut une dure épreuve pour le vendeur qui entendit, ce jour-là, un maximum de qualificatifs désobligeants à l'encontre du tissu de ses costumes : du papier pour waters..., de la toile à beurre..., une vraie serpillière..., du buvard... Quoi ? de la fibrane ?... Ça tenait chaud, cette saleté ? Gênée, Françoise lui rappela que la guerre avait sévi et qu'il se conduisait de façon insupportable. Sa taille impressionnante et ses épaules musculeuses imposèrent du « sur mesure » avec essayages, alors qu'il aurait voulu emporter son achat sur l'heure. Quand le tailleur suggéra timidement qu'il était plus économique de commander deux pantalons pour en diviser l'usure, il se fit rembarrer comme s'il voulait l'escroquer : Ce costume lui ferait vingt-cinq ans, même avec son tissu minable !

On attendit la livraison du vêtement pour décider d'une sortie au restaurant, Charlier rêvant d'emmener Françoise au Fouquet's dont, pour quelque raison intime, il gardait un souvenir idyllique.

Au cours de conversations précédentes, Françoise avait fermement éludé toutes les questions sur Éric. Ce soir-là, sous les lampes douces et dans l'ambiance élégante du repas, la nostalgie était revenue à l'attaque et, cédant à l'insistance de Charlier, la jeune femme ne put lui cacher sa déception. Devant les yeux noyés qui se détournaient, Charlier soupira :

– Bon, maintenant c'est une affaire classée. Vous n'allez pas continuer à ruminer... Dites-vous que cet homme-là ne vous méritait pas. Point final. Le monde est peuplé de bons gars. Quelque part, il y en a un pour vous..., vous verrez..., vous le trouverez...

– Mais je ne cherche pas ! répliqua-t-elle, agacée. Les hommes, je peux continuer à m'en passer.

Comme s'il y avait un lien quelconque avec ce qui précédait, Charlier lui apprit qu'il avait aperçu Drunet sur le port, le jour où il embarquait sur son bananier.

– Je suppose qu'il ne va pas tarder à rappliquer chez vous, celui-là ?

– Non. Il n'y a aucune chance.

– Ah bon ?

Ses yeux bleus scrutèrent ceux de Françoise :

– Un moment, j'ai cru qu'il existait peut-être quelque chose entre vous deux...

– Qu'est-ce qui vous fait dire ça ?

– Des bruits qui couraient. On parlait de mariage... Ça me turlupinait, mais comme vous n'en parliez pas... Vous me l'auriez dit, n'est-ce pas ?

– Évidemment.

Elle réfléchissait, repensant à Drunet comme à travers un voile de brume. Elle eut envie d'être honnête avec elle-même :

– Vous savez, nous l'avons mal jugé. C'est un garçon beaucoup mieux qu'on ne croit. En le connaissant davantage, j'ai découvert qu'il avait énormément de qualités. Tout le monde dit que c'est un commandant de cercle remarquable. Il fera sûrement une belle carrière.

Pour un peu, elle faisait son panégyrique.

Charlier se frotta rêveusement le menton :

– Alors je me demande pourquoi vous ne voulez pas l'épouser ? Je suis sûr qu'il ne demande que ça, lui.

– Mais, Robert, je ne l'aime pas ! C'est une raison valable, non ? D'ailleurs, vous ne l'appréciez pas beaucoup.

– Moi, ça n'a rien à voir.

Avec la pointe de son couteau, il se mit à tracer des stries parallèles sur la nappe :

– Sérieusement, Françoise... Après, on n'en parlera plus : quand vous êtes descendue à Conakry pour la soirée chez le gouverneur, vous aviez l'air si contente d'être là avec lui que je m'étais imaginé... Vous étiez dans le même hôtel... Est-ce que je me suis fait des idées ?

– Oui, vous vous êtes fait des idées.

– J'aime mieux ça.

Elle fit dévier cette conversation qui la mettait mal à l'aise tandis qu'il continuait à martyriser la nappe.

– Ce soir, je suis très heureux de ce dîner avec vous. J'y pensais depuis un bon bout de temps. Je croyais que ça n'arriverait jamais. Comment faites-vous pour être si belle ? Regardez les deux types à droite, je suis sûr qu'ils se demandent ce que vous fabriquez avec un vieux macaque comme moi... Et vous ? Je vous trouve un peu crispée. Vous n'êtes pas bien ici ?

Elle regarda autour d'elle :

– Ce qui me gêne, c'est que tant de choses se soient passées, tous ces malheurs dans le monde, et que ça puisse continuer comme avant. Le luxe, les gens élégants... Quand on pense à ce que nous a raconté Mme Aubert...

Au cours d'un déjeuner chez Françoise, Lucie, renseignée par un ami de son fils, leur avait parlé des camps d'extermination découverts en Allemagne. Tout d'abord incrédule, chacun avait dû se convaincre que de tels crimes s'étaient produits : la cruauté, les morts..., l'atrocité partout... Perdus dans leur brousse, avec leurs petits soucis, ils étaient loin de se douter que tant d'horreurs se passaient.

– Les hommes sont pires que les fauves, dit Charlier. Faudra que tout le monde ouvre l'œil à l'avenir.

Ils descendirent lentement les Champs-Élysées jusqu'à la place de la Concorde où ils prirent le métro.

Rentrés à la maison, Charlier s'attarda longtemps dans le salon à écouter Françoise qui s'était mise au piano.

– Il va quand même falloir que je m'arrache à tout ça et que j'aille voir ma sœur. Si elle savait que je suis là depuis si longtemps sans donner signe de vie, elle serait déchaînée !

– Pourquoi ne pas lui avoir téléphoné ?

– Parce qu'elle aurait exigé que je rapplique illico, et moi j'avais envie d'une récréation.

– Elle est si terrible que ça ?

– Son rêve a toujours été de me voir filer doux. Quand j'étais gosse, elle me battait comme plâtre. Elle a dix ans de plus que moi et me considère encore comme un gamin qui doit obéir. La dernière fois que je suis venu en congé, elle a passé son temps à me faire des reproches sur tout.

– Vous ne pouvez pas vous rebiffer ? Vous savez bien vous bagarrer, d'habitude.

– Pas avec elle...

Quelques jours plus tard, revenant du marché, Françoise l'entendit téléphoner dans le bureau du premier étage. Il mentait allégrement, racontant qu'il venait d'arriver à Paris. C'était donc sa sœur.

– Tu es drôle, toi... Non. J'ai un tas de choses à voir ici. Il faut que je m'occupe de mes bagages et que j'aille secouer les puces de clients qui me doivent de l'argent depuis 1939... Oui..., je vais voir..., peut-être..., si je peux me dégager... À la fin de la semaine. C'est pas sûr. Non, je ne sais pas encore combien de temps je reste en France. Ça dépendra. Je t'appellerai pour te dire quand j'arrive... Écoute, c'est comme ça. Au revoir.

Et le bruit sec de l'appareil raccroché sans douceur. Il venait de s'accorder un sursis, mais c'est avec une mine renfrognée qu'il descendit rejoindre Françoise dans la cuisine.

– Je viens d'appeler Adrienne. Faut vraiment que j'y aille, dit-il d'un ton misérable. Huit ans qu'on ne s'est pas vus et, en cinq minutes, elle a trouvé le moyen de m'asticoter. Son mari est mort il y a deux ans. Il a fini son temps de bagne, celui-là. Je vais partir vendredi. C'est ma seule famille, conclut-il pour se doper.

Son départ vida la maison. Plus de pas pesant dans l'escalier, plus de coups sourds dans le sous-sol où il fendait des bûches pour alimenter un poêle insatiable, terminées les grosses plaisanteries destinées à la faire éclater de rire. Comme si ce grand corps avait dégagé de la chaleur, il faisait plus froid dans les pièces et, le soir où la provision de bois faillit manquer, en attendant de pouvoir en racheter Françoise brûla toute sa collection de journaux conservés depuis sa petite enfance, des magazines pour petites filles, *La Semaine de Suzette, Lisette, Bécassine.* Il y en avait des kilos, amassés dans un coin du sous-sol, à demi rongés par les rats. Elles firent une courte mais belle flambée, toutes ces histoires tendres qui la ravissaient chaque semaine autrefois. Elle en garda quelques exemplaires en souvenir.

Elle s'était décidée à chercher un emploi. Elle commença ses investigations dans le secteur de la construction et auprès de bureaux d'études, puisque avant son départ en Afrique elle y avait fait ses débuts. Celui qu'elle connaissait s'était volatilisé dans la tourmente et ses anciens locaux étaient maintenant occupés par un tailleur. Elle envoya des dizaines de lettres, offrant ses services, indiquant honnêtement que, n'ayant pas exercé depuis quatre ans, elle accepterait de repartir de zéro, de ne faire que du dessin ou des plans d'exécution. Elle n'avait pas de prétentions particulières, l'essentiel pour elle étant de se retrouver au sein d'une équipe.

Les réponses furent très aimables, mais son manque de pratique et son absence prolongée étaient un sérieux handicap. Dernier argument : on donnait la priorité aux hommes. Elle négligea les propositions aguichantes d'association du genre : « en vue création affaire très lucrative... petit capital exigé... » mais répondit à une annonce dont certaines précisions en caractères gras avaient attiré son attention. Une agence immobilière cherchait une jeune femme, 25-35 ans, d'excellente présentation, dynamique, et disponible pour des négociations. Au téléphone, on prit son adresse pour une convocation ultérieure. Rien de réconfortant dans tout cela. Elle avait heureusement encore de quoi attendre patiemment pour trouver une occupation qui la satisfît tout à fait.

Un jour, en fin d'après-midi, on sonna à l'entrée : des exclamations dans le vestibule et, bientôt, la face écarquillée d'Ali s'encadra dans la porte du bureau pour annoncer que le commandant Drunet était là...

Il l'attendait, debout au milieu du salon, l'air anxieux. Vêtu d'un costume sombre sur une chemise blanche à col très haut, il avait l'allure d'un clergyman. Un très beau clergyman... Dès qu'Ali eut quitté la pièce, il s'excusa de ne pas l'avoir prévenue de sa visite par crainte de ne pas être reçu. Or, il tenait absolument à la rencontrer.

– Je ne peux pas m'habituer à l'idée de ne plus vous voir, Françoise. Je n'ai pas mérité ça, un tel refus.

– Mais, Pierre, je me suis déjà longuement expliquée...

– Je ne comprends pas votre attitude. Rappelez-vous, le dernier soir..., ce dernier soir, Françoise ! Je m'accroche à ce souvenir, je vis avec lui, en me répétant que, pendant quelques minutes, vous m'avez peut-être aimé un peu.

– Pendant ces quelques minutes, je me suis conduite comme une femelle, rien de plus, et je n'en suis pas plus fière. C'était un coup de folie que je regrette parce qu'il vous a trompé. J'ai de l'amitié pour vous, je vous estime, vous le savez, mais ne m'en demandez pas plus.

– Vous jouez à la femme perfide et je trouve ça cruel.

– Je ne joue à rien. Je désire seulement avoir la paix, sans problèmes.

– Quels problèmes craignez-vous d'avoir avec moi ?

– Il y en aura toujours... L'amitié qui pourrait exister entre nous boitillera quelque temps et puis, un jour, tout sera remis en question, je devrai me bagarrer à nouveau contre vous, comme à Facounda. C'est une situation équivoque dont je ne veux pas.

– Alors vous me demandez de faire une croix sur la femme dont je rêve depuis des années ? C'est inhumain.

– Il y a longtemps que vous auriez dû la faire, sans vous obstiner. Vous savez bien que je suis au moins aussi têtue que vous et, en venant me relancer, vous m'obligez à être méchante.

Le visage tendu, il la regardait.

– Vous êtes belle dans ce cadre... Mes parents étaient pleins d'espoir en vous voyant.

– Ils sont charmants. Vous avez de la chance.

Il hésita avant de dire :

– Je voudrais savoir..., si ma question ne vous gêne pas... Avez-vous retrouvé votre... Éric ?

– Non. Il est parti travailler aux États-Unis sans me donner signe de vie. Vous aviez raison. Il m'a oubliée.

– Vous êtes malheureuse ?

Elle eut un sourire :

– Oui, mais ça finira bien par passer. Croyez-moi, une passion, ça s'use, ça finit par s'effriter et, le jour où la vérité vous saute à la figure, il faut avoir le courage de tordre le cou à son amour, en serrant d'autant plus fort qu'il a été violent.

– Maintenant vous n'avez plus rien à quoi vous raccrocher, plus de fidélité à respecter... Alors pourquoi me repousser ? Je ne vous abandonnerai jamais, moi. Vous devriez d'autant plus me comprendre que ce garçon vous a fait souffrir. Nous avons la même plaie, vous et moi.

– Ce n'est pas pareil. Quand deux êtres s'aiment en même temps, c'est un vrai miracle, et la douleur est d'autant plus grande quand l'un des deux tranche les liens. Nous n'avons rien eu en commun, Pierre.

Les deux mains crispées l'une contre l'autre, elle ajouta :

– Je regrette de vous faire du mal, mais je ne peux pas forcer mon tempérament. Vous ne seriez pas heureux, et moi non plus. Je vous estime trop pour ne vous donner que de la pitié.

Un silence embarrassé se prolongea, puis Drunet essaya de se reprendre :

– Vous ne me demandez pas des nouvelles de tout votre petit monde de Facounda ?

– Je n'osais pas.

Il se gratta la gorge :

– Eh bien, dans l'ordre : Samuel et Kabaké m'ont fait jurer de vous ramener avec moi en revenant de congé, mais... c'est raté. J'ai laissé vos biches et la chèvre dans votre enclos car, près de l'école où vous pensiez les faire garder, les gosses les harcelaient. Vous n'auriez pas aimé ça. Quoi d'autre ? Votre maison est toujours aussi fraîche, j'y suis allé presque chaque soir, mais votre piano a fini par rendre l'âme. Il s'ennuyait trop sans doute ! Ah si ! une nouvelle : les métis ont été mutés. Ils sont remplacés par un couple noir très sympathique et sans prétention qui est ravi d'avoir à diriger un aussi grand dispensaire. Ils vous auraient plu, lui, c'est le genre de Diallo. Quant à moi, je ne sais pas où j'irai à la fin de mon congé. Je pense demander à retourner en Côte-d'Ivoire.

Aussitôt cette perspective la contraria comme si, dans son esprit, Drunet devait continuer à être le gardien de tout ce qu'elle avait aimé.

– Pourquoi ne voulez-vous pas retourner à Facounda ? Vous aviez projeté d'y faire un tas de choses intéressantes...

Il la regarda intensément :

– Vous faites semblant de ne pas comprendre, Françoise ?

Elle baissa la tête, mécontente, puis la releva brusquement.

– Charlier, que j'ai vu ici, m'a dit qu'à Conakry le bruit de notre mariage avait couru. Vous étiez au courant ? demanda-t-elle.

– C'est-à-dire... certaines personnes m'en avaient parlé et je n'ai pas vraiment démenti, pensant bêtement que ça forcerait peut-être le destin.

– Quelles personnes ?

– Je ne sais plus, des gens qui nous connaissent, qui nous avaient vus ensemble et qui devaient trouver que nous étions bien assortis. Pourquoi avez-vous l'air si contrarié ?

– Les bonnes langues ont dû penser bien d'autres choses. Je dois avoir une superbe réputation. Tous les hommes de Facounda : Éric, Charlier, vous... Messaline, quoi !

La mine grave, Drunet prit congé quelques instants plus tard. Ses parents l'attendaient à leur hôtel. Il leur avait caché cette démarche, mais il allait être obligé de leur dire que Françoise restait intraitable. Il n'avait plus envie de rester à Paris et préférait repartir pour Casablanca avec eux.

Quand la porte se fut refermée sur lui, elle ouvrit la fenêtre et le regarda s'éloigner, à la fois soulagée et mal dans sa peau, avec l'impression pénible d'avoir commis une mauvaise action.

– Je ne peux quand même pas me forcer..., murmura-t-elle à mi-voix, le cœur serré.

Petit à petit, son pire ennemi, le désenchantement, essaya de la dominer. Ni la peinture, ni le piano, ni la couture, ni les promenades dans Paris ne la distrayaient. Elle se sentait inutile, stupidement repliée sur elle-même. Elle chercha à retrouver certaines amies perdues de vue depuis la fin de ses études. Un peu partout, la guerre avait fait éclater les familles, les adresses avaient changé. Elle essaya de téléphoner à une grande fille brune dont elle aimait la simplicité malgré ses origines nobles : Marie-Florence de Cudenec de Cuverville que la classe de philosophie, déjà soucieuse de nivellement par la base, appelait « Cucu ». On lui apprit que « Cucu » s'appelait désormais Duclos, qu'elle avait trois enfants et qu'elle vivait dans un village des Pyrénées.

Dans Paris où elle allait flâner certains après-midi, elle crut plusieurs fois reconnaître Éric dans une silhouette entrevue, mais l'allure des gens avait changé : autour d'elle, des femmes, aux cheveux coiffés en hauteur, trottaient, juchées sur des chaussures épaisses comme des cothurnes, pédalaient sur des bicyclettes, insouciantes des morceaux de cuisse dévoilés par leurs jupes voletantes. Ébouriffés eux aussi, des jeunes gens aux pantalons trop courts flottaient dans des vestons aux épaules tombantes... Un jour, dans la vitrine d'une agence de voyages, elle buta sur une affiche de publicité pour la montagne, celle dont Éric avait épinglé un agrandissement dans sa case de Facounda : un torrent déferlant entre deux bourrelets de neige scintillante. Quand elle errait ainsi, sans but, elle sentait des regards masculins posés sur elle et, plusieurs fois, des hommes l'avaient abordée, vite refoulés par une parole cinglante et deux yeux glacés. Elle rentrait de ses promenades lasse, abrutie par le mouvement de la rue et de ses gens pressés. Elle ne savait plus vivre dans l'agitation. « Là-bas », elle s'était laissé apprivoiser par le temps, dégustant les secondes, les heures, les jours, sans précipitation et sans impatience, s'enrichissant de l'intensité de cette existence au ralenti, calquant ses gestes sur ceux des Noirs accusés de fainéantise alors qu'ils ne faisaient que savourer le présent. Ils savaient compter avec le passé, entretenu par la mémoire des griots, mais semblaient incapables de se projeter dans le futur, comme si le fait de regarder en avant les faisait se cogner à un horizon bloqué.

L'amitié de Lucie Aubert lui était précieuse. Elle aimait la douceur et la discrétion de cette femme toujours prête à rendre service et qui, enfermée dans son chagrin, cloîtrée dans sa maison triste, vivait parmi ses souvenirs. Lucie gagnait chichement sa vie en travaillant à domicile pour un brodeur fournisseur des grands couturiers. Devant elle, des morceaux de mousseline, de taffetas et de velours où étaient déjà tracées au crayon des arabesques, des volutes ou des fleurs sur lesquelles elle cousait des perles de verre irisées, du jais, de fausses perles fines, des paillettes multicolores ou des strass qu'elle pêchait du bout de son aiguille dans des godets transparents. Un travail minutieux qui, en avançant, transformait un tissu sans relief en féerie scintillante pour robe de princesse orientale. Les femmes fortunées qui porteraient les toilettes somptueuses, tout étincelantes de ces pierreries-imitation, ne sauraient jamais que leur luxuriance était née sur la table Henri II d'un modeste pavillon de banlieue.

Un jour qu'elle admirait la dextérité de son amie, Françoise observa que, malgré la cinquantaine proche et son visage pâli, elle avait conservé une certaine beauté. Sous une masse de cheveux bruns séparés par une raie au milieu et ramassés en chignon serré, le profil était resté délicat, le cou à peine empâté.

Cachée sous des vêtements informes de couleur terne, la silhouette se devinait, encore mince. Cette femme solitaire allait continuer à s'étioler et à mal vieillir au-dessus des merveilles qui sortaient de ses mains. Elle lui avait confié qu'elle n'était pas allée à Paris depuis longtemps, restant peureusement confinée dans sa maison où les seules visites reçues étaient celles des coursiers du brodeur lui apportant ou remportant son travail.

– J'ai envie d'une petite sortie, un de ces dimanches, lui dit Françoise. Qu'est-ce que vous penseriez d'un tour sur les Champs-Élysées ? Je vous invite à déjeuner, et nous irons voir un film.

Lucie eut une expression affolée :

– Ma pauvre petite..., regardez-moi. J'ai une tête impossible et je n'ai plus rien à me mettre. Non, je ne suis pas sortable.

– Tout ça, ce sont de mauvais prétextes. Attendez, vous allez voir...

Elle fila chez elle et en revint avec un coffret de bois contenant ses produits de maquillage. Balayant les protestations de Lucie, elle réussit à la faire tenir immobile sur une chaise, le temps d'épiler la masse épaisse de sourcils qui alourdissait son regard et d'animer le teint trop pâle grâce à une fine couche de crème colorée poudrée légèrement. Une touche de rose sur les pommettes et les lèvres, une ombre bleutée sur les paupières, et, pour faire revivre les yeux mélancoliques, une pointe de mascara sur les cils. Attentive aux gestes de Françoise, Lucie n'osait pas respirer.

– Je peux regarder ? demanda-t-elle en voyant Françoise ranger ses fards.

– Pas encore. La coiffure, maintenant. La raie au milieu et cette grosse brioche derrière la tête, ça vous satisfait ?

– Je ne veux pas couper mes cheveux ! J'ai toujours été coiffée comme ça. Mon mari aimait bien…

– Il n'est pas question de les couper…, du moins pour le moment, dit Françoise en libérant de la douzaine de barrettes qui l'aplatissaient une chevelure soyeuse, légèrement ondée. Regardez-moi ce gâchis ! Avoir des cheveux pareils et les tirer, les entortiller, les clouer avec des épingles !… C'est scandaleux !

Brossée, rejetée en arrière sans raie, sa longueur raccourcie en l'enroulant sur elle-même, la chevelure vint encadrer le visage avec une douceur qui le rajeunissait.

– Maintenant je peux voir ? répéta Lucie, devenue soudain impatiente.

– Non, je n'ai pas fini. Levez-vous.

À genoux sur le sol, elle remonta de plusieurs centimètres l'ourlet de la robe en fibrane prune avec des épingles, puis ajusta le corsage-sac par quelques pinces qui révélèrent que la modeste Lucie avait encore une poitrine bien plantée et une taille svelte avec juste un soupçon de ventre…

– Enlevez-moi ces charentaises et enfilez mes chaussures, dit Françoise en se déchaussant. Un détail, encore…

Elle ôta le mouchoir de soie blanche qu'elle portait à son cou et le noua à celui de son mannequin.

– Maintenant vous avez le droit d'aller vous voir en entier dans la glace de votre chambre.

Se tenant très raide, Lucie resta tout d'abord immobile, le visage figé, les bras le long du corps, puis elle toucha ses cheveux, caressa sa joue droite, et ses mains glissèrent sur son corsage pour lisser le tissu appuyé à son torse. Contre toute attente, elle fondit en larmes.

– Allons bon ! Qu'est-ce qui vous arrive ? Vous allez être toute barbouillée ! Vous êtes formidable ! Ça ne vous plaît pas ?

– Si… mais je ne me reconnais pas… Mon mari…, Bernard…, dit-elle en secouant la tête d'un air désespéré.

– Ils vous trouveraient superbe.

– Je ne pourrai pas être comme ça tous les jours.

– Pourquoi pas ? Il vous suffit de le décider.

– Pour plaire à qui ?

– À vous-même. Allons, souriez, bon sang ! Vous n'allez pas continuer toute votre vie dans la grisaille, le teint brouillé, avec vos vieux chaussons et cachée sous des frusques de grand-mère. La guerre est finie. Il vous reste encore de belles années à vivre.

Une lueur s'allumait lentement dans le regard de Lucie qui, se mirant de profil et le visage un peu penché, s'inquiéta :

– C'est pas trop, tout ça ? Qu'est-ce que les gens du quartier vont penser en me voyant fardée, et coiffée autrement ?

– Ils trouveront que vous avez rajeuni. De toute façon, leur opinion, on s'en fout ! Je vais vous enlever toutes ces épingles, qui risquent de vous piquer.

– Non, non, laissez... Je me sens bien, serrée comme ça...

– Alors c'est d'accord ? On sort en filles dimanche ?

– Il faut que je cherche si je n'ai pas une robe un peu mieux que je pourrais arranger.

Un silence ouaté enveloppait la chambre, où un jour gris s'insinuait entre les doubles rideaux mal joints. Françoise s'étira et alluma la lampe de chevet pour regarder l'heure à la pendulette. Huit heures ! Elle renfila prestement son bras sous le drap. Il faisait froid dans la pièce. Elle regarda la buée qui sortait de sa bouche; ce mois de mars qui allait se terminer avait été dur et on avait vainement attendu le moindre signe annonciateur du printemps.

Enfin elle se leva, passa une robe de chambre et sursauta en entendant une galopade dans l'escalier. On frappait à sa porte.

– Oui..., entre.

Ali surgit, les yeux ronds, et se précipita vers la fenêtre pour tirer les rideaux et ouvrir les persiennes :

– Y a encore la glace !... regarde !

Il était déjà entré en transe le premier matin où il avait repoussé les volets sur un jardin entièrement blanc de neige. Depuis, il ne se rassasiait pas de toute la blancheur qui l'environnait. Il se pencha sur la barre d'appui capitonnée d'un bourrelet immaculé pour y poser sa langue. C'était un rite. Ensuite il descendait dans le jardin et allait marcher dans les allées pour y laisser l'empreinte de ses pieds nus. Françoise se fâchait, lui ordonnait de rentrer, mais le garçon, devenu sourd, se frottait les jambes et les bras avec de grosses poignées de neige comme s'il avait voulu faire pénétrer toute cette pureté dans sa peau.

– Arrête de faire l'idiot, tu vas prendre froid ! lui criait Françoise, toujours surprise que le boy, si frileux en général, pût trouver quelque bonheur dans ces séances masochistes.

Il rentrait dans la maison, hilare :

– Ti vois, moi, c'est propre maintenant, disait-il, abandonnant à regret tant de matière première inemployée qui, comme d'habitude, allait disparaître en quelques heures.

Pour lui, cette vie en France, avec ses étonnements toujours renouvelés, était une sorte de paradis. Le travail ne lui pesait pas, au contraire. Il adorait en particulier le nettoyage des parquets : le frottage à la paille de fer lui offrait l'occasion de danses effrénées, avec chants, tortillage des hanches et gesticulation des bras. Le passage de l'encaustique lui plaisait moins, mais, très vite, la brosse enfilée sur le pied et le lustrage au chiffon de laine permettaient des variantes débridées dans son expression corporelle. Lucie Aubert, arrivant un matin en plein briquage, avait passé un tel moment de joie qu'elle avait recommandé à Françoise de la prévenir la prochaine fois qu'Ali cirerait les sols. Un spectacle à ne pas rater.

– Si ti veux, je dansé chez toi, avait proposé Ali, fier que son talent soit tellement apprécié.

Depuis, le bruit s'étant répandu dans le quartier que le jeune Noir associait astiquage et show africain, on le sollicitait de tous côtés, et, comme Françoise lui avait conseillé de ne pas se démener pour rien, il glissait régulièrement de grosses pièces dans la fente d'une tirelire qui remplaçait ses boîtes d'allumettes déjà bien remplies.

Un soir, le téléphone sonna. C'était Charlier.

– Comment ça marche avec Adrienne ? demanda Françoise.

– Ça barde sec ! dit-il, lugubre.

Il demanda si elle ne souffrait pas trop du froid.

– Si, j'ai même l'impression que je n'aurai plus jamais chaud.

– Vous ne vous ennuyez pas ?

– Ça commence... Il faut que je trouve vite une occupation.

– J'ai pensé à quelque chose : Pourquoi ne venez-vous pas passer quelques jours ici ?

– Si ça ne va pas avec votre sœur, je crois que ce n'est pas le moment...

– J'ai bien le droit d'inviter qui je veux. Allez, faites votre petite valise, ça me remontera le moral de vous voir.

– Oui, mais j'ai écrit à des petites annonces pour un emploi. J'attends les réponses, et puis je ne peux pas laisser Ali tout seul ici.

– Alors amenez-le.

– Mais non, Robert, votre sœur n'aimera pas ça.

– Qu'elle aime ou pas, je m'en fous.

Le brave Charlier brandissait l'étendard de la révolte et l'ambiance risquait d'être sulfureuse, mais il insista tant que, pour lui faire plaisir, Françoise finit par accepter. Tout heureux de son accord, il lui recommanda de prendre un train très matinal jusqu'à Rouen, afin d'avoir la correspondance avec un car rarissime qui la déposerait à un croisement de routes bien précis où il l'attendrait.

Pour ces quelques jours d'une autre aventure,

Ali bourra une valise, fier d'y entasser les nouveaux vêtements qu'il possédait, et, malgré l'avis de Françoise, emporta boubou, babouches et chéchia, indispensables à son image de marque auprès des Blancs de France.

Engoncé dans une veste en peau de mouton, un bonnet de laine lui cachant les oreilles, Charlier les attendait au carrefour convenu. Ses yeux pétillaient en les voyant descendre du car.

– Salut, pingouin, dit-il à Ali, tellement boudiné dans tous ses pulls enfilés sous son pardessus qu'il devait marcher les bras écartés du corps.

Ils quittèrent très vite la nationale et prirent un chemin qui traversait des bocages où des pommiers n'arrivaient pas à fleurir.

– Je voulais venir vous chercher avec la charrette, mais Adrienne en a eu besoin pour aller au marché. Ce n'est pas très loin.

C'était un « pas très loin » africain, c'est-à-dire à deux bons kilomètres. Ils circulèrent au creux d'une vallée et, après avoir longé un étang, passèrent devant une petite église avec son cimetière aux tombes de guingois. Trois beaux chênes en gardaient l'entrée. Ensuite un chemin pentu aboutissait en contrebas à une longue bâtisse blanche, coiffée d'un toit de chaume qui ondulait au-dessus des fenêtres du premier étage. Un minuscule ruisseau bordé de saules taillés en têtards courait sur le côté droit d'une vaste prairie environnée de champs où paissaient des vaches. Françoise eut immédiatement un coup de cœur pour cet endroit, rassurant dans sa rusticité et très différent de ce qu'elle avait imaginé les rares fois où Charlier, avec une moue un peu méprisante, avait parlé de la « bicoque normande » de ses parents. C'était en réalité une très belle chaumière qui, tout en gardant son caractère authentique, bénéficiait d'un certain confort.

Ils entrèrent dans une salle commune au plafond bas, dont le point d'intérêt était une vaste cheminée et son grand feu. Attirée par les flammes, Françoise alla y réchauffer ses doigts engourdis. Autour d'elle, de solides meubles campagnards, de larges fauteuils et des cuivres bien astiqués. Un bel escalier construit avec de vieilles poutres brunes menait à l'étage.

– C'est très sympathique, cette maison, dit-elle en souriant à Charlier.

– Attendez de voir..., bougonna-t-il.

Une vieille femme en jupailles noires arriva, serrant contre elle deux lourdes bûches. Elle avait un visage parcheminé aux yeux larmoyants.

– Donne ça, voyons, ordonna Charlier en la débarrassant de son fardeau. Françoise, voilà Eudoxie. Et il ajouta : Il y a quarante ans qu'Adrienne la maltraite.

Gênée, Françoise regardait la servante qui tisonnait des braises dans le foyer. Charlier la rassura :

– Ne vous inquiétez pas, elle est complètement sourde. Hein, mon Eudoxie ? hurla-t-il à l'oreille de la malheureuse qui ne broncha pas.

Au premier étage, la chambre réservée à Françoise donnait sur le petit ruisseau.

Au centre d'un mur tendu d'un papier de style toile de Jouy noir et blanc, trônait un gros lit d'acajou avec une courtepointe d'andrinople rouge assortie aux doubles rideaux. Sur les autres parois, des mâles à moustaches en crocs et des femmes au caraco rebondi s'ennuyaient dans des médaillons de bois doré. Pour la toilette, une cuvette en faïence à fleurs et son gros pot à eau posés sur une table à dessus de marbre. Pour l'éclairage, une lampe à pétrole équipée à l'électricité, coiffée d'un abat-jour d'opaline.

– Je vais être comme une reine, ici, dit Françoise à Charlier qui, ouvrant une grande armoire sculptée, en sortit un édredon.

– C'est pour si vous avez froid ce soir.

– Oui, posez-le sur le lit, dit-elle, en songeant qu'elle se serait volontiers fourrée tout de suite dans les draps et pelotonnée sous la grosse masse de plumes.

– Pour la nuit, Eudoxie vous apportera une brique chaude...

Ali fut installé près de la cuisine, dans un office consacré aux lessives et au repassage. Un lit de camp était replié dans un coin.

– Votre sœur n'a pas fait trop de difficultés pour le boy ?

– Si, mais ici je suis chez moi autant qu'elle, ronchonna-t-il.

Le drapeau noir flottait donc toujours sur la chaumière.

Une heure plus tard, Adrienne descendit d'une charrette tirée par un robuste cheval gris pommelé. Sans effort, comme s'il s'agissait de ballots de duvet, elle en descendit deux grands paniers débordant de provisions puis entra dans la maison en coup de vent, sans un regard pour son frère et Françoise qui se précipitaient pour l'aider.

– Il y a encore quelque chose à prendre ? demanda Charlier.

– Évidemment non, tu arrives toujours après la bataille.

– Tu veux que je dételle ?

– Non. Je le ferai... Occupe-toi de ton invitée.

Sans doute habitué à leur zizanie, le vieux cheval se dirigea seul d'un pas calme vers un hangar abritant de la paille. Il s'y engouffra, entraînant la charrette derrière lui, et alla directement plonger le nez dans un seau d'avoine.

Les présentations eurent lieu dans la cuisine où Eudoxie aidait Adrienne à vider ses paniers.

– Voilà Françoise, dit Charlier.

– Je m'en doutais un peu, ironisa Adrienne en secouant la terre d'une botte de poireaux au-dessus d'une poubelle.

– Je vous remercie de m'accueillir, dit Françoise, dont la main fut broyée par cinq doigts de fer.

– Ce n'est pas moi qui reçois, c'est Robert.

Sortant de son réduit où Eudoxie l'avait refoulé, Ali parut, un sourire engageant sur les lèvres.

– Bonjour, madame.

Feignant de ne pas voir la main offerte, Adrienne se tourna vers son frère :

– Il est noir ?...

– Eh oui ! Je n'ai pas pu l'en empêcher. Ils sont tous comme ça dans son pays.

Françoise proposa :

– Il va vous aider, madame. Il est habitué, dites-lui ce qu'il doit faire, il travaille très bien.

– Non, non, sortez donc de ma cuisine.

– À vos ordres, mon adjudant, ironisa Charlier. Venez, Françoise, je vous montre le jardin.

– C'est ça, fais-lui faire le tour du propriétaire... Ça te connaît, ça...

Et Adrienne commença à rudoyer ses casseroles.

Ennuyée par cet accueil, Françoise observait ce Charlier femme qui avait la même chevelure blond-roux et des yeux bleus aussi durs que ceux de son frère étaient chaleureux. La même fossette creusait son menton, mais son visage était griffé de rides d'expression si profondes qu'elles donnaient envie de les colmater comme des fissures. Grande, mais le corps alourdi, elle portait une robe très stricte en lainage vert foncé.

Voulant décrisper l'atmosphère, Charlier demanda ce qu'elle leur préparait pour le déjeuner.

– J'en sais rien, vous le verrez bien, marmonna-t-elle en claquant sèchement la porte d'un réfrigérateur bourré de victuailles.

– Faut pas attacher d'importance à ses façons, confia Charlier à Françoise lorsqu'ils furent dans le jardin. Elle a un sale caractère mais, si on gratte tout au fond, elle n'est pas si mauvaise.

Françoise se demanda intérieurement si son séjour d'une semaine lui permettrait de gratter assez profondément.

– Elle est comme ça, faut s'y faire, conclut-il, navré.

– Vous vous y êtes fait, vous ?

– Ben non...

Ils parcoururent la propriété en tous sens et, au passage, désobéissant aux ordres, Charlier détela le cheval qui s'empiffrait d'avoine.

– Holà ! bonhomme, la patronne ne t'a pas dit de te servir, tu vas avoir des histoires, toi aussi !

Il lui enleva le seau qu'il posa sur une étagère.

Ils sortirent sur la route et, une centaine de mètres plus loin, pénétrèrent dans une cour de ferme où un gamin dépenaillé prévint Charlier que son père était auprès de leur jument en train de mettre bas. Ils s'approchèrent d'une grange et regardèrent à l'intérieur. Aidé d'un vétérinaire, le fermier, les avant-bras ensanglantés, tirait sur les pattes d'un poulain à demi sorti du ventre de sa mère.

– Salut, Riquet, je repasserai une autre fois, lui cria Charlier. Venez, Françoise, je n'aime pas ça.

– Si, attendez ! je voudrais voir, c'est beau !

– Beau ? Regardez si ça vous plaît, moi je vous attends plus loin.

Il alla rôder vers le coin des cochons et près des clapiers où une cinquantaine de lapins collaient leurs nez frémissants au grillage de leurs cages.

Les oreilles aplaties sur le crâne, la jument soufflait bruyamment, tandis que les deux hommes l'encourageaient de la voix. Tout à coup, ce fut la fin de la douleur et le miracle. Un petit cheval brun fut là, tout gluant. On le déposa sur la paille et sa mère vint aussitôt le renifler. Les premiers soins du vétérinaire à peine terminés, le poulain n'eut qu'une idée : se servir de ses pattes grêles. Il donnait coups de tête et coups de reins pour se redresser : quelques secondes d'équilibre incertain et il retombait sur les genoux. Enfin, après plusieurs essais obstinés, il parvint à se tenir debout mais, encore vacillant sur ses quatre pattes écartées, un bref coup de langue de sa mère le fit basculer sur les rotules.

En traversant la cour de ferme à la recherche de Charlier, Françoise fut prise à partie par des oies et poursuivie par un jars acariâtre qui lui rappela Adrienne.

– Robert, venez voir !

Sans entrain, il alla jeter un coup d'œil sur le poulain.

– Qu'est-ce qui vous passionne tellement ?

– C'est magnifique, cet appétit de vivre et, tout de suite, ce besoin d'être sur ses pattes. Dans quelques heures, il va trotter à côté de sa mère.

– Maintenant, venez, on va sûrement se faire houspiller. Il est midi un quart et ici on déjeune à midi et demi pile.

Un fumet de gigot rôti vint au-devant d'eux lorsque, après un sprint et hors d'haleine, ils poussèrent la porte à petits carreaux de l'entrée.

Une voix, côté cuisine :

– Vous n'étiez pas trop pressés de revenir ! Si c'est trop cuit, tant pis pour vous.

– C'est moi la coupable, avoua Françoise, j'ai voulu voir naître un poulain.

– Ah ! voilà bien la Parisienne aux champs qui s'étonne de tout !

– Tu sais, en Afrique, elle en a vu bien d'autres, observa Charlier.

Françoise fila se changer et ôter ses chaussures crottées. Quand elle redescendit dans la salle à manger, elle eut droit à un examen froid, de haut en bas, de la part de la maîtresse de maison : Adrienne détaillait les seins moulés par le pull de laine blanche, les hanches rondes prises dans la jupe de drap gris et la taille étranglée dans une ceinture de cuir. Personne ne soupçonnerait jamais qu'à cet instant elle eut envie de complimenter cette fille épanouie avec son visage calme où d'étranges yeux très pâles s'harmonisaient avec la chevelure lisse où couraient des reflets blonds. Françoise réveillait en elle la nostalgie d'un ancien idéal, une sorte de fantôme cruel de sa propre jeunesse. Pour nier leur trop grande différence d'âge, Robert lui avait sûrement menti en affirmant que la jeune femme n'était qu'à deux ans de la trentaine. Elle devait en avoir vingt-trois ou vingt-quatre tout au plus. Le geste tendre qu'il eut pour lui indiquer sa place à table coupa net l'élan de sympathie que, l'espace d'un éclair, Adrienne avait ressenti pour la fine silhouette. Bien qu'il s'en défendît farouchement, ce vieil idiot était encore une fois tombé amoureux d'une femme trop jeune pour lui. Mais elle, qui ne devait pas manquer d'hommes, que cherchait-elle ?...

Aidée d'Ali, enfermée dans son silence, la vieille Eudoxie s'affairait, efficace. Apparemment, le ravitaillement dans cette campagne ne posait pas trop de problèmes. Après le jambon fumé débité en minces tranches, on servit des rillettes accompagnées de tartines de pain grillé. Des pommes de terre cuites dans le jus du gigot furent suivies de fromages faits à point et d'une tarte aux pommes chaude, à la pâte feuilletée fondante, nappée de crème fraîche. Une spécialité d'Eudoxie que Françoise essayait vainement de féliciter, car la vieille femme, qui n'entendait pas un son, s'écriait d'une voix forte et haut perchée :

– Vot'nègue, il s'y connaît en cuisine ! Si je lui montre encore une fois pour ma tarte, il va me donner une recette à lui... C'est un bon gars, ce p'tit-là...

– Ça suffit, intervint Adrienne, en claquant fortement dans ses mains.

– Je me demande bien comment ils ont pu dialoguer, ces deux-là, s'étonna Charlier.

Dans l'après-midi, il attela le cheval Bonhomme et fit visiter les environs à Françoise. Une campagne à peine vallonnée, avec des petites forêts disséminées, beaucoup de pommiers à cidre et de vieilles masures à colombage qui menaçaient ruine. Malgré tout, on sentait que la guerre avait épargné cet endroit éloigné des grands axes.

– Qu'est-ce que vous faites de vos journées ? demanda Françoise.

– Ce n'est pas folichon. Je m'occupe un peu du jardin, mais je n'y connais pas grand-chose, je coupe du bois, je bricole. Adrienne trouve toujours quelque chose à me faire faire dès qu'elle me voit le derrière dans un fauteuil. Non, ce n'est pas la joie.

– Si vous n'êtes pas heureux ici, pourquoi y restez-vous ? Vous pouvez aller passer des vacances ailleurs, en Bretagne, dans le Midi, en montagne... Il y a des tas d'endroits avec d'excellents hôtels où vous seriez tranquille, vous auriez des distractions...

– Oui, peut-être, mais dans cette maison je retrouve un tas de souvenirs. Je n'ai jamais eu le temps d'en profiter.

Il se mit à lui parler de son enfance et de sa jeunesse. Jamais auparavant, même durant les week-ends à Facounda où il aurait pu le faire, il n'avait autant parlé de son passé, comme si sa vie n'avait commencé que le jour où il s'était installé sur sa plantation, vingt-cinq ans plus tôt.

Cette maison normande lui avait été léguée par ses parents, sa sœur héritant d'autres biens de valeur égale. Comme il vivait en Afrique, et pour économiser un loyer, Adrienne était venue l'habiter avec son mari, un important assureur de Rouen, un homme tristounet et pâlichon, béat devant la personnalité de sa grande femme.

Les jours suivants ne furent pas plus excitants que les précédents. Les seuls bons moments étaient ceux passés autour d'une table toujours excellente. Un matin, Adrienne demanda à Ali de l'accompagner au grand marché où elle avait des achats encombrants à faire. Tout heureux de cette sortie dans la charrette à cheval, et pour amadouer cette Blanche qui lui faisait peur, il endossa, à l'insu de Françoise, sa tenue de chef malinké, chéchia et babouches comprises. Quand Adrienne le vit qui l'attendait devant le portail, le boubou blanc flottant au vent, elle resta d'abord clouée sur place, puis courut interpeller son frère dans le jardin :

– Qu'est-ce que c'est que cette mascarade ? Il ne va pas sortir comme ça ? Je vais être la risée du pays, moi, avec un nègre déguisé en spahi !

– En spahi ! Tu dérailles ! C'est son plus beau costume. Il l'a mis pour que tu sois fière de lui.

– Eh bien, c'est raté ! Dis-lui d'aller s'habiller comme d'habitude.

Avec des phrases lénifiantes, Françoise, alertée par Charlier, expliqua au garçon déçu qu'il risquait d'avoir froid avec cette mince percale sur le dos, qu'il allait se salir en portant des caisses et qu'il valait mieux conserver ce vêtement pour Paris, où, comme il avait pu le constater, les gens l'appréciaient beaucoup... Ce boubou était beaucoup trop chic pour la campagne...

Hochant la tête, Ali approuva, la lèvre un peu méprisante :

– Oui. Ici, c'est même chose les indigènes...

Il plut deux jours de suite et ils restèrent à discuter au coin du feu. Charlier évoquait des souvenirs d'Afrique, mais lorsque, au détour d'une phrase, le nom de Françoise était mêlé à l'anecdote, Adrienne détournait la tête d'un air distrait, comme si l'intrusion de la jeune femme dans le récit en ôtait tout l'intérêt. Feignant d'ignorer cette indifférence, ou plus sûrement pour l'agacer, il s'étendait sur le travail de Françoise à Facounda, montant ses activités en épingle, jusqu'à ce que, exaspérée par cette admiration inconditionnelle, sa sœur quitte la pièce en annonçant qu'ayant à faire elle les laissait à leurs souvenirs d'anciens combattants.

– Pourquoi faites-vous ça ? lui avait demandé Françoise. Vous voyez bien que ces histoires l'agacent. Elle va me prendre en grippe.

Et puis, un soir, s'étant couchée tôt pour laisser Adrienne et son frère en tête à tête, penchés sur des livres de comptes, elle allait s'endormir quand les échos d'une dispute se faufilant à travers les pièces de la maison grimpèrent jusqu'à sa chambre. Charlier semblait avoir fait explosion, et jamais, depuis qu'elle le connaissait, elle ne l'avait entendu se libérer ainsi de sa colère. Il s'exclamait, sans parvenir à assourdir sa voix :

– Mais, bon Dieu ! J'ai payé la réfection du toit il y a six ans, le remplacement de la vieille chaudière à charbon et toutes les peintures. J'ai toujours casqué pour tout, y compris le salaire d'Eudoxie, l'électricité, l'entretien du jardin. Ton mari et toi avez vécu ici pendant vingt-trois ans sans sortir un sou pour acheter ne serait-ce qu'un clou. Vous m'avez tout facturé, et ça continue. Pourtant, il en a gagné de l'argent, Jérôme, avec ses assurances. J'estime qu'occupant gratuitement « ma » maison vous auriez pu assumer certains frais. Je ne suis pas Crésus, moi... et toutes ces factures que tu me ressors encore ce soir, ces additions mesquines !

Vague bourdonnement de la voix d'Adrienne, et à nouveau celle de son frère :

– Cherche encore dans ta paperasse, va. Il reste bien quelque part une petite note d'engrais pour tes rosiers, de blé empoisonné pour les campagnols ou de pièges à taupes... Cette maison, je n'y ai passé que quelques mois tous les huit ans, et toi et ton mari m'avez laissé tous les frais sur les reins.

– Mon petit, si tu n'y es pas venu, c'est que

tu l'as bien voulu. La porte n'était pas fermée.
– Il n'aurait plus manqué que ça !
– Les seules fois où l'on te voit ici, c'est quand tu as une fille en vue. Tu viens faire le joli cœur et montrer ta propriété normande. Ça fait bien et ça compense la différence d'âge, parce que, ce coup-ci encore, tu en ramènes une qui pourrait être ta fille. C'en est gênant de voir ça !
Rugissement en sourdine :
– Mais je n'ai aucun projet avec Françoise ! Elle n'attend pas après moi. Je t'ai déjà dit que c'était la fille d'un ami que j'aimais beaucoup. Elle s'est retrouvée toute seule en brousse quand il est mort. Je me suis occupé d'elle, rien de plus.
– Ah oui ? Ça ne t'empêche pas de lui entourer amoureusement les épaules quand vous vous promenez tous les deux ! Tu me prends pour une idiote ? Je ne suis pas encore aveugle, tu sais. Qu'est-ce qu'elle cherche aussi, celle-là ? Qu'est-ce que ça lui apporte la fréquentation d'un vieux barbon ? Ça va faire comme l'autre, celle qui t'avait rendu à moitié gâteux et qui t'a laissé choir au moment d'aller te rejoindre, soi-disant pour t'épouser… Tu es d'un naïf, mon pauvre Robert !… Mais celle-ci, ton Africaine, elle est encore plus dangereuse, parce qu'en plus de ne pas être trop vilaine elle est intelligente. Je me demande ce qu'elle te trouve pour venir s'empoisonner ici…
– Mais, bon sang, qu'est-ce que tu crains au juste ?
– Que tu te fasses avoir.
Charlier baissa encore la voix, un murmure si faible que Françoise, sidérée par ce qu'elle venait d'entendre, alla entrouvrir doucement la porte de sa chambre pour écouter la suite.
– Non, grondait Charlier, tu as surtout peur

que je me marie. Avec celle-ci ou une autre. J'ai bien vu que tu étais inquiète depuis que je t'ai dit en revenant que j'avais envie de vendre la plantation et de rester en France. Tu penses que je vais venir m'installer ici avec une femme. À ce moment-là, tu serais obligée de partir parce qu'aucune épouse au monde ne pourrait te supporter. C'est bien ça, hein ? Tu as la trouille d'être obligée de te recaser ailleurs ?

– Tu aurais le courage de chasser ta sœur de la maison de nos parents ?

– Mais, à Rouen, tu as deux grandes maisons qui t'appartiennent. Tu peux donner congé aux locataires et en habiter une.

– Vraiment, tu y penses sérieusement ?

– Je crois bien que oui. Tu deviens de plus en plus impossible et intéressée. Et, en plus, tu es méchante, Adrienne. Après avoir martyrisé Jérôme et Eudoxie, tu t'imagines que mon tour est venu ? Tu te trompes ! S'il le faut, pour avoir la paix, cette maison je la vendrai ! Comme ça, tout le monde sera d'accord !

– J'en étais sûre ! Cette fille t'a monté la tête ! D'ailleurs, je n'aime pas ses yeux. Elle a l'air faux jeton.

Effrayée par cette haine ardente et réciproque qui lui glaçait le cœur, Françoise se recoucha, grelottante, et décida de partir le plus tôt possible sans attendre la fin prévue de son séjour.

Afin que Charlier ne fît pas le rapprochement avec la scène de la veille dont elle ne voulait pas qu'il sût qu'elle l'avait entendue, Françoise attendit la fin de la matinée pour lui annoncer son départ. Au fond du jardin, botté de caoutchouc, il pataugeait dans le ruisseau, le visage empourpré, poussant au derrière d'une vache noir et blanc qui, tentée par l'eau, était descendue du champ en surplomb pour venir y boire. Alignées en haut du talus, cinq autres laitières considéraient l'épreuve de force d'un œil las, leurs mâchoires tournant en rond sur des brins d'herbe. Solidement arc-boutée sur ses pattes basses, la vache n'était qu'un bloc compact qui résistait de tout son poids aux efforts de Charlier. Excédé, il finit par lui administrer de vigoureuses claques sur les fesses, une manœuvre qui ne la troubla pas plus que si un papillon s'y était posé.

– Pourquoi ne fichez-vous pas la paix à cette pauvre bête ? demanda Françoise en s'approchant.

– Je veux qu'elle remonte dans son champ, sinon elle va se balader sur la pelouse et bouffer les massifs d'Adrienne...

« Les massifs d'Adrienne ! » L'appropriation par la terreur était bien admise, quoi qu'il en dît.

Soudain, la vache fit un écart et poussa un beuglement indigné, sa queue boueuse lui fouettant les flancs.

– Vous allez prendre un coup de pied, cria Françoise. Laissez-la, elle ira bien retrouver les autres...

– Non. Appelez Ali pour qu'il m'aide à pousser.

Accouru, le boy se gratta le crâne en considérant la croupe hostile :

– Lui, c'est trop gros, mon vieux. Je fais quoi, moi ?

– Tu pousses comme ça, expliqua Charlier, le visage de plus en plus congestionné. Si seulement elle avait un collier ou un anneau dans le nez, je pourrais tirer, mais, là, y a pas de prise...

– C'est pas bon, décréta Ali après avoir pesé sur le large postérieur qui ne bougea pas d'un millimètre. Attends, je fais le quelque chose...

Il alla se planter face à l'animal et, secouant en cadence ses bras repliés en ailerons, lança le cri de guerre de ses ancêtres : « O Kahé Kaho, gou, gou, gou ! O Kahé Kaho, gou, gou, gou ! O Kahé Kaho… » puis il se mit à sauter à pieds joints dans l'eau pour l'éclabousser. Les vaches spectatrices s'arrêtèrent de mâcher pour considérer avec stupeur cette mince chose noire qui se trémoussait sous leurs mufles. Brusquement elles firent demi-tour toutes ensemble et, au petit trot, regagnèrent le bout de leur champ. L'aventureuse, qui n'appréciait ni le folklore guinéen ni les giclées qu'Ali lui envoyait dans les naseaux, poussa un long beuglement gonflé de rancœur et, en trois coups de reins, regrimpa sur le talus pour rejoindre ses congénères.

– Ti vois, i peur des Malinkés ! jubilait le garçon.

Il était temps. Une voix venue de la terrasse appelait :

– Qu'est-ce que vous fabriquez tous les trois là-bas ? Dépêchez-vous, on va déjeuner. Je dois partir de bonne heure.

– Ah ! c'est vrai, maugréa Charlier. Mercredi, c'est le jour où Madame va cancaner avec ses copines.

Françoise pensa que c'était le moment de l'avertir :

– Robert, je vais partir dans l'après-midi…

– Quoi ? Mais pourquoi ? Vous deviez rester encore.

– Je vous l'ai dit, j'attends des réponses à des lettres. Si j'ai des convocations, il faut que je m'y rende.

– Vous le saviez bien en venant, et puis ce n'est pas à vingt-quatre heures près ! Je vous conduirai au car avec la charrette demain ou après-demain. Aujourd'hui, Adrienne en a besoin, et puis un copain planteur qui a sa famille dans le coin doit passer me voir avec sa femme dans l'après-midi. Allez, faites-moi plaisir, restez encore un peu.

– Mais, Robert, il faudra bien que je reparte.

– Pas aujourd'hui. Regardez comme il fait beau…

Michel Duquesne et sa femme avaient un peu plus de la cinquantaine tous les deux. Très enjoués, retrouvant tout de suite le ton de la plaisanterie avec Charlier, ils avaient des visages sympathiques. Ils évoquèrent des souvenirs communs et s'intéressèrent à l'aventure solitaire de Françoise en pleine brousse.

La nuit allait tomber quand ils se levèrent pour partir.

– Nom d'un chien, il pleut ! s'écria Duquesne. Il faisait pourtant un soleil radieux tout à l'heure…

– C'est pour ça que nous sommes venus à pied ! s'esclaffa sa femme. Robert, avez-vous un parapluie ?

Son mari intervint :

– Laisse, je vais téléphoner pour qu'on nous envoie le vieux Bastien avec sa carriole. Il y a une capote, ça ira.

Un peu frissonnante tout à coup, Françoise monta dans sa chambre pour avaler de l'aspirine et de la quinine. Elle redoutait par-dessus tout un retour de paludisme qui l'aurait contrainte à prolonger son séjour. Elle s'allongea sur son lit quelques minutes et ferma les yeux.

Un remue-ménage au rez-de-chaussée, une porte qui battait lui rappelèrent que les amis de Charlier devaient être en train de prendre congé.

Elle se rafraîchit le visage, se donna un coup de peigne et commença à descendre l'escalier. À mi-chemin, elle s'arrêta, étonnée. Le couple Duquesne discutait et plaisantait avec Charlier, mais un nouveau venu en gros pull-over blanc et pantalon de flanelle se tenait debout près de la cheminée, un verre de cidre à la main. Très grand, une silhouette sportive, d'abondants cheveux blond cendré légèrement ondés rejetés en arrière, il regardait autour de lui, un vague sourire aux lèvres. Toujours immobile sur une marche, Françoise observa l'étranger qui se penchait vers le rayonnage d'une petite bibliothèque pour lire les titres au dos des livres. Comme si quelque instinct l'avait averti, il se redressa et aperçut Françoise qui continua à descendre l'escalier.

Michel Duquesne fit les présentations :

– Notre neveu Romain Laperrière qui est venu à notre secours. Mlle Schmidtt, une Africaine elle aussi.

Elle glissa ses doigts dans une grande main brune et chaude, tandis qu'un regard gris fouillait le sien. Ils avaient tous deux des yeux très clairs, semblables dans leur transparence. Ils se sourirent, sans un mot, comme s'ils se reconnaissaient, et Charlier qui à ce moment précis se retournait vers Françoise reçut un choc : il lui avait déjà vu cette expression indéfinissable, une fois, une seule fois, alors qu'elle venait tout juste de rencontrer Éric. Ce soir, ce n'était plus la lueur des bougies dans la résidence de Facounda qui troublait ses prunelles pâles, mais les flammes dansant dans la cheminée de sa propre maison. Depuis longtemps attentif à ses réactions, il la devinait. Même avec moins d'innocence que quelques années plus tôt, il y avait en elle un élan silencieux qui ne le trompait pas. Quant à ce garçon qu'il ne connaissait pas lui-même, il était visible que cette découverte de Françoise dans la vieille chaumière ne le laissait pas indifférent. En plus, il était encore plus beau que l'autre, le bougre !

Comme si l'onde qui venait de circuler entre les deux jeunes gens avait été perceptible, Mme Duquesne, son nez en trompette levé vers Romain, voulut renseigner l'assistance sur la présence du garçon : Son neveu venait d'arriver du Havre quand le coup de fil de Michel demandant qu'on envoie la carriole était parvenu chez ses parents. Il avait proposé de venir les chercher avec sa voiture.

– Puisque vous êtes motorisés, vous avez un peu plus de temps. Je vous sers quelque chose ? proposa Charlier qui croyait bien faire en prolongeant un peu la rencontre.

Chacun réintégra son fauteuil, sauf Romain, toujours debout, le dos appuyé au manteau de la cheminée, et Françoise, qui, la tête bourdonnante du mélange aspirine-quinine, fouillait dans le vaisselier pour y prendre des verres.

La porte d'entrée se rabattit brutalement et une furie mouillée fit irruption dans la pièce :

– À qui est cette automobile qui bouche mon portail ?

– À moi, dit calmement Romain. Excusez-moi, madame, je ne pensais pas m'attarder aussi longtemps.

– Alors allez la bouger pour que je rentre ma charrette.

– Nous allons partir, déclara Michel en se levant.

– Mme Grandin, ma sœur, mes amis Duquesne, grommela Charlier, lugubre.

Romain sortit en courant et revint quelques

instants après, les cheveux constellés de gouttes de pluie.

Mme Duquesne discutait à l'écart avec Françoise :

– Vous devriez dire à notre ami Robert qu'il vous amène chez nous un après-midi. Ce n'est pas loin, deux petits kilomètres...

– Je vous remercie, mais je dois rentrer à Paris demain.

Quand la voiture noire eut avalé les visiteurs, Françoise alla s'asseoir près de la cheminée avec un sentiment d'inachevé qui la rendit morose toute la soirée.

La vieille Eudoxie servait le tilleul-menthe et la bourdaine du soir quand le téléphone sonna. Charlier alla décrocher dans la pièce-bureau qui, la veille au soir, avait été le théâtre du règlement de comptes entre frère et sœur. Adrienne tendait l'oreille, mais ne lui parvenaient que de vagues bribes de conversation. Le bas du visage crispé, mais le regard s'efforçant d'être souriant, Robert revint s'asseoir en annonçant à Françoise :

– C'était pour vous.

– Pour moi ?

– Oui. Mme Duquesne m'a demandé si ça vous arrangeait que son neveu vous ramène à Paris demain. Il doit rentrer aussi. J'ai accepté. Je pense que vous êtes d'accord ? C'est mieux que le train, ajouta-t-il avec une fausse désinvolture. Il passera vous prendre vers seize heures.

– C'est très gentil... Vous lui avez dit qu'il y avait Ali ?

– Bien sûr.

Puis, devenu soupçonneux :

– Comment savait-elle que vous rentriez à Paris ?

– Elle m'a proposé de lui rendre visite avec

vous. Je lui ai dit que je partais. Pourquoi ? Il ne fallait pas ?

– Si, si, bien sûr... Mais vous voyez comme le hasard fait toujours bien les choses. Son neveu repart justement demain à Paris, lui aussi. Le coup de pot, quoi. Moi qui pensais vous garder encore un jour ou deux...

Adrienne intervint, l'air pincé :

– Si elle veut partir, ça la regarde ! Faut toujours que tu règles tout, toi...

– Il y a un domaine où tu ne devrais pas t'en plaindre...

Et voilà. On replongeait dans la chicane endémique. Avec ou sans Romain, Françoise décida qu'elle partirait coûte que coûte le lendemain, en faisant promettre à Charlier de venir prendre quelques vacances calmes auprès d'elle.

Quand, vers seize heures, Romain Laperrière vint toquer à la porte de Charlier, son visage reflétait un tel ennui que Françoise, déçue, supposa tout d'abord que l'arrangement de ce voyage n'était dû qu'à l'initiative de Mme Duquesne, sans que son neveu y ait pris une grande part, mais, en s'approchant de la traction noire, elle partagea le manque d'entrain du conducteur : assis sur le siège avant, Michel Duquesne, la face réjouie, lui expliqua qu'il profitait de l'occasion pour aller régler quelques affaires à Paris :

– Pardonnez-moi si je reste à cette place mais, depuis une quinzaine de jours, mon genou gauche se bloque..., l'arthrose... Alors, quand je dois rester immobile un certain temps, comme aujourd'hui, il faut que je puisse allonger ma patte folle. Vous n'aurez pas mal au cœur à l'arrière, j'espère ?

– Non, ça ira très bien, dit-elle, polie mais hypocrite.

Ce voyage auquel elle avait pensé comme à une perspective agréable ne tiendrait pas sa promesse, surtout à cause de cette présence imprévue, et aussi parce qu'après s'être battue toute la nuit à coups de cachets contre un début de paludisme, elle se sentait engluée dans un état cotonneux proche de la somnolence.

À peu près muet depuis le départ, Romain ne répondait que par monosyllabes au discours de son oncle qui, malgré sa rotule raide, avait la langue très souple. Visiblement, le garçon n'était pas plus satisfait qu'elle de la situation présente. Elle estima pourtant qu'il le montrait un peu trop : « Il doit avoir mauvais caractère. »

Elle aurait aimé connaître ce qui se passait derrière le grand front attentif à la route, mais eut tout loisir de détailler le profil, les cheveux frisottant dans le cou, la coupe des joues un peu creuses, les lèvres bien ourlées et les mains nerveuses qui serraient le volant. Tout en suivant d'une oreille distraite le monologue de l'oncle, elle ne parvint pas à découvrir quelles étaient les activités du neveu. Délicat d'intervenir pour demander tout à trac : « Que faites-vous dans l'existence ? » Un moment, il fut question d'une association avec un tiers, une suggestion de Michel qui déclencha une réaction impatientée de Romain. Décidément, ce type ne devait pas être facile à vivre. Dommage. De même qu'à aucun moment il ne se soucia de ce que faisait cette fille qui avait semblé l'intéresser la veille. Il se contentait de furtifs coups d'œil dans le rétroviseur, comme on vérifie qu'un colis est toujours sur la lunette arrière.

Le seul heureux de son sort était Ali qui, écroulé sur la banquette, dormait tout voûté, la tête dodelinant d'avant en arrière. Lorsqu'ils parvinrent à la porte de Saint-Cloud, Françoise proposa de descendre. Malgré leur conversation très limitée, elle avait appris qu'ils allaient en direction du Champ-de-Mars et elle déclara qu'il était inutile de faire un détour par sa banlieue. Elle pouvait prendre le métro. Double protestation : Pas question ! On allait déposer le colis juste devant sa porte.

Après deux rapides poignées de main, on se sépara et Françoise voulut se persuader qu'en prenant congé Romain avait eu un air navré..., mais ce n'était sans doute qu'une impression.

Fiévreuse, elle se coucha en arrivant chez elle et se reprocha son coup de cœur inutile pour un inconnu qui avait l'air d'un ours mal léché. Pourtant, il lui plaisait, cet ours aux yeux clairs. Une intense curiosité la piquait et, depuis sa première rencontre avec Éric, elle n'avait plus jamais retrouvé cette avidité de connaître. En repensant à l'instant où elle avait aperçu Romain près de la cheminée, elle se rendit compte qu'ils avaient les mêmes prunelles. Elle se leva d'un bond pour aller sonder ses yeux dans un miroir. Haussant les épaules, elle revint se couler dans son lit froid.

– Et alors ? murmura-t-elle.

Dans le courrier il y avait quelques lettres accordant des entrevues qui se révélèrent sans intérêt. Plus tard, un coup de fil de l'agent immobilier auquel elle avait téléphoné avant de partir en Normandie lui fixa un rendez-vous dans un bureau du quartier d'Auteuil. Trois jeunes femmes y travaillaient déjà en qualité de négociatrices. Pas d'appointements fixes mais, au cas où elle réussirait à vendre un appartement, elle aurait 35 % de la commission d'agence. Sans trop de goût pour jouer les intermédiaires dans des transactions, elle décida pourtant d'essayer : en dehors de perdre son temps, elle ne courrait aucun risque. Le directeur était un homme affable qui lui expliqua en gros ce qu'elle devrait faire pour mener une affaire à bien. Elle décida de débuter le lendemain : une façon d'oublier que, pendant quelques heures, un homme lui avait plu.

Dans l'immédiat, son travail consistait à aller visiter des appartements à vendre aux adresses qu'on lui fournissait, d'en noter les caractéristiques, l'orientation, le confort, la surface, le prix demandé et de consigner les renseignements dans un registre. Si l'opération semblait valable, on recherchait dans le fichier « clients » l'acquéreur éventuel, on le contactait, on l'emmenait visiter. Quand il y avait manque d'amateurs, on publiait une annonce alléchante dans *Le Figaro*. Ça, c'était le cas de figure idéal.

Malheureusement, pour ses débuts, Françoise hérita des rebuts, de tous les rogatons invendables. « C'est pour vous faire la main », disait le patron. « Ça vous habituera, il faut commencer par le plus difficile... » Ou bien il avouait pour l'encourager : « Si vous êtes capable de me débarrasser de ce machin-là, c'est que vous êtes faite pour le métier. » À elle le capharnaüm sombre, le sixième étage sans ascenseur et sur cour, les grands bazars délabrés et glacés aux couloirs-boyaux, les appartements cagibis aux murs lépreux dont la remise en état doublait le prix d'achat. Elle sautait d'un métro dans un bus, se faisait agresser par des concierges soupçonneuses, pour aller souvent se faire claquer la porte au nez par des propriétaires allergiques aux agences, proclamant qu'ils étaient parfaitement capables de vendre leur bien eux-mêmes...

Elle rentrait éreintée et découragée, se jurait d'arrêter ce travail ingrat mais, toujours mue par l'espoir d'un miracle, repartait le lendemain matin. L'agent immobilier prophétisait : « Quand on aura à nouveau de l'essence, vous prendrez votre voiture puisque vous en avez une... »

En revenant d'Afrique, elle avait retrouvé avec émotion le cabriolet Peugeot de sa mère, mis sur cales et bien camouflé au fond d'un hangar durant toute l'Occupation. Le devis du garagiste consulté pour la remise en état de marche était si élevé qu'elle avait plus intérêt à acheter une voiture d'occasion. Néanmoins, elle se promit de faire exécuter les réparations avec la première commission qu'elle toucherait.

Un bon mois s'écoula. Elle continuait à grimper les étages d'affaires maudites tandis que ses collègues, chargées de ventes sans problèmes, expédiaient facilement des : *PASSY, magn. appt. 120 m², 5e ét. Balc. pl. sud. Chauf. cent. conft. Asc. Tél. Chbre serv. Gar. État impec. PX EXCEPT.* Elle ne rentrait chez elle que le soir, déjeunant d'un sandwich pour ne pas perdre de temps. Dès qu'elle arrivait, Ali lui donnait les dernières nouvelles :

– Ya quelqu'un i pelé...

– Qui ?

Moue évasive du boy qui, s'il adorait décrocher le téléphone, était sans curiosité quant à l'identité de l'interlocuteur dont il oubliait aussitôt le nom si celui-ci s'annonçait. La seule précision fournie concernait le sexe du correspondant :

– Ya un type i dit i pelé encore...

Ou :

– Ya une madame qui content parlé avec toi.

Ou encore :

– Ya un Blanc i dit tu pelé sa maison...

Elle avait un fameux secrétariat !

Parmi tous ces mystérieux anonymes, peut-être y avait-il eu Romain ? Elle y pensait souvent, sans y compter.

Et, un soir, il fut au bout du fil : il rentrait de voyage et prétendait s'être livré à un véritable jeu de piste pour trouver son adresse. Le soir où il l'avait raccompagnée, il s'était laissé guider : il faisait nuit et elle disait : « Vous continuez tout droit, vous tournez à gauche, et puis encore à droite, c'est la deuxième rue après le grand bâtiment... là-bas... Voilà, c'est ici... »

– Comme un idiot, je n'ai pas fait attention aux plaques des rues, ni au numéro.

Il savait seulement qu'elle habitait en banlieue sud. Il avait donc écumé toutes les listes alphabétiques des annuaires pour Vanves, Meudon, Clamart, Malakoff, Issy-les-Moulineaux, etc., pour y débusquer une Françoise Schmidtt.

– Pourquoi n'avez-vous pas tout simplement appelé mon ami Charlier ?

– Parce que mon désir de vous revoir ne regarde personne. Et, curieusement, j'ai éprouvé un certain plaisir à vous rechercher... Je suis revenu de voyage ce matin, mais je dois malheureusement refiler très tôt demain. C'est difficile pour nous de faire connaissance, n'est-ce pas ?

C'était le moins qu'on puisse dire.

– Quand revenez-vous à Paris ? demanda-t-elle.

– Je n'en sais rien encore. Quinze jours, trois semaines ou plus... Ça va dépendre d'un tas de choses.

Quel homme particulièrement impatient a donc prétendu qu'il fallait battre le fer pendant qu'il était chaud ? Pas celui-ci en tout cas !

– Je vais vous laisser mon numéro de téléphone, si vous permettez, dit-il.

– Puisque vous n'êtes jamais là, ça ne me sera pas très utile.

– Si, si, je préfère. Comme ça, nous ne nous

perdrons plus. Que faites-vous ? Vous allez retourner en Normandie ?

– Non. Je travaille.

– Ah bon ! Très bien. Je voulais que vous sachiez que j'avais été très heureux de vous rencontrer… J'espère vous retrouver à mon retour.

Et il raccrocha. Elle gardait dans l'oreille la résonance grave de la voix un peu moqueuse. Il renouait le contact uniquement pour lui annoncer qu'il disparaissait à nouveau pour un temps indéterminé.

Fière de sa nouvelle personnalité, Lucie Aubert venait souvent voir Françoise pour quêter auprès d'elle des conseils de couture. Elle rafistolait ses vieilles robes et semblait prendre goût aux compliments, même aussi humbles que ceux du coursier qui venait chaque semaine lui apporter des cartons de tissus à broder.

Charlier téléphonait fréquemment, soucieux des nouvelles activités de Françoise. Il était catégorique : Elle perdait son temps, ce n'était pas un boulot qui lui convenait... Elle rétorquait que, malgré leur caractère ingrat, ses démarches lui permettaient de voir du monde, de discuter et de bien réfléchir à ce qu'elle aimerait faire ensuite. Comme à différentes reprises il s'était intéressé à ses relations avec Romain, elle avait dû jusque-là lui dire qu'il ne s'était jamais manifesté. Le seul jour où elle aurait pu l'informer du contraire, il ne posa pas la question, et elle garda la nouvelle pour elle.

C'était la dernière fois qu'elle ferait visiter ce trois-pièces lugubre dans un vieil immeuble du 17e... Elle attendait l'ultime visiteur, après quoi elle annoncerait au patron qu'elle refusait de continuer à s'en occuper. Un jeune couple se présenta, attiré par l'annonce rédigée par l'agent immobilier lui-même. Le texte était un modèle du genre si l'on considérait l'objet à vendre : *Affaire unique* (ô combien !) *à enlever* (oh oui !). *3 ou 4 pièces* (plutôt deux petites), *calme*... (dans une impasse coupe-gorge), *confort* (un vieux chauffe-eau au gaz qui allait sûrement exploser dès qu'on en approcherait une allumette), etc.

L'homme du couple expliqua qu'ils allaient se marier, qu'ils n'étaient ni riches ni exigeants, mais qu'à première vue cet appartement était quand même trop horrible, sombre, sale, biscornu et sans air, toutes choses tristement exactes qu'elle ne nia pas. Mais elle soutint que, sans grande dépense et avec un peu d'imagination, ils pouvaient très bien y installer leur premier nid... en attendant des jours meilleurs.

– Mais..., regardez..., les fenêtres ont la vue sur un mur tout noir, gémit la jeune fille.

– Ça se camoufle, un mur comme ça, et même on peut arriver à installer un décor de fenêtres qui ensoleillera tout l'appartement.

– Je ne vois pas comment, grogna le fiancé.

Françoise expliqua son idée : on cachait la vue lépreuse avec un voilage un peu épais et on installait au-dessus un éclairage doré, dissimulé derrière un bandeau de bois.

– Ça n'empêchera pas que les pièces soient tout en rabicoins.

– Ça n'est pas si mauvais, les rabicoins. Vous les fermez par une porte de placard, vous y mettez des rayonnages et ça fait une bibliothèque ou une vitrine pour vos cadeaux de mariage. Moi, je verrais bien tout ça repeint dans un joli ton blond.

– Et le parquet ? Vous avez vu ce parquet ? Il est affreux ! Nous on ne peut pas s'offrir des tapis d'Orient ni de la moquette... Non, ça ne va pas coller.

– Le parquet ? Il est sale et taché. Le mieux serait de le peindre en blanc, ça ajouterait encore de la luminosité. Vous y jetteriez quelques petits tapis. Il existe des peaux de chèvre ou de vache qui ne coûtent pas très cher...

– On n'a pas de meubles, soupira la fiancée.

– Ailleurs qu'ici vous n'en auriez pas davantage. Pour commencer, il n'en faut pas tellement et, là encore, vous pouvez utiliser quelques astuces très économiques.

Le front anxieux, le jeune homme lissait l'arête de son nez pointu.

– Tu as vu ? La chambre est minuscule, lui dit sa future épouse en ressortant de la pièce.

– Oui, elle est petite, admit Françoise, mais vous n'avez besoin que d'un lit. Vous ferez fixer une très grande glace sur la paroi de gauche, elle doublera l'espace et reflétera la luminosité de la fenêtre que vous pouvez installer comme celle du living-room.

– On n'a pas encore de lit... Moi je voudrais du Louis XVI mais ça tient de la place et c'est drôlement cher, hein, Henri ?

Henri hocha la tête, et Françoise proposa :

– En attendant votre Louis XVI, vous pouvez faire fabriquer une estrade en bois blanc plus large que le matelas très épais que vous poserez dessus. Vous la faites déborder de chaque côté à la tête du lit, ce qui vous donne à droite et à gauche un volume plat pour poser vos lampes de chevet, et vous laquerez tout ça comme les murs.

Les yeux fixes, la jeune fille imaginait. Elle se tourna vers son compagnon, une lueur dans les yeux :

– Moi je trouve ça pas bête. Et toi ? Tu pourrais faire toi-même tout ce que dit la demoiselle puisque tu bricoles bien : l'estrade, les rayonnages, la peinture... C'est des bonnes idées, non ?

– Oui, mais on peut les adapter n'importe où.

– Tu sais bien que tout ce qu'on a visité coûte le double d'ici. Et puis on travaille juste à côté tous les deux, c'est pratique.

– Ouais... mais, dites donc, mademoiselle, si on se décidait pour un truc aussi minable où il faut que je fasse tout moi-même, faudrait nous faire baisser le prix. C'est pas cher, d'accord, mais c'est encore trop pour nous. Et puis il faudrait aussi des conditions de paiement.

– Je peux demander au propriétaire s'il peut faire un effort. Je pense qu'il le fera. Il est très gentil...

En fait, c'était un vieux grigou qui désespérait de vendre un jour ce logement longtemps habité par des locataires peu exigeants et sans le sou. Il voulait en tirer le meilleur prix, refusant les récriminations de Françoise qu'il relançait régulièrement pour qu'elle se pressât de le liquider. Depuis bientôt deux ans, toutes les agences de Paris avaient consigné ce taudis dans leur fichier, mais elles avaient vite renoncé à s'en occuper. « Invendable » était la mention figurant au-dessus du trait qui barrait la description.

Isolé dans la cuisine, le couple discutait à voix basse. La jeune femme, qui devait avoir plus d'imagination, reprenait les arguments de Françoise et chuchotait :

– N'empêche que c'est vachement moderne, tout ce qu'elle vient de nous dire...

– C'est original..., un peu comme chez mon copain italien... Bon, on va lui parler pour ce que tu voulais...

Ils ressortirent de la cuisine.

– Si on se décide, mais c'est pas encore sûr..., ma fiancée voudrait savoir si vous pourriez la conseiller pour l'entrée, la cuisine et la salle d'eau.

– Bien sûr, avec plaisir.

– Alors demandez au propriétaire s'il peut nous faire une fleur, dit le garçon. S'il fait un geste, c'est O.K., on le prend.

– Appelez-moi au bureau vers cinq heures, dit Françoise.

Au téléphone elle eut une discussion au couteau avec le vieux pingre qui ne voulait pas lâcher prise. Après lui avoir annoncé qu'elle ne s'occuperait plus de son galetas et qu'il ne retrouverait jamais deux tourtereaux disposés à se contenter d'un trou aussi infect, elle lui raccrocha au nez, furieuse. Dix minutes plus tard, il la rappelait. Il acceptait de faire un petit effort et des conditions de crédit, mais c'était uniquement « parce qu'il aimait bien les jeunes... ».

Cette vente fut accueillie avec stupeur à l'agence.

– Vous avez réussi à vendre ce truc infâme ! s'étonnaient les vendeuses qui n'évoluaient que dans le grand standing du 16e arrondissement.

On lui demanda par quel miracle. Elle expliqua qu'elle avait sollicité l'imagination des acheteurs, parlé de couleurs, de soleil... Surtout, elle avait l'habitude de la résurrection des ruines. En Afrique, c'était sa spécialité !

– Eh bien, je fais un geste, moi aussi, dit le patron : je vous laisse les trois quarts de la commission. Et, en plus, je vais vous donner à vendre quelque chose en or !... Très facile !

Quand le moment fut venu de commencer les travaux dans le vieil appartement, Françoise tint sa promesse et consacra deux samedis à guider les jeunes propriétaires.

Un soir, vers dix heures, le téléphone sonna : c'était Charlier :

– Si je veux venir me faire dorloter, c'est possible ? Ça ne vous dérangera pas ?

– Mais non, venez quand vous voulez. Seulement, vous savez, je ne suis pas souvent à la maison... Vous serez seul toute la journée avec Ali.

– Ça ne fait rien. Je serai au calme.

Il arriva un vendredi soir, pour avoir d'emblée deux jours complets avec Françoise. Il avait préparé tout un programme de soirées : restaurant, cinéma, music-hall, des idées prises dans la publicité des journaux. Elle l'accompagna quelquefois mais, rentrant souvent fatiguée, elle n'arrivait pas à suivre la fringale de spectacles qui s'était emparée de lui.

– Samedi prochain, vous devriez emmener Lucie. Elle ne sort jamais, et moi, vous m'avez gavée... Ça lui ferait sûrement plaisir.

Sollicitée, Lucie commença à s'affoler : elle n'avait pas de vêtements assez bien pour de telles sorties, d'autant plus qu'elle trouvait Charlier très bel homme et élégant depuis qu'il arborait son nouveau costume.

– Elle a quelque chose de changé, cette femme, avait constaté Charlier la première fois qu'il l'avait revue. Elle a dû être jolie... autrefois.

– Mais elle est toujours jolie. Quand elle consent à se farder un peu, elle est très séduisante. Quand vous l'emmènerez souper, je l'aiderai à se préparer, vous serez surpris de la transformation.

... Tellement surpris qu'il renouvela son invitation et fit mener à la pauvre Lucie une vie nocturne qu'elle n'avait jamais dû connaître auparavant.

– Il est extraordinaire ! Ce qu'il peut être drôle ! C'est un amour, cet homme-là, s'extasiait-elle quand Françoise allait la voir.

Les soirées n'étant pas suffisantes, ils consacrèrent les journées à de longues promenades et, alors que Charlier avait toujours prétendu que les expositions et les musées étaient une corvée indigeste pour lui, il s'y laissa traîner par Lucie qui les adorait. De même, il la suivit à quelques concerts à Pleyel. Un soir, il confia à Françoise, les yeux perdus dans le vague :

– Vous savez que c'est beau, la grande musique... Lucie m'explique très bien. Elle ne m'en veut pas d'être aussi ignare pour tout ce qui est artistique. Elle a beaucoup de patience avec moi.

– C'est qu'elle vous aime beaucoup.

– Elle vous l'a dit ? demanda-t-il, son œil bleu pétillant de curiosité.

– Elle est très discrète, mais c'est évident. Quand nous sommes seules, elle ne parle que de ce que vous avez dit ou fait tous les deux. À votre contact, elle renaît, cette femme.

Elle n'ajouta pas que Lucie s'inquiétait de prendre du retard dans son travail.

Souvent, quand Françoise rentrait vers huit heures le soir, Ali lui annonçait que Charlier ne dînait pas à la maison... Elle se mit à rêver. Pourquoi Charlier ne ferait-il pas sa vie avec Lucie qui paraissait correspondre à tout ce qu'il appréciait : la douceur, le sens artistique qu'il ne possédait pas lui-même, un certain humour et une fidélité à toute épreuve. Le point d'interrogation était son veuvage qui ne datait que de trois ans. Elle avait toujours affirmé qu'il n'y aurait jamais d'autre homme capable de la rendre aussi heureuse qu'elle l'avait été avec son mari. Et puis, accepterait-elle de partir vivre en Afrique ?

Rentrée tardivement d'un rendez-vous, Françoise était dans son bain quand elle entendit le téléphone sonner dans le bureau. Après quelques secondes, Ali vint frapper à la porte :

– Ya le quelqu'un pour toi.

– Demande-lui son nom.

Des clients l'appelaient quelquefois à la maison et elle n'avait pas envie de sortir de l'eau pour un renseignement qui pouvait attendre le lendemain.

– I... dit c'est Le Perrier..., rapporta Ali.

– Le Perrier ?... Laperrière ! Dis-lui d'attendre, cria-t-elle à travers la porte, si pressée d'aller répondre qu'elle enfila sa robe de chambre par-dessus son corps mouillé.

– Je vous dérange ? demanda la voix grave.

– Pas du tout. Vous êtes à Paris et vous repartez demain ?

Un rire au bout du fil :

– Non. Je reste ici pour le moment. On peut se voir ?

– Pourquoi pas ?... Quand ?

– Tout de suite. Je passe vous chercher.

– Mais... il est tard, je ne suis pas prête.

– Restez comme vous êtes, ce sera très bien.

Elle sourit en rabattant son vêtement sur ses cuisses nues.

– Combien de temps m'accordez-vous pour me préparer ?

– Une vingtaine de minutes. Je ne suis pas loin de chez vous. Je sais que ce n'est pas très correct de vous inviter au dernier moment, mais actuellement je mène une vie de fou et, si je ne fais pas aussitôt ce dont j'ai envie, quand je le peux, je me laisse ensuite avaler par le temps. Redites-moi par où je dois passer pour ne pas me perdre dans votre banlieue.

Elle choisit un tailleur de fin lainage ivoire qu'elle avait fait exécuter avec du tissu rapporté de Conakry et l'assortit d'une blouse de soie fauve, avec chaussures et sac du même ton, des folies achetées un jour où elle promenait son cafard dans Paris. Elle était tout juste prête quand on sonna à la porte. C'était Charlier qui s'étonna, l'œil rond.

– Vous partez ? À cette heure-ci ?

– Oui. Chacun son tour, répliqua-t-elle, faisant allusion à ses fréquentes sorties avec Lucie.

– C'est très bien. J'espère que vous allez vous distraire.

On aurait pu évaluer en kilos le poids de la curiosité de Charlier qui hasarda :

– Je ne sais pas avec qui vous avez rendez-vous mais, côté chic, il ne sera pas volé... J'espère qu'il – ou elle – saura apprécier. Quand on ira dîner tous les deux, promettez-moi de mettre cette toilette-là.

– Promis. C'est la première fois que je la porte. Avant, il faisait encore trop frais.

En entendant le coup de sonnette de l'entrée, il proposa :

– Je vais ouvrir ?

– Si vous voulez...

Un rapide dialogue de voix mâles s'éleva dans le vestibule et les deux hommes pénétrèrent ensemble dans la pièce, Charlier le visage inexpressif, et Romain Laperrière enveloppant Françoise d'un regard inquiet.

Elle n'était pas déçue. Il lui plaisait toujours autant, avec sa démarche souple et sa large carrure, très à l'aise dans un costume gris foncé sur une chemise bleu ciel qui intensifiait la clarté de ses yeux.

Le premier à retrouver ses moyens fut Charlier. Jouant le maître de maison, il proposa à Romain :

– Un apéritif ?

– Non, merci. Il est très tard et j'ai retenu une table. Vous avez abandonné votre belle chaumière ?

– Oui, je suis venu passer quelque temps auprès de Françoise... La famille Duquesne, ça va ?

Désireux d'éviter les banalités polies qui menaçaient, Romain assura que tout le monde était en pleine forme.

Charlier lui tendit la main :

– Alors je vous dis bonsoir. Passez une bonne soirée.

Françoise s'adressa à Romain :

– Je vous demande une minute, je monte chercher mes clés dans ma chambre.

En trois enjambées, Charlier fut à ses trousses et, sur le palier du premier étage, il marmonna :

– Dites donc, vous êtes une fichue cachottière... Vous ne m'aviez pas dit...

Elle répondit très vite :

– Il n'y avait rien à dire. Depuis notre retour en voiture il m'a appelée une fois pour annoncer qu'il repartait, je ne sais où, et ce soir pour m'inviter à dîner. Le total de nos deux conversations ne doit pas dépasser cent mots. Et encore...

– Il n'est pas curieux, ce garçon.

– Sans doute. Vous savez bien que ma spécialité, ce sont les hommes à éclipses, mystérieux, peu bavards et toujours pressés, comme Éric.

– C'est bien fait. Ceux qui sont toujours là ne vous intéressent pas.

– Vous n'avez pas froid ? demanda Romain. Non, n'est-ce pas ?... Il fait bon dans cette voiture. Je vous emmène chez « Pizzaïolo ». Vous aimez la cuisine italienne ? Beaucoup ? Parfait. C'est tout à côté de mon bureau. J'y vais assez souvent. Alors racontez-moi : qu'est-ce que vous avez fait depuis le soir où je vous ai jetée devant votre maison ? Non ! ne me dites rien encore. Pas tout de suite. On va attendre d'être à table et nous reprendrons depuis le début. C'est mieux. Qu'en pensez-vous ?

– Je vous trouve très reposant, dit Françoise d'une voix calme.

Il tourna la tête vers elle, interloqué :

– Pourquoi ?

– Vous décidez de tout, vous faites les demandes et les réponses. Je peux me laisser vivre. Ça ne m'arrive pas souvent.

– Ça ne vous plaît pas ?

– Si.

– Parce que, si ma façon de me comporter vous choque, il faut me le dire, je sais très bien me corriger, vous savez...

– Surtout pas. C'est plus sympathique comme ça.

Le restaurant était bondé et particulièrement bruyant, l'animation ne venant pas uniquement de la salle mais aussi d'une cuisine-théâtre qui se montrait par une large ouverture dans une paroi. Sur fond de casseroles, et devant un four, trois officiants à hauts bonnets blancs chantaient les commandes comme une sérénade napolitaine, enfournant des pizzas ou étirant entre deux larges cuillères des cascades de spaghetti. Une ambiance joyeuse, chauffée par des bouteilles de chianti gainées de paille.

Un coin de son tablier glissé dans sa ceinture, le patron, gras et brun, vint saluer les jeunes gens :

– Monsieur Romain, j'ai gardé pour vous deux des scampi grosses comme ça... Vous voulez ? Et la demoiselle ? Elle aime aussi ? Ah ! les yeux de la demoiselle ! Ma qué ! c'est pas possible ! Quinto ! Viens, viens un peu. Tu joues la guitare pour la demoiselle.

Il avait interpellé un serveur qui transportait deux assiettes de lasagnes. Une fois celles-ci déposées devant les clients, il alla prendre une guitare accrochée à un mur et, planté devant Françoise mal à l'aise sous les regards amusés braqués sur elle, il improvisa un vibrant chant d'amour à son intention. Le dernier accord gratté, il raccrocha son instrument et fonça vers la cuisine d'où il ressortit presque aussitôt en brandissant deux grosses pizzas sur un plateau.

– C'est drôle, non ? dit Romain. Choisissez tout ce que vous aimez. Moi, je vais prendre ses scampi fritti et des macaroni à la bolognaise. Et vous ?

– La même chose. Savez-vous qu'en débarquant à Marseille il y a quelques mois c'est de pâtes que j'ai eu tout de suite envie ? Elles étaient immangeables ! Alors, ce soir, j'ai une revanche à prendre.

Quand le vin fut versé dans leurs verres, Romain leva le sien en annonçant :

– Aux yeux de la demoiselle ! À cette soirée impromptue ! À demain !... Et maintenant on joue à faire connaissance. Vous faites votre biographie ou je vous pose des questions ?

– Pourquoi moi la première ? Vous avez un

tour d'avance : vous connaissez mon adresse, ma maison et vous savez que j'adore les scampi et les pâtes...

– Très bien : j'ai trente-quatre ans, taille 1,92 m, pointure 44, j'habite près du Champ-de-Mars, 125, avenue de La Bourdonnais, dernier étage sous les toits. À vous, j'écoute :

– Vingt-huit ans, 1,70 m...

– Avec ou sans talons ?

– Sans. Pointure 38.

– On arrête là ou on continue sur le physique ?

– Comme vous voulez. Je suis moins curieuse que vous des détails.

– Moi, je veux tout savoir, mais passons aux choses sérieuses. Voyons... Qu'est-ce que vous avez été fabriquer toute seule en Afrique ? Mon oncle m'a vaguement parlé de ça...

Elle lui expliqua les raisons de son aventure et il abandonna aussitôt son ton primesautier.

– Vous avez vraiment vécu isolée en brousse ?

– Oui. Heureusement, il y avait Robert Charlier qui m'a aidée à tenir le coup, il a remplacé mon père. Maintenant, sur ce chapitre, c'est fini pour moi. À vous.

– Célibataire..., célibataire convaincu, j'ai passé au travers des gouttes pendant la guerre. Je ne vous dirai pas comme certains que j'ai fait de la résistance, ce serait faux, mais je me suis bagarré à ma façon, dit-il sans préciser. Vous m'avez dit que vous travailliez, qu'est-ce que vous faites ?

– Je vends ou, plus exactement, j'essaie de vendre des appartements pour le compte d'une agence immobilière. C'est tout ce que j'ai trouvé pour le moment. Ce n'est pas mon idéal.

– Ça marche ?

– Ça devrait mais, jusqu'à présent, je n'ai pas

eu de chance. J'ai surtout appris à devenir une vraie fripouille.

– Racontez-moi ça, c'est très intéressant ! Vous cambriolez les appartements ? Comment faites-vous ?

Elle éclata de rire :

– Je vous expliquerai quand je serai tout à fait au point. Et vous ? Quel métier ? Vous savez, c'est une question que je grillais de vous poser quand vous m'avez ramenée de Normandie.

– Il fallait oser... Moi, j'ai cru que vous faisiez la tête ou qu'il y avait quelque chose qui vous déplaisait en moi.

– Mais vous étiez comme un crin avec votre oncle !

– Il n'aurait pas dû être là. Je pensais qu'on serait tranquilles tous les deux pour discuter.

– Quand même, vous n'avez pas été tellement frustré puisque vous avez attendu plusieurs semaines avant de me donner signe de vie.

– J'ai quitté Paris dès le lendemain, et puis..., ajouta-t-il avec un large sourire, je ne pensais pas que je vous manquerais autant ! Finissez donc ces derniers scampi, vous adorez ça !

– Alors ?... Je ne vous lâcherai pas : qu'est-ce que vous faites dans la vie ?

– Essayez de trouver.

– Non. Tel que je vous devine, vous êtes capable de tout faire.

– Mais encore... Vous avez bien une petite idée ?

– Vous voyagez beaucoup... Disons reporter, pilote de ligne, commissaire de bord ?

Elle hésita, pensant à Éric :

– Ingénieur ?

– C'est presque ça : je suis architecte.

– Ça alors ! Architecte ? s'exclama-t-elle, suffoquée.

– Allons bon ! Ça ne vous plaît pas ?

– Mais si, au contraire, ça me fait très plaisir.

– Ouf ! Heureusement. Figurez-vous que je ne sais rien faire d'autre !

Elle lui expliqua qu'avant de partir en Guinée elle avait travaillé dans un bureau d'études et que c'était de ce côté qu'elle avait cherché un emploi en priorité, sans y parvenir.

Tout le côté animé de la conversation retomba d'un coup. L'air embarrassé, Romain expliqua :

– Je sais que c'est difficile pour une femme, pour ne pas dire impossible. Moi-même j'ai eu du mal à redémarrer tout de suite après la guerre. Par chance, mon père a pu m'aider à créer mon propre cabinet.

– Vous êtes content ?

– Très content, bien que mener deux choses en parallèle soit dur par moments. Quand j'ai été sollicité pour faire partie d'une équipe qui s'occupe de la reconstruction du Hávre, je n'ai pas voulu lâcher mon cabinet où j'avais un tas de clients. J'ai dû prendre un associé qui se consacre à d'autres énormes projets pour des villes à reconstruire comme Caen ou Saint-Malo. Pour faire face, il a dû doubler les effectifs de personnel. Maintenant nous sommes au complet, ça tourne très bien, ajouta-t-il, comme si par avance il voulait la dissuader de toute demande d'emploi chez lui.

Emporté par son excitation, et sans s'en rendre compte, il discutait d'égal à égal avec Françoise qui, replongée dans ses souvenirs, retrouvait tous les termes du métier.

Pour ne pas lui poser de problème, elle détourna la conversation vers d'autres sujets...

Comme elle, il aimait les sports, le tennis, la natation et se plaignait de ne plus avoir le temps de les pratiquer, appréciait la musique, mais détestait Mozart et ne jurait que par Beethoven et Brahms. Il admirait les Américains et rêvait d'aller s'installer aux États-Unis plus tard, lui aussi…

Quand ils quittèrent le restaurant, il proposa à Françoise de lui faire visiter ses bureaux qui attenaient à son appartement, à deux pas de là. Elle refusa. Il était tard et elle avait un rendez-vous très tôt le lendemain matin. Il insista :

– Juste cinq minutes pour que vous retrouviez l'ambiance et l'odeur de l'atelier.

– D'accord, cinq minutes, pas plus.

Son grand appartement sous les toits avait été coupé en deux, la plus grande partie étant consacrée au travail, avec de larges verrières qui s'ouvraient sur une cour très claire. Six tables à dessin, de grandes planches sur des tréteaux, règles transparentes, équerres, compas, rouleaux de papier calque, grosses pinces pour fixer les plans et, sur une longue console, la maquette d'une ville avec ses maisons regroupées. Sur les murs, des plans d'occupation du sol, des façades, des coupes internes d'appartements, tout un monde qui, dans quelques années, allait reprendre vie.

– Je vais vous faire visiter le reste… chez moi. S'il y a un peu de désordre, vous fermerez les yeux.

Il disposait d'un vaste living-room meublé de cuir fauve avec des sièges très stricts, une table ronde en verre dans un angle près d'une fenêtre. Sur les murs, des rayonnages où s'alignait une bibliographie importante consacrée aux architectes anciens et actuels. Au sol, des tapis de laine claire avec, posée dans un coin, une grosse boule de faïence noire contenant quelques tulipes jaunes.

– Un petit café ? Une liqueur ? Un jus de fruits, avant que je vous ramène ?

– Rien. Je suis très contente d'avoir vu où vous vivez.

Sur le chemin du retour, il fit plusieurs allusions à son associé, un type « très valable mais pas commode » et on ne reparla plus d'architecture, mais uniquement de programmes de concerts auxquels ils pourraient assister ensemble quand il reviendrait à Paris. Avant de se séparer, Romain garda la main de Françoise dans la sienne.

– Je ne voudrais pas que vous pensiez que je suis un type farfelu... Je suis seulement un garçon très occupé qui veut réussir et qui a la fâcheuse habitude de faire passer son métier avant le plaisir. Il ne faut pas m'en vouloir si j'oublie de vous téléphoner. Nous avons passé une soirée épatante. La prochaine fois, nous irons chez les Russes, dit-il en retournant se mettre au volant.

Songeuse, elle enfila sa clé dans la serrure. À son oreille résonnait encore la phrase de Romain : « Un garçon très occupé qui veut réussir et qui a la fâcheuse habitude de faire passer son métier avant le plaisir... » Elle avait connu ça aussi avec Éric.

Revenu soudainement dans la vie de Françoise, Romain en disparut de la même façon pendant plusieurs semaines. Comme à plusieurs reprises dans leur conversation il avait insisté sur le fait qu'il était débordé, elle décida d'attendre un nouvel appel. Chaque fois que le téléphone sonnait, elle ne pouvait pas s'empêcher d'espérer… mais son espoir était chaque fois déçu.

Charlier s'étonnait de ce qu'il considérait comme une affaire mal suivie :

– Ce n'était pas réussi, votre dîner chez l'Italien ? Vous n'avez pas sympathisé tous les deux ?

– Si, au contraire, mais c'est un homme débordé. Il voyage sans arrêt entre Paris et Le Havre. Je comprends très bien qu'il puisse avoir des priorités. S'il a le temps et l'envie de me revoir quand il séjournera à Paris, je suppose qu'il se manifestera.

– Vous avez son téléphone ? Oui ? Alors, pourquoi ne pas lui passer vous-même un coup de fil ?

– Parce que ce n'est pas à moi de le faire.

– Pfff… C'est de la vieille convention bourgeoise, ça. La princesse lointaine qui attend qu'on la supplie, ce n'est pas votre genre. Vous êtes plus spontanée en général.

– Peut-être, mais je ne ferai pas le premier pas.

– Il l'a bien fait, lui. Faites le deuxième.

Elle secoua la tête. Inutile de lui rappeler qu'une fois déjà, à Facounda, elle avait voulu renouer le contact avec le seul garçon qui lui ait vraiment plu dans sa vie. Après un premier dîner impromptu et une promenade en tête à tête dès le lendemain, ils avaient été séparés sans savoir quand ils se retrouveraient. Une fois repris par ses occupations, Éric n'avait plus reparu et, durant de longues semaines, elle avait vainement attendu un signe de sa part. Hantée par son souvenir, et avec le désir ingénu de le revoir, elle avait profité d'une absence de son père pour aller le surprendre sur son chantier. Une visite marquée par un concours de circonstances tel qu'elle n'avait pas su résister au garçon dont elle avait tant rêvé. Un abandon d'où était née une passion réciproque, et, pour elle, l'attente permanente de le voir arriver. Tout cela pour le perdre un jour. Cruellement brûlée une fois à ce jeu-là, elle ne recommencerait pas.

Charlier la regardait par-dessus son journal.

– Vous m'avez bien dit qu'il est architecte ?... Il pourrait peut-être vous aider à trouver un travail intéressant ?

– Peut-être, mais c'est justement l'une des raisons qui font que je ne le rappellerai pas. Je ne veux pas qu'il s'imagine que je m'accroche à lui dans ce but-là. Je lui ai dit que j'avais couru les bureaux d'études sans succès. S'il avait pensé pouvoir m'aider, je suppose qu'il me l'aurait fait savoir. Non, je préfère laisser faire les choses.

– Comme vous voulez. Continuez donc à grimper vos étages...

Et elle continua à les grimper. Seule satisfaction, sa réussite pour l'appartement invendable lui valut des « marchandises » plus faciles à négocier, du moins en apparence. Un grand studio perché au septième étage d'un magnifique immeuble, boulevard Lannes, allait constituer l'affaire « toute cuite » dont lui parlait le grand patron de l'agence.

En lui remettant les clés, la gardienne lui confia, l'œil sournois :

– C'est une fille seule qui habite là... Vous verrez, c'est spécial... Faut aimer..., d'autant plus qu'elle veut le vendre tel quel avec les meubles, et tout...

Une entrée à l'éclairage diffus, entièrement tendue de velours bleu nuit, très prometteuse avec sa douzaine de photos soigneusement encadrées où une blonde pulpeuse et nue s'offrait dans des positions très suggestives. Capitonnée de rouge feu, une grande pièce, avec deux paravents chinois, des doubles rideaux bleu sombre, des glaces au plafond, des lumières tamisées et, au sol, une peau d'ours blanc avec sa gueule tout en crocs menaçants. Dans la salle de bains en marbre noir, des cupidons fessus partout : sur les murs, sur la robinetterie dorée et sur les tentures qui encadraient la baignoire. Le coin cuisine était pratiquement inexistant. On devait y passer le minimum de temps. Françoise hochait la tête, déconcertée : elle passait de la médiocrité au luxe équivoque.

Une annonce rédigée par l'agent immobilier dans le style emphatique qui lui était propre parut dans *Le Figaro*.

Des acheteurs intéressés appelèrent, nombreux. Un peu embarrassée quand on voulait lui faire préciser le décor de ce studio « exceptionnel » dont parlait l'annonce, Françoise essayait de tempérer les enthousiasmes : « C'est un style assez particulier qui ne convient peut-être pas à tous les goûts... » « Tapageur ? » « Heu... un peu... » Ses collègues lui faisaient des signes désespérés : « Mais non ! Ne dites pas ça ! laissez-les venir. Ils verront bien par eux-mêmes !... » Elle avait remarqué que, plus elle était réticente et évasive, plus les gens insistaient pour voir le *Ravissant studio sur Bois vue imprenable, vérit. bonbonnière décor raffiné* vanté par la publicité. Avec le sentiment désagréable d'avoir perdu tout scrupule, elle fixa plusieurs rendez-vous. Arrivée en avance sur les lieux, elle décrochait en vitesse les nus aguichants de l'entrée et les fourrait dans un placard. Le dernier visiteur parti, elle remettait tout en place. Mal à l'aise, elle introduisit plusieurs clientes respectables dans ce mini-lupanar.

Une dame âgée, son visage raviné dissimulé sous une voilette, s'indigna :

– J'achète pour ma nièce qui fait Sciences Po, vous auriez pu m'épargner cette plaisanterie de mauvais goût !

Et une autre, qui examinait avec curiosité tous les détails, se désola :

– Pour habiter dans une chose pareille et y recevoir des amis sans rougir, il faudrait tout refaire. C'est idiot, c'est absolument neuf !

Une ancienne directrice d'école qui recherchait un havre paisible pour sa retraite de vieille célibataire expliquait :

– Évidemment, tout est de qualité parfaite, mais que puis-je faire dans ce lit incroyable ? Ces glaces là-haut... Vous ne trouvez pas que c'est bizarre ? Je ne comprends pas qu'on aime se calfeutrer comme ça, la vue est pourtant intéressante, avait-elle constaté en repoussant les voilages de dentelle sombre qui masquaient les fenêtres. Et ces doubles rideaux de velours... On dirait des draps mortuaires ! Non, il faudrait que je change tout... C'est dommage... J'aimais bien les angelots dans la salle de bains !...

Un jeune homme à l'allure décidée lui demanda si elle était la propriétaire, auquel cas il était preneur de l'ensemble, avec elle en prime. Après l'avoir mis gentiment à la porte, elle l'entendit qui continuait à s'esclaffer sur le palier en attendant l'ascenseur.

Enfin, un matin, alors qu'elle revenait au bureau après un premier rendez-vous, l'une de ses collègues l'informa, une lueur moqueuse dans l'œil, qu'un homme avait téléphoné dès l'ouverture de l'agence. Très intéressé par l'annonce du studio boulevard Lannes, il était dans le salon d'attente, impatient qu'elle le conduisît sur place. Elle découvrit avec effarement un gros homme rougeaud, coiffé d'une casquette à visière graisseuse, vêtu d'une sorte de bourgeron enfilé sur un pantalon qui pochait aux genoux. En la voyant, il replia tranquillement le gros canif à manche de corne avec lequel il se curait les ongles.

Elle lui demanda, incrédule :

– C'est bien pour le studio sur le Bois que vous attendez ?

– Ben oui. Quand j'ai téléphoné tout à l'heure, une dame m'a dit que c'était un logement très mignon. C'est justement ce que je cherche. Alors je voudrais le voir.

– C'est pour vous-même ?

– C'est-à-dire... C'est plutôt pour une jeune fille qui va venir étudier à Paris.

– Je ne sais pas si c'est exactement ce qu'il faut pour une jeune fille. La décoration est un peu... sombre.

– C'est pas grave, ça. Il paraît que c'est tout prêt, tout bien arrangé. Ça me plaît, parce que la petite aura guère le temps de s'en occuper, et moi non plus.

En cours de route, il confia à Françoise qu'il était venu vendre de la marchandise aux Halles. En pénétrant dans l'entrée crépusculaire, aucune surprise sur le visage de l'homme. Il trouva l'ensemble moderne et gai, appréciant particulièrement les glaces au plafond : « Ça fait rigolo de se voir par en dessus », dit-il, la casquette renversée en arrière. Il s'intéressa au mouvement du boulevard par la croisée ouverte : « Ça sent meilleur que dans Paris ici, avec des arbres tout près ! » puis, penché au-dessus de la peau d'ours, il passa un doigt sous les crocs acérés, admirant : « Sacré bestiau ! »

– Je vais encore regarder partout un petit coup, mais ça me plaît bien, je crois que je vais me payer ça.

Dans l'entrée, il s'attarda, le cou tendu vers les croupes lascives que Françoise n'avait pas eu le temps de faire disparaître des murs. Elle eut l'impression qu'il pensait « sacré bestiau », mais il se contenta de se gratter vigoureusement la gorge pour demander si « cette belle femme » était la propriétaire du studio.

– Je suppose, dit Françoise, je ne l'ai jamais vue.

L'œil allumé et plein d'espoir, il déclara qu'il espérait bien la rencontrer à la signature de l'affaire.

Quand, escortée de son acheteur, Françoise pénétra dans le bureau du directeur de l'agence en lui annonçant que ce monsieur était acheteur du septième, boulevard Lannes, une lueur stupéfaite passa dans ses yeux malins. Elle assista aux tractations, le gros homme exigeant un rabais pour paiement cash. Quand tout fut d'accord, il se leva de son siège, souleva sa veste boursouflée de poches intérieures pour en extraire un paquet de billets de banque ficelés dans du papier journal, des coupures de toutes valeurs qu'il se mit à compter en mouillant son index sur sa langue, avant d'en faire des piles qu'il aligna sur le bureau.

– Je ne peux pas accepter autant d'espèces, même pour un acompte. Il me faudrait un chèque, dit l'agent immobilier.

– Mais non, prenez toujours ça, je viendrai avec un chèque tout à l'heure, mais je veux toper cette affaire-là tout de suite.

Le directeur hocha la tête :

– Vous avez raison. Des affaires aussi exceptionnelles, ça s'arrache comme des petits pains, n'est-ce pas, mademoiselle Schmidtt ?

Tourné vers elle, l'homme sortit un second paquet de billets encore plus volumineux que le premier, également emballé dans un journal. Comme pour la prendre à témoin de ses regrets de ne pouvoir être propriétaire sur l'heure, il déplora :

– Vous voyez, je pouvais tout payer là, maintenant. Je ne comprends pas pourquoi c'est si compliqué. Enfin... je suis bien content quand même. Ça me plaît, votre pigeonnier. Je vais y monter chaque fois que je viendrai à Paris.

Il partit après avoir convenu d'un rendez-vous chez le notaire. Quand le directeur la félicita, Françoise éclata de rire :

– Alors, cette fois, je n'y suis vraiment pour rien. Je n'ai pas eu à vanter quoi que ce soit. Il a eu le coup de foudre, dès l'entrée.

– Il vous a dit le genre d'études que la jeune fille poursuivait ?

– Non. Mais je suppose que nous avons la même idée ?

Une demi-heure plus tard, on livrait une superbe brassée de roses destinées à Mlle « Chmite ». Le carton du fleuriste précisait : « de la part d'Alphonse Téofile ».

– Dites donc, il sait vivre votre maquignon, admirèrent ses collègues envieuses.

Malgré la guerre, ses ruines et l'Occupation, toute une catégorie sociale disposait encore de capitaux qui lui permettaient d'investir dans l'habitation. Des familles entières réfugiées à l'étranger revenaient s'installer en France. Il y avait peu de chose à louer. Il fallait donc acheter.

Arrivait aussi la clientèle des coloniaux prêts à dépenser leurs années d'économies forcées. Une manne pour les agences qui devaient approvisionner leurs maigres fichiers d'affaires à vendre. Beaucoup d'annonces du *Figaro,* à la rubrique « Achat d'appartement », débutaient par : *Recherchons pour colonial...* ou une variante : *Mandatés par ancien planteur, gros capitaux...*, des phrases alléchantes qui laissaient faussement à penser que tous ceux qui rentraient d'Afrique avaient les poches bourrées, et les prix s'envolaient.

Alors que peu de temps auparavant elle envisageait d'abandonner cette occupation qui ne lui plaisait qu'à moitié, Françoise réussit coup sur coup plusieurs ventes très intéressantes et tout commença à bien marcher. Ces succès l'encouragèrent à continuer en attendant de trouver une activité mieux accordée à ses goûts. Un soir où elle conclut une transaction particulièrement ardue, elle rentra de bonne heure chez elle, avec l'intention d'inviter Lucie et Robert dans un bon restaurant pour fêter l'arrivée prochaine d'un gros paquet de commissions.

Quand elle ouvrit la porte, Ali se précipita, le visage inquiet pour lui dire que Charlier « i trop malade ».

Pâle, transpirant, le visage crispé de douleur, le planteur gisait tout habillé sur son lit, couché en chien de fusil. Assise à son chevet, Lucie tordait un linge dans une cuvette d'eau glacée pour lui bassiner le front. Elle tourna vers Françoise des yeux affolés :

– C'est Ali qui est venu me prévenir, il y a deux heures. J'ai téléphoné à votre bureau, mais vous étiez à l'extérieur.

– Vous avez appelé un médecin ?

– Non. Robert ne voulait pas.

Après avoir remarqué que Charlier gardait une main en pince sur le côté droit de son abdomen, elle fila téléphoner à son docteur.

Lucie expliquait :

– Il tremble sans arrêt, il parle à peine et ne fait que se plaindre. Il souffre... le pauvre.

Françoise reposa le flacon de quinine qu'elle avait été chercher. Si Robert ne souffrait pas de paludisme, il valait mieux ne pas troubler le diagnostic du médecin.

– Crise de coliques néphrétiques, du moins à première vue, annonça le médecin après avoir palpé l'abdomen de Charlier qui, fou de douleur, l'insultait grossièrement.

Deux piqûres le calmèrent un peu. Françoise devrait lui en faire deux autres à quelques heures d'intervalle. En prévenant qu'il repasserait très tôt le lendemain matin, le praticien laissa entendre que, s'il n'y avait pas d'amélioration, il faudrait hospitaliser le malade. Ces paroles qui faisaient un parcours difficile dans le cerveau embrumé de Charlier le firent rugir. Il secouait farouchement la tête et, du magma de mots qu'il essayait d'expulser, une affirmation tomba en clair :

– ... Veux crever dans mon lit !...

Françoise signala au médecin que, venant d'Afrique noire, le planteur pouvait peut-être avoir en plus un gros accès de paludisme. Apparemment peu familiarisé avec les maladies tropicales, il réfuta l'hypothèse.

Mettre le grand corps en pyjama fut un travail d'haltérophile qu'elle mena à bien avec l'aide de Lucie et d'Ali. Celui-ci fut ensuite chargé de la partie basse de l'individu après que les deux femmes se furent retirées, redoutant les imprécations du planteur s'il venait à penser qu'elles s'étaient associées pour le dépouiller de son caleçon.

Préoccupée à la vue du visage qui se convulsait sous la souffrance malgré la dose massive de calmant, Françoise installa un fauteuil dans la chambre de Charlier pour y passer la nuit.

Le téléphone résonna dans le bureau. Lucie, qui s'apprêtait à rentrer chez elle, alla décrocher.

– C'est pour vous... Un monsieur Laperrière, dit-elle en revenant.

Ah ! il tombait bien, ce revenant ! Alors que tant de soirées moroses s'étaient écoulées, il appelait au plus mauvais moment.

Une voix enjouée au bout du fil :

– Mademoiselle Schmidtt ? Romain Laperrière. Qu'est-ce que vous devenez ? Vous devez penser que je vous oublie ? Non ? Vous n'avez rien pensé du tout ? Ah bon ! Moi, je n'ai pas cessé de circuler et je dois encore m'absenter. Une vie de fou ! Je suis là pour deux jours. Vous ne voulez pas qu'on aille dîner quelque part ?

– Ça tombe mal, ce soir. Mon ami Charlier est souffrant.

– Il est toujours chez vous ?

– Oui. Le médecin est venu, mais on ne sait pas exactement ce qu'il a. Ce sera pour une autre fois. Ce soir, je suis très inquiète.

– Il n'y a personne qui puisse vous remplacer auprès de lui ?

– Non. Et, de toute façon, je ne passerais pas une soirée détendue en le sachant mal en point.

– Je suis en train de regarder mon agenda. Est-ce que dans dix jours, le 30 mai, ça vous irait ?

– A priori oui.

– Je voulais vous dire aussi que je dois aller en Côte-d'Ivoire dans les mois qui viennent. J'aimerais qu'on en parle pour que vous me donniez des tuyaux.

– Je ne connais pas la Côte-d'Ivoire, mais il ne doit pas y avoir beaucoup de différence avec ce que j'ai connu en Guinée...

Elle écoutait la respiration au bout du fil. Il demanda :

– Ça marche bien, vos ventes d'appartements ?

– À peu près. J'aurai des histoires drôles à vous raconter.

– Françoise, j'ai souvent repensé à notre soirée chez l'Italien... J'ai envie de vous revoir. Et vous ?

– Ça me ferait plaisir aussi mais, à défaut de se rencontrer, essayez de téléphoner, à moins que vous ne préfériez que je vous appelle.

– Non, non ! Je suis rarement chez moi. Je vous passe un coup de fil dès que j'ai un moment tranquille. À bientôt. De toute façon, au 30. Je vous confirmerai le rendez-vous.

Elle raccrocha, songeuse. Ainsi, avec celui-là aussi, ce seraient à nouveau les parties de cache-cache. Encore un feu follet insaisissable, et la malchance qui voulait qu'elle ne pût le rejoindre le seul soir où il était disponible la rendit maussade.

Elle savait qu'il avait un travail énorme à fournir. Avec un groupe de jeunes architectes, il faisait partie de l'Atelier de reconstruction du Havre créé par Auguste Perret. Le soir où ils avaient dîné chez l'Italien, Romain lui avait décrit son émotion la première fois qu'il avait vu la ville en ruine, avec ses dix mille immeubles rasés et sept mille autres partiellement écrasés. Sur le port, à la destruction systématique des Allemands étaient venus s'ajouter les bombardements aériens et navals des Alliés. Toutes les installations portuaires étaient anéanties. Les yeux agrandis sur un souvenir d'horreur, Romain avait murmuré :

– Lorsque j'ai grimpé sur les hauteurs dominant la ville, à sa place il n'y avait plus qu'un immense champ de décombres, des terres bouleversées, des tas de moellons, des arbres déchiquetés ou calcinés. Une vision de fin du monde que je n'oublierai jamais. La ville est entièrement à recréer, à redessiner, à urbaniser sur cent cinquante hectares.

– En attendant, que sont devenus les gens qui habitaient là ? avait demandé Françoise.

– Ils ont d'abord été hébergés dans des baraquements puis dans des maisons préfabriquées, des maisons en bois expédiées par les Américains. Mais l'humidité du Havre est en train d'en venir à bout. Prévues pour des climats secs, leurs parois se gonflent et pourrissent.

Depuis la pose de la première pierre, il circulait entre l'immense chantier et Paris. Il était évidemment excusable de ne faire que des apparitions éclairs…

– C'est parce que j'ai aussi mon propre cabinet à surveiller que je suis obligé de rentrer de temps en temps. Normalement, je devrais être en permanence sur le chantier…

En débarquant chaque matin à l'agence, elle retrouvait l'atmosphère particulière de la pièce où elle travaillait avec les autres négociatrices. Une ambiance imprégnée de quatre parfums différents, plus l'odeur du vernis à ongles de celle qui faisait un raccord, et déjà enfumée par les premières cigarettes de la jolie brune qui vidait quotidiennement un paquet de Camel.

Le lundi, on faisait le point. Le local, trop exigu, devenait alors une volière avec ses quatre bavardes, chacune pendue à son téléphone, tentant d'écouter son interlocutrice ou de s'en faire entendre, une sorte de modèle réduit de ces salles de rédaction où les journalistes dictent leur article au milieu du tohu-bohu. Sollicité pour obtenir une pièce plus vaste que les seize mètres carrés où se gênaient quatre tables-bureaux, le directeur avait soutenu que ce climat surchauffé favorisait l'émulation. Généreux et attentif par ailleurs, il aimait réunir le plus souvent possible ses collaboratrices autour de lui pour un déjeuner très familial dans la salle à manger de son appartement jouxtant l'agence. Installé à un bout de table, il contemplait son petit monde avec bonhomie, conseillant l'une ou consolant celle qui manquait de réussite. Il félicitait particulièrement l'ancienne, une femme-homme au visage chevalin et aux cheveux gris coupés court, capable de tout vendre (même l'Élysée, disait-elle sans modestie), habile à retourner comme une crêpe l'acheteuse par trop indécise, ou rendant une autre honteuse de son manque de discernement puisqu'il n'y avait pas mieux sur la place de Paris que l'appartement qu'elle venait de lui présenter.

Après avoir obtenu plusieurs bons résultats, Françoise avait dressé la nomenclature des spécimens de clientes rencontrées par les unes ou les autres, recensant plusieurs catégories de femmes expertes dans l'art de faire perdre le temps de tout le monde :

– La curieuse occupait ses journées à visiter

des appartements sans aucune intention d'en acheter jamais, mais simplement « pour voir ».

– La vaniteuse prétendait, l'air condescendant, que l'endroit qu'elle habitait était cent fois mieux que tout ce qu'on lui proposait.

– La rêveuse venait fantasmer devant un confort qu'elle ne pourrait jamais, hélas, s'offrir. (C'était la plus excusable.)

– La flatteuse-hypocrite félicitait la propriétaire de son installation et, à peine sortie, déclarait n'avoir jamais vu agencement d'aussi mauvais goût.

– La venimeuse-cruelle critiquait tout devant la venderesse qui déprimait à vue d'œil en se demandant comment elle avait pu vivre aussi longtemps dans un endroit tellement minable.

– La baladeuse-oisive, connue de toutes les agences de Paris, ne tolérait pas un retard de cinq minutes de la part de la fille affairée sautant d'un métro à l'autre pour lui faire visiter un appartement qui, a priori, ne lui plairait pas, car jamais rien ne lui conviendrait.

– La resquilleuse disait n'être intéressée que par des locaux installés par les soins d'un décorateur. Par recoupement, on découvrait que, manquant d'imagination pour rénover son cadre de vie, elle allait chercher des idées chez les autres.

– La tricheuse retournait seule sur les lieux pour proposer à la propriétaire un arrangement discret sur le dos de l'agence.

– L'enquiquineuse revenait dix fois sur place, se faisant répéter le prix (au cas où il aurait varié depuis la veille), pour inspecter encore tous les placards, la cave, le garage, la chambre de bonne, et déclarer à la onzième entrevue qu'elle ne pourrait jamais se résoudre à quitter son quartier, le plus élégant de Paris, si pratique avec ses commerçants à proximité, l'église proche, ses voisins devenus des amis, etc.

Hors catégorie, les couples farfelus en perpétuel désaccord. Françoise avait eu l'occasion d'en rencontrer un échantillon. Après s'être chamaillés comme des chiffonniers tout le temps de la visite, ils s'étaient retrouvés dans la rue avec Françoise. Elle s'apprêtait à prendre congé quand la femme avait suggéré de jouer à pile ou face l'acquisition de l'appartement qui valait une douzaine de millions :

– Pile, on le prend pas...

Et elle avait jeté une pièce en l'air.

Trois têtes s'étaient penchées au-dessus du franc qui, après avoir roulé sur le trottoir, était tombé dans le ruisseau.

Cri du mari :

– Merde ! C'est face !... Bon, tant pis, on l'achète...

Heureusement, existaient aussi des gens sans problèmes tordus, qui savaient bien ce qu'ils voulaient, ce qu'ils pouvaient exactement dépenser et qui le cherchaient honnêtement, sans obliger celles qui essayaient de gagner leur vie à trotter inutilement à travers Paris.

En dehors de la perte de temps qu'engendraient ces divers spécimens d'acheteurs, il y avait aussi la concurrence qui ne simplifiait pas la tâche. Certaines agences utilisaient des « piqueuses », des femmes très représentatives jouant le rôle d'acheteuses. Après avoir répondu à l'annonce d'un cabinet concurrent, elles prenaient rendez-vous et visitaient. Ensuite elles fournissaient les renseignements, adresse, description des appartements, à d'autres collègues qui n'avaient plus qu'à aller proposer leurs services aux propriétaires. D'où la nécessité d'obtenir des contrats de vente exclusifs : une sécurité difficile à arracher aux vendeurs qui préféraient multiplier leurs chances de traiter rapidement en laissant plusieurs agences s'exciter en même temps.

Romain pénétra dans le café des Champs-Élysées où il devait retrouver Françoise. Dans le brouhaha des conversations, il jeta un coup d'œil circulaire sur la salle bondée d'une clientèle sortie des bureaux avoisinants. Il avisa une table que deux hommes laissaient libre et s'y installa. Un serveur vint évacuer d'un coup de torchon les miettes de sandwich qui y traînaient et Romain lui commanda un porto, prologue au plaisir qu'il se promettait de cette soirée avec Françoise.

Attablé face à lui, un couple à la quarantaine avachie discutait âprement à voix basse. La femme, blonde, bien coiffée, refusait manifestement les paroles chuchotées par son compagnon. Un coude sur la table, elle masquait ses yeux derrière sa main, mais les contractions de sa gorge dénonçaient son impuissance à éliminer son trop-plein de chagrin. S'efforçant à l'indifférence, l'homme avait néanmoins une expression ennuyée à l'égard de cette déchirure qui s'ouvrait à ses côtés. Quand la malheureuse lâcha d'un trait une longue phrase, une sorte de plainte murmurée à voix basse, il la regarda avec surprise, comme s'il s'étonnait d'avoir pu être intéressé par cette pauvre créature dont la maturité gommait les dernières traces de jeunesse. Elle tourna vers lui un visage aux traits boursouflés, un visage qui, ne se sentant plus aimé, perdait encore davantage son peu de beauté. La voix haussée d'un ton, elle supplia :

– Tu n'as pas le droit de me laisser comme ça. Garde-moi encore un peu...

Le front buté, ses lèvres remuant à peine, l'homme mâchait ses mots entre ses dents : un bourdonnement froid, implacable.

Difficile pour Romain de ne pas voir ces gens assis juste dans sa ligne de mire. Il ouvrit son porte-documents et, par discrétion, essaya de s'intéresser à ses dossiers. Cette scène si proche le mettait mal à l'aise en lui rappelant que, le plus tôt possible, il devrait lui aussi rompre ses attaches. Il n'avait plus envie de poursuivre sa liaison avec Sylvie, une avocate rencontrée un an plus tôt chez des amis communs, un soir où elle arrosait son divorce d'avec un mari trop âgé. Brune, très jolie, sa quarantaine bien entretenue avait jeté son dévolu sur Romain qui ne s'était guère défendu. En plus de sa beauté, elle possédait une sûreté de soi et un abattage impressionnants, mais, très rapidement, elle s'était révélée exigeante, possessive, lui rendant la vie impossible par des caprices toujours renouvelés. Depuis deux ou trois mois, elle lui reprochait son manque d'assiduité et d'ardeur, s'indignait des rendez-vous décommandés. En fait, elle sentait qu'il lui échappait un peu plus chaque jour. À la suite de scènes récentes, il avait décidé de ne plus faire d'acrobaties pour concilier les impératifs de son métier, les exigences de Sylvie et son envie d'être libre de voir Françoise à sa guise. Quand il revenait à Paris, chaque entrevue avec elle se payait trop cher : plusieurs fois, contrôlant son emploi du temps, Sylvie s'était insurgée contre la petite part qui lui était accordée. Quand il voyageait, elle se ruinait en téléphone pour vérifier s'il était bien à l'endroit indiqué. Non, il devait faire place nette.

Il ne savait pas exactement s'il était amoureux ou non de Françoise, mais sa présence à ses côtés lui était nécessaire. Après les rares fois où ils s'étaient retrouvés, des instants trop brefs, il se jurait de faire le ménage dans sa vie pour se libérer. Rien de trouble, rien d'équivoque encore; ils aimaient discuter calmement, rire tous les deux avec le même humour. Un jour, le désir s'imposerait, et il le lui dirait, mais, pour le moment, elle l'intimidait un peu. Dès qu'il posait sur elle un regard un peu insistant, ses yeux clairs luttaient avec les siens, faisaient face, purs et tranquilles, avec une interrogation muette qui le désarçonnait. Sans bien comprendre pourquoi il n'était pas pressé de toucher à cette richesse qu'il gardait à part dans sa vie, il voulait profiter au maximum de ce temps précieux où tout est encore à découvrir. Se rendant compte qu'il ne la laissait pas indifférente, il pensait qu'elle serait à lui quand il sentirait que le moment était venu de la troubler. Récemment, poussant son analyse un peu plus loin, il avait mis au jour sa propre hypocrisie et s'était jugé avec lucidité : « Rien de méritoire à jouer les petits saints auprès d'elle puisque, pour la bagatelle, tu as toujours Sylvie... C'est pas joli, joli, ça, mon bonhomme... » Sa décision de rompre avec son avocate datait de cette constatation.

Le couple désuni se leva. Se tenant un peu voûtée, la femme baissait les yeux sur ses chaussures, un mouchoir roulé en boule dans sa main. Derrière elle, l'homme tirait sur son veston, resserrait son nœud de cravate avec, sur le visage, un air de soulagement évident : son problème était réglé, et Romain l'envia. Il allait parler à Sylvie. Quand ? Où ? se demanda-t-il aussitôt, anticipant sur la bagarre à venir. Chez lui ? Chez elle ? Dans la voiture ? Lui écrire ? Non. C'était pratique, mais lâche... Comment expliquer avec élégance à une femme qui se croit irrésistible qu'on en a assez d'elle ? Lors d'aventures précédentes, les choses s'étaient dénouées d'elles-mêmes, comme un lacet qui se relâche. Se prétendant moderne, Sylvie avait toujours brandi l'étendard de la femme libre et affirmé bien haut : « On se veut, on se prend, on ne se veut plus, on se quitte. » Devant ses manières revendicatrices, Romain n'était pas sûr qu'elle appliquât si facilement sa théorie. L'arrivée de Françoise avait concrétisé le besoin qui couvait en lui de ne plus être dominé par cette femelle à poigne qui, en dehors de leur entente physique, n'accordait pas la moindre attention à ses soucis. Elle ne s'intéressait ni à son métier ni à ses grands projets qui, actuellement, imprégnaient toute sa vie. Pour elle, n'existait que le barreau. On devait être avocat ou ne pas être. Quand, durant une heure, elle lui lisait à voix haute une future plaidoirie, Romain ne devait pas bouger un cil ni émettre la moindre objection. Mais quand lui-même tentait de lui faire partager ses doutes ou ses réussites, fier quelquefois des solutions qu'il venait de trouver, elle s'impatientait, bâillait, s'étirait ou bien passait dans la salle de bains vérifier son maquillage ou se brosser les dents. Oui, le temps était venu de vivre sa passion chacun de son côté. Il estimait aussi que sa carrière qui s'ouvrait, avec cent projets à la clé, ne pouvait s'encombrer de deux femmes. Allait-il honnêtement dire à Sylvie : « Il y a quelqu'un d'autre qui compte pour moi ? » Non. Elle allait vociférer, demander qui était l'autre. Par son métier, elle devait connaître tous les détectives de Paris. Elle le ferait filer, débusquerait vite Françoise qu'avec son tempérament fonceur elle irait sûrement trouver... Françoise qui refuserait peut-être de le voir ensuite... Non, il devait trouver le moyen de supprimer tout excès en transformant la rupture avec Sylvie en séparation à l'amiable de deux intelligences incompatibles.

Il sortit son agenda, le feuilleta, cherchant le moment idéal pour que les séquelles de l'affrontement ne perturbent pas ses occupations. Sans grande admiration pour son choix, il pensa que la veille d'un départ pour le chantier du Havre conviendrait très bien. Il devait y séjourner une quinzaine. Cela permettrait au volcan de s'apaiser. À la date correspondante, il nota : « Vingt heures, S... », une initiale qu'il barra d'un trait horizontal comme d'un coup de sabre. Vaguement soulagé, il se remit à attendre Françoise.

Les jardinières de plantes vertes qui isolaient les rangées de banquettes le dissimulaient tout en lui permettant de surveiller les allées et venues. C'est entre deux larges feuilles veinées de blanc qu'il aperçut Françoise, une silhouette bleu ciel, hésitante, qui le cherchait. Encore perturbé par la décision qu'il venait de prendre, il eut un élan vers elle mais ne bougea pas, observant le visage ovale mi-chat, mi-femme, s'amusant de voir son regard attentif survoler les têtes. Il guettait le moment où, lorsqu'il lèverait un bras pour attirer son attention, l'œil de Françoise pétillerait, soulagé de l'avoir découvert. Elle respirait vite. Elle avait dû courir et ses lèvres remuaient doucement, comme si elle se parlait à elle-même. Un pli d'ennui entre les sourcils, elle repoussa d'un geste nerveux une mèche qui collait à sa joue et, après avoir tourné plusieurs fois sur elle-même en quête d'une table vide où elle pourrait s'installer, elle se dirigea d'un pas résolu vers la sortie. Il se leva d'un bond, se faufila entre les chaises rapprochées, la rattrapa au moment où elle allait passer le seuil. Elle sursauta quand il lui posa une main sur l'épaule et tourna vers lui deux yeux surpris où les pupilles se rétrécissaient :

– Vous étiez là ? Je vous ai pourtant cherché partout.

– Je sais. Je vous regardais... Vous alliez partir sans moi ?

– J'ai horreur de faire la toupie sous l'œil des gens. Je ne sais pas où me mettre. J'aime encore mieux attendre dehors.

– Je ne le ferai plus. Juré ! Qu'est-ce qu'on fait ? On boit quelque chose ou on s'en va ?

– On s'en va.

Au passage, il posa un billet sur le plateau du garçon qui l'avait servi. Ils sortirent sur l'avenue, chaude du soleil de la journée, et remontèrent jusqu'à l'Arc de Triomphe. Françoise semblait crispée et nerveuse. Une fois installés dans un petit restaurant de la rue Lord-Byron, Romain s'inquiéta de ce qui la préoccupait.

– J'ai un sérieux pépin. En fin d'après-midi, le directeur de l'agence a reçu un coup de fil de la propriétaire d'un hôtel particulier avenue Marceau que j'ai fait visiter vers quatre heures. Elle lui a signalé qu'après ma visite elle s'était aperçue que deux bibelots très précieux posés sur une table dans son salon avaient disparu... Je viens d'aller la voir. Il paraît qu'il s'agit de pièces exceptionnelles, en ivoire et en jade. Elle est formelle : les objets étaient bien à leur place avant notre arrivée... Comme la personne que j'accompagnais est une dame au nom très connu, qui croyez-vous qu'on va soupçonner ?

– Cette propriétaire n'était pas là pendant votre visite ?

– Si, mais elle était restée dans sa chambre pour me laisser faire mon travail qui consiste à vanter les qualités de son hôtel. En plus, c'était le jour de sortie de sa domestique. Elle m'a annoncé qu'elle allait porter plainte contre X...

– Vous croyez vraiment que votre cliente a eu le temps de voler ? Ce n'est pas une épingle, des bibelots comme ça.

– Tout est possible. Je sais seulement qu'elle avait un superbe sac à main, vaste comme un cabas, mais en crocodile noir.

– Elle a eu l'occasion de rester seule dans la pièce ?

– À peine deux ou trois minutes, juste le temps que j'aille demander à la propriétaire les clefs des chambres de service que l'autre voulait voir également.

Romain réfléchissait :

– Je vois deux possibilités : ou celle qui vend veut faire cracher son assureur, ou bien vous pilotiez une maniaque...

– Dans les deux cas, moi qui ne suis qu'une employée, je me retrouve en première ligne. Je connais un peu la propriétaire, je ne la crois pas capable de s'amuser à ce genre de chose. Je penche beaucoup plus pour ma distinguée cliente qui me semble un peu bizarre. J'ai l'intention de l'emmener dans un autre endroit où elle sera à nouveau tentée, et je pourrai la piéger.

Romain émit un sifflement inquiet :

– Attention au scandale ! Coupable ou pas,

elle va prendre ça très mal et vous aurez des ennuis !

– Mais je n'ai pas envie de passer pour une voleuse !... Non. J'ai une petite idée de ce qu'il faut faire.

Elle ajouta :

– Décidément, depuis quelque temps je suis placée sous le signe de la rapine et du pillage... Bon, maintenant essayons de parler d'autre chose ! Ce projet de voyage en Côte-d'Ivoire, qu'est-ce que ça devient ?

– Je dois y aller, mais plus tard, ce n'est pas urgent. Il me manque pas mal de précisions. C'est quelque chose de spécial... Pour le moment, mon cabinet est entièrement mobilisé par les plans du Havre. Et vous ? Quoi d'autre ?

– Du bon et du mauvais. Le bon, c'est la convalescence de Charlier qui se remet à toute vitesse. Je pense qu'il a eu une sorte de bilieuse. Il a perdu dix kilos et paraît dix ans de moins ! Le moins bon, c'est mon boy Ali qui à son tour ne va pas bien. Le médecin me conseille de le renvoyer dans son pays. Les radios faites hier ont montré des poumons en mauvais état. Charlier voudrait le ramener en Guinée à la fin de son congé, mais le garçon me fait du chantage en répétant qu'il mourra si je ne le garde pas en France. Il ne veut plus entendre parler de l'Afrique.

– C'est de l'enfantillage. Il ne faut pas céder. Supposez qu'il tombe gravement malade chez vous et que ça tourne mal. Ce serait un sérieux cas de conscience pour vous.

– Oui, mais je soutiens qu'il serait mieux soigné ici qu'en Guinée.

– En admettant que vous le gardiez, qu'est-ce

que vous allez en faire ensuite ? Il sera toujours domestique ?

– Justement, non. Je veux qu'il apprenne un métier. Il se passionne pour la mécanique et la voiture. L'ennui, c'est qu'il est analphabète.

– Pourquoi l'avez-vous fait venir ici ?

– Ce n'est pas moi. Charlier l'a amené avec lui en vacances. Ça m'a fait plaisir...

Soudain elle repensa à Jacques-Mohammed et eut besoin de se confier :

– Imaginez-vous qu'il y a en Guinée un garçon noir du même âge qu'Ali qui porte mon nom... Je me suis occupée de lui à cause d'une filiation mystérieuse due à une idée saugrenue de mon père. C'était un gamin insupportable qui, un jour, a disparu.

– Et alors ?

– Alors, ce que je n'ai pu continuer pour un petit Schmidtt qui ne m'est rien, je pourrais le faire pour ce garçon que j'aime beaucoup. Qu'en pensez-vous ?

– Difficile de juger, c'est à vous de décider, mais je crois que les Noirs sont bien mieux chez eux. Vous ne devriez pas prendre une responsabilité que vous pourriez regretter un jour.

– S'il fallait toujours songer aux regrets, on ne ferait jamais rien, répliqua-t-elle, mécontente.

Ils discutèrent ensuite des conditions d'existence et du ravitaillement toujours difficiles. Romain se plaignait en particulier du manque d'essence qui compliquait ses déplacements. Préoccupée par son histoire de vol et la santé d'Ali, Françoise n'était pas très réceptive et, pour sa part, Romain pensait avec ennui au moyen de terminer ses relations avec Sylvie sans déclencher trop d'imprécations. Cette soirée, dont chacun s'était réjoui quand ils l'avaient projetée, les laissa insatisfaits.

En sortant du restaurant, ils marchèrent quelques instants puis ils prirent le métro jusqu'à la Concorde où ils devaient se séparer. Comme s'ils ne parvenaient pas à rompre le contact avant d'aller déambuler chacun dans un long couloir, ils s'assirent sur un banc. Lorsqu'ils se levèrent, Romain attira Françoise contre lui d'un geste brusque et, avec la fougue d'un collégien, il prit sa bouche brutalement, un baiser avide qui la laissa de marbre.

– Pour me donner du courage, dit-il avant de s'éloigner à grands pas.

Suivant son idée, dès le lendemain matin Françoise téléphona à sa cliente pour lui proposer de visiter un somptueux appartement de l'avenue Foch qu'elle savait bourré de ces mille objets que certains adorent exposer sur des tables rondes juponnées.

– L'avenue Foch ? Ça doit être hors de prix, modula la voix distinguée... Enfin, je peux le voir quand même.

– Si ça vous plaît, on doit pouvoir discuter le prix... Voulez-vous que nous nous retrouvions à cinq heures ?

Non. À cette heure-là elle bridgeait. Quinze heures trente convenaient mieux.

Un immense salon en rotonde avec ses hautes fenêtres donnant sur l'avenue. Meubles d'époque, tapis d'Orient, toiles de maîtres aux murs, et, réparties aux quatre points de la pièce, des tables-présentoirs. Ici, on exhibait des collections extraordinaires de bibelots-bijoux en argent ciselé, incrustés de pierres : agate, améthyste, chrysoprase, cornaline, onyx ou turquoise. De quoi tenter le diable... La propriétaire ayant dû s'absenter, une femme de chambre, robe noire et petit tablier blanc à volant, assistait discrètement à la visite. Quand la sonnerie du téléphone tinta quelque part au fond du vaste appartement, elle s'éclipsa pour aller répondre. Françoise, qui attendait cette diversion, dit à la cliente qu'elle allait ouvrir les volets du fumoir pour y faire entrer la lumière. En fait, elle se posta entre deux portes, à un point stratégique d'où elle pouvait surveiller le salon. De grands miroirs anciens lui facilitaient la tâche. La visiteuse, longue et plate dans un élégant ensemble de soie bleu marine, regarda autour d'elle avant d'aller se pencher au-dessus d'une première table où, sans hésitation, elle saisit un objet qu'elle jeta dans son grand sac. Après un regard en direction du fumoir elle se dirigea vers une autre table où son choix se porta sur un petit coffret qui, à son tour, fut avalé par la gueule de crocodile noir. Prenant alors un air hautain, la tête bien droite, la voleuse marcha vers l'une des fenêtres, affectant de s'intéresser aux jardinières croulantes de géraniums-lierres qui fleurissaient les balcons à balustres.

Jugeant que l'expérience était concluante, Françoise, dont le cœur battait la chamade, revint dans le grand salon.

– Il y a de très jolies choses ici, n'est-ce pas ? dit-elle en regardant bien en face le visage sillonné de fines rides.

L'autre fit la moue :

– Oui... Personnellement, j'en possède d'aussi précieuses.

– Ça ne m'étonne pas ! Madame, je vous en prie, écoutez-moi : avant que la femme de chambre ne revienne, remettez vite en place ce que vous venez de prendre sur les tables. Je vous en prie..., répéta-t-elle précipitamment.

L'autre ouvrit la bouche suffoquée du brochet en agonie et, comme s'il l'étranglait, porta une main à son collier de chien fait de trois rangs de perles ornés d'un camée.

– Comment ? Qu'est-ce que vous venez de dire ? Vous êtes folle ! Vous vous permettez...

– Madame, écoutez-moi. Je vous ai vue, là, tout de suite... Hier déjà, avenue Marceau, vous avez dérobé deux objets...

– Vous êtes malade ! Je vous interdis ! C'est un scandale ! Je vais me plaindre auprès de votre directeur. Vous aurez de mes nouvelles..., bredouilla-t-elle, les lèvres décolorées d'indignation.

– Dépêchez-vous, madame. Sortez ces choses de votre sac, la femme de chambre arrive. Je vous promets de ne rien dire.

– Je devrais vous gifler ! Je préfère m'en aller.

– Non. Remettez les objets en place d'abord !

La femme de chambre apparaissait sur le seuil du salon :

– C'était pour vous, mademoiselle, votre agence. J'ai dit que vous étiez occupée, mais il faut que vous rappeliez dès que vous le pourrez.

La consigne d'éloigner la femme de chambre quelques instants avait bien fonctionné, grâce à la complicité d'une collègue du bureau.

D'un pas digne que n'eût pas renié la reine d'Angleterre, la voleuse se dirigeait vers l'entrée. Une main tremblante posée sur la poignée de la porte, elle menaça Françoise :

– Vous allez entendre parler de moi, mademoiselle.

Et elle sortit sur le palier.

– Vous aussi, madame ! lança Françoise alors

que l'autre, sans appeler l'ascenseur, descendait rapidement l'escalier.

Ahuris, les yeux de la femme de chambre interrogeaient Françoise qui faillit lui expliquer ce qui venait de se passer. Elle lui demanda la permission de téléphoner. Sur un carnet elle avait noté le nom de la puissante société dirigée par le mari (information communiquée avec beaucoup d'orgueil par l'épouse elle-même) et, composant le numéro, demanda à parler personnellement au président.

Après s'être heurtée au barrage des secrétaires zélées protégeant le grand patron, elle eut enfin une voix d'homme au bout du fil.

Elle se présenta, indiquant qu'elle s'occupait de sa recherche d'appartement.

Voix surprise du P.-D.G. :

– Quelle recherche d'appartement ?

Elle l'informa que, depuis plusieurs jours, elle était en relation avec son épouse qui l'avait chargée de lui présenter les appartements de très grand standing en vente dans les plus beaux quartiers.

– Il faut absolument que je vous parle en tête à tête, monsieur.

– Qu'est-ce que c'est que cette histoire d'appartement ? Je n'ai pas l'intention d'acheter quoi que ce soit. Vous devez faire erreur, ou alors c'est votre nouvelle astuce pour démarcher la clientèle ?

– Pas du tout. Je vous demande de me recevoir juste un instant. Il s'agit de votre épouse.

Un silence au bout du fil.

– Il lui est arrivé quelque chose ?

– Non. Rassurez-vous, elle est en excellente santé, mais c'est tout de même ennuyeux pour elle. Il faut que je vous voie.

Nouveau silence, et un soupir résigné :

– Bon, venez, mais soyez brève, je n'ai pas beaucoup de temps. Je vous recevrai à dix-huit heures précises.

Grand, visage et silhouette minces, cheveux argentés, costume gris impeccable, rosette à la boutonnière, le président avait une allure racée digne du beau nom qu'il portait. Posée sur une fesse au bord d'un confortable fauteuil de cuir, Françoise se demandait si, lorsqu'elle aurait déballé son histoire, il n'allait pas la faire jeter dehors par l'huissier à grosse chaîne d'argent qui gardait la porte capitonnée.

– Je suppose que ma femme visite ces appartements pour le compte d'une amie, car, comme je vous l'ai dit, nous ne songeons pas le moins du monde à déménager. Elle doit meubler ses après-midi d'avant-bridge avec ça... Alors, qu'est-ce que vous avez de tellement important à me dire ? Je vous écoute... Qu'est-ce qu'il y a ?

Elle prit son élan :

– Il y a, monsieur, qu'hier, avenue Marceau, et aujourd'hui, avenue Foch, elle a subtilisé des objets de collection...

Contrairement à ce qu'elle redoutait, le P.-D.G. ne sauta pas au plafond.

– Vous êtes sûre ?

– Oui. Aujourd'hui, je l'ai vue de mes propres yeux. Elle a un grand sac en crocodile noir où elle a dissimulé deux bibelots avec une dextérité incroyable.

Il se leva brusquement et parcourut la pièce à pas lents, les mains enfouies dans les poches de son veston.

– Bon... Ça recommence..., dit-il entre ses dents.

Il revint s'asseoir dans son fauteuil pivotant et saisit une règle dorée qu'il fit tourner entre ses doigts.

– Ma femme est une malade, mademoiselle. Elle était déjà comme ça il y a trois ans. Nous ne pouvions aller nulle part. En rentrant de dîner chez des amis, je devais la fouiller... m'excuser ensuite. Vous imaginez ce que c'est ?

– J'imagine très bien. Mais, en attendant, la propriétaire de l'hôtel particulier a porté plainte contre X et vous vous doutez bien que, si vous ne m'aidez pas, c'est moi qui vais être accusée de vol.

– Je m'en occupe immédiatement. Donnez-moi les téléphones des deux endroits où vous l'avez emmenée; je vais faire le nécessaire, mais je vous demande d'être absolument discrète sur ces incidents.

Une idée la tracassait :

– Ces objets qu'elle a pris, êtes-vous sûr de les retrouver ? Elle a pu déjà s'en débarrasser puisqu'elle sait que je l'ai vue.

– Non, je suppose qu'elle va les ranger comme d'habitude dans une pièce débarras où il y a un ancien coffre à jouets de notre fille. C'est là qu'elle met ses larcins.

Pas convaincue, Françoise insista :

– Et si elle a trouvé une autre cachette ? Ou alors, supposez qu'elle les jette quelque part, dans un égout par exemple.

– Non. Elle tient trop à ce qu'elle dérobe. Il faut que je vous explique... Pourtant, je croyais que c'était fini !

Le visage douloureux, il raconta : sept ans plus tôt, la perte brutale d'une fille unique de vingt ans, sa femme à demi folle de chagrin, les soins en clinique et, de ce moment-là, l'envie de subtiliser un peu partout des choses précieuses, pour les enfermer dans le coffre à jouets...

Il regarda Françoise avec un sourire triste :

– C'est une chose pénible à vivre..., surtout dans notre milieu... Ne vous inquiétez pas, même si je ne retrouve pas ces objets, les personnes concernées seront intégralement dédommagées. Vous avez bien fait de venir me voir... C'était une démarche difficile, je suppose ?

Très émue, elle réalisa que cet homme avait entièrement fait confiance à sa parole. Elle le remercia et lui donna son téléphone personnel.

– J'aimerais bien que vous m'appeliez pour me tenir au courant.

Quand elle repassa le seuil du vaste bureau, le poids de cent kilos qui lui comprimait la poitrine depuis la veille s'était presque envolé. Presque... Elle attendait encore le coup de fil l'informant que tout était rentré dans l'ordre.

Dès qu'elle fut dans la rue, elle eut envie de conter son soulagement à Romain qui, d'après leur dernière conversation, devait être encore à Paris. N'obtenant pas de réponse à son cabinet, elle appela son domicile où une voix féminine très décidée vibra à ses oreilles :

– Romain ? Non, il n'est pas là. Qui le demande ?... Une amie ?...

Petit rire grinçant, et la flèche vint se planter, perfide :

– Oh ! laquelle ? La blonde ? la brune ? la rousse ?

– La chauve ! lança Françoise en raccrochant, furieuse.

Toute sa joie retomba comme un soufflé. Ainsi, il y avait une femme qui vivait chez Romain et parlait de lui comme d'un chasseur de scalps. Parfois, songeant à la vie privée de son nouvel ami, elle n'avait pas cherché à approfondir, remarquant simplement qu'il était rarement libre même lorsqu'il séjournait à Paris. Après tout, c'était normal... Mais, quand même, l'idée de la présence permanente d'une femme chez lui la déçut. Il lui avait bien dit qu'il était célibataire ?...

Quand elle arriva chez elle, Charlier était absent. Depuis sa maladie, qui l'avait tenu plus de trois semaines alité, il voyait chaque jour Lucie Aubert. Pendant que Françoise travaillait, elle avait joué avec zèle son rôle de garde-malade. Ali signala qu'ils l'attendaient pour dîner. Fatiguée, elle téléphona pour s'excuser de ne pas venir. Personne n'insista. Sur son bureau, elle trouva quelques lettres dont une postée à Casablanca : Pierre Drunet l'informait qu'abrégeant son congé il repartait pour l'Afrique. Il avait demandé à être affecté en Côte-d'Ivoire. Tout au long de six pages vibrantes, il lui redisait son amour. Une lettre qui explosait, déchirante, une lettre qu'aucun autre homme ne lui écrirait probablement jamais... Il n'était pas possible de lire des mots plus justes, plus bouleversants de sincérité. Quand elle replia les six feuillets où tant de passion perdue était emprisonnée, elle s'allongea sur son lit et pleura en bloc tous ses tourments. Pourquoi ? pourquoi ne pouvait-elle pas aimer ce garçon qui tenait tellement à elle ? Son cœur errait entre le souvenir cruel d'Éric et un vague début de souffrance à cause de Romain. Elle n'aurait qu'une ligne à rédiger, un coup de fil à donner pour que sa vie basculât entre les bras d'un homme qui, avec une telle richesse d'amour, saurait peut-être la rendre heureuse. Elle plongea en elle, essaya de s'imaginer aux côtés de Pierre : Pierre de tous les jours..., dans le lit de Pierre..., dînant en tête à tête avec Pierre, élevant les enfants de Pierre... Impossible ! Elle n'avait pas le droit de se laisser attendrir puisqu'elle ne pourrait pas l'aimer comme il le méritait. Elle se l'était répété sur tous les tons. Qu'y avait-il de plus ce soir pour qu'elle ne soit pas capable de balayer ses doutes comme elle l'avait toujours fait jusqu'à présent ?

Ali frappa à la porte de la chambre et entra. Les yeux brillants de fièvre, il demanda :

– Ça va pas ? Ti malade aussi ?

– Non. Je suis fatiguée.

– Ti bouffé pas chez Mme Lucie ?

– Non. Dîne et couche-toi. Tu as bien pris tous tes médicaments ?

Elle lui toucha la main. Elle était brûlante.

– Tu sais, l'air d'ici, c'est mauvais pour toi. Tu tousses beaucoup. Tu serais mieux à Facounda ou sur la plantation de M. Charlier.

Ses gros yeux malheureux, il secoua une tête résignée, lamentable :

– Si Allah i dit : « Ali, faut ti mouri, c'est bon pour moi, je mouri ici, avec toi ! »

Ça, c'était trop pour la journée. Elle fila s'enfermer dans la salle de bains et recommença à pleurer en cascade pendant cinq bonnes minutes. Après s'être giflée d'eau fraîche, elle descendit dans la cuisine où le boy chipotait dans son assiette, un coude sur la table et la tête posée sur sa main. Elle s'assit à ses côtés et, prenant une assiette, se servit trois grosses cuillerées de purée.

– Bon, maintenant, ça suffit. Je me fâche : tu manges avec moi et tu ne mourras pas, ni ici ni ailleurs. Demain on retournera voir le médecin et tu feras ce qu'il dira pour te guérir.

Le nez sur sa bouillie de pommes de terre, il

y traçait des sillons avec les dents de sa fourchette.

Françoise s'inquiéta :

– Ce n'est pas bon ? Tu adores ça, d'habitude.

– Si, c'est bon.

– Voyons, il y a quelque chose qui te ferait plaisir ?

Il la regarda l'air désespéré :

– Ici, y a pas la kola...

La kola ! le remède, la panacée, la noix qui fabrique les hommes forts, la drogue africaine qui fait des miracles !

– Je vais en chercher dès demain et, si j'en trouve, je t'en rapporte un gros sac.

De plus en plus lugubre, il répéta, pris de doute :

– Ici, y a pas la kola...

Déjà elle réfléchissait au moyen de se procurer ce qui manquait tant au bonheur d'Ali. Elle filerait voir aux Halles ou irait rôder dans un quartier très fréquenté par des Noirs avant la guerre. Quand ils eurent liquidé leurs assiettées de purée, elle sourit en songeant que, deux heures plus tôt, elle affrontait dans son somptueux bureau près de l'Étoile l'un de plus puissants présidents de société et que maintenant, attablée dans la cuisine, elle venait de partager les patates d'un garçon noir en manque de kola.

Quand Ali fut couché et qu'elle se retrouva seule, elle s'assit à son piano. Dans un album de Chopin, elle choisit une œuvre harmonisée à son humeur de la soirée, le nocturne nº 1 opus 27 en do dièse mineur. Sous ses doigts, les premières phrases déroulaient une réflexion lente qui allait s'enflant lentement pour laisser toute sa douceur à une mélodie claire qui racontait, comme dans une légende des *Mille et Une Nuits*, une émotion qui s'apaisait d'abord pour éclater ensuite, une révolte qui criait, s'indignait, explosait... Ses mains couraient sur le clavier, frappaient les accords. Elle pensait à Éric, à Drunet, à Romain, à ce pauvre Ali. Elle rejetait sa vie actuelle, pleurait son passé. À travers le chant, une grosse voix venait expliquer que c'était ça, l'existence, cette alternance de douceur, d'indignation, de rêve, de colère... À nouveau, une nostalgie insistait, parlait de sagesse, de résignation, rappelait qu'il fallait garder espoir, faire confiance au destin, s'accrocher à tout ce qu'il y avait de beau, et affirmait que l'aube reviendrait, calme, porteuse d'espérance avec les dernières notes qui s'égrenaient...

Elle refermait la partition quand le téléphone sonna. Dix heures... C'était Romain qui appelait du Havre pour savoir comment elle s'était sortie de ses démêlés avec sa voleuse. Elle lui raconta la visite au mari, une démarche qui le surprit. La révélation du vice de la femme du monde lui arracha un ricanement méprisant.

– Ce n'est pas drôle, dit-elle, glaciale. C'est une malade.

– Ah !... Enfin, l'essentiel, c'est que vous n'ayez pas d'ennuis vous-même. Et en dehors de ça ?

– J'ai appelé chez vous... Avenue de La Bourdonnais.

– Je vous avais dit que je partais...

Elle se mordit la lèvre. Allait-elle lui reprocher sa vie privée ? Elle n'avait aucun titre pour s'en formaliser, mais quand même... c'était bon de se défouler.

– Je ne m'en suis pas souvenue. Je suis tombée sur une personne qui m'a demandé la couleur de mes cheveux. Il paraît que vous aimez la variété...

Un silence, puis un rire forcé qui sonna faux :

– Ça, c'est du Sylvie tout craché ! Il ne faut pas y attacher d'importance. D'ailleurs, il faudra que nous parlions de certaines choses...

– Ça ne me regarde pas, Romain... Au Havre, ça va comme vous voulez ?

– Ça ne va pas mal. Sérieusement, Françoise, il ne faut pas croire ce que vous a dit cette garce de Sylvie... Celle-là..., maugréa-t-il d'un ton lourd de menaces. Qu'est-ce que vous faisiez quand j'ai téléphoné ? Je ne vous ai pas réveillée au moins ?

– Non. Je jouais du piano.

– Quel genre ?

– Chopin, un nocturne tout à fait adapté à mon état d'âme de ce soir.

– C'est-à-dire ?

– Pas fameux. Beaucoup de choses très complexes.

– Il faudra que vous me le jouiez un jour, ce nocturne.

– Peut-être. On verra... Il faut être dans des dispositions particulières pour vraiment le sentir.

– Vous me manquez, Françoise... Je rentre mercredi prochain. Dormez bien.

Et il raccrocha avant qu'elle ait eu le temps de répondre.

Un vacarme venu de l'escalier la réveilla : quelque chose tombait, rebondissant et vibrant sur chaque marche, enchaînant l'une sur l'autre des sonorités cuivrées, avant d'atteindre une sorte de paroxysme trépidant sur le carrelage du vestibule. Françoise se redressa pour regarder les aiguilles phosphorescentes du réveil : il était à peine cinq heures, le jour commençait tout juste à poindre. Elle se leva, ouvrit doucement la porte de sa chambre et passa une tête inquiète. Dans la faible lueur tombant d'un œil-de-bœuf, elle aperçut une silhouette à mi-hauteur de l'escalier. Elle fit de la lumière et, penchée au-dessus de la rampe, découvrit Charlier, ses chaussures à la main, qui redescendait pour aller ramasser le grand gong oriental habituellement fixé à la paroi le long des marches.

Il ronchonna, gêné :

– Dans le noir, j'ai flanqué un coup d'épaule dans ce fourbi et il s'est décroché.

– Il fallait éclairer... Recouche-toi, Ali, ce n'est rien, lança-t-elle au boy qui apparaissait en chemise, l'air ahuri.

– Je m'excuse, hein... Je vous ai réveillée. Il est tard...

– Disons plutôt qu'il est tôt... Je vais essayer

de dormir encore un peu. Je vous appelle quand même pour le petit déjeuner ?

– Ben, oui... pourquoi pas ?

Ainsi, ce brave Charlier avait longuement prolongé son dîner avec Lucie. Cette femme timide et lui ? Après tout, c'était à prévoir. Depuis un certain temps, elle avait bien senti qu'une attirance existait entre eux, une connivence encore renforcée par la maladie du planteur. Chaque après-midi, quand Françoise était partie travailler, Lucie venait installer sa broderie de perles sur une table de bridge dressée dans la chambre du malade. Heureux qu'on s'occupât de lui et prolongeant un peu sa convalescence, il avait eu le temps d'apprécier cette femme douce et toujours désirable que le besoin de plaire à un homme embellissait. Lucie, quant à elle, lui trouvait tous les charmes. À ses yeux, il était beau, fort, drôle, généreux, s'étonnant qu'il fût toujours célibataire avec autant de qualités à offrir à une femme. Quand Charlier parlait de la fin de son congé qui approchait, en août, elle baissait son visage devenu grave.

– Un homme comme lui ne vous plairait pas pour recommencer votre vie ? avait questionné Françoise.

– Il est très bien, mais je ne veux pas me remarier... J'ai encore trop de souvenirs. Et puis, vous savez, je crois bien qu'il vous préférerait...

– Mais non, voyons, Robert me considère comme sa fille.

– Moi, je n'en suis pas si sûre !...

Bien qu'on soit un dimanche, Ali qui, comme elle, n'avait pas dû pouvoir se rendormir, remuait des casseroles dans la cuisine et bientôt une odeur de café grimpant jusqu'au palier filtra sous la porte.

Françoise commençait à étaler de la confiture sur sa tartine quand Charlier parut, en robe de chambre écossaise, paupières lourdes et joues râpeuses.

– Vous ne vous êtes pas beaucoup reposé, dit-elle.

Il se laissa tomber sur une chaise, l'œil fixe.

– Faut que je vous parle.

Elle lui servit du café, lui tendit la corbeille de pain grillé et le pot de confiture.

– Ça ne va pas ?

La mine catastrophée, il lui dit qu'il s'était attardé chez Lucie et que…

– Mais voyons, ça ne me regarde pas ! À votre âge, vous ne devez de comptes à personne, et surtout pas à moi.

– Je voudrais votre avis : qu'est-ce que vous pensez d'elle ?

– C'est une femme merveilleuse, courageuse, sûre, je l'aime beaucoup.

– Moi aussi… Elle est encore très bien, vous savez.

– Je sais !

– Je veux dire : … comme corps…

Il avait l'air si honteux qu'elle pouffa.

– Arrêtez, Robert. Vous venez de passer la nuit avec elle et elle vous plaît. C'est bien ça ? Je suis ravie, si vous êtes heureux ensemble. Est-ce que vous l'aimez ?

– J'en sais trop rien.

– En tout cas, elle vous admire beaucoup et tremble quand la question de votre retour en Afrique vient sur le tapis. Je crois qu'elle tient à vous.

– Elle vous l'a dit ?

– Elle est très discrète mais, si je ne me trompe pas, cette nuit, elle vous l'a quand même fait comprendre ?

– Moi, je suis prêt à l'épouser et à l'emmener, mais c'est elle qui ne veut pas. Elle craint la grosse chaleur et refuse de laisser son chien.

– Si c'est le seul obstacle entre vous, je peux le garder, son loulou de Poméranie. On s'entend très bien tous les deux. Ça me rappellera Makou.

– Elle répète qu'elle est trop vieille pour partir sous les tropiques, qu'il est trop tard...

– Alors, si vraiment vous tenez à elle, vendez votre plantation et revenez vivre tranquilles tous les deux en Normandie, ou ici, dans sa maison... Tiens ! nous serions voisins !

Il secoua la tête, remuant pensivement le sucre dans sa tasse de café noir.

– Si je n'ai plus rien à faire, je vais dépérir, moi...

– Mais non. En Normandie, vous pourriez vous occuper d'élevage.

– Je ne connais rien aux vaches... Vous pensez que je devrais présenter Lucie à ma sœur ?

– Surtout pas ! Elle va lui trouver tous les défauts et l'effrayer. Vous n'avez pas besoin de son consentement... et elle va encore y voir une menace pour sa maison, dit-elle en se rendant compte qu'elle gaffait.

– Pourquoi dites-vous ça ?

– Parce que je pense qu'elle est trop habituée à vivre seule, ajouta-t-elle précipitamment. Si vous comptez repartir fin août, il ne vous reste plus beaucoup de temps pour mettre au point tous vos projets avec Lucie.

Le front plissé par la perplexité, il suggéra :

– Il faudrait que vous lui parliez. Dites-lui

que l'Afrique, ce n'est pas si terrible. Expliquez-lui comment je suis installé.

Elle se mit à rire.

– Vous voyez, on a bien fait de tout repeindre avant mon départ. Lucie, qui n'aime que les couleurs douces, aurait été horrifiée en débarquant dans votre chambre sous-marine et dans votre salon-solarium ! Je vais lui téléphoner de venir déjeuner tout à l'heure. Après, vous irez faire un tour tout seul et j'en profiterai pour lui raconter votre beau domaine. Mais je crois que, si c'est possible, vous devriez plutôt rentrer définitivement en France. Souvenez-vous, avant même de rencontrer Lucie, vous aviez déjà envisagé de le faire. Et puis... vous avez été sérieusement malade, bien que vous soyez rétabli maintenant.

– En clair, vous pensez que je me fais trop vieux pour la colonie ? C'est ça, hein ?

– Je veux dire qu'il faut que vous profitiez de la vie sans aller vous échiner pour avoir quatre sous de plus. Vous en aurez bien assez, une fois votre plantation vendue, non ? Et puis, vous avez la maison de Normandie... Ce n'est pas mal non plus, la France...

Lucie vint les rejoindre vers midi. Ils s'installèrent dans le jardin. Défriché, bêché, ensemencé, replanté, rosiers et plantes vivaces le faisaient revivre. Même la glycine presque moribonde y mettait du sien. Son vieux tronc sarmenteux avait encore trouvé la force d'offrir des cascades de grappes mauves. Françoise se souvenait du choc reçu devant la maison violée et l'état pitoyable de ce coin végétal. À cette époque, l'envie de refiler aussitôt en Guinée l'avait taquinée...

Ce jour-là, heureuse entre ses deux amis, elle

plantait ses dents dans la chair rouge des cerises, une autre saveur retrouvée, tout en caressant de l'œil les taches fleuries qui chantaient sur le modeste tapis de gazon fraîchement sorti de terre. Seule note morose, le long du mur mitoyen, le cognassier et l'abricotier plantés par sa grand-mère : gris et tristes comme deux vieillards, ils n'étaient là que pour témoigner d'autres temps.

Ignorant que Françoise était au courant de leurs débordements nocturnes, Lucie s'efforçait de regarder Charlier d'un air détaché. À la fin, las d'entendre les banalités classiques sur la politique du moment et le ravitaillement qui ne s'améliorait pas, il aborda carrément le sujet :

– Écoute, Lucie... Je lui ai dit, pour nous... Elle est contente.

– Très contente même ! renchérit Françoise qui s'amusait de la mine offusquée de son amie. Il m'a même annoncé la nouvelle à coups de gong !

Charlier dressait ses plans :

– On pourrait se marier fin juillet, qu'est-ce que tu en penses ?

Lucie secouait la tête, n'osant user du tutoiement :

– Je vous ai dit que je ne pourrai pas m'habituer à vivre dans la chaleur, au milieu des bêtes sauvages.

– Mais ce sont elles qui ont peur des humains ! À part les moustiques, les animaux n'attaquent pas si on leur fiche la paix, protesta Françoise.

– Non, non, je ne pourrai jamais. Je ne sais pas comment vous avez pu faire toute seule en brousse.

– Je vous l'ai déjà expliqué. C'était par amour !

– Ah ! tu vois, intervint Charlier. Si tu m'aimes, tu t'habitueras, comme elle.

– De toute façon, vous pouvez faire un essai.

Une fois mariée, vous partez y passer votre lune de miel. Vous verrez bien si ça vous convient. Si vous ne le supportez pas, il vendra sa plantation et vous reviendrez ici, suggéra Françoise.

Reprenant espoir, Lucie relevait la tête :

– Ça serait possible, ça ?

– Je ferai tout ce que tu voudras, bougonna Charlier, l'œil humide.

– Et mon pauvre chien ? Il crèvera avec sa fourrure...

– Je vous le garderai, le Pikiny, dit Françoise. Remarquez, pour qu'il ait moins chaud, vous pourriez le faire tondre en lion.

– En lion ! mon pauvre toutounet ! gémit Lucie, désespérée. Non, c'est trop compliqué. C'est trop tard maintenant pour changer d'existence.

– Alors, tu préfères continuer à coudre tes perles toute seule avec ton chien ? Je croyais que tu rêvais de rester toujours avec moi ? C'est ce que tu me disais cette nuit... Tu ne t'en souviens déjà plus ?

Pudique comme une jeune épousée, elle hasarda :

– Vous m'aviez dit que vous n'aimiez pas l'existence à Paris. Moi, j'adore la campagne. Pourquoi ne pas nous installer en Normandie, chez votre sœur ?

Le double « non ! » horrifié la laissa interdite tandis que Charlier précisait, catégorique :

– En Normandie, oui, mais avec ma sœur, jamais ! Ça, tu vois, ce serait la pire des solutions.

L'après-midi passa lentement. Charlier sortit promener le chien, tandis que Lucie restait toujours réticente malgré le tableau idyllique que Françoise brossait de la plantation. Elle lui montra des croquis et des aquarelles qui la représentaient, lui vanta la demeure spacieuse avec sa nombreuse domesticité. Même Ali, dont les oreilles traînaient pendant qu'il servait les rafraîchissements, crut indispensable de livrer son opinion :

– Là-bas, c'est très bon, mon vieux !

Une réflexion inopportune qui fit se rebiffer Lucie :

– Dis donc, si c'est si bon, pourquoi tu ne veux plus y retourner, toi ?

Et le boy de répondre avec la moue blasée du touriste qui a bourlingué sur tous les continents :

– Moi, je connais trop là-bas...

Pour le moment, il était inutile d'insister davantage auprès de Lucie. Françoise userait de toute sa patience pour la convaincre. Connaissant bien Charlier, elle sentait que cette décision soudaine de se marier était plus une fin qu'une passion subite et que, si Lucie persistait dans ses atermoiements, il était très capable de changer d'avis, d'aller retrouver ses boys et ses bananiers et de replonger avec délices dans ses bottes de célibataire.

Vers six heures du soir, Françoise reçut un coup de fil du P.-D.G. Il avait retrouvé les objets dérobés par sa femme. Non pas dans le coffre à jouets, mais enveloppés dans une serviette de toilette et camouflés en haut du placard d'une de leurs quatre salles de bains... Une vraie partie de cache-tampon. Il allait tout restituer lui-même aux personnes concernées. Une heure plus tard, son chauffeur sonnait à la porte, livrant pour Françoise une splendide corbeille de roses et une enveloppe contenant six places de théâtre : deux fauteuils d'orchestre pour le Gymnase où l'on jouait *Les Parents terribles*, deux pour *Dix*

Petits Nègres d'Agatha Christie au théâtre Antoine et une loge à la Michodière où Bernard Blier et Marcelle Tassencourt interprétaient *Auprès de ma blonde.* Trois soirées qu'elle allait partager avec Charlier, avec Lucie, avec Romain..., quand il serait là. Autrefois, elle avait eu l'occasion d'assister avec sa mère à tout ce qui se créait. Récemment, elle avait vu deux pièces médiocres avec Charlier et, malgré les affiches racoleuses, elle n'avait plus été tentée, préférant passer ses soirées à lire, avide d'apprendre à travers de vieux journaux ou des livres-témoignages tout ce qui s'était passé dans le monde pendant qu'elle vivait recluse dans son coin de brousse. Quand elle refermait ces documents, où l'on parlait de destructions, de tortures, de tout ce qui avait été le quotidien durant ces années terribles, elle pensait que, sans l'apprécier suffisamment, elle avait vécu au paradis.

Romain venait pour la première fois chez Françoise. Assis dans le salon, il attendait qu'elle descendît le rejoindre pour l'emmener voir la pièce de Cocteau qu'ils avaient choisie d'un commun accord. Informé du pillage dont la maison avait été l'objet, il appréciait l'agencement actuel et les couleurs utilisées par Françoise pour recréer son nouveau cadre.

Quand elle parut, grande et mince dans un tailleur blanc, jupe droite et petite veste à basques, à la mode en cet été, il siffla d'admiration, s'étonnant surtout des fines chaussures blanches à talons pointus qui complétaient l'ensemble.

– Vous avez dû vous ruiner pour acheter ces merveilles ! On ne voit plus que des horreurs à semelles de liège, de vrais sabots de fermière !

– Elles datent d'avant-guerre. Je les avais emportées en Afrique et elles ont dormi pendant tout mon séjour dans une valise. Je ne vivais qu'en sandalettes ou en bottes.

– Ce sont des objets de collection, actuellement.

– Presque. Chaque fois que je les porte, le regard des femmes s'accroche à mes pieds.

Avec un geste large englobant toute la pièce, il lui demanda si elle était responsable du décor.

– Oui et non. Au départ, c'est ma mère qui a conçu l'organisation des pièces. Ensuite, quand je suis revenue, j'ai eu envie de changer les couleurs, mais l'esprit est resté le même. J'adore la décoration. Même en Afrique, j'avais réussi à entretenir mon vice en utilisant les moyens du pays.

Ils passèrent une soirée particulièrement agréable. Romain se montra gai et détendu, tendre : juste ce qu'il fallait sans être trop entreprenant. C'est à la fin du souper qu'il lui parla brusquement de Sylvie dont il venait de se séparer, sans expliquer très nettement ce qui l'avait poussé à prendre cette décision.

– Pourquoi me racontez-vous ça ? Je ne vous demandais rien.

– Parce que c'est mieux ainsi et que j'ai envie de savoir si de votre côté il y a quelqu'un dans votre vie.

– Non.

– C'est impossible..., telle que vous êtes... Jamais d'amour ?

– Si. Il y a quelques années, en Afrique. J'ai aimé comme une folle un garçon, un ingénieur..., un bâtisseur lui aussi. Mais il a rejoint de Gaulle en Angleterre. Depuis, j'ai le cœur à sec, et pour longtemps, je crois...

– Vous ne l'avez jamais revu ?

– Non. Quand je suis revenue en France, j'ai cherché à le retrouver, mais il était parti aux États-Unis. Comme il ne m'a plus jamais écrit ni téléphoné..., j'en ai tiré des conclusions. Je finirai bien par l'oublier, comme il l'a fait pour moi.

Elle avala péniblement sa salive, un effort discret qui rappela à Romain l'émotion de la femme blonde qu'on abandonnait dans un café des Champs-Élysées, quelque temps auparavant.

– C'était quel genre d'homme ?

– Un type très bien, astucieux et courageux.

– Et physiquement ?

– Très grand, mince, brun. Je le trouvais très beau... évidemment ! dit-elle avec un sourire triste.

– Comment s'appelait-il ?

– Éric.

– Et lui ? Il vous aimait ?

– Oui, je crois... Enfin, je ne sais plus...

Romain la regarda intensément et secoua la tête plusieurs fois, comme si l'histoire qu'elle racontait était incompréhensible. Allait-il s'engouffrer dans cette brèche qu'il venait d'ouvrir dans son jardin secret ? Devait-il tout de suite faire allusion à ses propres sentiments ? Non. C'était encore trop tôt. Il n'était pas assez sûr de lui.

Il prit l'une de ses mains dans les siennes.

– Pour que nous ne restions pas sur une note mélancolique, je vais vous parler d'une chose qui devrait vous intéresser. Puisque vous m'avez dit que vous aimiez la décoration et que, d'après ce que j'ai vu, vous vous débrouillez fort bien, vous sentiriez-vous capable de décorer le domicile de l'un de mes amis anglais ? Il rêvait d'une sorte d'atelier sur deux étages et m'a chargé de réunir en un seul deux appartements superposés, dans un immeuble appartenant à ses parents.

Avec son esprit pratique, elle remarqua aussitôt :

– Si l'on continue à avoir du combustible au compte-gouttes, il gèlera, sous sa double hauteur de plafond, l'hiver prochain.

– Je le lui ai dit, mais il y tient. Moi, j'ai conçu les plans et fait exécuter les travaux qu'il me demandait. J'ai créé un grand volume vertical qu'il a d'ailleurs fallu consolider, et on a installé un escalier intérieur qui débouche sur une mezzanine circulaire. Il faudrait la distribuer en plusieurs zones. Je n'ai pas le temps de m'en occuper et mon copain n'a pas la moindre imagination. Ça vous intéresserait de vous charger de ça ? C'est un gros morceau...

– Il faudrait d'abord que je voie. Je ne suis ni professionnelle ni infaillible. Je peux très bien faire des erreurs... Si c'est tellement important, votre ami ferait mieux de s'adresser à quelqu'un du métier.

Romain hocha la tête en riant :

– Je lui ai gracieusement établi les plans mais, après avoir payé les entreprises, il tire la langue... et ne peut s'offrir un décorateur de métier. J'ai pensé que vous seriez peut-être moins chère ?

– Je peux même être gratuite, comme vous ! Le plaisir de concevoir tout un décor me suffirait, mais j'ai peu de temps, je cours toute la journée. Il ne faudrait pas qu'il soit pressé... Et puis j'ai besoin de connaître votre ami, ses goûts, et de voir le mobilier dont il dispose.

– Il a tout un bric-à-brac venant de sa famille : Louis XIII, Louis XV, Louis XVI, même du Louis-Philippard !... Mais, comme il veut tout en moderne, il va être obligé de le brader.

Rendez-vous fut pris pour le lendemain dimanche, au quatrième étage d'un immeuble ancien sur les bords de la Seine. Un emplacement de choix, avec la tour Eiffel presque en vis-à-vis et des péniches glissant sous les fenêtres. L'appartement tel que l'avait repensé Romain était de belles proportions, malgré sa double hauteur. En revanche, son futur occupant, un garçon d'une quarantaine d'années, le genre vieil étudiant à l'accent d'Oxford, blondasse et le teint rose, était aussi odieux que prétentieux. Il commença à se faire mal voir de Françoise en lui déclarant qu'étant débordé par ses propres occupations il n'entendait pas discuter des détails. Une seule chose était impérative : il voulait du moderne, du gris foncé et des murs noirs. Pour le reste, qu'elle improvise... Qu'elle lui fasse du « clés en main » à son idée...

– Des murs noirs ? s'étonna Françoise, consternée.

– Oui, pourquoi pas ?

– Vous aurez six mètres de hauteur sous plafond, vous imaginez tout ça en noir ? Ce sera sinistre !

– Je veux des murs noirs.

Pour un garçon sans imagination, il avait quand même des idées fixes. Délaissant Françoise qui cogitait devant la future nécropole, il alla dans un coin discuter avec Romain d'une facture de plombier qu'il ne voulait pas payer. Ce garçon qui faisait travailler tout le monde gratuitement et refusait de régler ses fournisseurs commençait à l'inquiéter. Il fallait qu'elle sache où elle mettait les pieds.

Elle alla carrément lui demander quel investissement il comptait consacrer aux travaux de décoration.

Il fronça ses sourcils décolorés :

– Mais je n'en sais rien, moi ! Je ne connais pas le prix des choses. C'est à vous de me dire combien ça va coûter.

– Ça peut varier du simple au quadruple, tout dépend des matériaux employés et du temps passé par les entreprises. Pour vous présenter quelque chose de valable, il faut que je sache quelle dépense maximale vous prévoyez. Ensuite on décidera de ce que l'on peut utiliser.

L'autre regardait autour de lui avec une lippe écœurée. Elle essaya de reprendre, maîtrisant son exaspération :

– Comprenez-moi, monsieur, je ne peux pas étudier vingt projets différents. Vous devez quand même avoir une vague idée de vos possibilités ?

– Faites pour le mieux. La seule chose importante, c'est de faire très vite. Je veux emménager dans un mois.

Elle tourna vers Romain un visage fermé et le prit à témoin :

– Si je ne sais pas de quel budget je peux disposer et si, en plus, c'est aussi urgent, je ne pourrai pas m'occuper de ça. Je regrette...

Voyant que les choses se gâtaient, l'Anglais reprit :

– Alors, disons qu'il faut que ce soit le moins cher possible. Les entreprises de Romain m'ont déjà estampé...

Il fallait rester sereine jusqu'au bout :

– Je pense que cette rencontre était prématurée. Il vaut mieux que vous attendiez des temps meilleurs pour terminer cet appartement. Vous devez bien admettre que je ne peux pas faire travailler des ouvriers et commander des matériaux sans savoir s'ils pourront être réglés.

Curieusement, tout en parlant, et à mesure qu'elle essayait de contrôler son agacement, elle voyait comment, malgré les goûts macabres du garçon, on pourrait créer un environnement qui resterait quand même agréable à vivre.

– Romain m'a dit que vous possédiez beaucoup de meubles anciens mais que vous désiriez vous installer dans du moderne. Vous devriez vendre au mieux votre mobilier d'époque et vous aurez de quoi vous offrir du moderne à votre goût..., bien que je trouve cela dommage.

– Et où je vais vendre ça, moi ?

– Chez les antiquaires, à la salle des ventes, aux Puces, il ne manque pas d'endroits...

– Alors, occupez-vous-en si c'est si simple, dit l'autre d'un ton sec.

– Romain m'avait demandé de vous aider dans votre installation. Je suis toujours prête à le faire, à titre gracieux, mais je n'ai pas le temps de m'occuper en plus de brocante.

Perplexe, le visage de plus en plus hostile, il demanda :

– Dites-moi au moins comment vous verriez tout ça installé ?

Pendant que la moutarde lui piquait le nez, elle regardait autour d'elle et, l'espace de quelques secondes, une sorte de flash s'imposa à son imagination :

– Des murs noirs, puisque vous y tenez, mais en laque brillante pour piéger tous les reflets. Le plafond et le pourtour de la mezzanine ton ivoire mat pour donner une impression de légèreté vers le haut. Au sol, une moquette gris souris avec des canapés et des fauteuils modernes recouverts de tissu ivoire également, en écho à la clarté venue d'en haut. Pour égayer un peu, des points de couleur, cuivre roux par exemple pour les lampes, quelques tapis ou des coussins, si vous les aimez, et, surtout, un énorme lustre très original, à étudier, pendu au bout de quatre longues chaînes.

– Bien. Je vous remercie, je vais réfléchir.

Lorsqu'elle se retrouva dans la rue, seule avec Romain, elle déclara, en essayant de ne pas le vexer :

– Je suis désolée. Je crois que c'est une

entrevue inutile. Laissez-moi vous dire qu'il n'a pas du tout les pieds sur terre, votre ami. Je ne peux pas me lancer à l'aveuglette dans une aventure comme ça. Par ailleurs, j'ai peur de ne pas m'entendre avec ce genre d'individu. Si je dois le rencontrer souvent, je finirai par le griffer. Il est particulièrement horripilant, ce type !

Une lueur amusée dans les yeux, Romain l'écoutait. Il se mit à rire.

– Écoutez..., promettez-moi de ne pas vous fâcher. Savez-vous qui est ce type horripilant ?

– Non.

– C'est Antony Bird.

– Connais pas. Et alors, qu'est-ce que ça change ?

– Imaginez-vous que c'est un décorateur anglais très prisé dans son pays qui vient de s'installer en France. Comme il m'avait dit qu'il cherchait une collaboratrice débutante, je lui ai parlé de vous. Ça l'a intéressé et il a voulu vous voir pour vous mettre à l'épreuve en jouant le rôle du client farfelu aux poches vides et aux goûts bizarres. Ça doit être un cas assez fréquent. Vous avez été d'une patience !... Quoique, vers la fin, ça commençait nettement à bouillir ! En me quittant, il m'a fait comprendre que vous lui plaisiez. Il va vous téléphoner... Ça ne vous priverait pas trop de ne plus vendre d'appartements ?

– Je ne sais pas... Mais pourquoi ne pas m'avoir dit la vérité au lieu de me faire tout ce cinéma ?

– Parce qu'il a voulu que ça se passe comme ça. Si vous aviez su qui il était, vous vous seriez méfiée ou vous auriez été complexée pour expliquer vos idées à quelqu'un d'aussi coté. Tandis que là, pensant que l'autre n'y connaissait rien, vous étiez plus à l'aise.

– À l'aise ? C'est vite dit ! Vous savez bien que je n'ai pas de véritable expérience. Je me débrouille, c'est tout. Je trouve que, comme test de la valeur d'une débutante, c'est assez léger ! Seule chose certaine : il sait maintenant que je n'ai pas un caractère très souple.

Elle le regarda fixement.

– Et vous..., comme menteur... Vous vous êtes surpassé hier soir. Je trouve ça très inquiétant, quelqu'un qui ment aussi bien.

Il lui effleura la joue du bout des doigts.

– Venez, on va aller déjeuner.

– Non. Je vais rentrer. J'ai promis à mes amis de rester avec eux aujourd'hui. Ils ont un tas de projets dont ils veulent qu'on discute ensemble.

– Dommage. Vous n'êtes pas fâchée ?

– ... Non.

Antony Bird lui téléphona pour la rencontrer le lendemain en fin d'après-midi à la « Closerie des Lilas ». D'un carton à dessin il sortit le projet qu'il avait exécuté : une projection horizontale, une autre verticale, qui concrétisaient les idées lancées la veille : des murs noirs et brillants, plafond et mezzanine clairs, sol gris souris, meubles du ton de la partie haute, un grand lustre descendant du plafond au bout de longues chaînes, des points de cuivre flamboyant, le tout parfaitement dessiné et suggéré.

– Voilà... C'est bien ce que vous aviez imaginé ?

– Exactement, avoua-t-elle, ravie.

– L'appartement où nous étions hier appartient à l'un de mes clients anglais. Je vais lui soumettre ce projet et, s'il lui convient, on le fera réaliser. Romain vous a parlé de mes intentions ?

– Oui... Mais votre client désire-t-il vraiment des murs noirs ? insista-t-elle, toujours pas convaincue.

– Absolument. Il y tient, et moi aussi. Vous avez vu ? Ça a un chic fou. Un petit conseil pour l'avenir : n'exposez jamais vos idées à n'importe qui. Vous voyez ce qu'un petit malin peut en faire ? dit-il en montrant ses dessins.

– Mais, hier, je vous considérais comme un ami de Romain, quelqu'un sans imagination ! Il fallait bien vous expliquer ce que je voyais, puisque vous me le demandiez.

Pour la première fois, il eut un sourire sympathique.

– Dans ce métier, il faut vous méfier de tout le monde. Les idées, surtout les bonnes, ça se vole comme n'importe quoi !

– Je croyais avoir été un peu rigide ?

– Mais non ! Au contraire ! Il ne faut pas vous laisser faire. Vous allez rencontrer des gens qui ne savent pas ce qu'ils veulent; d'autres qui, pour ne rien payer, vont à la pêche aux bons tuyaux. Ils vous feront travailler, recommencer plusieurs fois vos dessins pour vous dire finalement que c'est trop cher et faire exécuter votre projet par des tâcherons... Vous vous serez creusé la tête pour rien. Il faut apprendre à photographier les clients pour trier les vrais des faux. Ce n'est pas toujours facile.

Contrairement à la première impression qu'il avait voulu donner de lui pour les besoins de la cause, Antony Bird se révéla un garçon agréable et talentueux. Il lui montra quelques autres projets en cours qui la remplirent d'admiration. Il fut convenu qu'elle commencerait à travailler avec lui en septembre. Elle avait tenu à prendre cette distance pour pouvoir terminer certaines affaires pour l'agence. Surtout, elle désirait être disponible durant les quelques semaines qui restaient avant le départ de Lucie et de Robert. Chaque soir, son amie venait la voir pour lui demander un nouveau détail sur la vie qui l'attendait. Petit à petit, elle devenait moins craintive, mais la date du mariage restait encore en pointillé. « Mariés ou pas, qu'est-ce que ça change ? » marmonnait Charlier que le lien officiel semblait effrayer à son tour.

Il était allé présenter Lucie à sa sœur et, comme prévu, le climat avait été orageux... Trop jeune ou à point, aucune femme ne trouverait jamais grâce à ses yeux à partir du moment où son frère avait jeté les yeux sur elle. Décidé à en terminer et voulant prévoir l'avenir, Robert l'avait prévenue de ses intentions : il repartait en Afrique, mais il n'était pas exclu qu'il revienne vivre en Normandie, auquel cas Adrienne devrait s'arranger pour aller s'installer dans l'une de ses propres maisons à Rouen.

– Si vous aviez vu cette colère ! disait Lucie, encore impressionnée par l'ouragan qui avait secoué la chaumière ce jour-là. J'ai cru qu'elle allait avoir une attaque, cette pauvre femme !

– Mais, Lucie, cette maison appartient à Robert et il n'en a jamais profité. Ici, en France, il n'a rien d'autre.

– Il y a la mienne.

– Vous imaginez sa grande carcasse encombrant votre petit pavillon de trois pièces ? Il deviendrait vite insupportable. Il ne peut vivre qu'avec de l'espace autour de lui. Il ne faut surtout pas qu'il se sente enfermé, étriqué.

Quand le problème d'Ali fut évoqué, c'est Lucie qui, avec sa voix douce, proposa une solution : elle pouvait l'emmener. Pour elle, paradoxalement, ce Noir était un lien avec la France. Elle le connaissait bien et il l'aimait beaucoup. Elle lui avait sûrement chuchoté à l'oreille qu'elle n'avait pas l'intention de moisir en Guinée et qu'ils reviendraient bien vite tous les trois car le boy avait brusquement cessé toute résistance. Après tout, aller passer la saison sèche dans son pays pour ne plus tousser ensuite, ce n'était qu'une petite pilule de plus à avaler et très provisoirement.

Fin juillet, tout se précipita : Robert et Lucie passèrent devant le maire et, un soir, Charlier, rentrant de faire des courses dans Paris, brandit deux places de cabine sur le bananier qui l'avait amené quelques mois plus tôt. Il y avait aussi un passage pour Ali et on fermerait les yeux sur Pikiny s'il avait tous les vaccins nécessaires...

La réaction de Lucie fut spectaculaire : elle se précipita dans les bras de Françoise en sanglotant, comme si on lui annonçait la fin du monde pour le lendemain.

– Eh bien, ça fait plaisir de voir ça ! ronchonna Charlier. On dirait qu'elle va partir dans un camp de concentration !

– Ce n'est pas ça, gémit-elle en essuyant ses larmes, la pauvre Françoise va rester toute seule.

– Peut-être pas pour longtemps, dit Charlier avec un air entendu. Elle a son bel architecte.

– Mon bel architecte, il ne faut pas trop compter sur lui.

– Pourquoi ? Ça ne va pas bien tous les deux ?

– Ça ne va ni bien ni mal. Je le vois trop rarement pour y voir clair. Disons que c'est... superficiel.

Lucie s'inquiéta :

– Mais il vous plaît quand même ?

– Au début, je l'ai cru. Maintenant... je ne sais pas. Voyons, c'est à quelle date, votre départ de Marseille ?

– Le 27 août. Embarquement à seize heures, annonça Charlier avec un sourire heureux.

Elle avait beau se répéter que la séparation d'avec ses amis serait peut-être de courte durée, Françoise se sentit angoissée le soir où elle les accompagna à la gare de Lyon. Pour faire bonne figure, elle avait avalé un tranquillisant, comme chaque fois qu'elle refusait de trop s'émouvoir. Elle parvenait ainsi à une forme d'indifférence lucide pour franchir les caps difficiles.

Ils marchaient devant elle sur le quai, chargés de valises et de sacs. Lucie trottait en robe bleu marine sous un léger manteau clair, son chien serré contre elle. En arrivant à la gare, le loulou avait obtenu un joli succès de curiosité : trottant au bout d'une laisse, tout le corps devenu rose après le passage de la tondeuse, il ne lui restait de la Poméranie que le superbe panache blanc de sa queue enroulée sur son dos. Saisi de panique lorsqu'un train était entré en gare, Lucie avait dû le maintenir contre elle en lui murmurant des paroles apaisantes. Charlier, qui avait retrouvé avec bonheur son chapeau à large bord, arborait une tenue de chasse neuve commandée à grands frais à un tailleur de luxe. « Une folie ! estimait Lucie. Tous nos points-textiles y sont passés ! Mettre un prix pareil dans un costume pour aller tuer des bêtes ! »

Bien que toussant encore, Ali avait repris tout son tonus depuis qu'il était ravitaillé en kola. À bout de bras (plus jamais de portage sur la tête, désormais !), il traînait une grosse valise renfermant tous ses trésors, vêtements, bibelots (une tour Eiffel de trente centimètres de haut !), des cartes postales de Paris et des photographies de lui et de Françoise prises dans le jardin.

Depuis qu'elle s'était retrouvée seule, Françoise s'attardait à son agence, repoussant le moment de rentrer dans sa maison vide où ne l'attendaient plus les exclamations joyeuses du boy. Plus de fous rires avec Lucie, terminées les discussions passionnées avec Charlier. Elle découvrait avec surprise qu'elle s'était mieux accommodée de sa solitude en pleine brousse qu'à Paris où existaient pourtant maintes possibilités de se distraire. Ses amis lui manquaient. Romain, de plus en plus débordé et passant en coup de vent, ne lui était pas d'un grand réconfort.

La première lettre de Lucie, écrite peu de temps après son arrivée sur la plantation de Charlier, fut affligeante : Elle ne s'habituerait jamais à ce pays-là ! De la pluie, des orages affreux et, le soir..., c'était d'un triste, cette maison avec ses lampes à pétrole qui empestaient ! La dernière ligne annonçait : « Je crois que nous allons bientôt revenir... »

Ne traînant plus autant de mélancolie, son second compte rendu était moins catastrophique. Elle racontait son émerveillement devant l'immense armée de bananiers, parlait avec attendrissement des retrouvailles d'Ali et de son chien, et de sa vigilance pour protéger Pikiny des hardiesses de Makou qui cherchait à l'entraîner dans la débauche avec les chiennes du village voisin. La grosse Delahaye qui allait reprendre du service dès que l'essence serait plus abondante l'avait beaucoup impressionnée. Robert promettait un grand périple à travers la Guinée, avec pèlerinage à Facounda pour voir l'endroit où Françoise avait séjourné si longtemps... On parlait encore de retour, mais le sujet demeurait plus vague...

Un soir, nouvelle lettre. C'était presque l'enthousiasme : « Figurez-vous qu'il commence à faire un temps extraordinaire ici... Un ciel superbe. Il fait chaud, bien sûr, mais pas autant que je le redoutais. Plus d'orages, plus de pluie, plus de boue. Je me sens revivre..., d'autant plus que Robert m'a confié tout son travail de bureau. Je lui sers de secrétaire... J'essaie de ne pas me noyer dans la paperasse. Même si ce n'est pas toujours folichon, ça nous permet d'être le plus souvent possible ensemble. »

En réponse à un courrier de Françoise qui insistait pour savoir comment Ali s'était réintégré dans son ancienne vie, Lucie écrivait : « Il parle souvent de vous mais, maintenant qu'il a trouvé une autre aile féminine pour le protéger, je crois que la vôtre lui manque moins... Il est toujours fourré avec le chef mécano et patauge allégrement dans le cambouis... » Pour finir, une confidence : « Je n'aurais jamais cru qu'il me serait encore possible d'être aussi heureuse... »

Plus question de Paris, plus d'allusion à son pavillon, que Françoise allait aérer chaque dimanche.

De loin en loin, Françoise recevait aussi des cartes postales de Casablanca. Quelques phrases banales de Drunet pour évoquer son séjour chez ses parents. La dernière carte annonçait son départ proche pour la Côte-d'Ivoire où, à sa demande, il avait été affecté à Abidjan. L'information l'avait contrariée. Toujours injuste lorsqu'il s'agissait de ce garçon, elle avait pensé avec rancune que le petit monde laissé à Facounda était désormais abandonné.

En quittant l'agence immobilière, elle n'avait pas regretté le genre de travail qu'elle y assurait. Dans les bureaux d'Antony Bird, l'ambiance était en général studieuse, mais survoltée lorsque arrivaient des commandes urgentes. Quatre dessinateurs travaillaient sur des projets qu'elle mettait au point sous le contrôle du décorateur. Chargée aussi d'une partie des contacts avec la clientèle, elle devait concrétiser les rêves de gens désireux de changer leur décor maintenant que les années sombres étaient derrière eux. Certains, d'ailleurs, devaient leur nouvelle prospérité aux malheurs supportés par d'autres durant cette période. Ensemble, Antony et Françoise essayaient de canaliser leurs fantasmes... Une catégorie d'individus aux ressources plus anciennes montrait néanmoins une certaine afféterie, l'essentiel étant de pouvoir jeter incidemment dans la conversation qu'on vivait dans du Jansen ou dans de l'Antony Bird. Tout en se reprochant de cracher dans sa soupe, Françoise s'efforçait de survoler ce snobisme puisque cette nouvelle activité lui permettait de créer, de jouer avec les formes, les couleurs, les tissus, les papiers peints et d'aller fouiner avec passion chez les antiquaires pour y dénicher le meuble convenant parfaitement à un endroit précis. Très souvent, l'un de ses gestes lui remettait en mémoire un souvenir de sa mère, assise en tailleur sur son lit, environnée d'échantillons colorés avec lesquels, sur un grand carton déployé, elle composait l'ébauche de décors ou de costumes pour une prochaine pièce de théâtre. Il lui semblait parfois que la main de Juliette guidait la sienne ou que sa voix lui soufflait à l'oreille qu'elle était en train de commettre une erreur.

Nettement moins bien rétribuée que lorsqu'elle additionnait ses commissions après la vente d'appartements, elle refusait d'y attacher de l'importance, tellement ses nouvelles occupations l'intéressaient.

Bourré d'idées, Antony débordait d'enthousiasme pour son métier. En temps normal, il donnait l'impression d'un garçon réservé et calme, mais il entrait en transe quand il se retrouvait dans un appartement face à des clients qui, lui faisant totalement confiance, venaient de lui signer un contrat. Sa façon d'expliquer ses visions devenait alors un festival d'onomatopées, de claquements de langue gourmands et de gestes exagérés, comme si son langage habituel était devenu insuffisant pour bien se faire comprendre. Imprégné de son projet, les yeux mi-clos, les bras en croix, il catapultait des meubles imaginaires aux quatre coins de la pièce vide, accompagnant ses mouvements d'un bruitage très personnel :

– Là... près de la fenêtre (grand geste triangulaire), tchlak ! Votre piano à queue tout blanc... À gauche... fzzzzz... (large demi-cercle des deux bras)..., le grand canapé en rotonde bleu navy que je vais faire exécuter spécialement pour vous. À côté... clok ! une table basse... et clok ! une autre à gauche. Je vais aussi les créer, ces tables..., je les vois très bien...

Prenant ensuite du recul face à un grand mur nu, il réfléchissait quelques secondes, sourcils froncés, puis, d'un geste brutal comme s'il y balançait un encrier :

– Ici... paf !... une grande tache de couleur..., une toile qui hurle, un Kandinsky par exemple...

Devant tant d'assurance dynamique, le client béait, les yeux et les oreilles comblés.

Chaque fois qu'elle avait l'occasion d'y assister, ces séances faisaient la joie de Françoise. Toutefois, si la boulimie de paraître de certains ou leur envie d'être à tout prix à la mode dans un cadre inadapté forçaient Antony à penser ses décors à contrecœur, il pâlissait, devenait hargneux et finissait par refuser carrément de s'occuper d'un projet qui l'obligerait à se soumettre au mauvais goût.

– Il n'y a rien à faire... Moi, je ne peux pas faire ça, bougonnait-il, la lippe écœurée.

Françoise avait de plus en plus d'estime pour ce garçon toujours en accord avec lui-même.

4 novembre.

Un ciel gris attristait Paris. Des rafales de vent bousculaient les feuilles mortes et rabattaient des giclées de pluie glacée sur les passants qui, le dos rond, s'engouffraient dans les bouches de métro. En bas de l'immeuble abritant les bureaux d'Antony Bird, Françoise attendait sous la porte cochère, guettant Romain qui devait passer la chercher. Elle le vit traverser la chaussée en courant, le col de son imperméable relevé, la chevelure mouillée. Il la rejoignit, essoufflé, et s'ébroua, de mauvaise humeur, ce qui lui arrivait de plus en plus souvent :

– J'espère au moins que vous avez idée de l'endroit où nous pourrions déjeuner ?

– Aucune. Quand vous m'avez appelée tout à l'heure, j'étais en pleine discussion avec des gens. Je n'ai pas eu le loisir d'y penser. Il y a le petit restaurant au bout de la rue ?...

Maussade, il prétendit que c'était une gargote inconfortable. Elle répliqua qu'ayant à peine une heure pour déjeuner elle n'avait pas le temps d'aller courir sous la pluie pour trouver l'endroit idéal, mais, têtu comme toujours, il l'obligea à trotter pendant dix minutes avant d'échouer dans une brasserie bondée près de la place de la Madeleine.

– J'ai quelque chose d'épatant à vous raconter, dit-il quand il fut remonté du sous-sol où il était descendu se sécher les cheveux.

Coupés court depuis peu, ils tirebouchonnaient bas sur son front, mettant en valeur son regard très clair. Françoise, qui le trouvait très séduisant à cet instant, lui dit en riant qu'avec une toge il aurait tout à fait l'allure d'un sénateur d'Herculanum.

– Il paraît, oui, on me l'a déjà dit, approuva-t-il, flatté. Alors, voilà, début décembre, je pars pour Abidjan... En lui-même le projet à étudier n'a rien de mirobolant. C'est surtout l'occasion d'un séjour rapide, mais sûrement agréable.

Avec force détails, il lui expliqua qu'à la suite de retrouvailles avec l'une de ses amies, mannequin chez Patou, celle-ci lui avait confié son intention d'épouser un important planteur de café de Côte-d'Ivoire, rencontré quelques mois plus tôt. Devant l'exil qu'une telle décision impliquait, elle avait longtemps hésité, mais le futur, encore très vert (et disposant de gros moyens), s'impatientait. Elle venait tout juste d'accepter de sauter ce grand pas. Parmi les conditions sine qua non posées pour un changement aussi radical d'existence, figurait en priorité le désir de vivre dans une grande et luxueuse maison, exactement faite pour elle et suffisamment vaste pour y recevoir souvent des amis venus de Paris. Celle dont le planteur s'était contenté jusque-là était trop vétuste à son goût. Elle rêvait de quelque chose d'original genre hacienda, avec un patio intérieur. Romain pouvait-il en établir les plans ? Autre impératif : elle n'irait s'installer en Afrique que lorsque la maison serait fin prête, complètement installée et décorée. Heureusement, elle n'était pas pressée..., pas pressée du tout. Elle avait insisté : elle voulait du jamais vu en Afrique, bien adapté au climat, et détestait les résidences stéréotypées aperçues lorsque son futur époux lui avait fait les honneurs de sa plantation : des caféiers alignés à perte de vue, sur des hectares et des hectares...

– Vous allez lui concocter quelque chose de sensationnel, je suppose ?

– J'ai promis de lui faire la plus belle maison de l'Ouest africain !

– Avec tout le travail que vous avez déjà au Havre et vos allées et venues incessantes, vous pensez avoir le temps de vous consacrer en plus à ce projet-là et d'en surveiller l'exécution ?

– Une grande maison de style espagnol, ça n'est pas si compliqué à imaginer. J'ai un tas de bouquins qui m'aideront. Je vais dessiner l'allure générale, et c'est un gars de mon cabinet qui fera les plans. Par contre, il faut que j'aille sur place afin d'étudier l'environnement, l'orientation et l'endroit le plus favorable pour construire. Rien de sorcier là-dedans... Entre nous, je suis certain qu'un architecte européen d'Abidjan aurait très bien pu lui sortir son projet mais, que voulez-vous, c'est un caprice de jolie femme... Nous nous sommes très bien connus autrefois et puis, détail non négligeable, c'est tous frais payés, voyage aller et retour en avion et séjour... Puisque j'ai besoin de vacances comme tout le monde, je vais en profiter pour m'accorder une semaine prolongée de repos et filer sur le terrain. Ça ne sera pas du temps perdu, au contraire ! L'utile et l'agréable ! Qu'en pensez-vous ?

– Beaucoup de bien puisque cela vous est

possible. Vous verrez..., vous comprendrez mieux ensuite ce que je voulais dire quand vous me reprochiez d'être complètement envoûtée par ces pays... Vous prétendiez qu'a priori ça ne vous plairait pas. Je suis sûre qu'en revenant vous aurez changé d'avis.

L'air ironique, il insinua :

– En somme, ça ne vous déplairait pas d'être à ma place ?

– Ça, Romain, c'est vraiment la question inutile.

Il versa du vin dans le verre de Françoise, remplit le sien et laissa couler un long silence avant de lancer, attentif à sa réaction :

– Et si vous veniez avec moi ?

La fourchette en l'air, elle écarquilla les yeux.

– Pour quoi faire ?

– Pour étudier l'aménagement intérieur de l'hacienda, puisque la belle veut du tout prêt à habiter.

– C'est..., ce serait formidable, dit-elle, tandis qu'un long frisson qu'elle attribua à sa marche sous l'averse lui parcourait tout le corps. Mais ce n'est pas possible, je ne peux pas m'absenter comme ça, il y a trop peu de temps que je travaille pour Antony. Ce ne serait pas correct. Il y a un travail fou, et...

– Du calme ! Hier soir, je lui ai touché deux mots de cette histoire pour savoir si elle l'intéressait. Il n'a pas le temps de s'en occuper lui-même et, surtout, ce n'est pas une affaire qui peut lui en amener d'autres... En revanche, il prétend que, puisque vous connaissez bien l'Afrique et son ambiance, vous pourriez vous en charger. Vous venez avec moi, vous cogitez sur place et, au retour, si votre projet lui convient, il le signera. Dans l'esprit du client, c'est surtout son nom qui compte… Est-ce que ce n'est pas bien ficelé, tout ça ?

– Mais je n'ai jamais vu une hacienda de ma vie !

– Antony non plus, et moi encore moins. Quelle importance ? On trouvera des bouquins sur le style espagnol. Vous n'aurez qu'à faire un amalgame à votre idée. Ce n'est pas bien sorcier…

… pas bien sorcier… ?

Elle ne l'écoutait plus. Elle était déjà loin. Des visions d'étendues désertes, de paillotes endormies sous le soleil, d'arbres géants, de visages noirs défilaient devant ses yeux, balayant les mangeurs de choucroute et les buveurs de bière qui lui faisaient face. Alors qu'elle croyait avoir quitté l'Afrique pour toujours, et sans grand espoir de la revoir, le fait d'aller s'y retremper, ne serait-ce que quelques jours, lui semblait miraculeux. Gonflée de joie, elle remercia Romain qui se récria :

– Je n'y suis absolument pour rien, d'autant plus que je ne savais pas qu'Antony vous faisait confiance à ce point… Ça m'a quand même sidéré !

Revenue sur terre, elle s'inquiéta :

– Et les frais pour mon voyage ? L'avion, l'hôtel ?

– On séjournera chez le planteur. Nous n'aurons qu'une nuit d'hôtel à Abidjan. Pour l'avion, je lui enverrai la note avec le reste… Il a voulu l'une des plus jolies femmes de Paris pour lui tout seul et une grande cage dorée pour l'enfermer. Ça se paie, ça ! Alors, il va le payer, et cher ! souligna-t-il, la bouche mauvaise.

Romain était coutumier de ce genre de sarcasmes et, comme chaque fois, elle en fut déçue et irritée.

Le même soir, rentrée plus tôt chez elle et son dîner avalé, elle fouilla dans la bibliothèque du salon. Elle y trouva trois ouvrages sur l'art espagnol appartenant à sa mère et, au passage, lut une définition : « Hacienda : grande exploitation rurale en Amérique du Sud. Textuellement : maison du maître. » Durant plusieurs heures, installée dans son lit, elle nota quelques idées qu'elle pourrait utiliser afin de créer une ambiance de rêve pour l'une des anciennes maîtresses de Romain…

Abidjan, 18 décembre.

Dans deux ou trois heures, elle quittera cette chambre d'hôtel donnant sur la baie de Cocody.

Dans la valise ouverte sur le lit, elle glisse entre deux vêtements le bracelet et le collier en grosses perles d'ivoire qu'elle vient d'acheter sur le marché de Treichville. Elle y ajoute chaussures et trousse de toilette. L'escapade est terminée. À midi, elle remontera dans le D.C.4 qui l'emportera vers Paris avec Romain. Une semaine qui a passé comme un éclair. Un dernier coup d'œil sur la chambre sans grâce, sur le plateau du petit déjeuner, sur le lit défait. Un lit anonyme et froissé où, pour la première fois depuis qu'ils se connaissent, Romain est venu la rejoindre. Une amertume, un regret l'accablent. Elle n'aurait pas dû céder... Comme une fatalité inexorable, c'est arrivé lors de cette dernière nuit torride. Elle a oublié sous quel prétexte il est venu gratter à sa porte. Elle se souvient seulement d'une discussion, d'une immense lassitude, plus tard d'un grand corps en sueur qui, sans qu'elle pût le repousser, la recouvrait tout entière et de dents lui mordillant cruellement le cou. Un instant, elle a revu une scène surprise à la jumelle au cours d'une tournée avec Diallo : au pied d'un arbre, une panthère superbe, allongée de tout son poids sur une antilope qu'elle serrait étroitement entre ses quatre pattes. Presque tendrement, la tête inclinée sur le côté, elle léchait à petits coups le sang coulant de la gorge de sa proie. Les muscles étirés de bien-être, jouissant comme le fauve de cette possession totale, Romain lui a murmuré :

– Tu vois, je te tiens prisonnière. Il n'y a pas un centimètre de toi qui m'échappe.

Mais à aucun moment il ne lui a dit qu'il l'aimait.

Durant les quelques fois où ils se sont retrouvés, elle a senti qu'il appréciait sa présence, qu'il avait besoin de se confier à elle. Elle est sa conscience, son miroir, mais, égoïste et chasseur de femmes avant tout, elle a compris qu'il est le type même de l'infidèle... Alors, ce matin, elle décide que cette nuit brûlante restera unique. De retour à Paris, elle exigera que leurs relations redeviennent ce qu'elles étaient avant ce voyage.

Par la fenêtre ouverte, elle aperçoit des pirogues qui longent la baie. Ce quartier de Cocody situé à l'extrémité d'Abidjan est interpénétré de toutes parts par la brousse. Ce serait un rêve typiquement exotique, avec la lagune, le sable, les cocotiers, s'il n'y avait en plus des bidonvilles éparpillés de-ci de-là.

Si elle a été d'emblée séduite par la Guinée, le peu de brousse qu'elle a vu de ce nouveau pays durant le trajet entre l'aérodrome et la plantation d'Agboville lui plaît tout autant. Elle y a retrouvé la même ambiance, les mêmes odeurs, les mêmes arbres, fromagers, banians, sambas, filaos. Mais cette terre-là semble beaucoup plus riche, mieux mise en valeur : de part et d'autre de la route, s'étendent des bananeraies, des cacaoyères, des plantations d'hévéas, beaucoup de cultures vivrières, mil, riz, sorgho, manioc... Un pays plein de promesses.

Jean, le planteur, est un amoureux inconditionnel de cette Côte-d'Ivoire où il est né. Il leur a expliqué qu'après avoir succédé à son père, il a triplé le rendement de son exploitation. Grand gaillard aux épaules puissantes, il a un très beau visage un peu anxieux. En mieux, il rappelle Charlier dont il a la gentillesse un peu rude et la générosité, encore exaltée par sa passion pour Gloria, sa future épouse. Pour elle, rien ne sera trop beau. Sa demeure actuelle, une triste bâtisse à la façade ornée de claustras, est aussi rébarbative que l'était celle de Charlier. On peut donc comprendre que la fiancée ait eu d'autres ambitions. En approchant de la plantation, ils ont été accueillis par une féerie, la floraison des caféiers : à perte de vue, des milliers d'arbres couverts de fleurs blanches au parfum léger.

Partout, sur tous les meubles de la maison, des photographies en pied d'une somptueuse fille rousse aux lèvres pulpeuses : Gloria en robe du soir vaporeuse, les épaules nues jaillissant d'un bustier ajusté, Gloria moulée dans un maillot de bain, Gloria en tailleur, en tenue de chasse, en déshabillé... Gloria dans toute sa splendeur... Émerveillé d'avoir pu conquérir un tel morceau de roi, Jean est prêt à tout pour le garder. Il dépensera ce qu'il faudra pour que sa femme oublie sa vie trépidante de Paris.

Dans l'avion, Romain avait cru nécessaire de préciser à Françoise qu'avant la guerre il avait été très intime avec cette créature de luxe. La lèvre ironique, il prétendait que, telle qu'il la connaissait, elle allait vite se lasser de son hacienda, si réussie soit-elle. Incapable de se passer de soirées brillantes, adorant les hommages, habituée à être photographiée pour les journaux, et vouée à l'admiration de tous, jamais elle ne saurait se contenter de la simplicité de la vie africaine. Même si elle avait la possibilité d'offrir de grandes réceptions chez elle, ou de retrouver, chaque fois qu'elle en aurait envie, l'animation d'Abidjan, distante de quatre-vingts kilomètres, il ne lui donnait pas plus de six mois de patience résignée avant de revenir à Paris. Il ne croyait pas ce coup de folie durable.

Maintenant qu'elle avait fait la connaissance de Jean, Françoise fit un jour remarquer à Romain qu'il n'y avait rien d'extraordinaire à ce que Gloria fût sensible à son charme, et même assez amoureuse pour lui sacrifier sa vie de mannequin :

– Il est adorable, cet homme. Sensible, intéressant et passionné. Physiquement, je le trouve très bien.

Exclamation indignée de Romain :

– Ah oui ? Il vous plaît, à vous aussi ? Pfff... décidément !

L'hospitalité du planteur était parfaite. Durant tout leur séjour, ils disposèrent chacun d'une chambre plongeant à perte de vue sur un moutonnement de fleurs blanches. Dès le matin, ils arpentaient tous les trois le terrain destiné à la nouvelle construction. Romain prenait des mesures au sol, et plus tard, il crayonna toute une série de croquis.

– Moi, je verrais bien des arcades sur toute la façade sud pour que, vue de l'intérieur, toute cette immensité d'arbres s'y encadre, proposa-t-il.

– Des arcades ? Vous croyez ? Pourquoi pas ? admit Jean.

– J'aimerais bien aussi quelques jolies fontaines réparties un peu partout pour entendre le bruit de l'eau, dit encore Romain.

– Oui, c'est bien aussi, les fontaines. Mais, surtout, n'oubliez pas de prévoir le patio. Gloria y tient beaucoup.

Avant de partir, Romain établit une estimation de ce qu'allait coûter, en gros, ce conte de fées. Devant le chiffre énorme, que le planteur enregistra sans sourciller, Françoise, effarée par tant de munificence, se sentit mal à l'aise. Pour elle, l'Afrique n'allait pas avec ce déploiement de luxe inutile : une impression qui ne fit que grandir ensuite lorsque, après avoir pris congé de Jean, ils reprirent la route. À la suite d'un incident mécanique, le chauffeur dut s'arrêter dans un village pour réparer la panne. En attendant, Françoise alla s'y promener. Des gosses curieux vinrent l'entourer en souriant et, à leur tour, des femmes au regard calme lui montrèrent fièrement leurs bébés aux gros yeux ronds. Comme elle s'intéressait aux cases construites autrement qu'en Guinée, elles l'attirèrent à l'intérieur pour lui offrir des fruits et des friandises. Elle se sentait à nouveau dans son élément, mais son œil avait vite débusqué la souffrance sur un visage, la plaie cachée sous des chiffons souillés. Ici comme ailleurs régnaient le mal et la pauvreté. Remontée en voiture, assise aux côtés de Romain qui feuilletait ses notes, elle se mit à penser à ce qui l'avait occupée à Paris depuis son retour de Guinée. Avec un sentiment de gêne, elle en fit le piètre inventaire. Évidemment, elle avait gagné sa vie, puisqu'il le fallait, mais elle songea qu'après avoir bricolé quelques mois dans la vente d'appartements elle devrait maintenant continuer à fabriquer du rêve pour gens riches. Elle n'était revenue en Afrique que pour aider à satisfaire les caprices d'une jolie femme que ce pays, selon Romain, n'intéresserait pas. Tout en appréciant l'occasion de faire ce voyage, elle découvrait qu'elle n'était plus d'accord avec elle-même. Ne pouvant éviter le plongeon dans sa mémoire, elle se revit, luttant aux côtés de Diallo, courant sous les trombes ou un soleil de plomb pour soigner, protéger, consoler... À Facounda, elle se couchait recrue de fatigue, insatisfaite mais fière de sa journée de guerre. De retour à Paris, elle se coulerait chaque soir dans son lit avec l'impression désagréable d'avoir toute la journée manipulé du vent.

Un très vieil homme tenant une chèvre au bout d'une corde se rangea à droite pour laisser passer la voiture et les salua de la main. Elle trouva qu'il ressemblait comme un frère au vieillard décharné qu'elle avait précipité dans le Lélé avec sa camionnette. Curieuse nostalgie, se dit-elle.

Romain, qui rangeait ses croquis après les avoir annotés, la regarda, surpris :

– Qu'est-ce qu'il y a ? Ça ne va pas ? Vous avez l'air malheureuse tout à coup. Vous n'êtes pas contente d'avoir retrouvé votre brousse ? Entre nous, ça n'a rien de ragoûtant...

C'était hier après-midi. Ce matin, quand il lui a annoncé qu'il allait voir les services du gouverneur à propos du projet de construction pour le planteur, elle a trouvé un prétexte pour ne pas l'accompagner, craignant que le hasard ne la fît, en plus, se cogner dans Pierre Drunet dans un couloir du palais.

Elle regarde à nouveau par la fenêtre. Un vieux taxi vient de s'arrêter devant l'hôtel. Il est vide. Pas de Romain à l'horizon. Elle décide d'aller l'attendre au rez-de-chaussée.

Sa valise à la main, elle descend dans le hall et va s'asseoir dans un coin d'où elle pourra surveiller l'entrée. Des Européens entrent et sortent ou vont échouer au bar, avec l'air exténué de ceux que la chaleur accable. Dehors, un soleil impitoyable bombarde la ville, faisant vibrer l'air chaud sur les trottoirs où les indigènes eux-mêmes traînent les pieds. De temps en temps, des gosses noirs passent une tête curieuse par la porte, avec l'espoir qu'on leur donnera un bagage à transporter; mais, dès qu'un boy en veste blanche vocifère dans leur direction, ils déguerpissent en se bousculant. Pour le narguer, ils vont danser sur la chaussée, se déhanchant au rythme de « Tico-Tico » seriné par le tourne-disque du barman. Disséminées de chaque côté du hall, il y a quelques tables cernées de consommateurs qui s'éventent, affalés sur leur siège, et une famille dont les enfants se poursuivent à travers les couloirs en s'égosillant sous l'œil lassé de leur mère.

À une dizaine de mètres, droit devant Françoise, à demi dissimulé par des fauteuils à hauts dossiers, un trio d'hommes discute avec animation : un Noir à l'air important pérore devant deux Européens. Le regard de Françoise s'attarde sur la nuque de celui qui lui tourne le dos, une nuque longue, aux cheveux bruns, très drus, comme l'était celle d'Éric. L'homme se penche pour tendre un papier au Noir assis à sa gauche. Durant une fraction de seconde, elle a vu... Non ! Elle a cru reconnaître un profil. Elle serre les paupières pour garder encore un peu son illusion, puis les ouvre à nouveau. La nuque a retrouvé sa position droite, anonyme. Le souffle coupé comme après un choc, elle essaie de se raisonner : Éric vit aux États-Unis... Que ferait-il en Afrique, à Abidjan, dans ce petit hôtel et à cet instant précis ? Attentive, tendue, elle observe les trois hommes dont l'entrevue semble se terminer. Ils s'animent, rangent des dossiers dans leurs porte-documents et, avant de se lever, vident le fond de leurs verres. Tout en redoutant le retour de Romain qui ne lui laisserait pas le temps de la voir de face, elle ne quitte pas des yeux la haute silhouette gris clair qui lui tourne toujours le dos. Vérification superflue : elle sent qu'Éric se tient là, tout près. Lorsqu'il se démasque en faisant demi-tour, elle reçoit son image en plein cœur. Soudain prise de panique, elle pousse sur ses pieds pour faire glisser discrètement son siège de quelques centimètres, juste derrière un gros pilier de pierre qui la dissimulera tout en lui laissant voir la salle. Éric prend congé des deux autres, sort un papier de sa poche, le consulte. Puis il va vers la réception où il demande qu'on lui appelle un numéro de téléphone.

En attendant la communication, il marche de long en large. La gorge serrée, elle le retrouve tout entier, mince et souple, les traits durcis par quelques rides nouvelles de chaque côté de la bouche. Elle note aussi que la légère claudication consécutive à son ancien accident a complètement disparu. Lorsqu'il saisit l'appareil que lui tend le concierge, elle reconnaît la main un peu maigre aux longs doigts. De l'endroit où elle se tient, elle ne peut distinguer les paroles qu'il prononce d'une voix assourdie mais certaines intonations familières la bouleversent tant qu'elle serre les dents. Tout l'amour qu'elle a longtemps porté à cet homme maintenant si proche et si lointain déferle en elle comme une vague brûlante. Alors qu'elle se croyait à peu près guérie, quelques minutes ont suffi pour qu'elle se retrouve pétrifiée, stupide, à nouveau meurtrie, oublieuse de sa rancœur. Les mains crispées sur les accoudoirs de son fauteuil, elle s'invente un rêve éveillé : c'est son propre fantôme qui se lève, qui marche jusqu'à Éric, qui va lui parler... Ensuite ? Elle frissonne, elle souffre, impuissante à imaginer la fin de la scène. Plutôt que d'affronter un regard froid où il n'y aurait sûrement plus d'amour pour elle, elle préfère ne pas se montrer. Si elle ne bouge pas, il partira de son côté et ignorera toujours que, pendant quelques minutes, elle a été là, tout près de lui.

C'est au moment où il raccroche le combiné que Romain surgit dans le hall. Sa veste sur le bras, le visage rougi et s'épongeant le front, il se dirige à son tour vers le comptoir de la réception, et Françoise l'entend distinctement lancer au concierge, de sa voix sonore :

– Faites-moi servir une menthe verte très glacée et préparez ma note et celle de Mlle Schmidtt.

Éric, qui s'éloignait, s'immobilise et se retourne pour observer attentivement le nouveau venu. Une hésitation imperceptible, puis, l'air intrigué, il va s'installer sur la banquette en plein milieu du hall. Françoise se sent prise dans une souricière. Comment pourra-t-elle quitter son observatoire sans être vue ?

En trois gorgées, Romain avale son verre de menthe, en commande un second qu'il ingurgite aussi avidement, puis va monter l'escalier qui mène aux chambres.

Elle a deux possibilités de s'échapper, aussi

voyantes l'une que l'autre : ou elle file rejoindre Romain et inévitablement Éric l'apercevra quand elle escaladera les marches, ou bien elle reste cachée en espérant qu'il s'en ira avant que Romain ne redescende la chercher dans le hall. Cet affolement à l'idée d'une confrontation lui fait honte. Elle se sent stupide. Il faudrait...

Inutile : Éric vient de quitter son siège et pique droit sur le pilier derrière lequel elle se croyait invisible, sans se douter qu'à sa gauche une porte en verre rabattue sur une cloison sombre la reflète aussi fidèlement qu'un miroir...

Très pâle, il regarde Françoise intensément. Les jambes tremblantes, elle se lève. Il sonde les yeux clairs et noyés et, avec le pouce, lisse le trajet d'une larme sur le visage pathétique qui le contemple.

La voix enrouée, il murmure :

– Tu étais là..., tu m'as vu... et tu ne disais rien ! Qu'est-ce que tu fais ici ?...

Puis, regardant autour de lui, il la saisit par un poignet :

– Viens, allons dans la rue...

Romain sort du cabinet de toilette où il vient de prendre une longue douche qui ne l'a pas rafraîchi. Enroulé dans une serviette de bain, il va jeter un dernier coup d'œil sur ce paysage africain. Décidément, il ne comprend pas l'engouement de Françoise pour cette terre torride où, gêné par la chaleur, il a collectionné les nuits d'insomnie pendant tout son séjour.

Avant de pénétrer dans sa propre chambre, il a frappé en vain à la porte de celle de la jeune femme. Elle a sûrement été rôder encore un peu avant de partir... Il rassemble ses affaires de toilette, s'habille rapidement, ferme sa valise et râle parce que ces quelques gestes l'ont à nouveau inondé de sueur. Sa montre consultée, il se penche à la fenêtre pour guetter Françoise. Il l'aperçoit, juste à l'angle du boulevard. Elle marche en compagnie d'un homme vêtu de gris clair. De temps en temps, ils ralentissent le pas, se regardent, discutent, font demi-tour et reprennent leur conversation. À deux reprises, Françoise s'est arrêtée brusquement, comme si ce que lui disait l'inconnu la frappait de stupeur.

Romain estime qu'il est temps pour lui de descendre : la voiture du planteur qui les a ramenés à Abidjan la veille va arriver d'une minute à l'autre pour les conduire à l'aérodrome de Port-Bouet. Il saisit son bagage, dévale l'escalier et, en allant régler les notes, il reconnaît la valise et le manteau de Françoise déposés au pied du comptoir. Il s'en empare et sort dans la rue.

La voiture beige de Jean vient de s'arrêter devant l'hôtel. Le chauffeur ouvre le coffre arrière et Romain y dépose les deux bagages, puis, en quelques enjambées, il se rapproche du couple qu'il observe de dos. Il interpelle la jeune femme :

– Françoise ! Il faut partir... C'est l'heure !...

La voix de Romain l'a frappée aux épaules. Elle se retourne vers lui, puis s'immobilise face à Éric. Devenus muets tout à coup, ils ne sont plus que deux êtres fragiles que le temps et les autres bousculent et menacent une nouvelle fois. Elle tend une main qu'il garde dans la sienne, qu'il serre à lui faire mal, jusqu'à ce qu'elle s'arrache à son étreinte.

Quand elle arrive près de la voiture, Romain lui ouvre la portière arrière. Elle s'assied sur la banquette. Elle est devenue en cristal, elle va se briser en mille éclats...

À quelques pas, il y a le visage défait d'Éric qui, dans un souffle, vient de lui murmurer : « Je t'aime... »

À ses côtés, Romain parle. Elle n'entend rien de ce qu'il débite d'un ton enjoué. Un tourbillon dans la tête, elle s'obnubile sur une cicatrice rose qui serpente dans la chevelure crépue du chauffeur. La route file au milieu d'un paysage qu'elle ne voit pas. Le monologue ronronnant de Romain s'interrompt brusquement :

– Ça ne va pas ? C'est de quitter ce patelin qui te donne le cafard ?

Un silence, le temps pour lui de fabriquer d'autres questions :

– Qui est ce type avec lequel tu parlais tout à l'heure ?

– Un ami.

– Qu'est-ce qu'il fait ?

– Il va construire des ponts sur le fleuve Comoé.

Romain réfléchit, les sourcils froncés :

– Ce n'est tout de même pas le garçon dont tu m'avais parlé un soir ? Celui qui...

– Si.

– Mais tu m'avais dit qu'il vivait en Amérique ?...

– Oui, mais la vente de matériel américain ne l'intéresse plus. Il n'aime que son métier d'ingénieur.

– Apparemment, ça t'a secouée de le revoir.

Agacée par le tutoiement qui symbolise son abandon de la nuit précédente, elle ne répond pas. Elle veut se concentrer sur ce qu'Éric vient de lui dire : sa colère, son chagrin lorsqu'il a cru qu'elle était mariée, et sa fuite à l'étranger.

À son tour, elle lui a parlé du télégramme volé, de son attente solitaire et de son déchirement quand elle a pensé qu'il était parti aux États-Unis sans avoir tenté de la revoir. Ses reproches aussi : « Tu ne m'as jamais écrit, ni vraiment cherchée... » Et les explications d'Éric... Ils ont constaté le gâchis, mesuré leurs deux désespoirs. Il a murmuré : « Tu n'as pas changé, tu es encore plus belle qu'avant... » Elle a eu envie de se jeter contre sa poitrine, là, en pleine rue, envie d'un geste fou, envie de retrouver le goût de sa bouche. Ils n'ont pas eu le temps... et maintenant elle a mal, si mal.

Tout le long du chemin, Romain discute de son projet pour le planteur mais, comme Françoise se montre par trop distraite, il se rabat sur le chauffeur qu'il questionne sur son patron.

Lorsqu'ils arrivent à l'aérodrome il contrôle l'heure :

– Ça va. On a encore trente minutes avant le décollage. J'irais bien boire quelque chose de frais... Pas toi ?

Il remercie le chauffeur qui a sorti les bagages du coffre et lui remet un pourboire. Sa valise à la main, Françoise marche en automate près de Romain qui se dirige vers le bar. Là-bas, au milieu de la piste, des mécaniciens s'affairent autour de l'avion.

Et soudain elle entend sa propre voix, une voix blanche, méconnaissable, annoncer froidement :

– Je ne pars pas, Romain.

Il s'arrête. Incrédule, il scrute le regard vert qui ne cille pas.

– C'est une plaisanterie ?

Elle répète, sans aucune variante dans le ton :

– Je ne pars pas.

– Tu es folle ? Qu'est-ce que tu veux faire ici ? Tu vas recommencer à jouer la grande sœur des déshérités ? Non ?... Ne me dis pas que c'est à cause de cet homme, tout à l'heure... Écoute, c'est de l'inconscience ! Il t'a déjà laissée tomber une fois. Qu'est-ce qui te prouve qu'il ne recommencera pas ?

– Nous nous sommes expliqués. C'est la guerre, les gens malveillants, les malentendus qui ont fait tout le mal. Mais nous sommes encore libres l'un et l'autre, et... nous nous aimons toujours.

– Et moi ? Qu'est-ce que je deviens dans cette histoire qui sent plutôt le réchauffé ?

– Il te reste toutes les autres femmes, Romain... Tu ne peux pas te contenter d'une seule. Elle avait raison, ta Sylvie. Il te faut des blondes, des brunes, des rousses, toutes les Gloria...

Comme il sent qu'elle lui échappe, elle devient l'unique :

– Toi, ce n'est pas pareil. Je t'ai respectée très longtemps, avoue-le. Je te gardais précieusement... Je t'en supplie...

Elle secoue une tête résolue :

– Non.

– Et Antony ? Tu vas le laisser tomber comme un malpropre, lui aussi, alors qu'il t'offre une carrière inespérée ?

– Je vais mettre au point tout le projet intérieur pour l'hacienda et je le lui enverrai en lui expliquant la vérité. Ensuite il me remplacera facilement. Je ne suis pas si indispensable...

– Écoute, maintenant ça suffit. Je ne vais pas te laisser faire ce coup de tête de dernière minute. Tu rentres avec moi à Paris et tu réfléchiras calmement. Après, tu y verras plus clair. C'est l'émotion qui t'a troublé la raison. Allez, donne-moi ta valise.

– Inutile d'insister. Je veux rester ici. Ensuite je verrai...

La bouche amère, Romain ricane :

– Et dire que c'est moi qui t'ai amenée dans ce foutu pays ! C'est un comble !

– Il faut me pardonner. C'est miraculeux ce qui m'arrive...

Elle avise un chauffeur noir qui agite une ardoise sur laquelle la destination « Abidjan » est inscrite à la craie et lui fait signe de l'attendre.

Romain demande encore :

– Pour que je ne meure pas idiot, explique-moi pourquoi tu as attendu d'être arrivée à l'aérodrome pour m'annoncer que tu ne partais plus.

– Parce que, en quittant Abidjan, pressée par le temps, je n'avais pas eu le temps de réfléchir. Maintenant ma décision est prise. Éric lui-même ne s'en doute pas.

– J'espère que tu sais ce que tu fais...

Le dos meurtri par les ressorts du taxi qui cahote sur la route, elle ferme les yeux, recroquevillée sur son émotion, malheureuse d'avoir blessé Romain. Maintenant elle n'a plus qu'une idée : rejoindre son amour, se lover dans ses bras, revivre par lui. Pendant sa courte conversation avec Éric, elle a compris qu'il devait partir le lendemain. Il va s'enfoncer dans la brousse et ouvrir son premier chantier sur le fleuve.

Fébrile, le cœur fou, elle savoure le futur immédiat.

Bientôt, le taxi va s'arrêter devant l'hôtel.

Elle demandera au concierge le numéro de la chambre de M. Éric Chazelles.

Elle gravira l'escalier, très lentement, car pour

la seconde fois elle va à la rencontre de son destin.

Elle frappera à une porte.

Éric ouvrira, stupéfait, en la voyant…

… Et la vie décidera.

Cinéma et TV

De nombreux romans publiés par J'ai lu ont été portés à l'écran ou à la TV. Leurs auteurs ne sont pas toujours très connus ; voici donc, dans l'ordre alphabétique, les titres de ces ouvrages :

A la poursuite du diamant vert	1667 ***	Joan Wilder
Alien	1115 ***	Alan Dean Foster
Aliens	2105 ****	Alan Dean Foster
Angélique, marquise des anges		
L'ami Maupassant	2047 **	Guy de Maupassant
L'année dernière à Marienbad	546 **	Alain Robbe-Grillet
L'Australienne	1969 **** & 1970 ****	Nancy Cato
Blade Runner	1768 ***	Philip K. Dick
Bleu comme l'enfer	1971 ****	Philippe Djian
La brute	47 ***	Guy des Cars
Cabaret (Adieu à Berlin)	1213 ***	Christopher Isherwood
Carrie	835 ***	Stephen King
Châteauvallon	1856 ****, 1936 **** & 2140 ****	Eliane Roche
Christine	1866 ****	Stephen King
La couleur pourpre	2123 ***	Alice Walker
Coulisses	2108 *****	Alix Mahieux
Cujo	1590 ****	Stephen King
Dallas	1387 **** & 1550 ****	Burt Hirschfeld
Des fleurs pour Algernon	427 ***	Daniel Keyes
2001 - l'odyssée de l'espace	349 **	Arthur C. Clarke
2010 - Odyssée deux	1721 ***	Arthur C. Clarke
Le diamant du Nil	1803 ***	Joan Wilder
Dynasty	1697 ** & 1894 ***	Eileen Lottman
E.T. l'extra-terrestre	1378 ***	Spielberg/Kotzwinkle
E.T. la planète verte	1980 ***	Spielberg/Kotzwinkle
L'exorciste	630 ****	William Peter Blatty
Les exploits d'un jeune don Juan	875 *	Guillaume Apollinaire
Le faiseur de morts	2063 ***	Guy des Cars
Fanny Hill	711 ***	John Cleland
Fletch	1705 ***	Gregory Mcdonald
Le Gerfaut	2206 ****** & 2207 ******	Juliette Benzoni
Isaura	2200 **	Bernardo Guimaraes
Jonathan Livingston le goéland	1562 * illustré	Richard Bach